Am 24. Mai 1994 feiert George Tabori seinen achtzigsten Geburtstag. Zu diesem Anlaß erscheint diese Ausgabe seiner dramatischen Werke. Sie beginnt mit ›Die Kannibalen‹ aus dem Jahr 1968, seinem ersten in Deutschland produzierten Stück, und endet mit ›Requiem für einen Spion‹ von 1993; umfaßt also einen Zeitraum von fünfundzwanzig Jahren. Der wesentliche Teil der Stücke ist in Deutschland und Österreich entstanden, wo George Tabori seit 1969 lebt, schreibt und inszeniert. In seinen Stücken verbindet sich die eigene mit der deutschen Geschichte. Wolf Biermann nannte sie anläßlich der Georg-Büchner-Preisverleihung »Geschichten, die die ängstlichen Kinder lieber gar nicht hören wollen und von denen sie doch den Hals nicht vollkriegen können«.

George Tabori, 1914 in Budapest geboren, emigrierte als Zwanzigjähriger nach London und begann dort zu schreiben; in den fünfziger und sechziger Jahren Theater- und Filmarbeit in Großbritannien und in den USA; Zusammenarbeit u. a. mit Alfred Hitchcock, Elia Kazan und Bertolt Brecht; Drehbücher und Bühnenstücke. 1969 kehrte er nach Europa zurück und inszeniert seither eigene und fremde Stücke, vor allem in Bremen, München, Berlin und Wien. George Tabori erhielt verschiedene Preise und 1992 den Georg-Büchner-Preis.
Im Fischer Taschenbuch Verlag sind erschienen:
›Theaterstücke I und II‹ (Bde. 12301, 12302), ›Meine Kämpfe‹ (Bd. 10664), ›Betrachtungen über das Feigenblatt‹ (Bd. 11357) sowie in der Reihe *Regie im Theater* von Gundula Ohngemach ›George Tabori‹ (Bd. 7128).

George Tabori
Theaterstücke I

Mit einem Vorwort von
Peter von Becker

Aus dem Englischen von
Ursula Grützmacher-Tabori,
Peter Hirche und
Peter Sandberg

Fischer
Taschenbuch
Verlag

Theater
Eine Reihe des Fischer Taschenbuch Verlags
Redaktion: Susanne Wolfram
und Uwe B. Carstensen

Die Auswahl der Theaterstücke
erfolgte in Absprache mit George Tabori
und beschränkt sich auf diejenigen,
die in Europa aufgeführt worden sind.
Nicht aufgenommen wurden George Taboris Bearbeitungen.

5.–6. Tausend: Mai 1996

Veröffentlicht im Fischer Taschenbuch Verlag GmbH,
Frankfurt am Main, April 1994

Lizenzausgabe mit freundlicher Genehmigung des
Carl Hanser Verlags, München–Wien

Umschlaggestaltung: Buchholz / Hinsch / Hensinger
Gesamtherstellung: Clausen & Bosse, Leck
Printed in Germany
ISBN 3-596-12301-1

Gedruckt auf chlor- und säurefreiem Papier

Inhalt

Peter von Becker
Diese Stücke – ein Leben
Über George Tabori

1.

George Tabori, der 1914 noch in der Dämmerung des Habsburger Reichs und des alten Europa in Budapest geboren wurde – er ist seit Bertolt Brecht der einzige Künstler im deutschsprachigen Theater, der noch die ideale Union von Stückeschreiber, Regisseur, Theaterdirektor für eine Zeitlang und, bisweilen, auch Schauspieler verkörpert. Zugleich ist Tabori als amerikanisch schreibender, deutsch sprechender und inszenierender Jude mit englischem Paß der letzte Kosmopolit dieses Theaters; einer der letzten Zeugen auch der Generation der Emigranten zwischen 1933 und 1945, der Verbindung zwischen überseeischem Exil und mitteleuropäischer Kulturtradition.

Die Mutter Elsa konnte den Häschern und Henkern entkommen, der Vater, Cornelius Tabori, ein Historiker und Journalist, starb im Mordlager. Er war ein freigeistiger Intellektueller, und mit ihm sieht György, aus dem Ende der dreißiger Jahre im britischen Exil dann George wird, seine erste Zirkusvorstellung, sein erstes Theater, vier Jahre alt: »Eine wunderschöne blonde Frau im Glitzertrikot steigt aufs Trapez, verbeugt sich, macht ein paar Kunststücke, stürzt ab. Sie ist nur noch ein Haufen Fleisch und Blut. Und ich dachte, das geht im Theater jeden Abend so.« Von da an wächst Tabori heran zum Liebhaber der (vorzüglich blonden) Frauen und eines Theaters, das auf die witzigste und weiseste, auf komische und traurige Weise Ernst macht mit dem Leben.

William Shakespeare, Franz Kafka, Bertolt Brecht und Samuel Beckett werden seine literarischen, theatralischen Magneten (und Pole). Doch der eigene Anfang hat auch etwas von Felix Krull: Nach dem Abitur in Budapest geht Tabori 1932 nach Berlin, kellnert im Hotel ›Adlon‹ und im ›Hessler‹, als Adolf Hitler nebenan die Macht übernimmt. Noch einmal kehrt György Tabori zu den Eltern nach Budapest zurück, bald darauf emigriert er nach London, wie sein sechs Jahre älterer Bruder Paul, der dort im Laufe seines Lebens über hundert populärwissenschaftliche Bücher verfassen wird – unter anderem auch eine ›National History of Stupidity‹.

In London beginnt nun Taboris große Lebensreise, die ihn als Auslandsreporter der BBC und während des Krieges als Nachrichtenoffizier der britischen Armee auf den Balkan und in den Nahen Osten führt. 1944 erscheint in London sein erster Roman, ›Beneath the Stones‹, zu Ende geschrieben noch in Jerusalem: kurz vor Kriegsende eine Geschichte mit einem deutschen Major als Helden und Ich-Erzähler. Nicht schon Taboris erster Skandal, aber Anlaß bereits für Verwunderung und Irritation; als die amerikanische Ausgabe des Buchs 1945 in Boston herauskommt, notiert ein Kritiker Taboris »taktlose Objektivität«. Trotzdem ruft im selben Jahr noch Hollywood, auf der Suche nach neuen Drehbuchautoren. Der junge Schriftsteller, der sogleich einen zweiten und dritten Roman veröffentlicht, folgt der Einladung, reist beim ersten Mal übrigens mit Evelyn Waugh nach Hollywood und übersiedelt später für fast ein Vierteljahrhundert in die Vereinigten Staaten.

Wirklich berühmt machen ihn diese Jahre noch nicht. Aber George Tabori hat plötzlich mit fast allen Berühmten zu tun; die eigene Biographie wird zu einem Brennspiegel der neueren europäisch-amerikanischen Kulturgeschichte. In Kalifornien erlebt Tabori Thomas und Heinrich Mann, begegnet Feuchtwanger, Adorno, Schönberg, Faulkner und Chaplin, mit dem ihn bis zu Charlies Tod im schweizerischen Vevey eine Freundschaft voll wunderbarer Anekdoten verbindet. 1947 assistiert er Joseph Losey, Charles Laughton und Bertolt Brecht bei der New Yorker Erstaufführung des ›Galileo Galilei‹ und wird einer der ersten amerikanischen Brecht-Übersetzer. Später einmal besucht ihn in Santa Monica eine junge blonde Schauspielerin, um zu erzählen, daß sie das Mädchen Gruschenka in den gerade gelesenen ›Brüdern Kamerazow‹ (oder so ähnlich) besonders tief berührt habe; also sprechen die beiden die halbe Nacht lang über Dostojewski, und Tabori blieb, wie Jahre darauf sich Marilyn Monroe noch dankbar-amüsiert erinnerte, der perfekte »European gentleman«. Dostojewski, natürlich, ist auch einer der Meister in George Taboris Kopf. Bei ihm hat er erfahren, daß die Psychologie die Lehre von jenem Kontinent der Menschennatur ist, der Passionen und Perversionen, der alle Gefilde des Glücks ebenso wie den Archipel der Konzentrationslager und des Gulags umfaßt.

2.

Alfred Hitchcock, Anatol Litvak und Joseph Losey verfilmen Tabori-Drehbücher, sein erstes Stück, ›Flight into Egypt‹, führt Elia Kazan 1952 am Broadway auf; Freundschaften mit der Garbo und einer zweiten schönen schwedischen Theater- und Filmschauspielerin, Viveca Lindfors, die eine der vier Ehefrauen Taboris wird; in den späten fünfziger Jahren fängt George Tabori dann an, selbst Regie zu führen und eine eigene Schauspielgruppe zu gründen; er arbeitet mit Lee Strasberg im Actor's Studio zusammen, ein Assistent von Tabori ist einmal ein junger, unbekannter Schauspieler namens Dustin Hoffman; 1968 inszeniert er zusammen mit seinem Schwiegersohn Martin Fried die Uraufführung von ›The Cannibals‹, wiederholt das Stück, ›Die Kannibalen‹, ein Jahr später in Berlin – und kehrt zurück nach Europa, nach Deutschland.

In den USA war Ende der vierziger Jahre schon ein frühes Lieblingsprojekt gescheitert. Tabori wollte, mit Einverständnis des Autors, eine Filmversion des ›Zauberberg‹ von Thomas Mann entwerfen, mit Greta Garbo als Madame Chauchat und Montgomery Clift als Hans Castorp. »Eine Geschichte in einem Krankenhaus, auf der Leinwand nichts als Tuberkulose-Fälle, man hielt mich bei Metro-Goldwyn-Mayer für verrückt«, erzählt Tabori heute. So wurde ihm noch vor aller politischer Reibung und den Konflikten der McCarthy-Zeit klar, was in Amerika nicht ging. »Hollywood war damals ein großer Puff, und ich keine gute Nutte.«

3.

Noch eine Geschichte.

»Hitchcock hat mir einmal gesagt, sein Pimmel sei so groß wie eine Erbse. Mit dem letzten Tropfen habe er in einer Nacht seine Tochter, das einzige Kind, gezeugt. Und dann war Schluß!« erinnert sich Tabori und lacht. »Hitchcock meinte, Sex sei keine gute Erfindung. Statt dessen hat er seine Filme mit Kim Novak und Grace Kelly gemacht. Nach Freud ein klassischer Fall von Sublimation.«

Mit Hitchcock ist er 1952 zusammengetroffen; damals schrieb George Tabori das Drehbuch zu ›I confess‹, beruhend auf einem französischen, ziemlich melodramatischen Stoff, verfilmt mit Montgomery Clift, Karl Malden und O. E. Hasse. Kein Meisterwerk, doch für Tabori eine Erfahrung. Er nennt Alfred Hitchcock einen *practical joker*. »Oh, er war sehr kultiviert, er hatte zu Hause von allen Filmgrößen die mit Abstand feinste Küche und den besten Weinkeller, er war witzig – und ein Sadist. Als uns mal ein ziemlich spießiges Ehepaar auf den Wecker ging, das jeden Abend in einem amerikanischen Sender eine populäre Fernsehshow hatte, ließ sich das Hitchcock was kosten: Erst schickte er der Frau ein riesiges Blumenbukett mit einem anhimmelnden Brief, anonym unterschrieben als ›Ihr größter Verehrer‹. Die Blumen und den Brief zeigte sie am nächsten Abend auch im Fernsehen, und der Mann lächelte dazu. Dann begann Hitchcock, der Frau immer neue Sachen zu schicken, eine Uhr, einen Pelzmantel und nach drei Wochen als letztes ein weißes Cabriolet. Eine Woche später reichte der Mann die Scheidung ein.«

Aus den Augen in George Taboris sanftmütigem Rabengesicht blitzt der Schalk. Für ihn ist die Hitchcock-Anekdote, und sei sie auch von Tabori selbst erfunden, ein Lehrstück in der Kunst der Regie. Zum Bewundern und zum Fürchten. Denn Personen, denn Schauspieler als Marionetten nur eines genialallmächtigen Inszenators sind Tabori ein Graus. Hitchcocks perfekte Perfidie geht ihm wider sein eigenes menschenfreundliches Naturell; und mit der Sublimation läuft es bei ihm ohnehin ganz anders. Aber der Witz und das Grauen, die tanzen auch für Tabori immer zusammen.

4.

Keiner hat ja, im Ernstfall, einen schwärzeren Humor als er. Über seinen Vater Cornelius, der 1944 in Auschwitz ermordet wurde, schrieb er den Überlebenden – Tätern und Opfern – in die Ohren: »Er wurde überhört, als er beim Eintritt in die Gaskammer sagte: ›*Nach Ihnen, Herr Mandelbaum.*‹«

Seinem bisher erfolgreichsten, in Wien, Berlin, Zürich, Dresden, München und sogar in Moskau vor ausverkauften Häusern gezeigten Stück ›Mein Kampf‹ stellte George Tabori 1987 das Hölderlin-Zitat voran: »Immer spielt ihr und scherzt? ihr müßt! o Freunde! mir geht dies / In die Seele, denn dies müssen Verzweifelte nur.«

Taboris ›Mein Kampf‹ vereint das merkwürdigste, verzweifelt komischste Paar, das man wohl je in einem deutschsprachigen Theater gesehen hat. Der Jude Schlomo Herzl und der junge Möchtegernkunstmaler Adolf Hitler treffen da vor dem Ersten Weltkrieg als Insassen eines (real existenten) Obdachlosenasyls in der Wiener Blutgasse aufeinander und werden eingesponnen in eine unwiderstehliche Haßfreundschaft. Nicht, daß die Wahrscheinlichkeit bei dieser Groteske ihr hundsgemeines Haupt sehr oft zu heben wagt (um hier letztmals Hitchcock zu zitieren). Aber mit einer Schere, deren Schneiden wie Schmerz und Scherz einander haarscharf berühren, dringt Tabori um so tiefer ins Unterfutter einer Geschichte, die zwischen Juden und Nichtjuden in deutscher Sprache nie zu Ende erzählt sein wird; er erfindet zu Brechts ›Arturo Ui‹ und Chaplins ›Großem Diktator‹ den fehlenden dritten Akt – und tarnt ihn, Kunststück, als Ouvertüre.

Taboris schwarzer Humor ist zugleich der hellsichtigste, humanste. In seinem Stück ›Mutters Courage‹, das er dem aberwitzig glückhaften Überleben seiner Mutter gewidmet hat, fragt einer der Deportierten im Todeszug: »Gibt es hier einen Speisewagen?« Und als Mutter Elsa Tabori, in einem lichtlosen Waggon bereits auf der Strecke von Budapest nach Auschwitz, hinterrücks plötzlich das Eindringen eines Mannes spürt, flüstert der unbekannte Liebhaber im Dunkel: »Bitte, es wird das letzte Mal sein.«

Mit gutem Geschmack oder pietätvoller »Bewältigung« hat Taboris Trauerarbeit allerdings nichts zu tun. Als er vor fünfundzwanzig Jahren aus New York nach Berlin gekommen war, um mit seiner Horrorfarce ›Die Kannibalen‹ erstmals Auschwitz auf eine deutsche Bühne zu bringen und ohne die formale Distanz einer oratorischen »Ermittlung« davon zu erzählen, welch mörderischer und menschlicher Koch der Hunger nach Leben ist, da schrieb er ins Programmheft, Sentimentalität oder gar Sympathie mit dem Leid seien eine Beleidigung der Toten. Denn: »Das Ereignis ist jenseits aller Tränen.«

Erwachsenwerden heißt auch die Loslösung von den Eltern. Peter Weiss, neben Georg Büchner der Patron eines der beiden großen Literaturpreise, die George Tabori in Deutschland 1991 und 1992 zugesprochen bekam, hat darüber ein Buch geschrieben, vor drei Jahrzehnten. In dem autobiographischen Roman ›Abschied von den Eltern‹, in dieser empfindlichsten Schilderung der Pubertät, der Emigration, der Fluchten und Selbstfindung im Schatten deutsch-jüdischer Zeitgeschichte, ist jener Abschied für Peter Weiss vor allem die Abscheidung des Sohnes vom Vater. Und eine Station auf dem schmerzhaften Rettungsweg des jungen Berliner Juden war Prag, die Stadt Franz Kafkas, der seinerseits versucht hat, mit der Axt des geschriebenen Worts ins Eis unserer Seele zu brechen, zugleich aber die ihn selbst so mächtig umschlingenden Vaterbande zu durchtrennen. An dieses Motiv hat Tabori, wenn er selber Texte Kafkas variierte und inszenierte, immer wieder erinnert.

Auch György alias George Tabori ist ja als junger Mann nicht allein in den Armen einer Frau erwachsen geworden. Auch bei ihm hat die Zeitgeschichte als großer Verwaiser mitgespielt, und sein hieraus folgendes Dilemma hat er – Ödipus, Hamlet und Professor Freud im Kopf – selbst so benannt: »Jeder Sohn möchte irgendwann einmal seinen Vater umbringen.« Wenn das aber schon andere für ihn erledigt haben, »was dann?«

Ihm bleibe, sagt er mit seinem wunderbar nuscheligen, ungaro-amerikanischen Bariton, als letzte Waffe nur die Liebe – je älter, je biblischer: »auch zu meinen Feinden«. Und der Humor, sein unerschöpflicher, unsterblich in den Sarkasmus verliebter Wegbegleiter.

5.

Wenn es einen Grundimpuls, ein innerstes Motiv in den Erzählungen und Dramen von George Tabori gibt, ist es wohl dies: das Lachen und die Liebe – nach Auschwitz. Hitler und der Mord- und Totenkult hätten erst dann für alle Zeiten triumphiert, wenn nach dem Vernichtungswahnsinn nicht wieder begonnen worden wäre mit den überlebensnotwendigen Tugenden (oder Lastern) der Menschheit. Und der Satz, daß nach dem Weltmassaker keine Gedichte mehr möglich seien, wird bis heute mißverstanden, begreift man nicht, was Theodor Adorno einzig sagen wollte: daß seit diesem kollektiven Sündenfall keine Kunstwerke und auch keine Gedichte mehr vorstellbar sind ohne eine wie auch immer bewußte Erkenntnis von dem, was in Auschwitz nicht nur menschenmöglich, sondern menschenwirklich geworden ist.

Dieser Reflex spielt bei Tabori allzeit mit; er verdichtet, spitzt zu und, etwas weniger ehrfürchtig gesagt, er pointiert, was taborische Figuren jenseits der berühmten Frage, ob es eine Komödie oder eine Tragödie sei, zu sagen haben. Als in ›Mein Kampf‹ der junge Tiroler das Wiener Männerheim betritt und sich seinen beiden Mitasylanten Schlomo Herzl und Lobkowitz mit dem Namen Hitler vorstellt, erwidert Schlomo nur: »Komisch, Sie sehen gar nicht jüdisch aus.« – Das ist komisch, und wir lachen, aber wir müssen nur lachen, weil wir wissen, worüber wir lachen. So wie man sonst von Judenwitzen spricht, ist Schlomo Herzls Replik, in der ein grandioser, ungeheuerlicher Aberwitz steckt, der wahrscheinlich einzig mögliche, der definitive Naziwitz.

Manche Menschen können darüber trotzdem nicht lachen. Und das sind mitunter Leute, die einen Tabori im Theater schon gerne mögen wollen, aber vor lauter Komplexen, welche ich hier nur vereinfachend ›Deutsche Komplexe‹ nenne, es doch nicht schaffen.

Auch diese Deutschen sind Mitglieder einer vaterlosen Gesellschaft, sind Waisen im Geiste, weil ihnen zumeist schon vor Lebzeiten die Möglichkeit genommen wurde, noch so etwas wie jüdischen Intellekt und durch seine leuchtende Schwärze erhellenden Humor nicht allein aus amerikanischen Filmen kennenzulernen; sie wurden um die Möglichkeit gebracht, auch mit den Geistesverwandten der Heines und Tucholskys, der Billy Wilders, der Marx-Brothers und Woody Allens erwachsen zu werden.

Ein guter Witz, eine wahre Komödie kann nur über seriöse Dinge entstehen: über Geburt, Krankheit, Heirat, Ehebruch, Revolutionen, Politik, Irrsinn, Tod. Nur die ernsthaften Scherze wecken ein Lachen, das die Tränen und die Trauer nie ausschließt. Weil es die realen Denkmäler der Menschenverachtung gibt, wird in Taboris Fiktionen ein jeder geachtet, gleich ob Täter oder Opfer, ob Nazi oder Jude, ob Mensch oder Mensch. Zum Lachen sind sie alle in ihren Schwächen, Macken, Manien. Lachhaft, doch nicht lächerlich.

Tragödien gebiert auch die Diktatur, dagegen entspringt die Komödie eher dem Geist des Widerspruchs, des Unbeherrschten oder dem Königtum der Narren; selbst wenn der Hofstaat die Komödianten nährt, ist ihr Spiel ein Tanzschritt zur Demokratie. Eine Person, über die und mit der gelacht werden kann, bleibt vor jenen eisigen Höhen des Über- und Unmenschlichen bewahrt, in denen bloß Götzen leben oder Tyrannen, über die nach ihren eigenen Gesetzen niemals gelacht werden darf.

Es waren Ernst Lubitsch und Charlie Chaplin, die noch ohne Kenntnis von Auschwitz mit ihrem scharfen Vor-Witz sich Fabeln erfunden haben von Sein und Nichtsein und dem Großen Diktator. Diesen Faden nimmt Tabori in seiner Weise auf und zeigt, wie gerade nach dem Großen Schrecken, dem andere, je unvergleichbare folgen, noch immer weitergesponnen werden kann. Weitererzählt von einer besonderen Conditio humana: von der Comédie humaine.

In dem Stück ›Jubiläum‹, das er zum fünfzigsten Jahr seit der Machtübernahme Hitlers verfaßt und im Bochumer Schauspielhaus am 30. Januar 1983 uraufgeführt hat, gibt es die Figur eines jungen deutschen Nazis, der glaubt oder glauben machen will, daß in den Öfen von Auschwitz nur Brot gebacken wurde. Auch Arnold, ein überlebender Jude und Taboris Alter ego, wünscht sich manchmal, diese »Auschwitzlüge« wäre doch wahr gewesen. Dann würde sein von den Deutschen vergaster Vater vielleicht noch leben. Am Ende des Stücks – damals von George Tabori selbst gespielt, in einem gestreiften KZ-Kittel – tritt der ermordete Vater dann tatsächlich auf. Wie Hamlets Geist. Wortlos reicht er dem Sohn ein kleines Bündel; in weißes Tuch gewickelt ist die Gabe, ein Laib frisch gebackenes Brot, süßes Brot, wie es am Ende des Sabbat gegessen wird. Arnold teilt es mit den anderen im Stück, auch mit Jürgen, dem jungen Nazi; der ißt von dem Brot und meint: »Schmeckt komisch.«

Arnold aber antwortet: »Wir sind halt komische Leut'.«

6.

Die großen Emigranten, auch des Theaters, sind fast alle tot. Tabori erinnert so als der letzte, als der jüngste Patriarch der Szene daran, wie sehr in Mitteleuropa heute die Virulenz eines weltläufigen jüdischen Kultur- und Geisteslebens fehlt. Und mit ihm ein Sinn für jene Witze und Ironien, auf die sich, weil jeder Witz, wie Kant und Freud, wie Beckett und Tabori wissen, eine Katastrophe birgt, auf die sich Juden als Spezialisten für notorische und historische Katastrophen besonders gut verstehen. Damit will ich freilich nicht ausschließen, daß es, wie unter allen Menschen, auch jüdische Intellektuelle und Nichtintellektuelle gibt, die alles andere als Humoristen und viel eher Puritaner sind. Witze für eine Geschmacksfrage und sich vom Zwerchfell ab nach unten hin bedeckt zu halten, gehört ja zur Historie unserer Gattung.

»Der Mensch ist ein Tier, das weiß, daß es sterben muß«, sagte Friedrich Dürrenmatt. Gegen das Sterben aber hat der Mensch Gott und die Idee des Ewigen Lebens erfunden. Auch das ist ein Teil seiner Komödie und bis zur Widerlegung am Jüngsten Tag der schönste, der erhabenste Selbstbetrug. Gott aber hat schon sehr bald nach Beginn seiner eigenen, der Göttlichen Komödie der Schöpfung, als sich bei der Sache mit dem Apfel die erste Panne der Produzentenhaftung ergab, die Sünde erfunden. Und das Feigenblatt als Verhütungsmittel. Das allerdings, sagt George Tabori in seinem mit fünfundsiebzig Jahren geschriebenen Meisterdrama namens ›Goldberg-Variationen‹, war der Einfall eines nur allzu menschlich-männlichen, weil eifersüchtigen Gottes. Und so beginnt die Geschichte des Puritanismus bereits im ersten Jahr des Herrn, welcher damals noch nicht von Juden, Christen, Moslems oder anderen Anhängern mit Exklusivansprüchen verfolgt wurde. Zugleich aber müssen Gott oder der Mensch – die Schlange ist nur ihr Aufreißer – auch die pornographische Phantasie und eine Vorstellung des Obszönen erfunden haben. Weil bei der Szene damals im Garten sonst keiner der beiden Hauptdarsteller gewußt hätte, wo überhaupt hin mit dem Feigenblatt...

Was aber ist obszön? Obszön sind gewiß nicht die Nackten vor den Gaskammern, sondern die bekleideten Befehlshaber.

»Drama«, sagte wiederum Dürrenmatt, »ist immer an Übertreibung gebunden. Das Extrem drückt aus, was im Normalen als Möglichkeit gegeben ist.« Was aber wäre heute »normal« und was noch unmöglich?

Antworten, wenn es denn welche gibt, sind immer nur in der Wirklichkeit zu finden. Nicht in der Fiktion. Ein Kunstwerk stellt selber Fragen, meist die allerältesten, und kleidet sie in neue Hüllen, Geschichten, Bilder. Tabori hat in seinen ›Goldberg-Variationen‹ freilich auch das Entstehen der Komödie und der Tragödie reflektiert, weil das Stück zugleich die Schöpfung der Welt, die Urgeschichte der Menschheit nochmals auf die Bühne bringt.

Mit einem genialen Trick: Die Szene ist ein Theater im himmlischen, irdischen Jerusalem; eine Woche wird dort ein neues Stück geprobt, am siebten Tag soll Premiere sein. So wird die biblische Geschichte, von der Genesis bis zur Kreuzigung, als Genese auch des Theaters erzählt. Nach allen Atridenschlachten und barocken Mysterien kehrt Gott hier nochmals auf die Bretter seiner Welt zurück: als Regisseur, der am ersten Proben/Schöpfungstag nach dem Beleuchter ruft: Es werde Licht!

In diesem Drama, welches ebenso wie ›Mein Kampf‹, in dem neben Herzl und Hitler der gefallene Gottkoch Lobkowitz eine Hauptrolle spielt, den Untertitel »Ein theologischer Schwank« tragen könnte, findet sich für die Frage, wann Scherze auch schmerzen können, ein Gleichnis. Das Gleichnis aber mündet in einen Witz, der sticht: Als Spiel im Spiel werden gerade einige Schlüsselszenen des Alten und Neuen Testaments geprobt. Letzter Akt, Golgatha. Regieassistent Goldberg markiert am Kreuz den Heiland, ein Bühnenarbeiter, kostümiert als römischer Hauptmann, tritt auf und fragt an, ob er auch noch drankomme. Der Regisseur: Klar, »Sie kommen auf einem Pferd herein, mit einer Tricklanze und einem Schwamm. Sie galoppieren um Goldberg herum, reichen ihm den in Cannabis getauchten Schwamm, um seine Schmerzen zu lindern, er lehnt ab und stöhnt. Sie fragen: Tut es weh, er sagt: Nur, wenn ich lache.«

Der Bühnenarbeiter: »Meinen Sie das im Ernst mit dem Pferd?« – Der Regisseur: »Ein unvergeßlicher Auftritt.« – Der Bühnenarbeiter: »Ich kann nicht reiten.« – Am Ende fragt er dann noch, ob der Regisseur auf dem Witz bestehe: »Nur wenn ich lache«, das sei geschmacklos. Der Regisseur: »Das ist die Wahrheit immer.«

Was ist die Wahrheit, was Dichtung, was ein Drama? »Leben ist nur ein wandelnd Schattenbild«, das hat nicht Platon geschrieben, sondern Shakespeare. Spiel eines armen Komödianten, »a tale / told by an indiot« – »ein Märchen, erzählt / Von einem Narren, voller Klang und Wut / Das nichts bedeutet.« Sagt Macbeth.

Nichts und alles. Auch dafür hat der Dramatiker und Dichter George Tabori ein Bild gefunden. Sein bislang letztes Stück, ›Requiem für einen Spion‹, das er im Sommer 1993 im Wiener Akademietheater mit Gert Voss, Branko Samarovski und Ursula Höpfner, seiner Frau, uraufgeführt hat, spielt noch einmal mit jenem ursprünglichen Gott-Adam-Motiv, das in den Geschichten vom Diener und Herrn die gesamte Theaterhistorie durchgeistert, von ›Amphitryon‹ bis zu ›Warten auf Godot‹ und ›Endspiel‹, von der Commedia dell'arte bis zu den Stücken Thomas Bernhards. Wir finden es wieder auch in ›Mein Kampf‹ und in den ›Goldberg-Variationen‹ – und wie dort ist bei Tabori auch diesmal eine Dritte dabei, Eva alias alias – hier Maggie. Adam alias Zucker, der jüdische Geheimagent, stirbt am Ende, Gott alias Murdoch, der ehemalige britische Spionageoffizier, und Maggie, einst beider Geliebte, überleben und erinnern sich. An alles Gewesene und an ein Paradies östlich der Donau.

Maggie: »Wir gingen die Nichtslosen besuchen... Du nanntest sie so. Sie hatten nicht einmal nichts.« Und den Nichtslosen, die den ganzen Tag offenbar wie Sisyphos arbeiteten, brachten ihre Frauen (denn die hat bei George Tabori auch der nichtsnützeste Mann) in der Dämmerung das Abendmahl, und sie aßen mit Gier und Genuß und rieben sich schmatzend die Bäuche.

Murdoch: »Es war die beste Suppe der Welt.«

Maggie: »Als wir näherkamen, sahen wir, daß in den Töpfen nur Wasser war.«

Murdoch: »Sie haben gelogen.«

Maggie: »Nein, sie waren stolz.« Und diese Nichtslosen, diese Männer, leibhaftige Schattenbilder, wird Taboris Eva alias Maggie alias Mata Hari niemals verraten.

7.

Tabori ist ein wahrer Märchenerzähler, einer, der in seinen Klassiker-Inszenierungen, in seinen Spielen mit Kafka und Beckett und in seinen eigenen Stücken noch im Schatten von Auschwitz oder in der letzten Nacht Desdemonas ein Licht des Lebens entzündet und davon berichtet, wie Menschen gegen das eigene Sterben neben der Religion auch die Liebe erfunden haben – oder den Haß, diese verrückteste Hoffnung: als banne, wenn nicht die Liebe zu einem anderen Sterblichen, als banne dann jede Tötung des anderen noch eine Weile den eigenen Tod.

So hat Tabori als erster Regisseur die beiden Jahrhundert-Täter auf die Bühne gebracht und hat gezeigt, wie selbst Hitler und Stalin ihre Lieblingsfeinde begehren: die Juden, die Kommunisten, die Kapitalisten, den Rest der Menschheit. So wie ein Jago seinen Othello braucht und Shylock das Messer und ein Messer die Wunde. Wie das Lachen die Träne.

Zwischenruf: Ist das denn noch modern, nur immer von diesen ältesten Themen und Konstellationen zu erzählen, diese Leier von Liebe, Haß und Tod noch einmal mehr zu spielen?

In früheren Zeiten hatte sich das Wissen der menschlichen Gattung nach halbwegs seriösen Schätzungen etwa alle hundert Jahre verdoppelt. In den letzten dreißig Jahren, dem Zeitraum von einer oder anderthalb Generationen, aber hat die theoretische Gesamtmenge an Wissensstoff aller geistigen Disziplinen sich bereits von Jahr zu Jahr nicht mehr nur addiert, sondern vervielfacht. Das ist in den explosionsartig wachsenden Innovationen der Naturwissenschaften begründet und in der immer ungeheureren Geschwindigkeit der Datenverarbeitung und -speicherung. Zugleich hat sich die Schere zwischen den traditionellen Kultur- und Geisteswissenschaften (die im Englischen bezeichnenderweise »humanities« heißen) und den Entdeckungen, Spekulationen oder Experimenten der theoretischen Physik, der Nuklear- und Biophysik, der Biochemie und ihrer naturwissenschaftlichen Grenzgebiete dramatisch geöffnet. Damit verändert sich für jede ästhetische Überlegung auch das Verhältnis zur Moderne.

Die Moderne in der Kunst des späten 19. und beginnenden 20. Jahrhunderts, begriffen als permanente Innovation von Formen und Inhalten, machte nur Sinn in einer Gesellschaft, die an den linearen Fortschritt auf allen Gebieten der Geschichte glaubte; die auf eine irgendwie parallele oder gar geschwisterliche Vorwärtsentwicklung von Wissenschaften und Künsten vertraute. Damit freilich ist es heute vorbei, nicht zuletzt im Angesicht einer möglich gewordenen und vielleicht schon in Gang gesetzten Selbstzerstörung dieses Planeten. So leben wir heute, was politische Utopien, was philosophische und ästhetische Visionen oder gar Doktrinen beträfe, zumindest im Westen der Welt in einer, wie es Octavio Paz nennt, »spirituellen Wildnis«.

Und in dieser Wildnis erinnert das Theater als öffentlichste aller Künste mit nicht viel mehr als ein paar Worten, Gebärden, Körpern Abend für Abend daran, daß trotz Atombomben, Ozonlochs und Mikrochips der Mensch noch immer in der nackten, dünnen Haut von Adam und Eva steckt. Die Lust der Liebe, der Schmerz des Abschieds, die Angst vor dem Tod sind ihm geblieben. Die alte Haut. Wenn man in sie sticht, dann schmerzt und blutet es wie von Anbeginn. Erst wenn der Mensch den wirklichen Unmenschen züchten wird, den Androiden, hat die Naturwissenschaft über die Natur gesiegt. Dann ist auch das alte Spiel vorbei – und es wird vielleicht nur noch die letzte Geschichte vom Zauberlehrling zu erzählen sein, den das Objekt seines Aberwitzes überwältigt und hinausprügelt, und das nicht nur aus den Gen-Laboren. Dieser letzte Akt ist dann auch die Geschichte eines zweiten Sündenfalls, aber die Frucht der Erkenntnis wird nicht mehr süß sein, und nach der Austreibung aus dem Paradies der Erde wird es keine andere Zuflucht mehr geben, keinen Weltraum, keinen Himmel, keine Hölle. Dann ist die Bühne leer.

Bis es soweit ist, aber darf das Theater als Schauplatz der wirklichen Moderne gelten; als Ort, wo es keinen zeitlichen oder technologischen Fortschritt gibt, nur die Stimme und Körper werdende Beschwörung einer Pluralität von Vergangenheit und Gegenwart, von Geschichte, Geschichten und jetziger, hier und heutiger Präsenz. Ein Ort, an dem Hitler einem Juden ein Buch raubt, das bereits ›Mein Kampf‹ heißt – in dem der künftige Diktator jedoch lauter unbeschriebene Blätter findet, Zeugnisse der Hoffnung noch jedes Autors, und dann einen einzigen Satz. Der ist einer aus dem Märchen, doch einen existenzwahreren gibt es noch keinen. Der Satz aus Schlomo Herzls ›Mein Kampf‹ heißt: »Und wenn sie nicht gestorben sind, dann leben sie noch heute.« Darauf fragt Hitler, wo der Rest des Buches sei. Der Rest ist in meinem Kopf, antwortet Schlomo. Er ist dort und in den Köpfen von uns, den Zuschauern und Lesern.

München, Oktober 1993

Die Kannibalen

Deutsch von
Peter Sandberg

Dies ist die ungewöhnliche Geschichte einer Tischgesellschaft, mitgeteilt von den Nachgeborenen derer, die an dem Festmahl teilnahmen, sowie von den beiden Überlebenden, denen wir die Kenntnis der Fakten verdanken.

Zum Gedenken an Cornelius Tabori,
umgekommen in Auschwitz,
ein bescheidener Esser.

Personen

HIRSCHLER } Die Überlebenden
HELTAI }
ONKEL
KLAUB, ein Medizinstudent
DER ZIGEUNER
WEISS, der Koch
PROFESSOR GLATZ
GHOULOS, der Grieche
DER KLEINE LANG
DER RAMASEDER-JUNGE
DER STILLE HAAS
PUFFI, ein fetter Mann
SCHREKINGER, der Engel des Todes
KAPO

STIMMEN

Bild: Ein schwarzer Raum. Ein langer Tisch mit Bänken und Hockern. Ein großes Stahlrohr-Pritschengestell mit drei übereinanderliegenden Pritschen. Ein altmodischer Ofen. Eine Tür. Ein großer Kochkessel, der als Pißeimer dient.

1. Akt

Man hört über die Lautsprecher die Stimmen Sterbender nach ihren Leibgerichten rufen.
Onkel tritt ein, nimmt ein Paar weiße Handschuhe vom Tisch, zieht sie an, setzt sich an den Tisch. Man hört leise Musik, eine Polka, gespielt von einem Blasorchester.
Die Gäste treten von verschiedenen Seiten nacheinander auf. Sie verteilen sich im Raum, sie lauschen. Die Stimmen hören auf. Alle blicken, ein gefrorenes Lächeln im Gesicht, starr ins Publikum. Die Musik wird lauter, bis sie von der Lagersirene jäh abgeschnitten wird. Blitzschnell trotten alle zu den Pritschen, wie Marionetten, und legen sich schlafen. Ein Hahn kräht.
Puffi setzt sich auf, klettert vorsichtig von seiner Pritsche herunter und schleicht auf Zehenspitzen in eine Ecke. Er setzt sich. Er blickt sich um. Aus der Achselhöhle holt er ein Stück Brot heraus. Er betastet es, riecht daran, küßt es. Der Hahn kräht zum zweiten Mal. Puffi bricht ein Stück von dem Brot ab und beginnt zu kauen. Das Brot ist hart. Er kann ein Geräusch nicht vermeiden.

PUFFI Krrump.
Die anderen setzen sich nacheinander auf.
Krrump.
Die anderen lauschen. Sie trauen ihren Ohren nicht.
KLAUB Da ißt jemand was.
Klaub, Ghoulos und der Zigeuner fangen an, nach dem Esser zu suchen. Sie halten inne, sie spähen, sie lauschen. Sie öffnen Haas mit Gewalt den Mund, um nachzusehen, ob sich Brotkrumen darin finden.
PUFFI K-r-r-ump.
Sie drehen sich um. Sie beobachten ihn. Der Speichel tropft ihnen vom Kinn, wie Hunden. Lang wird ohnmächtig.
Krrump.
Er bemerkt sie. Er versucht, aus dem Raum zu entkommen.

KLAUB Schnappt ihn!

Sie stürzen sich auf Puffi. Nur Onkel hält sich aus dem Handgemenge heraus. Ein kurzes Quietschen von Puffi

ONKEL Aber Kinder, das ist doch keine Art.

Sie lassen Puffi liegen und trotten eilig mit den erbeuteten Brotstückchen an ihre Plätze. Sie essen gierig, grunzend und schmatzend.

Solche Turnübungen sind doch ganz sinnlos. Was habt ihr denn ergattert? Zeigt mal her!

Klaub zeigt ihm ein kleines Stück Brot.

War das die Sache wert? Schämt ihr euch nicht? Kriege ich auch ein kleines Stück?

Die anderen hören auf zu essen und blicken überrascht auf.

Ich bin einfach neugierig, wie Brot schmeckt.

Klaub bricht ihm ein winziges Stück ab. Er ißt.

Was meinst du, was für Brot das ist, Mais oder Roggen?

KLAUB *nach prüfendem Schnalzen* Roggen.

ONKEL *ebenso* Mit einer Spur Kümmel drin, wenn ich nicht irre.

KLAUB *ebenso* Du irrst dich nicht.

ONKEL Es schmeckt hervorragend, das muß ich zugeben. Gebt Puffi auch was ab.

GHOULOS Der ist tot.

Er stößt Puffi mit dem Fuß an, Puffi rollt nach vorn bis zur Rampe.

HIRSCHLER Er sah noch kerngesund aus, als ich ihn das letzte Mal sah.

ONKEL Seht ihr, was ihr angerichtet habt? Ihr Tiere! – Schweine halten es nicht durch, Hunde halten es nicht durch, und die Fliegen fallen tot auf die Erde.

KLAUB *eine Fliege verfolgend* Bssss. Bssss.

ONKEL Nur der Mensch hält durch... *Zum Zigeuner* Entschuldigung, muß eben mal mein Bedürfnis verrichten.

Der Zigeuner macht ihm am Pißeimer Platz.

Es gibt nur einen Weg, um durchzuhalten, und das ist Höflichkeit; daß man sogar zu den Wachmannschaften sagt: Nach Ihnen, Herr Offizier. Aber solltet ihr jemals so werden wie die, was Gott verhüten möge, dann könnt ihr euch ebensogut gleich aufhängen – ist vielleicht zufällig noch ein kleines Stückchen übrig?

KLAUB Nein.

ONKEL Will gar nicht in Gang kommen, heute. *Nach oben, zu Gott* Noch nicht? – Falls überhaupt jemals. – Ramaseder, wann habe ich das letzte Mal gepißt?

RAMASEDER Am Montag.

ONKEL Nein, wie die Zeit vergeht! – Könnte mal jemand pfeifen, bitte?

Sie pfeifen den ›Yankee Doodle‹.

Mehr Glück beim nächsten Mal.

ZIGEUNER *mimt einen gesund und kräftig Pissenden, indem er aus einer Blechkanne etwas Wasser in den Topf gießt* Wo ein Wille ist, ist ein Weg!

Die anderen applaudieren.

KLAUB *eine Fliege verfolgend* Bsss. Bsss.

Er will sie fangen, da kommt ihm Onkel um Haaresbreite zuvor.

ONKEL *triumphierend* Bsss. Bsss.

Die anderen applaudieren.

RAMASEDER Darf ich die haben, Onkel?

ONKEL Fang dir doch deine eigene Fliege, verdammt noch mal!

DIE ANDEREN *schockiert* Bsss!

ONKEL Warte, es tut mir leid, komm her zu mir, Junge. – Ramaseder, ich bin enttäuscht von dir. Ich weiß, du bist erst zwölf, aber das ist keine Entschuldigung. Du verstößt andauernd gegen die Regeln. Neulich abend habe ich dich beobachtet, beim Essenfassen – wann hat's eigentlich das letzte Mal offiziell was zum Abendbrot gegeben, vor einem Monat? –, und als du die Essenholer mit dem großen Kessel über den Hof kommen sahst, da hast du dich in der Schlange klammheimlich bis ganz nach vorn geschoben. Du weißt doch genau, es ist viel besser, man stellt sich hinten an, unten im Topf ist die Suppe am besten. Wirst du das denn nie lernen? Mach den Mund auf.

Er schiebt Ramaseder die Fliege in den Mund. Ramaseder kaut.

HIRSCHLER *im Rhythmus der Kaubewegungen* Bsss. Bsss.

ONKEL *an Puffis Leiche, eine Decke um Kopf und Schultern geworfen, quasi ein ›Kaddisch‹ intonierend* Hier brach ein edles Herz, nicht ohne Nachhilfe seitens seiner Freunde. Puffi Pinkus, ruhe er in Frieden. Er war der zweitfetteste Mann Europas, keine geringe Leistung. Die Aufseher machten gern Fotos von ihm, um der Nachwelt zu beweisen, wie gut man uns Judenschweine verpflegte. Er liebte sein Kind...

HELTAI *im Singsang einfallend* Kinder...

ONKEL ... wurde wohlhabend, indem er Gänse züchtete und ihre... *Er stockt.*

HIRSCHLER *hilft aus, im Singsang* Leber...

ONKEL ... in alle zivilisierten Länder exportierte, sic transit gloria mundi.

ZIGEUNER *unterbrechend* Ja, ja, schon gut, sprich zu mir von Gänseleber.

WEISS Exportierte er sie im Ganzen, als Leber, meine ich, oder als Gänseleberpastete?

Pause

PUFFI *erwacht für einen Augenblick wieder zum Leben* Im Ganzen.

ZIGEUNER Irgendein reicher Scheißer frißt die jetzt, mit heißem Toast – und Butter.

ONKEL Möge seine Grabschrift lauten: ›Er speiste seine Mitmenschen‹.

DIE ANDEREN Amen.

LANG Oh, Gott! *Er bricht zusammen.*

ONKEL *der die Decke über Puffi geworfen hat* Na, was ist? Tragt ihn hinaus und begrabt ihn zwischen dem Löwenzahn.

Die anderen ergreifen zögernd Puffis Arme und Beine.

KLAUB Moment mal.

Er zieht langsam die Decke weg. Glatz will den Raum verlassen.

Hinsetzen.

GLATZ Jawohl.

Weiss entblößt Puffis Bauch. Er befühlt ihn sachkundig. Haas läßt einen krächzenden Laut hören. Weiss zieht Puffi einen Schuh und Strumpf aus, befühlt die Wade, wechselt einen Blick mit Klaub. Alle sehen wie gebannt zu. Weiss läßt das Bein fallen, das Signal: Puffi wird ausgezogen.

KLAUB *tritt währenddessen nach vorn, verbeugt sich vor dem Publikum* Als angehender Mediziner erklärte er ihnen, daß sie keinerlei üble Folgen zu befürchten brauchten, wie z. B. Verstopfung,

Gastritis oder Brechdurchfall – und bei richtiger Zubereitung, geschmort, gekocht oder auch gebraten, und gut gekaut – das versteht sich von selbst, jeder Bissen muß ordentlich gekaut werden, am besten sechs- oder siebenmal – müßte der Geschmack angenehm und der Nährwert hoch sein. Schließlich und endlich sei der Unterschied geringfügig.

ONKEL Was macht ihr da, wenn ich fragen darf?

KLAUB Wir machen Feuer.

GHOULOS Es ist kalt hier.

KLAUB Der Ofen ist ausgegangen.

ONKEL Der Ofen ist schon seit Wochen aus.

ZIGEUNER Ja, aber seit gestern abend schneit es.

ONKEL Wo habt ihr das Brennholz her?

Der Zigeuner tut, als verstünde er nicht.

ZIGEUNER Gefunden.

ONKEL Gefunden?

LANG Aus Pritsche 21 rausgebrochen.

Der Zigeuner schlägt Lang gegen den Magen, Lang fällt um, Hirschler wirft eine Decke über ihn.

ONKEL Seid ihr verrückt geworden? Wo soll der Junge schlafen?

GHOULOS Wir haben eine Menge leerer Pritschen.

ONKEL Aber das war seine Pritsche, das war das einzige, was ihm gehörte!

KLAUB Er kann ja Altschuls Pritsche nehmen, da zieht es nicht.

ONKEL Altschul kann jeden Tag aus dem Krankenbau zurückkommen.

KLAUB Nein, der kommt nicht zurück.

Ghoulos bekreuzigt sich.

ZIGEUNER Er – – *Wirft eine Kußhand nach oben* – – denkt an alles.

LANG *hält eine winzige Rübe in die Höhe* Eine kleine Steckrübe, mit den besten Empfehlungen.

WEISS *eine Schürze um den Leib gebunden* Das Salz habe ich.

ONKEL Und woher stammt diese alberne Kostümierung?

WEISS Puffis Unterwäsche, hast du was dagegen?

ONKEL Konntet ihr nicht warten, bis sein Grab fertig war?

KLAUB Er wird kein Grab brauchen.

Haas kommt mit dem großen Topf, krächzend. Er stellt den Topf auf den Ofen.

GHOULOS Der Topf wurde ausgewaschen und mit Schnee gefüllt.

ONKEL *stößt den Topf von der Ofenplatte; er kollert mit Getöse nach vorn, wird von Haas aufgehalten.* Ich verbiete euch, damit fortzufahren. Ich will in der Hölle schmoren, wenn ich euch fortfahren lasse!

KLAUB *zu Haas* Stell ihn wieder drauf.

Haas schickt sich an, den Topf zurückzurollen, aber Onkel stellt sich plötzlich hinein.

ONKEL Verflucht wirst du sein in der Stadt, verflucht auf dem Acker; verflucht dein Korb und dein Backtrog; verflucht die Frucht deines Leibes; verflucht wirst du sein, wenn du eingehst, verflucht, wenn du ausgehst!

WEISS Entschuldige, wo ist das Messer?

ONKEL Was für ein Messer?

KLAUB An dem Tag, als der Zigeuner versuchte, den Griechen umzubringen, wurde als ein Zeichen unseres Vertrauens das Messer dir übergeben.

ZIGEUNER Es ist das einzige Messer in der ganzen Baracke.

ONKEL *setzt sich auf den Topfrand* Hab ich nie zu Gesicht bekommen.

KLAUB Ich habe es dir selbst gegeben.

HIRSCHLER Durchsucht seine Pritsche.

Einige fangen an zu suchen.

HELTAI Er hat es sich ans Bein geschnallt!

Sie hören auf zu suchen und nähern sich Onkel.

ONKEL *springt mit einem Satz vom Topf, ein langes rotes Küchenmesser schwingend* Sagt mir, wozu ihr es haben wollt!

KLAUB Schickt das Kind raus.

ONKEL Schickt das Kind raus? Das ist ja zum Lachen! Gibt's irgendwas, wovon er nichts weiß? Was fällt vom Himmel wie Regen?

RAMASEDER Asche.

ONKEL Wo warst du, als Altschul seine eigene Scheiße aß?

RAMASEDER Ich war dabei.

ONKEL Ich glaube, dieses Kind braucht nicht hinausgeschickt zu werden.

KLAUB Gibst du mir das Messer, Onkel?

ONKEL Ich denke nicht daran.

KLAUB Dann muß ich es dir wegnehmen.

Er tritt auf Onkel zu und greift nach dem Messer. Hirschler drängt sich dazwischen, nimmt Onkel beim Arm und führt ihn auf die andere Seite.

HIRSCHLER Hör zu, Onkel, laß uns die Dinge mal richtig sehen. Der Kuchen ist zu klein, es langt nicht für alle. Jedesmal, wenn du ißt, nimmst du einem anderen das Brot vom Munde weg. Jetzt, in diesem Augenblick, wo du so viel Wind machst, sterben Millionen in Indien an Hunger; aber vielleicht sind wir heute zufällig auf die eleganteste Lösung gestoßen. Die Friedhöfe sind voll von Leckerbissen; die Öfen arbeiten, daß es nur so raucht, und hübsche fette Selbstmörderleichen schwimmen in jedem Bach. Und all dieses absolut brauchbare Material liegt ungenutzt herum! Hängt dir der ewig gleiche Fraß nicht zum Hals heraus? Was glaubst du, was für ein wunderschönes gebratenes Schwein du abgeben würdest, mit einer Zitrone im Maul!

LANG Onkel, sei doch vernünftig!

HELTAI Onkel, du solltest auf unseren Herrn Weiss hören!

HIRSCHLER Herr Weiss!

Weiss kommt angetrottet.

HELTAI Herr Weiss, geben Sie mal eine Ihrer verlockenden Beschreibungen zum besten.

Anfeuernde Zurufe der anderen

WEISS Ach, herrje, das waren noch Zeiten. Damals konnte ich dreihundert Rezepte auswendig. Hatte sie alle parat, wie nix.

Er schnippt mit den Fingern. Anfeuernde Zurufe der anderen

Kalbsnieren, gedünstet!

Beifall; Hochrufe; Stöhnen; Speichelfluß

Kalbsnieren, gedünstet. Die kurz überbrühten Nieren in Scheiben schneiden, mit Zitronensaft beträufeln und in guter Butter mit etwas Bratensaft, Salz, Pfeffer, feingehacktem Sellerie und feingehackter Zwiebel anbraten. Im geschlossenen Topf auf ganz kleiner Flamme gar dünsten lassen. Nochmals mit Salz abschmecken, und zum Schluß zwei Eßlöffel Sherry!

Beifall der anderen, Zurufe

ZIGEUNER Ich bin so glücklich, ich könnte tot umfallen!

ONKEL *selber verlockt* Ihr werdet zu essen haben; ihr werdet essen nicht einen Tag lang noch zwei Tage oder zwanzig Tage, sondern einen Monat lang sollt ihr essen, bis es euch zu den Nasenlöchern herauskommt und wird euch zum Ekel, weil ihr abtrünnig seid dem Herrn, eurem Gott, der unter euch ist!

ZIGEUNER Halt den Mund. Er soll seinen Mund halten. *Auf Onkel zu* Ich sage dir, halt den Mund! *Vor Onkels drohender Geste hinter die Pritsche fliehend* Eins... zwei... drei... Halt den Mund!

Die anderen fallen ein, schreiend und kreischend: »Halt den Mund!«

ONKEL *über dem Lärm* Die Lippen meiner Widersacher regen sich wider mich täglich! Sieh doch, sie sitzen oder stehen auf, so singen sie von mir Liedlein!

Er stürzt zu Puffi, hebt dessen leblosen Arm in die Höhe; Klaub folgt ihm, versucht ihn vergeblich zum Schweigen zu bringen.

Der Geier niste auf eurem Dach, das Wiesel in eurer Bettstatt!

Allgemeiner Lärm

Eure Träume schrecke ein mondgesichtiger Irrer, seine großen blutigen Finger stößt er euch in die Augen! Ihr habt euren Vater geschlachtet, er dient euch zur Speise. Ich werde mich diesem Greuel widersetzen bis zum letzten Hauch!

GHOULOS *außer Atem* Hauch? Was für'n Hauch? Der letzte Hauch? Oh, sehr schön ausgedrückt. Aber, entschuldige, wir sind beeindruckt von deinen weißen Handschuhen, aber ich habe Hunger. Verstehst du mich? Ich... habe... Hunger! Du bist wunderbar, aber wenn du noch einmal dein stinkendes Maul aufmachst, dann schlage ich dir den Schädel ein! *Er greift eine Bank, versucht sie Onkel an den Kopf zu werfen, taumelt; zum Publikum.* Er war nie ein starker Mann. *Läßt die Bank fallen und bricht über ihr zusammen*

HELTAI In diesem Fall bin ich ganz deiner Meinung, Onkel, aber nur aus Gesundheitsgründen. Puffi ist zu fett für meine Magengeschwüre.

WEISS Gekochtes kann dir nichts schaden.

HELTAI *verblüfft* Was? Ja, natürlich, wenn man's so betrachtet...

KLAUB Schluß jetzt. Gibst du mir das Messer, Onkel?

ONKEL *auf Klaub zu, mit hocherhobenem Messer* Das vergrabe ich im Schnee, und zwar so, daß du es nicht findest!

Klaub greift nach dem Messer, während Onkel sich umdreht. Im Zeitlupentempo entwickelt sich ein Kampf, in den alle verwickelt werden. Onkel wird gegen andere geschoben, bringt sie mit sich zu Fall; Einzelkämpfe entwickeln sich; Onkel kriecht nach hinten, richtet sich auf, das Messer in der Hand; Hirschler faßt ihn, versetzt ihm einen Faustschlag; Heltai ergreift das Messer, gibt es an Weiss weiter, der damit zum Topf zu kriechen beginnt; im folgenden wankt Onkel, von Ramaseder gestützt, zur Pritsche und klettert mühsam hinauf. Die übrigen liegen erschöpft am Boden. Hirschler und Heltai treten vor, zünden sich Zigaretten an und setzen sich im folgenden auf eine Bank. Sie sprechen teils miteinander, teils ins Publikum. Man hört den Wind draußen.

HIRSCHLER Das Charakteristische an diesem Kampf – – –

HELTAI Kampf? Als Kampf würde ich es nicht bezeichnen.

HIRSCHLER Wie ich eben gerade sagen wollte – – –

HELTAI Entschuldige, ich wollte dich nicht unterbrechen.

HIRSCHLER Es war zweifellos kein Kampf in irgendeinem sportlichen oder angelsächsischen Sinn. Das Ganze hatte etwas zutiefst Jüdisches – – –

HELTAI Du meinst, Dilettantisches?

HIRSCHLER Nein! Darf ich vielleicht mal ausreden –?

HELTAI Bitte, bitte.

HIRSCHLER Es war mehr eine Balgerei – behutsam, alptraumhaft, unwirklich.

HELTAI Wie ein Kampf unter Wasser.

HIRSCHLER Ja, Schläge wurden ausgeteilt, aber sie kamen nicht an.

HELTAI So? Der kleine Lang blutete aus der Nase.

HIRSCHLER Ach, du lieber Gott! Der kleine Lang und seine Nase! Die blutet doch alle Augenblicke. Man sagte, wie geht's, und sie fing an zu bluten.

HELTAI Onkel ging zu Boden.

HIRSCHLER Was willst du damit sagen? Onkel fiel hin, weil er alt war.

HELTAI Keineswegs. Er kriegte einen Faustschlag ins Gesicht, deshalb fiel er hin.

HIRSCHLER So? Daran kann ich mich gar nicht erinnern.

HELTAI Du kannst dich nicht erinnern – weißt du, warum? Weil du es warst, der ihm den Schlag verpaßte.

HIRSCHLER Ich? Was du nicht sagst! Das weiß ich überhaupt nicht mehr.

HELTAI Du bist auf ihn losgegangen – so!

HIRSCHLER Na, sehr hart kann ich ihn aber nicht getroffen haben. Wollen wir sagen, ich hab ihn mit der Faust gestreift?

HELTAI Gestreift? Du hast ihm fast den Schädel eingeschlagen!

HIRSCHLER Ich hatte Hunger.

HELTAI Na, klar hattest du Hunger. Wir hatten alle Hunger. Das Messer wurde ihm weggenommen, um Puffi in Stücke zu schneiden. *Er hält die Hand vor den Mund.*

HIRSCHLER Geht dir das immer noch nach?

HELTAI Nein.

Ein lauter Rülpser von allen am Boden Liegenden

HIRSCHLER Was ist denn los mit dir? Das ist jetzt fünfundzwanzig Jahre her.

Onkel ist auf der obersten Pritsche eingeschlafen. Weiss richtet sich hinter dem Topf auf und beginnt, das Messer zu schleifen.

HELTAI Ich war es, ich hab ihm das Messer weggenommen und es Weiss gegeben. Und Weiss schliff es am Ofen scharf.

WEISS Ksss – Ksss.

HIRSCHLER Weiss? Weiss? Welcher war denn das?

Weiss, hinter dem Topf, winkt.

HELTAI Weiss war der Koch.

HIRSCHLER Ich hab keine Ahnung, wovon du redest.

HELTAI Du mußt einen gesunden Schlaf haben.

WEISS Ksss – Ksss.

HIRSCHLER Wie geht's denn deiner Frau?

HELTAI Frag lieber nicht.

HIRSCHLER Was willst du, was soll ich denn machen? Vegetarier werden? Die, die gelitten haben, die wollen nicht mehr leiden. Ich meine, sie standen schon mit einem Bein im Jenseits, und jetzt sind sie ruhig.

Pause

Na schön, gewisse Sachen krieg ich einfach nicht mehr runter. Neulich, in diesem spanischen Bums in der MacDougal-Straße, da gab's so 'n ganzes gebratenes Spanferkel, Spezialität des Hauses. Fett und runzlig, schauderhaft realistisch. Ich meine, es sah aus wie ein Schwein. Ich hab nichts gegen ein Schweinskotelett. Ein Schweinskotelett ist was Abstraktes. Könnte sonst was sein. Bei einem Schweinskotelett denke ich nicht an ein Schwein.

WEISS Ksss – Ksss.

Klaub ist aufgestanden, um Puffi nach hinten zu ziehen.

HELTAI Ich war heute in Eddies Schnellimbiß.

HIRSCHLER In welchem denn?

HELTAI An der Autobahn.

HIRSCHLER *ungeduldig* Ja, aber in welchem denn?

HELTAI Ausfahrt 8-A.

HIRSCHLER Aha.

HELTAI Das Lokal lieb ich. Lach nicht – ich liebe Eddies Schnellimbiß.

HIRSCHLER *lacht* Ich hab ja gar nicht gelacht.

HELTAI Es ist so nett dort, so gemütlich.

HIRSCHLER Was hast du gegessen?

HELTAI Bananen-Split. Bei Eddie bestell ich mir immer einen Bananen-Split.

HIRSCHLER Und vorher nichts? Club-Sandwich? Schaschlik? Paniertes Kalbsschnitzel?

HELTAI Ich muß auf meine schlanke Linie achten.

Sie lachen und klopfen sich auf den Bauch.

WEISS Ksss – Ksss.

HIRSCHLER Also warum bestellst du dir 'n Bananen-Split?

HELTAI Ich kann einfach nicht anders. Jedes Mal, wenn ich bei Eddie vorbeikomme, muß ich reingehen und mir 'n Bananen-Split bestellen. Ich schlängele mich zur Theke, ich mach mir die Krawatte auf, ich schiebe das Messer weg.

WEISS Ksss – Ksss.

HIRSCHLER Natürlich schiebst du das Messer weg.

HELTAI Was ist 'n daran so natürlich?

HIRSCHLER Hast du schon mal versucht, einen Bananen-Split mit 'm Messer zu essen?

HELTAI Das ist nicht der Grund, warum ich das Messer wegschiebe.

WEISS Ksss – Ksss.

Pause

HIRSCHLER Also wenn ich bei Eddie reinschau, eß ich Erdbeeren mit Sahne.

HELTAI Über Geschmack läßt sich nicht streiten.

Hirschler schaut zu Boden. Dann steht er auf, mit verändertem Gesicht. Er spricht mit verzerrtem Mund, wie ein Gelähmter, direkt ins Publikum.

HIRSCHLER Nach meinem ersten Schlaganfall konnte ich 'ne Zeitlang nicht sprechen. Wir waren noch zwölf Mann in Block Sechs, nach Weihnachten. Zwei von uns überlebten. Heltai hat eine Spielzeugfabrik. Ich bin Frauenarzt in Long Island. Mir geht's gut. Zwei Autos, Freiluftgrill im Garten, mit allen Schikanen.

WEISS Ksss – Ksss.

Haas kommt Klaub zu Hilfe. Gemeinsam ziehen sie die Leiche Puffis nach hinten, wo Weiss von seinem Podest hinter dem Topf herunterkommt und sie erwartet. Der Zigeuner winkt Puffi nach. Weiss tritt über die Leiche, hebt das Messer und führt einen großen Bauchschnitt aus. Allgemeines Aufstöhnen. Haas erklettert die oberste Pritsche, überzeugt sich, daß Onkel schläft, und signalisiert dies den anderen, die mit dem Finger im Mund Geräusche wie »blob-blob-blob« erzeugen. Die »blob«-Laute von der Bühne blenden über in das blubbernde Geräusch kochenden Wassers, das aus den Lautsprechern kommt. Dazu hört man eine Stimme.

STIMME *eines Mannes, über Lautsprecher* Haben Sie Sinn für das Wesentliche?

Weiss hantiert mit großen Stücken Fleisch, die er mit dem Messer zurichtet und in den Topf wirft. Danach beginnt er, mit einer Schöpfkelle gleichmäßig im Topf zu rühren.

Wenn Sie ein Essen vorbereiten sollen, woran denken Sie zuerst? An eine schön dekorierte Torte oder an einen raffiniert angemachten Salat? Kochkunst und bloße Ernährung sind nicht dasselbe – Sie dürfen das eine nicht mit dem anderen verwechseln.

Die anderen sitzen um den Tisch, bis auf Klaub, der auf einem Hocker sitzt und sich eine Decke wie eine Kapuze über den Kopf gezogen hat.

Versuchen Sie, die Mahlzeiten nach Aussehen und Geschmack so vielseitig wie möglich zu gestalten. Entwickeln Sie Phantasie bei den Zutaten. Bewahren Sie Ruhe, auch wenn Ihnen die Haare ins Gesicht hängen und Ihnen auf unschöne Weise die Nase läuft. Ihre ersten Kochversuche werden vielleicht mit einem Fiasko enden, aber bald werden Sie Geschick und Routine erwerben und damit Freude und Selbstvertrauen. Das glauben Sie mir nicht? Vielleicht schöpfen Sie Mut, wenn ich Ihnen sage, daß ich selbst einmal die unwissendste und hilfloseste kleine Frau war, die ein mittelloser junger Mann sich je auf den Hals geladen hat. Gemeinsam haben wir so manches Brandopfer auf dem Altar der Ehe dargebracht, aber heute kann ich ein Essen geschmackvoll zubereiten und appetitlich servieren.

Kichern. – Das Geräusch kochenden Wassers wird lauter und verebbt. Lange Pause

KLAUB Wie lange wird es dauern?

WEISS Hetz mich nicht.

Pause

GHOULOS Er hat ja nur gefragt.

WEISS Ein anständiges Essen braucht seine Zeit.

Pause

ZIGEUNER Ja, gut, aber wieviel Zeit?

WEISS *schreiend* Zeit.

Der Zigeuner stöhnt, stampft mit dem Fuß. Pause

KLAUB Eine Stunde? Zwei Stunden?

Weiss kommt hinter dem Topf hervor, läuft zu Klaub, wirft im Laufen die Kelle weg, die von Hirschler aufgefangen wird, der sich daran »verbrennt«, die Hand zum Ohrläppchen führt usw.

WEISS Wenn du mir weiter den Nerv tötest, höre ich auf!

Tumult, beschwichtigende Zurufe, alle sprechen durcheinander.

LANG Nicht doch, nichts für ungut, Herr Weiss.

GHOULOS Niemand will, daß Sie aufhören, Herr Weiss.

Weiss nimmt die Kelle wieder und geht auf seinen Platz zurück, wo er weiter im Topf rührt.

KLAUB Ich hab dich was gefragt, da kannst du ruhig antworten.

Protestgeheul der anderen

HELTAI Laß ihn doch, er ist eben ein Künstler. Flaubert brauchte fünf Jahre für ›Madame Bovary‹.

ZIGEUNER *außer sich* Madame Bovary kann mich am Arsch lecken!

Pause der Erschöpfung

HIRSCHLER Könntest du uns wenigstens annähernd sagen, wann es soweit sein wird? Sagen wir, etwa um... um...

HELTAI Mein lieber Junge, vielleicht sagst du uns erst mal, wie spät es ist?

Schweigen. Angstvolle Blicke werden gewechselt.

WEISS Seit wann interessieren wir uns dafür, wie spät es ist?

GHOULOS Die Sirene für die Arbeitskommandos ging um halb sechs.

KLAUB Die Sirene ist schon seit zwei Wochen außer Betrieb.

Schweigen

GHOULOS *plötzlich* Es ist fast Mittag.

KLAUB Woher willst du das wissen?

GHOULOS Die Schatten sind schwärzer.

ZIGEUNER *gereizt* Schatten? Was für Schatten?

HELTAI Da draußen gibt's eine Sonne, nicht wahr?

HIRSCHLER Was gibt's da?

HELTAI Vielleicht können wir uns provisorisch darauf einigen, daß es jetzt... daß es jetzt...

HIRSCHLER *gereizt* Worauf soll ich mich einigen? Ich hab keine Ahnung. Vielleicht ist es fünf Uhr nachmittags!

Pause

LANG Ach, du meinst tea-time?

Hohngelächter des Zigeuners

HIRSCHLER *wütend* Erzähl du mir nicht, was ich meine, Junge.

HELTAI *bemüht um Orientierung* Das Licht nimmt ab, die Dunkelheit bricht herein, es ist Nacht. Soweit alles klar. Das Licht nimmt zu, die Dunkelheit nimmt ab, wieder ein neuer Tag. Es ist kalt, dann ist es heiß. Die Blätter sind grün, die Blätter sind gelb, die Blätter sind fort.

ZIGEUNER So lange kann ich nicht warten.

HIRSCHLER Andererseits, um mich mal weniger poetisch auszudrücken, muß ich immer scheißen, wenn die Sirene geht, ob sie nun geht oder nicht. Manche Dinge ändern sich eben nie.

HELTAI Ja, ja, die ewigen Wahrheiten.

GHOULOS Es ist halb zwölf.

ZIGEUNER Woher willst du das wissen?

Man hört den Wind draußen.

GHOULOS Ich habe eine Uhr.

ZIGEUNER Seit wann?

GHOULOS Es ist jetzt elf Uhr dreißig Minuten und zwölf Sekunden. Und ich kann euch versichern, draußen sind überall Schatten, im ganzen Gelände, hingestreckt, platt auf dem Erdboden. Schatten von den Baracken, von den Wachtürmen, vom elektrischen Draht – – also, das nenn ich mal einen hübschen Schatten – – von den Schubkarren mit den aufgetürmten Leichen. Ich weiß es nicht genau, aber ich glaube, der Himmel ist auch noch da, voller Rauchstreifen.

Er stößt krampfhaft Luft durch die Nase aus. Der Zigeuner nähert sich ihm.

Wer ist heute in diesem Rauch? Wir wollen dankbar sein, daß wir hier drinnen sind.

ZIGEUNER *auf Ghoulos zu* Was du zusammenredest...

Er würgt Ghoulos am Hals und beißt ihn in den Nacken, Ghoulos schreit auf, Heltai trennt die beiden.

HELTAI Man spielt nicht mit seinem Essen, Junge!

HIRSCHLER Übrigens muß ich sagen, ich bin in einigen der besten Restaurants von ganz Europa gewesen –

Wutausbruch

– aber so lange hab ich noch nie auf was zu warten brauchen, nicht mal auf ein Soufflé!

ZIGEUNER Was? Was?

HIRSCHLER Soufflé.

ZIGEUNER Welche Art von Soufflé?

HIRSCHLER Das weiß ich nicht mehr.

ZIGEUNER *würgt Hirschler am Hals* Denk nach, du Scheißkerl!

HIRSCHLER *erstickt* Ich glaube, es war ein Käse-Soufflé.

DIE ANDEREN *flüsternd* Soufflé... Soufflé... Soufflé...

HIRSCHLER Pfirsiche!

Gemurmel, entzückte Ausrufe

ZIGEUNER *sehnsüchtig* Leberwurst!

Ausrufe, Stöhnen

WEISS Maiskolben! Warme Maiskolben mit Butter!

Die Worte werden ekstatisch wiederholt.

GHOULOS *schreiend* Fettucini con insalata – – verde!!

Allgemeiner Lärm

WEISS Omelette nach Art des Hauses!

Beifall, Gelächter

GHOULOS *onanierend* Mit was?

WEISS *ihn anfeuernd* Champignons!

GHOULOS Oh, Gott!

WEISS Und Knoblauch!

GHOULOS Sag Theo zu mir!

WEISS Paprika!

GHOULOS *schreiend* Mir kommt's! Mir kommt's!

Applaus, Tumult. Der Zigeuner springt auf den Tisch.

ZIGEUNER Achtung! Aufgepaßt! Hier ist zu sehen die berühmte, nie aufgeklärte Bluttat des Leberwurst-Mörders! – Kling-klang-klingeling, vierzig Cents! Heute morgen hab ich meine gelben Schuhe verkauft. Ich liebte meine gelben Schuhe! Knapp und spitz und blank – wie der Blitz! Sssst – Sssst! *Er stolziert auf dem Tisch herum.* Sssst – Sssst! Im Dorf konnte man mich meilenweit hören! Und alle Huren schrien »Ooooh« und »Aaaah« und »Hier kommt Laci Rácz der Fünfzehnte mit seinen funkelnagelneuen Ziegenlederschuhen!« – Das ist mein Messer. Das sind meine nackten Füße. Und das ist der Winter.

Er bezeichnet Hirschler, der »Bibbern« mimt.

Das ist der Schnee.

Er bezeichnet Heltai, der Schneeflocken rieseln läßt.

Das ist der kalte Wind.

Er bezeichnet Haas, der den Wind nachahmt.

Das ist die Stadt der fetten Männer.

Dies mit Geste ins Publikum

Und das ist der Fleischer.

Er bezeichnet Ghoulos, der rückwärts auf den Tisch springt.
Das ist das Schaufenster, und da ist die Leberwurst.
Lang springt auf den Tisch.
Ich stand stundenlang draußen und sah sie an. – Hallo, Leberwurst.

LANG *verschämt* Ich glaube nicht, daß wir uns kennen.

ZIGEUNER Du bist schön.

LANG *abweisend* Ich unterhalte mich nicht mit Fremden.

ZIGEUNER Der Wind war viel lauter.

HAAS Schschschsch!

ZIGEUNER Guten Abend, Herr Fleischer. Haben Sie Leberwurst?

GHOULOS Betteln verboten.

ZIGEUNER Ich habe Geld. Kling-klang-klingeling.

GHOULOS Dann hab ich auch Leberwurst.

ZIGEUNER Wie das so ist im Leben.

GHOULOS Wie das so ist im Leben.

ZIGEUNER Ich möchte die Leberwurst mal sehen.

GHOULOS *präsentiert Lang* Hier hast du sie, Junge.

ZIGEUNER Sie ist schön.

GHOULOS Das kann man wohl sagen. *Er dreht Lang rundum.*

ZIGEUNER Was kostet sie?

GHOULOS Eins-fünfzig das Pfund.

ZIGEUNER Was ist los, wollen Sie als reicher Mann sterben?

GHOULOS Schön wär's. Du bist mein erster Kunde heute.

ZIGEUNER Wieviel gibt es für vierzig Cents?

GHOULOS *demonstriert es an Langs ausgestrecktem Arm* Ungefähr soviel.

ZIGEUNER Bitte zeigen Sie es mir genau, Herr Fleischer.

GHOULOS Keine Angst, ich schneid dir ein schönes Stück für vierzig Cents.

ZIGEUNER Heute morgen hab ich meine gelben Schuhe verkauft.

GHOULOS Ja, ja, heutzutage muß jeder sehen, wo er bleibt.

ZIGEUNER Jeder nicht.

GHOULOS Wenn du unverschämt wirst, Junge, schmeiß ich dich raus.

ZIGEUNER Sehen Sie sich vor, Herr Fleischer. Seit zwei Tagen lauf ich in dieser Stadt herum, und es ist Winter... *Er unterbricht sich, weil die anderen nicht richtig mitspielen.* ES IST WINTER!

Hirschler bibbert, Heltai läßt Schneeflocken rieseln, Haas bläst.

Wer wohnt hier eigentlich, möcht ich mal wissen? Steine? Na schön, wenn Sie unbedingt ein Stein sein wollen – wissen Sie, was ich mit Steinen mache? Ich ritze meinen Namen in Steine!

GHOULOS Wenn du nur vierzig Cents hast – –

Er schiebt Lang zur Seite, von hinten springt Haas auf den Tisch, krächzt, entblößt seinen Oberkörper.

– – dann nimm doch 'n Zipfel Blutwurst.

ZIGEUNER Ich glaube, Sie haben mich nicht richtig verstanden, Herr Fleischer. Ich will nicht in der Staatsoper auftreten. Ich will nicht Zarah Leander ficken. Und Blutwurst will ich auch nicht.

Haas springt vom Tisch.

Ich will Leberwurst.

Macht Lang schöne Augen, ein Flirt mit Blicken entspinnt sich, bis Ghoulos aufmerksam wird und Lang ohrfeigt.

Gewöhnlich hab ich den Kopf voll interessanter Möglichkeiten – – Blumen – – Paläste – – tropische Stürme – – Damen mit langem rotem Haar. Aber seit zwei Wochen ist da nur ein Gedanke drin, und der heißt – – –

LANG *kokett* Leberwurst. *Wirft dem Zigeuner eine Kußhand zu*

GHOULOS Na, gut, du kriegst ein schönes Stück für vierzig Cents, da schneid ich dir's ab. *Demonstriert es an Langs Hals*

ZIGEUNER Ist das alles?

GHOULOS Das ist alles.

ZIGEUNER Nein, Herr Fleischer, da müssen Sie abschneiden! *Er schlägt Lang mit der Handkante gegen den Unterleib.*

GHOULOS *reißt Lang an sich* Du hast wohl deinen humorvollen Tag heute.

ZIGEUNER Wissen Sie, wie's da draußen ist, ohne Schuhe?

GHOULOS Es ist Winter.

ZIGEUNER Sogar die Spatzen sterben.

GHOULOS Dann friß doch Spatzen.

Der Zigeuner stößt Ghoulos blitzschnell mehrere Male ein Messer in den Rücken. Tumult. Ghoulos springt vom Tisch.

Mord! Raubüberfall! Polizei!

DIE ANDEREN *durcheinander* Lauft! Rennt! – Halt dich da raus! – – Laßt ihn doch! Laßt ihn essen! Laßt ihm seine Leberwurst!

ZIGEUNER *hat sich Lang über eine Schulter geworfen, umkreist die Bühne* Sie haben mich nie erwischt! Geheimnisvolles Verschwinden des Täters! Beschreibung in allen Zeitungen! Groß – – schlank – – dunkles Haar – – barfuß! In einem Güterschuppen versteckt, mit der Leberwurst!

Er stellt Lang vorn auf eine Bank, er richtet sich auf, er sieht Lang mit ausgebreiteten Armen und schräg geneigtem Kopf auf der Bank stehen. Pause. Stille

Christ ist erstanden! Christ ist erstanden!

Die anderen fallen in den Gesang ein. Der Zigeuner hebt Lang in die Höhe und trägt ihn langsam zur Schmalseite des Tisches, während Weiss, seine Kelle wie ein Räucherfaß schwingend, voranschreitet und Heltai, die Hände über dem Bauch gefaltet, gemessen hinterhergeht. Der Zigeuner stellt Lang auf den Tisch und läßt ihn durch einen kleinen Stoß längelang nach rückwärts fallen, die anderen fangen Lang auf.

DIE ANDEREN Los, tu es! Tu es jetzt!

ZIGEUNER *auf Langs Beinen hockend* Gewöhnlich hab ich den Kopf voll interessanter Ideen. Blumen – – Paläste – – tropische Stürme – – Damen mit langem rotem Haar – – aber damals habe ich nur gegessen – – die ganze Nacht lang nur gegessen.

Er tut, als würde er Lang auffressen, kaut, stöhnt. Die anderen sehen ihm gebannt zu.

HIRSCHLER Mein Gott, was für ein Eßtalent!

HELTAI Einer der begabtesten Esser, die ich je gesehen habe!

RAMASEDER Gib mir was ab.

ZIGEUNER Nein.

RAMASEDER Nur ein kleines Stück.

ZIGEUNER Geh weg!

Er ißt weiter. Ramaseder und nach ihm die anderen grapschen blitzschnell aus Langs Körper imaginäre Stücke Leberwurst. Der Zigeu-

ner schlägt ihnen auf die Hände, aber sie entfliehen mit der Beute, verteilen sich im Raum. Sie essen. Als erster hört Heltai auf zu essen und spuckt angewidert aus.

HELTAI Es ist nicht dasselbe.

HIRSCHLER *nach einer Pause* Irgendwas fehlt.

ZIGEUNER *traurig* Es ist nicht so, wie's früher war.

Er fängt halblaut an zu singen: ›Yes, We Have No Bananas‹. Die anderen fallen ein, und während sie den Song zu Ende singen, springt er vom Tisch und tritt vor.

Er war Laci Rácz der Fünfzehnte – warum? Es gab schon vierzehn Laci Ráczes vor ihm. Er spielte vor allen gekrönten Häuptern Europas. Adelige Damen saßen ihm zu Füßen. Er war ein großer Künstler – wenn er die Geige schluchzen ließ, wurden alle Frauen naß. Er wußte gar nicht, wie er eigentlich unter diese komplizierten Juden geraten war! Es war ihm egal, was er aß, wenn er nur essen durfte.

Er klatscht in die Hände, schlagartig ertönt der Song in einer Jazz-Fassung aus den Lautsprechern. Alle tanzen unter heftigen Verrenkungen, Hirschler mimt den Pianisten usw. Nur Klaub hat an den Vorgängen nicht teilgenommen. – Onkel hat seit einiger Zeit von seinem Schlafplatz aus alles mit Ungeduld beobachtet, klettert während des Tanzes von der Pritsche, geht durch die Tanzenden, wobei er versucht, sie durch Schnuppern auf sich aufmerksam zu machen. Es gelingt ihm erst, nachdem er die Tür geöffnet, geschnuppert, sie wieder geschlossen und ruheheischende Gesten gemacht hat. Die Musik blendet aus, nach und nach hören alle zu tanzen auf, als letzter Lang, der noch einige Augenblicke in der Stille, die eintritt, weitertanzt.

ONKEL Ich rieche Suppe.

Schweigen. Er steht oben und schnuppert. Die anderen, im Raum verteilt, beginnen ebenfalls zu schnuppern.

HIRSCHLER Was für welche?

HELTAI Möhren?

ONKEL Ich bin mir nicht sicher.

ZIGEUNER Steckrüben!

GHOULOS Auf keinen Fall.

LANG *Pause* Kohl?

ONKEL *suggestiv* Etwas – Neues?

ZIGEUNER Na, Fleisch ist es nicht.

HIRSCHLER Es hat seit Oktober kein Fleisch mehr gegeben.

ONKEL Wir sollten keine voreiligen Schlüsse ziehen.

KLAUB *springt von der Pritsche* Zum Teufel, wovon redest du eigentlich? Die Küchen sind zu, vor fünf Wochen haben sie zugemacht. Ich habe gesehen, wie die Köche auf einem Lastwagen weggefahren sind!

ONKEL Hör zu, ich wollte es eigentlich gar nicht erwähnen, aber Katz hat mir gesagt – – –

KLAUB Katz? Was weiß denn der schon!

ONKEL Zugegeben, er quatscht viel, verbreitet Gerüchte, aber gestern nacht etwa um halb zwei hörte er gewisse Laute – – –

KLAUB Laute! Die hören wir hier dutzendweise!

RAMASEDER Was denn für Laute?

ONKEL Nach dem, was Katz sagte, klang es wie – *Er blökt.* – Määääh!

RAMASEDER Määääh?

Er beginnt, auf allen vieren, wie ein Schaf blökend, zur Tür zu kriechen. Die anderen, bis auf Klaub, der sie vergeblich zurückzuhalten versucht, beginnen ebenfalls, unter dem Tisch und den Bänken hindurch zur Tür zu kriechen, blökend: Onkel stößt ermunternde Määäh-Laute aus, streichelt Ramaseder, der den Kopf zwischen seine Beine geschoben hat; die anderen drängen sich an der Tür.

KLAUB *das Geblöke überschreiend* Es gibt keine Suppe! ES GIBT KEIN MÄÄÄH!!

Das Blöken hört nach und nach auf, Onkel läßt noch ein anfeuerndes »Määäh!« hören, aber ohne Erfolg; Klaub läuft zum Topf, beugt sich hinein, so daß seine Stimme dumpf klingt.

Es gibt nur Puffi!

Noch ein vereinzeltes »Määäh« von Lang, dann Stille. Erschöpft nehmen alle ihre Plätze um den Tisch wieder ein.

GLATZ *fährt plötzlich hoch* Milch!

ZIGEUNER Was? Was?

GLATZ *setzt sich wieder* Milch...

HIRSCHLER Was ist 'n das?

HELTAI *denkt nach, gibt es auf* Weiß ich nicht mehr.

Haas krächzt, trommelt sich mit den Fäusten auf die Brust, mimt ein greinendes Baby; die anderen begreifen nach und nach, nehmen Anteil. Haas zeigt eine Flasche, fordert Lang auf, sich als Baby auf den Tisch zu legen; Lang tut es, beginnt zu schreien, Haas mimt eine Mutter, die dem Baby die Flasche gibt, Lang stößt die Flasche weg, mehrmals, schreit, Haas zeigt die prallen Brüste der Mutter, setzt sich, nimmt Lang auf den Schoß, gibt ihm die Brust, Lang trinkt, ist sofort still, Haas wiegt ihn sanft, beginnt krächzend ›Schlafe, mein Prinzchen‹ zu summen, die anderen fallen ein, singen leise. Lang steckt den Daumen in den Mund, mimt das eingeschlafene Baby. Haas bettet Lang liebevoll auf den Tisch, holt eine Decke, deckt Lang zu; dann wendet er sich unvermittelt ab, tritt vor und spricht.

HAAS Er war ein Politischer. Er mochte es nicht, wenn man ihm ins Gesicht spuckte. Man konnte ihn schlagen, man konnte auf ihm herumtreten, aber ins Gesicht spucken ließ er sich nicht. Gott, schließlich haben wir ja alle unsere kleinen Eigenheiten. Sie verhafteten ihn in einem Bus der Linie 6, als er gerade zwei Kilo Flugblätter bei sich hatte. Sie spuckten ihn an. Er spuckte zurück, und sie kriegten doppelt so viel Spucke ins Gesicht wie er. Sie brachen ihm methodisch Arme und Beine, verbrannten ihm die Hoden mit einer billigen Zigarre und schlugen ihm den Kehlkopf kaputt. Er sang gern. Er hatte eine wunderschöne Stimme. *Er beginnt, ›La donna è mobile‹ zu singen, bricht nach einigen Takten mit einem Krächzen ab, wie bei einem Schlag in die Kehle.*

WEISS *ist von hinten herangekommen und nimmt Haas' ausgestreckte Hand* Darf ich bitten?

Angewidert schlägt Haas ihn auf die Hand; Weiss lächelt zärtlich; Haas ohrfeigt ihn; Weiss freut sich; Haas will ihm einen Kinnhaken versetzen, aber der Schlag gerät unversehens zu einer Liebkosung; kichernd boxen beide einander in die Rippen, ihre Erregung steigert sich, bis sie einander zum Tanz in die Arme fallen.

Laci, spiel was Lustiges, ordentlich was Flottes!

Der Zigeuner tut, als spiele er feurig die Geige, summt eine Tango-Melodie. Die anderen summen mit und sehen dem Tanz zu.

Sag mal was Schweinisches.

HELTAI Ohrenschmalz.

WEISS Frohe Botschaft, meine Herren. Freund Haas hat einen gigantischen Ständer.

Applaus. Haas sieht bewundernd an sich herunter. Sie halten einander nun eng umschlungen, wiegen sich im Takt der Melodie, die die anderen weitersummen, während sie den beiden wie hypnotisiert zusehen.

HIRSCHLER *nach einer Pause* Kultur. Gebt mir Kultur.

LANG Die Unvollendete.

KLAUB Klosettpapier.

ONKEL Wenn Gott tot ist, dann ist alles erlaubt!

Weiss und Haas nehmen keine Notiz von ihm, die anderen summen und sehen wie gebannt dem Tanz zu. Onkel wehrt sich gegen die Faszination.

WEISS *zu Haas* Ich liebe dich.

ONKEL *zu Heltai* Ich finde dieses Betragen skandalös!

Heltai, in den Anblick des sich wiegenden Paares versunken, macht eine Geste.

Ich bin allem aufgeschlossen. Nichts Menschliches ist mir fremd. Ich habe nichts gegen leichte Unterhaltung, vorausgesetzt, das kulturell Wertvolle kommt dabei nicht zu kurz.

Heltai nimmt keine Notiz von ihm, Onkel geht zu Hirschler, wobei er es vermeidet, das umschlungene Paar anzusehen, setzt sich neben Hirschler.

Ist es nicht eine Tatsache, daß Homosexualität unter Hebräern auffallend selten vorkommt?

Hirschler küßt ihn auf die Wange. Onkel hält sich eine Hand scheuklappenartig vors Gesicht, um das Paar nicht zu sehen, setzt sich zu Lang, das Paar im Rücken.

Was machen die denn jetzt?

Lang starrt gebannt das Paar an, reagiert nicht. Onkel dreht sich um, sieht, daß Weiss und Haas mittlerweile in einem Kuß versunken sind; empört stürzt er auf die beiden los, sie auseinanderreißend. Onkel brüllend

Haut ab, ihr Arschgeigen! *Er schlägt die Hand vor den Mund.* Erstaunlich! Ich habe mein Leben lang kein unanständiges Wort gebraucht. Wir waren anständige Leute. Meine Frau spielte Cembalo. Natürlich kam es gelegentlich vor, daß wir

Stuhlgang hatten oder urinierten oder koitierten, wir hatten sechs Kinder, aber gefickt hab ich mein Lebtag noch niemand, das kann ich euch versichern!

Lärm. Teils erstaunte, teils schon beifällige Zurufe

Ich glaube, ich werde irrsinnig. *Er galoppiert wie ein Verrückter um den Tisch herum.* Ficken, Scheißen, Pissen! Ficken, Scheißen, Pissen! Ficken, Scheißen, Pissen!

Die anderen johlen begeistert, dann aber, als sie merken, daß Onkel ins Freie will, branden Angstschreie auf, sie stürzen ihm nach.

Herrlicher Sonnenschein. Wieder ein Winter vergangen. Wir sind noch am Leben. *Brüllt* Das nennt ihr Leben?

Plötzlich rast er zum Tisch; im folgenden nehmen auch die anderen, bis auf Klaub, der auf der Pritsche liegt, ihre Plätze am Tisch ein.

Maxie, bitte bringen Sie mir rasch hintereinander, oder auch gleichzeitig, fünf Kaffee – – einen türkischen Mokka, einen Espresso mit Sahne, einen Espresso ohne Sahne, einen Karlsbader im Glas und eine Wiener Melange.

HIRSCHLER *mimt einen Ober, stellt blitzschnell fünf imaginäre Tassen hin* Du trinkst gern Kaffee.

ONKEL Was ist nur mit der Sonne los?

HIRSCHLER Die kommt und geht.

ONKEL Ja, das ist es eben, diese beschissene ungarische Sonne bleibt nie an Ort und Stelle. – Ich habe immer auf mich gehalten. *Schlürft imaginäre Tassen Kaffee* War den ganzen Vormittag bei meinem Arzt. Ihr wißt ja, Dr. Schlosser. Ich mag Schlosser. *Ahmt einen Asthmatiker nach* »Cornelius, Sie möchten doch beim Kartenspielen nicht plötzlich umkippen?« – – »Nein, möcht ich nicht.« – – »Oder als Leiche von Ihrer Frau herunterkollern?« – – »Nein, das würde ihr kaum Spaß machen.« – – »Oder mitten in einer Sterbeszene tot umfallen?« – – »Steht's so schlimm?« – – »Geben Sie das Kaffeetrinken auf, Cornelius, geben Sie ab Montag das Kaffeetrinken auf.« – Montag ist Montag, und heute ist – was? Es ist erst elf Uhr vormittags. Ich bleibe hier sitzen, bis der Laden zumacht. Ich werde vierhundertundfünfzig Tassen Kaffee trinken. *Schlürft* Ein Mann sollte wissen, wie man Abschied nimmt. Ich vertraue Schlosser. Ihr kennt ihn ja – raucht wie

ein Schlot und steht schon mit einem Fuß im Grabe. Das mag ich eben an ihm. *Schlürft mehrmals* Es bedeutet, daß wir so was wie Komplizen sind. Er ist nicht nur Arzt, er ist auch Patient. Eines Tages wird er sterben, und das ist mehr, als man von den meisten Ärzten sagen kann.
Schlürft. Hirschler und Heltai greifen nach »Tassen« und schlürfen auch.
DAS IST MEIN KAFFEE! *Schlürft* Wenn ich schon sterben muß, dann gefälligst alle anderen auch. Ich will keinen von euch Mistkerlen auf meinem Grab herumhocken haben. Ich will keine Leidtragenden bei meiner Beerdigung, nur Särge will ich um mich sehen, ihr sollt alle mit mir in die Grube fahren! *Schlürft* Ich habe immer auf mich gehalten. Für meinen Richard den Dritten hab ich zwanzig Pfund abgenommen. Für meinen Faust hab ich das Rauchen aufgegeben.
Haas schlürft blitzschnell, Onkel ertappt ihn, setzt sich ihm auf den Schoß.
STELL DIE TASSE HIN!
Haas stößt einen Wehlaut aus, Onkel fährt wie ein Clown, der sich auf eine Nadel gesetzt hat, in die Höhe.
Ich will nicht, daß irgendwer anderer trinkt. Ich will euch alle verdursten sehen. *Er läuft um den Tisch herum zu Lang, setzt sich neben ihn; grinsend.* Letztes Jahr hieß es: »Tierische Fette schaden der Gesundheit!« *Er springt wieder auf.* Das ganze Leben schadet der Gesundheit! Alles schadet einem, aber ich werde ewig leben. *Schlau* Ich weiß, wie man von Sahne-Baisers Abschied nimmt. *Schüttelt Klaub die Hand* Lebt wohl, Sahne-Baisers! Ich vertraue Schlosser. Er ist der einzige Mensch, dem ich vertraue. Ich meine, wenn man's mal logisch betrachtet, was ist der wahre Beruf des Arztes? Na? Nu? *Er hat sich an Hirschler gewandt, der keine Antwort parat hat; Onkel schlägt ihm wie ein Clown auf die Glatze.* Die Leute so krank wie möglich zu machen, hippokratischer Eid hin oder her. *Schlürft* Die verschreiben einem zehn Aspirin, um ihre Sorge um die Menschheit zu demonstrieren, aber dabei warten sie die ganze Zeit darauf, daß irgendwas Schreckliches passiert. Am liebsten ist ihnen ein Tumor, der immer mal wieder zum Stillstand

kommt, sonst wär's ja zu rasch vorbei. Sechs oder sieben Operationen, das haben sie gern – *Mimt eine Operation* – zehn Jahre im Rollstuhl, das gefällt ihnen. *Mimt Herumfahren im Rollstuhl* Aber Schlosser ist anders. Den ganzen Vormittag qualmt er wie 'n Schlot, er sah aus wie ein Gespenst. Bei Schlosser hat man das Gefühl, daß e r einen Arzt braucht, nicht man selber. *Unvermittelt* Die Sonne ist wieder da. Noch eine Runde, Maxie.

Hirschler mimt den Ober, setzt neue Tassen auf den Tisch.

Ich habe immer auf mich gehalten. *Schlürft immer rascher aus allen Tassen* Leb wohl. *Schlürft* Leb wohl. *Schlürft* Leb wohl. *Schlürft* Leb wohl.

KLAUB Genug jetzt, Onkel.

ONKEL *halb über dem Tisch liegend* Paßt mal auf, wie ich den Zukker aus dem Mokka rauslutsche!

ZIGEUNER Herrgott, schafft doch dieses Schwein hier weg! Schmeißt ihn raus! *Er fegt eine imaginäre Reihe Tassen vom Tisch.*

ONKEL *schreit* Er hat den ganzen Kaffee verschüttet! Ruft die Polizei! *Er liegt auf dem Tisch und leckt Kaffee von der Tischplatte.*

KLAUB *kommt zum Tisch, besorgt* Onkel, nun mach mal Schluß damit.

ONKEL *Kaffee aufleckend* Leb wohl, mein Herzblatt! Leb wohl, mein Liebling!

KLAUB Onkel, du gehst zu weit.

ONKEL *versucht, mit dem Kopf die Unterseite der Tischplatte zu erreichen* Nur noch ein Schlückchen von ganz unten, wo's am süßesten ist.

Er bricht ab. Die anderen betten ihn auf der Tischplatte.

HIRSCHLER Gebt mir was, um ihn zuzudecken.

Während Heltai eine Decke holt und sie über Onkel breitet, beginnt Hirschler mit einer Mund-zu-Mund-Beatmung. Man sieht, wie sich Onkels Bauch hebt und senkt. Nach und nach verlangsamt sich die Atmung, bis sie zum Stillstand kommt.

ONKEL *setzt sich plötzlich auf* Sagt mal, war sein Gesicht rot oder blaß?

HIRSCHLER Oh, leichenblaß.

ONKEL Atmungsbeschwerden?

HELTAI Er erstickte beinahe.

ONKEL Was war es, Asthma oder das Herz?

HIRSCHLER Das Herz.

ONKEL Immer sein Herz! Warum habt ihr ihn nicht sterben lassen, ihr Mörder! Um dreiviertel zwölf war er noch schuldlos. *Er legt sich wieder hin, zieht die Decke über sich. Die anderen streichen die Decke glatt, ziehen sie über Onkels Gesicht, legen ehrfurchtsvoll hier und da eine Hand auf den zugedeckten Körper. Pause. Plötzlich beginnt Onkel, unter der Decke zu sprechen. Enttäuscht ziehen sich die anderen nacheinander in Richtung Ofen zurück, wieder dem Topf zugewandt. Ramaseder kommt im folgenden von der Pritsche herunter und zur Schmalseite des Tisches, wo Onkels Füße liegen.*

Füße – – Beine – – Arme – – vorzüglich – – mechanisch – – wissenschaftlich – – hier ein Schräubchen, dort ein Schräubchen – – von der Bühne verbannt – – Auftrittsverbot – – meine letzte Tätigkeit – – Fabrik für künstliche Gliedmaßen – – dem Kriegsministerium unterstellt – – saß zwischen einem Berg von Knochen – – aufgestapelt – – aussortiert – – registriert – – packte Prothesen ein – – spielte mit Kniescheiben...

Ramaseder reißt Onkel die Decke weg. Onkel richtet sich auf, sieht die anderen am Ofen, deutet anklagend auf Ramaseder.

Wo warst du in meiner Stunde der Not?

RAMASEDER *feindselig* Du hättest das Kaffeetrinken nie aufgeben sollen.

ONKEL Auch du, mein Sohn Brutus?

RAMASEDER *zuckt die Achseln* Je weniger Gäste, um so größer die Portionen.

Onkel springt vom Tisch und will auf Ramaseder losgehen, wird aber von den anderen, die herbeistürzen, zurückgehalten.

HIRSCHLER Ich schlage vor, wir lockern die Atmosphäre mal ein bißchen auf. Wie wär's mit etwas Kultur?

Lärm. Zustimmung. Hirschler versucht, Ramaseder nach vorn zu zerren.

Rezitation!

Applaus. Ramaseder klammert sich an die Pritschen, Hirschler und andere stellen ihn auf die Füße, er bricht plötzlich aus und läuft weg, wird von Haas wieder eingefangen.

RAMASEDER ›Gelbe Rosen‹. Von Olga Paul.

Ermunternde Zurufe. Onkel stöhnt.

»Oh, wie zart gefärbt sind meine gelben Rosen
Dort an meinem Fenster, in des Mondlichts Kosen.«

Beifall

ONKEL Ach, du lieber Gott!

Empörte Reaktion der anderen

RAMASEDER

»Und die süßen Düfte sagen es mir leise:
Bald geht meine Seele auf die große Reise.«

ONKEL Ich traue meinen Ohren nicht!

Empörte Zurufe der anderen, wachsende Unruhe

RAMASEDER *laut*

»Stumme Kunde werden ihr die Rosen geben –«

ONKEL Muß ich mir diesen Schwachsinn noch länger anhören?

Tumult, Beifall für Ramaseder, Empörung über Onkel; der Zigeuner wirft einen Schuh nach ihm.

RAMASEDER

»Ohne meine Liebe sinnlos ist mein Leben.«
Würdest du bitte aufhören, mich zu unterbrechen?

ONKEL Ich denke gar nicht daran!

Auf Ramaseder zu, der ihm ausweicht, mehrere Haken schlägt, bis Onkel ihn vor den Pritschen stellt.

Welch groteske Anmaßung hat dich bewogen, dich da hinzustellen, vor all diesen Leuten, und gewissermaßen etwas vorzutragen? Du stellst dich hin, machst tatsächlich den Mund auf und formst Worte!

Mißfallensäußerungen der anderen

Nicht etwa beiläufig, wie ein Zivilist sozusagen, der fragt: »Wann gibt's denn was zu fressen?« Nein, du stellst dich hin und sprichst in dem ganz besonderen, was sage ich, in dem geheiligten Tonfall einer öffentlichen Aufführung, der das Wort Fleisch werden läßt –

Der Zigeuner wiederholt spöttisch »Fleisch!«.

– und manchmal, wenn Gott mit im Spiel ist, den Leuten sogar eine Gänsehaut verursacht!
Lärm

RAMASEDER Ich weiß, daß ich kein Schauspieler bin!

ONKEL Das kann man wohl sagen, daß du kein Schauspieler bist, also setz dich hin und halt's Maul. Wenn ich zu euch sage: »Hört zu, Leute, wir wollen mal jemand auffressen«, dann spreche ich als Fleischfresser, als Krimineller, als Wolf, als Hippogryph – ach, was weiß ich, ich bin kein Zoologe. Aber wenn ich auf dem Berggipfel stehe oder auf der Bühne – das ist dasselbe – und ich spreche aus dem W-w-w-wirbelwind zu der Menge da unten – – »Du sollst nicht essen vom Fleisch deines Vaters!« – – dann habe ich als ein Schauspieler gesprochen, und das heißt, als Gott. Ich muß wirklich dagegen protestieren, daß – – –
Lärm
Der Junge mag es gut gemeint haben, Dilettanten meinen es immer gut, aber er hat meinen Beruf beleidigt, ich sage sogar, meine Menschenwürde, nein, ich gehe noch weiter, er hat mein Schweigen beleidigt. *Macht Ramaseder nach* »Oh, wie zart gefärbt sind meine gelben Ro-ro-rosen...«
Gelächter

RAMASEDER Das ist gemein von dir!

ONKEL Du widerliches Etwas! Schänder des Wortes! Du dämlicher zivilistischer Sch-sch-scheißer, warum soll ich nett zu dir sein? Meine Ohren haben es vernommen, mir standen die Haare zu Berge, ich werde diesen Mißbrauch unserer heiligen Sprache nicht mehr dulden! Ich weiß, wozu solcher Mißbrauch führen kann, ich bin vom Bau, ich war dabei und hörte, wie es um sich griff, ich protestierte, ich wurde davongejagt auf die wüste Heide, weil ich Gottes Zeitungsjunge war, ich meine ein Jude – –
Beifall
– – was dasselbe ist! Eine Blasphemie, gegen die ich nur durch mein Schweigen protestieren konnte – durch fünf Jahre Schweigen. Fünf Jahre habe ich kein Wort gesprochen, nicht mal zu meinem Spiegel. *Wieder zu allen* Ich weigerte mich,

etwas im Munde zu führen, das geschändet war, ich trat in den Streik gegen diese Hysteriker, die die Dekoration benagten, diese Huren und Diebe, die die edelsten Worte aus unserer Sprache stahlen – *Er imitiert Hitler.* – Ruhm! Ehre! Freiheit! – – und alles, was sie damit meinten, war – BRINGT SIE UM!

Applaus, Bravo-Rufe. Er geht darüber hinweg.

Was ihr nicht begreift – das ist – die Gefahr der Trennung, die Gefahr, aus der Sprache ausgestoßen zu werden! Als ich geboren wurde, da schrie ich nicht: OI WEH IS MIR! Ich schrie: AAAHHH!

LANG He, mach doch mal ›Sein oder Nichtsein‹!

ONKEL Leck mich am Arsch! Ich bin kein dressierter Seelöwe! – Außerdem hättet ihr mich eher bitten müssen. Jetzt ist es zu spät, dieser Raum ist durch das K-k-k-kindertheater beschmutzt, er muß davon gereinigt werden.

Er setzt sich zu Glatz. Glatz wendet sich ab.

Ihr versteht nicht, wie schrecklich schwer es ist, in solcher Zeit auch nur ein Wort zu sagen, ein einziges Wort wie zum Beispiel – – Bitte. Oder – – Erbarmen. Ich habe fünf Jahre nicht auf der Bühne gestanden!

DIE ANDEREN *im Sprechchor rufend, im Takt in die Hände klatschend* Sein oder Nichtsein – Sein oder Nichtsein – Sein oder Nichtsein!

ONKEL *darüber* Was glaubt ihr, wer ich bin, ein Haufen Därme mit zwei Öffnungen?! Seht euch meinen Mund an, meinen herrlichen Mund. Hier, betrachtet meine Zunge! Habt ihr jemals so eine Zunge gesehen? Ich war einer von den Seltenen, ich hatte keine Mätzchen nötig, keine Tricks, keine Eselsbrücken, ich rollte nicht die Augen, wenn ich über die Bühne schritt, aber jeder Augenblick war gestaltet, ein Kunstwerk, man hätte ihn rahmen können. Ich trug keine Maske, ich scheute mich nicht, mich zu entblößen bis auf die Knochen, um zu zeigen, was das ist – der Mensch! Und kratzt man ein bißchen daran, gleich kommt ein Jude zum Vorschein –

Beifall

– und das war den Damen im Parkett natürlich zuviel. Ihr

werdet es nie begreifen, aber als Kind hab ich entsetzlich gestottert – so... *Er stößt unartikulierte Laute aus, die Zunge krümmt und windet sich, die Hände vollführen Flatterbewegungen.* Ich habe es überwunden – – schiere W-w-w-willenskraft – – *Er schlägt sich auf den Schenkel und ins Genick, um das Wort herauszubringen.* – – aber selbst dann, als Sieger über meine Behinderung – – jedesmal, wenn ich da oben stand, fühlte ich in mir, da, wo alle Kunst anfängt, hier unten hinter dem Schamhaar – – immer ein Zucken und – – F-f-f-flattern...

Um dieses Wort herauszubringen, umkreist er, während seine Zunge konvulsivische Anstrengungen vollführt und die Hände wild gestikulieren, die Bühne; die anderen wenden sich ab und bedecken das Gesicht mit den Händen. Er hält inne, erschöpft. Dann tritt er an die Rampe und spricht ins Publikum.

Und Scham.

Pause

An diesem Punkt wurde er auf einmal von Scham übermannt. Schien damals ganz unerklärlich. Und Erklärungen sind wichtig, wenn man sonst nichts hat, muß man sich beschäftigen, ich muß es leider sagen: Wenn man nichts zu essen hat, redet man eben. Jedenfalls hätte er sein Gefühl der Scham nicht erklären können, damals, im Januar, an diesem Sabbatmittag im Januar, aber am Abend, als sie befreit wurden – – –

Wildes Gelächter der anderen

WEISS Wer wurde befreit?

ONKEL Ein Haufen Knochen.

Die anderen nehmen verschiedene Posen im Tode erstarrter Körper ein; Verrenkungen, weit geöffnete Münder, verkrallte Hände usw. Hirschler und Heltai sitzen wie erstarrt am Tisch.

Mit Ausnahme von Hirschler und Heltai, die ganz langsam atmeten und blicklos vor sich hin starrten.

Er geht zu ihnen hin. Und mein Vater, zusammengerollt wie ein Embryo, der immer noch versuchte, die Scham zu erklären, die er am Mittag empfunden hatte! Wie erklärte er sie?

HIRSCHLER *wie ein Halbtoter* Es war nicht zu verstehen, was er sagte.

HELTAI *flüsternd* Er konnte kaum noch flüstern.

HIRSCHLER Sein Kiefer fiel nach unten, und die Zunge trat hervor. *Er macht es nach.*

ONKEL Ja, aber das war am Abend. Am Abend konnte er kaum noch flüstern, aber mittags, an diesem Sabbatmittag, sprach er ganz fließend, das Gesicht rot vor Scham, er hatte einen unmäßigen Zorn auf den Jungen –

Ramaseder richtet sich aus der Erstarrung auf.

– der abends schon längst gestorben war. *Er ist wieder nach vorn gekommen und spricht ins Publikum.* Er redete weiter, er schwatzte, stellte Theorien auf, aber ich glaube, im Grunde wollte er nur, daß man ihm zuhörte, wollte noch einmal seinen Mund gebrauchen, zum letzten Mal, bevor er ... Herrgott, für euch ist es leicht. Ihr könnt euren Mund zu allem möglichen benutzen – – Zigarren – – Konfekt – – Brustwarzen – – GOTT VERDAMME EUCH! Aber für ihn war an diesem Sabbatmittag im Januar, ich meine, hier und jetzt – während er darauf wartete, daß das Essen fertig würde – für ihn war nur eines von Bedeutung, nämlich noch einmal seinen Mund zu gebrauchen, zum letzten Mal, um seine Brüder in Erstaunen zu setzen. *Er winkt Lang, der ihm von der obersten Pritsche aus eine Decke zuwirft.* Komm, Miranda.

Er legt sich die Decke um Kopf und Schultern und setzt sich auf den Tisch; auf seinen Wink schmiegt Ramaseder sich in seine Arme. Die anderen richten sich aus der Todesstarre auf.

Nein – – Titania? – Lavinia? – –

Zu Ramaseder

»Hab ich dich wieder?
Wer uns will trennen, muß mit Himmelsbränden
Uns scheuchen wie die Füchse. Weine nicht!
Die Pest soll sie verzehren, Haut und Haar,
Eh' sie uns weinen machen – nein, eh' sollen sie
Verschmach ...«

Er bricht ab und bedeckt das Gesicht mit den Händen.

Ja – dann brach er ab. So hat man's mir jedenfalls berichtet. Sie applaudierten.

Applaus

Die Schatten wurden länger.

Pause

Einer hörte es zuerst.
Weiss probiert schmatzend die Brühe.
Sie drehten sich zum Ofen um. Weiss schmatzte mit den Lippen. Rein berufsmäßig, möchte ich betonen.
Die anderen bewegen sich in Richtung Ofen.
Alles ging ziemlich langsam vor sich. Jemand fragte: Ist es fertig? Weiss sagte: Noch nicht.

WEISS Noch nicht.

LANG Das war ich, der fragte: Ist es fertig?

ONKEL Du oder ein anderer, das ist doch gleich. Weiss sagte: Laßt mich in Ruhe.

WEISS Laßt mich in Ruhe.

ONKEL Der Junge sagte: Dürfen wir mal kosten, bitte?

RAMASEDER Dürfen wir mal kosten, bitte?

ONKEL Weiss sagte: Kommt nicht in Frage.

WEISS Kommt nicht in Frage.

ONKEL Alle bewegten sich wie Automaten auf den Ofen zu, unwiderstehlich angezogen vom Topf auf dem Ofen. Klaub wurde sichtlich unruhig. Er wünschte keine Beeinträchtigung des Effekts der Mahlzeit durch irgendwelche...

KLAUB Unüberlegte Handlungen! *Er versucht die anderen, die auf ihn eindrängen, zurückzustoßen.* Stehen bleiben! Zurück, hab ich gesagt!

WEISS *schreit* Es ist noch nicht so weit! Ich sage euch schon, wenn's fertig ist. Ich kann nicht arbeiten, wenn ihr alle um mich rumsteht! Macht, daß ihr aus meiner Küche rauskommt! Raus!
Ramaseder, ein Stück rote Gelatine zwischen den Lippen und eine kleine Pappschachtel unter dem Unterhemd, schlägt einen Purzelbaum nach vorn; er läuft zum Tisch, legt die Gelatine darauf, legt die Schachtel auf eine Bank, seine Jacke auf einen Hocker und setzt sich dann, mit dem Rücken gegen den Tisch gelehnt, die Ellenbogen auf der Tischplatte, auf eine Bank, die Beine ausgestreckt.

ONKEL *währenddessen* Es gab ein Handgemenge. Aus dem Menschenknäuel wurde plötzlich der Junge herausgeschleudert. Machte noch ein paar Schritte. – Brach zusammen. – Klaub ging zu ihm hin und zog das Messer aus seinem Rücken. Gab es an Ghoulos weiter. Es wanderte von Hand zu Hand zu Hand und wieder zurück zu Weiss.

Es geschieht.

WEISS *läuft nach vorn, springt auf den Tisch* Es ist unmöglich, unter solchen Bedingungen zu arbeiten! Was ist denn passiert? *Er blickt ungläubig auf das Messer in seiner Hand.*

ONKEL Ein Unglücksfall.

LANG Er ist tot.

HIRSCHLER Na, hat der ein Glück –!

ONKEL Alle setzten sich hin. – Warfen sich in Trauerpose, jeder auf seine Art... Der Zigeuner sang ›Ramona‹ oder sonst ein unpassendes Klagelied.

ZIGEUNER *singt* »Ramona...«

RAMASEDER Halt's Maul.

Der Zigeuner spuckt aus. Onkel setzt sich auf den Hocker, wo Ramaseders Jacke liegt. Er nimmt sie in die Hand.

Ich habe die Schule immer gehaßt.

ONKEL Das kann ich dir nachfühlen.

RAMASEDER Aber dich hab ich geachtet.

ONKEL Es freut mich sehr, das zu hören.

RAMASEDER Ich habe manches begriffen.

ONKEL Das genügt.

RAMASEDER Anderes müßtest du mir erklären.

ONKEL Man hat nie genug Zeit.

RAMASEDER *unwirsch* In ganz einfachen Worten.

ONKEL Ja, ja, ich bitte um Entschuldigung.

RAMASEDER Alles sollte klar sein.

ONKEL Es gibt viele Rätsel.

RAMASEDER Deine weißen Handschuhe sind mir nicht klar.

ONKEL Die sind eine Erinnerung.

RAMASEDER Was soll denn das wieder heißen?

ONKEL Willst du, daß ich dir meine Lebensgeschichte erzähle?

RAMASEDER Ich möchte begreifen!

ONKEL Ich bin kein Archäologe.

RAMASEDER Immer diese Ausreden!

ONKEL Geh wieder zur Schule, Junge!

RAMASEDER Unser erster Tag im Lager war mir überhaupt nicht klar.

ONKEL Die Sonne schien doch, nicht wahr?

RAMASEDER Ist das wichtig?

ONKEL Nein, aber es ist klar.

RAMASEDER Die Sonne verbarg sich, als Jesus starb.

ONKEL Ja, diesen Effekt hat er sich entgehen lassen.

Pause

RAMASEDER Dein Anzug am Tag unserer Verhaftung war höchst sonderbar.

ONKEL Es war mein Hochzeitsanzug.

RAMASEDER *spöttisch* Ins Gefängnis – mit einem Zylinder? Wen wolltest du denn heiraten?

ONKEL Es sollte eine Geste sein.

RAMASEDER Wie ist das zu verstehen?

ONKEL Es war ein festlicher Anlaß.

RAMASEDER Sie ließen dich den Bürgersteig aufwischen!

ONKEL Ja, eben, das meine ich ja.

RAMASEDER Warum hast du sie nicht totgeschlagen?

Onkel schweigt.

Und als die Männer dich holen kamen und dich nach draußen schleiften, durch die große Eingangstür, da hast du gesagt: Nach Ihnen, meine Herren. Ich hab mir verschiedenes aufgeschrieben, was du damals gesagt hast. Zum Beispiel hast du gesagt: »Die Gänse sind gekommen.«

ONKEL Ja.

RAMASEDER Du hast die Nazis gemeint?

ONKEL Ja.

RAMASEDER Warum hast du's dann nicht gesagt, verdammt noch mal?

Onkel schweigt.

Du hast auch gesagt: »Die einzige Methode, Gänsen zu widerstehen, ist die, einer Gans so unähnlich wie möglich zu bleiben.« Was bedeutet das denn? Etwa weiße Handschuhe tragen? Eine Mahlzeit verfluchen? Hungern?

WEISS *in den Topf hinein, so daß es wie aus großer Entfernung klingt* Näch-sten-lie-be!

RAMASEDER Du hast auch gesagt: »Und Gott sprach zu Abraham ...« Ach, Scheiße, ich weiß nicht mehr, was er sagte.

WEISS *wie oben* Lege – deine – Hand – nicht – an – den – Knaben!

RAMASEDER Na, und was zum Teufel soll das heißen? *Er bricht in Tränen aus.*

HELTAI *ungeduldig* Nein, nein, so war es überhaupt nicht. *Er schickt Ramaseder zur Seite, bedeutet ihm, gut aufzupassen. Er nimmt die Gelatine und legt sie an eine andere Stelle des Tisches. Murmelnd* Das war hier. *Er nimmt die Schachtel und legt sie anders hin.* Und das lag da. *Er nimmt Ramaseders Platz auf der Bank ein, aber verrenkt, die Knie zusammen, die Füße auseinander und nach außen gedreht. Pause. In der Rolle Ramaseders* Na, und was zum Teufel soll das heißen?

Pause

Im ersten Lager, wo wir waren, hast du dich genauso sonderbar benommen. Nachts, als alle versuchten, auf dem Fußboden zu schlafen, hast du dich unter die Glühbirne gestellt und hast gelesen. Als ich dich fragte: »Onkel«, fragte ich, »warum legst du dich nicht hin und schläfst, wie alle anderen?« Da hast du gesagt: »In gewissen Situationen ist es notwendig, daß man stehenbleibt.« – Das ist doch einfach Blech. Und später, als wir ins Lager Csepel verlegt wurden, wo der kalte Wind wehte, da spuckte ein Mann vor uns aus, als wir vom Lastwagen runterkletterten, und du hast ihn streng angesehen, aber nicht zu streng, und da hat er sich entschuldigt. Wie hast du das fertiggebracht? Ich finde, ich habe ein Recht darauf, das zu erfahren! Und hier, hier in diesem Raum, hast du gesagt: Ich widersetze mich diesem ... diesem ...

HIRSCHLER Greuel.

HELTAI *schreit* ICH BIN DOCH ERST ZWÖLF! *Er steht auf, winkt Ramaseder herbei, der sich in der »richtigen« Position wieder auf die Bank setzt.*

RAMASEDER Ich wollte dir diese Schachtel geben.

HELTAI Ja, ja, so ist es schon richtiger.

RAMASEDER Es ist nichts drin. Aber es ist immerhin eine Schachtel. Ich werde sie dir nicht geben. Ich wollte, daß du aufstehst und diese Männer erschlägst. Aber du stehst bloß herum, wie ein Kellner. Mein Gott, du liebst diese Schweine! Ich hoffe, sie vergasen dich heute abend, ich hoffe, sie stopfen dich in den Ofen.

Er stirbt. Ein »Schsch«-Laut kommt aus seinem Mund; die Schachtel entfällt seiner Hand, sein Kopf sinkt nach hinten auf die Tischplatte. Pause. Onkel starrt Ramaseder an. Dann springt er auf, läuft um den Tisch herum, beugt sich über Ramaseder, berührt dessen Nase – kein Lebenszeichen. Er setzt sich neben Ramaseder und beginnt, laut und ärgerlich zu sprechen.

ONKEL Ramaseder, ich bin sehr enttäuscht von dir. Ich weiß, du bist erst zwölf, aber das ist keine Entschuldigung. Du verstößt dauernd gegen die Regeln. Wo hast du deine Jacke? Du mußt sie immer anhaben, auch beim Schlafen! Und was ist das hier? *Er schlägt mit der flachen Hand gegen Ramaseders Hosenbeine.* Rostflecken sind erlaubt, aber Schlammkrusten müssen abgekratzt werden. Und warum stopfst du dir die Jacke nicht mit Papier aus, jetzt, wo der kalte Wind weht? Und was ist mit deinen Schuhen, Ramaseder? *Er tritt heftig gegen Ramaseders bloße Füße.* Warum hast du dir keine Lappen um die Füße gewickelt, wie ich's dir gesagt habe? Schuhe drücken, sie scheuern, Hühneraugen werden steinhart hier, Schuhe können dein Tod sein, aber du darfst sie nie aus den Augen lassen, sonst werden sie gestohlen, trag sie immer mit dir herum, halte sie zwischen den Knien beim Waschen, schieb sie dir unter den Kopf beim Schlafen... Und, Ramaseder, ist das vielleicht eine Art zu sterben? Am hellichten Tag, im Alter von zwölf Jahren, und keiner hält dich in den Armen? *Er nimmt Ramaseder in die Arme.* Wirst du das denn nie lernen? *Zum Publikum* Er hob ihn auf. Nicht leicht für ihn, bei seinem Alter. Trug ihn hinaus. Sie konnten ihn draußen wie wild die Erde aufkratzen hören, wie ein Hund, der nach einem Knochen scharrt, um dem Kind ein Grab zu graben.

Hirschler beginnt ein langsames rhythmisches Kratzen mit den Fingernägeln auf der Tischplatte. Onkel hebt Ramaseder mühsam hoch und trägt ihn schwankend zum Hocker, wo die Jacke des Jungen liegt; dort setzt er ihn ab, steht einen Augenblick lang über ihm. Dann lädt er sich Ramaseder auf die Schulter und trägt ihn zur Tür. Weiss, irr lächelnd, versetzt dem locker baumelnden Arm Ramaseders einen leichten Schlag, so daß er hin und her schwingt. Onkel dreht sich mit seiner Last um, blickt Klaub an; laut.

Das Mittagessen für morgen?

Hirschler, der kurz mit dem Kratzen aufgehört hat, fängt wieder damit an, während Onkel durch die Tür verschwindet. Das Kratzen hört auf. Weiss beginnt einen chassidischen Tanz, allmählich das Tempo steigernd; dazu singt er im Rhythmus den Text. Nach ein paar Augenblicken fangen die anderen an, im Takt in die Hände zu klatschen. Während des Tanzes nimmt Weiss die Jacke Ramaseders und hält sie hoch, als ob er ein Opfer darbrächte. Zum Schluß stößt er, immer lauter werdend, nur noch Silben hervor, während er die Jacke immer schneller um seinen Kopf wirbeln läßt.

WEISS

»Ratschläge für Apfelkrapfen – Ratschläge für Apfelkrapfen –
Apfelkrapfen kann man in der Stielpfanne machen –
Aber am besten werden sie im Fettbad schwimmend
ausgebacken –
Das Ausbackfett auf 180 Grad erhitzen –
Die Apfelscheiben in den Teig tauchen –
Und in reichlich Fett – beiderseitig goldbraun backen ...«

Er wirbelt die Jacke um seinen Kopf, immer rasender – dann schleudert er sie fort, der Gesang bricht jäh ab.

Ich gehe nach Hause. Ich laufe an den Draht!

Er will hinausrennen. Hirschler und Klaub halten ihn fest.

Einen von den Hunden bring ich um!

Sie biegen ihm die Arme auf den Rücken und halten ihn so eisern fest.

Laßt mich doch los! Laßt mich doch los! *Er steht still und spricht mit veränderter Stimme ins Publikum.* Veilchen, Sperlinge und Knaben trieben ihm die Tränen in die Augen. Kein Mensch hatte ihn je für einen Juden gehalten, bis diese zwei eigentlich fabelhaft gutaussehenden Burschen von der Gestapo ihn aufforderten, die Hosen herunterzulassen, und sein kleines Ding Haltung annahm. Meine Herren, sagte er, machen wir doch kein Dogma daraus; selbst die englische Königsfamilie hat sich für die Beschneidung ausgesprochen. Aber dieses Argument machte keinen Eindruck. Sie befahlen ihm, »Sieg Heil!« zu brüllen, und er weigerte sich, und sie schlugen ihn so lange, bis sein Herz zu Stein wurde. Dann vergewaltigten sie ihn, aber er genoß das. Er war gewissermaßen eine faustische Natur.

Er reißt sich mit einem Ruck los. Klaub gibt einen schlürfenden Laut von sich.

Verzeihung.

Hirschler schlürft ebenfalls. Von verschiedenen Seiten lassen die anderen nacheinander den gleichen Laut hören.

Verzeihung. Verzeihung.

Er geht zu seinem Topf zurück; auf dem Weg übergibt ihm Heltai die Schöpfkelle. Hinter dem Topf angelangt, beginnt er wieder zu rühren.

Das Essen wird in einer halben Stunde fertig sein.

Klaub nimmt das Stück Gelatine vom Tisch, hält es so, daß das Licht es aufleuchten läßt, schaut es an und läßt es dann zu Boden fallen.

KLAUB Saubermachen.

Die anderen räumen schnell auf; Eimer und Bürsten werden verteilt, und alle stellen sich hinten in einer Reihe auf, quer über die Bühne, Klaub in der Mitte. Wenn alles bereit ist –

Los!

Alle lassen sich auf die Knie nieder und scheuern mit gleichmäßigen Bewegungen den Fußboden. Dabei starren sie ins Publikum. Sie kommen näher und immer näher. Lang bricht zusammen, später Ghoulos, dann andere. Zuletzt scheuert Klaub allein, vorn an der Rampe, bis auch er zusammenbricht. Weiss, als einziger nicht beteiligt, rührt hinten ununterbrochen im Topf, bis auch auf ihm das Licht verlischt.

2. Akt

Gegen Ende der Pause kommen die Spieler – außer Onkel – nacheinander auf die Bühne und verteilen sich im Raum. Sie sprechen privat miteinander, überprüfen die Position der Bänke, legen Requisiten zurecht usw.
Puffi und Ramaseder kommen zuletzt. Puffi wird von Weiss grinsend auf den Topf hingewiesen und blickt interessiert hinein. Er lächelt, dann lächelt er nicht mehr.
Rechts und links vor der Rampe knien sich Puffi und Ramaseder und beginnen, mit den Fingernägeln rhythmisch auf der Sitzfläche zu kratzen. Die Tür öffnet sich, Onkel tritt ein. In jeder Hand hat er etwas Sand. Das Kratzen hört auf.

ONKEL *rasend* »Der Herr wird dich verfolgen, bis er dich umbringe – –« *Bricht ab* Verzeihung, war sein Gesicht rot oder blaß?

HIRSCHLER Leichenblaß.

ONKEL Hattet ihr Angst vor ihm?
Hirschler und Heltai wechseln Blicke. Hirschler will nicht antworten.

HELTAI Oh, und was für welche.

ONKEL Nebenbei bemerkt – damals kann er doch kaum noch Zähne gehabt haben.
Hirschler und Heltai wechseln Blicke.
Er lispelte, nicht wahr?

HIRSCHLER *leise* Ja.

ONKEL *wie ein Clown, mit starkem Lispeln* »Und du wirst zum Entsetzen werden allen Königreichen der Erde...«

KLAUB Warum machst du dich über ihn lustig?

ONKEL *beginnt eine Zwiesprache mit Gott* Was willst du von mir? Warum läßt du sie deinen Knecht peinigen? Warum legst du die Last dieser Menschen auf mich? Habe ich sie empfangen oder geboren, daß du zu mir sprichst: »Trage sie in deinen

Armen!« *Er lauscht nach oben; wie als Antwort auf etwas Vernommenes.* Ich vermag sie nicht allein zu tragen, sie sind mir zu schwer. Und sie weinen vor mir und sprechen: »Wer wird uns Fleisch zu essen geben? Wir gedenken der Fische, die wir in Ägypten umsonst aßen, und der Gurken, der Melonen und des Knoblauchs. Jetzt ist uns die Seele vertrocknet, denn es ist gar nichts da.«

LANG Was macht er?

KLAUB Er betet, was denn sonst?

ONKEL Nein, ich bete nicht. Ich sage Ihm die Meinung. Hör mal! Du! Ich rede mit dir!
Wir werden bald sterben.
Lauscht wieder nach oben
Zwei Tage noch? –
Mögen Kinder erschauernd mit unseren Knochen spielen.
Die Abscheulichkeit unserer Grabstätte ist nicht von
Bedeutung.
Man mag uns aneinander pressen wie Liebende, in engster
Vereinigung,
Aber im Augenblick unseres Sterbens sind wir allein.
Einzeln verfaulen wir und fallen herab wie Blätter,
Die man zusammenharkt und verbrennt im September.
Einige werden es still ertragen, in der Würde ihres
Schweigens,
Einige werden quieken wie Katzen, die sich verbrüht haben,
Während sie vergeblich zum Ausgang drängen und in
Zement
Die kleine Abschiedsbotschaft kratzen: ICH WAR HIER!
Bis ihre Finger brechen.
Wie auf einen Vorwurf von oben
Ich beklage mich nicht!
Meine Klagen hängen mir zum Hals heraus. Unsere Latrinen
Sind bereits Denkmäler, unsere Knochen kennt eine ganze
Welt.
Verflucht sei dein Mitleid, deine Gerechtigkeit, selbst deine
Liebe,
Ich will nichts wissen davon.

Noch hab ich meinen Stolz –
In diesem Schlamm, dieser Wildnis, dieser Stätte des Mordes,
Diesem Auschwitz!
Ich will nur eine kleine Auskunft haben, darauf bestehe ich.
Ich möchte wissen, warum es so enden muß, auf diese Weise.

HELTAI All diesen Blödsinn erzählst du deinem Gott?

ONKEL All dies und noch Schlimmeres.

HELTAI Und du erwartest eine Antwort, Bubele?

ONKEL *schreit* Ich fordere eine Antwort!

Er schleudert den Sitzenden den Sand in die Augen. Sie halten sich die Hände vors Gesicht, reiben sich die Augen.

ZIGEUNER *spöttisch* Onkel ist wieder da!

Glatz ist verängstigt aufgesprungen, rennt kopflos quer über die Bühne, tauscht den Platz mit Ghoulos, der ebenfalls losgerannt ist.

HIRSCHLER *steht auf* Moment mal! Na schön, wir hatten Angst, aber was macht man denn, wenn man Angst hat? *Mimt verschiedene angstvolle Haltungen, wie ein Schmierenschauspieler*

HELTAI Ganz falsch.

HIRSCHLER Halt dich zurück, ja? *Macht eine lange Nase, streckt die Zunge heraus, kratzt sich unter den Achseln*

HELTAI Das kommt schon eher hin.

HIRSCHLER *hüpft zur Bank zurück* Wir benahmen uns wie ungezogene kleine Jungen.

HELTAI Hysterica passio!

HIRSCHLER *wie ein Sechsjähriger* Guck mal, wer da ist!

HELTAI *ebenso* Onkel ist wieder da!

ONKEL *wie ein Clown, der Kinder unterhalten muß* Das Reich der Kinder ist angebrochen – *Er zieht seine Handschuhe an, wackelt komisch mit den Fingern.*
– Die Söhne haben das Kommando übernommen,
Sie kommen die Treppen heruntergerannt, scharenweise,
Zerschlagen das Geschirr und besudeln die gute Stube.
Und später am Abend lauern sie hinter der Hecke,
Warten auf den alten Herrn –
Und wenn er kommt, aus dem Dunkel fallen sie über ihn her

Und fällen ihn und zerstückeln ihn und fressen ihn auf.
Mit Abschiedsgesten, die von den anderen begeistert nachgeahmt werden
Adieu, Zeitalter der Vernunft, adieu, Gewißheit,
Adieu, steife Hüte und stolze Hoffnungen,
Adieu, weite Hosen, das Stechen in der Seite
Und der ergebene Seufzer vor dem Einschlafen,
Adieu, Fülle der Zeit. Die Rose stirbt jung.
Sie wollen, was es auch ist. Es gibt nur hier und jetzt.
Und jetzt und hier – jetzt, jetzt, jetzt, ich, ich, ich, ich,
Hier und jetzt!

WEISS *hüpft, den Daumen im Mund, an Onkel vorbei* Hallo, Onkel! Wo warst du denn, Onkel?

ONKEL Ich habe geschlafen.

ZIGEUNER *mit alberner Fistelstimme* Onkel hat ein Nickerchen gemacht!

WEISS Eine Siesta!

ZIGEUNER *wie oben* Ein kleines Nachmittagsschläfchen!

LANG *zu Onkel hintänzelnd, in schwulem Tonfall* Na, und was tut sich sonst Neues auf 'm Rialto?
Er will wieder weg, aber Onkel hält ihn fest.

ONKEL Ich glaube, ich habe einen Traum gehabt.

HELTAI *piepsend* Alle mal ruhig, bitte! Onkel hat einen Trrrraum gehabt!

HIRSCHLER *schwachsinnige Kindersprache* Ich hab 'ne schreckliche Ahnung – will uns den Tlaum ersähl'n!
Glatz will den Raum verlassen, als ob er ahnte, was kommen wird.

ZIGEUNER Sag mal, wo willt du denn hin?

GLATZ *kindisch* Ich weiß nicht.

ZIGEUNER Es führt kein Weg nach draußen, außer durch den großen Schornstein. Also setz dich hin.

GLATZ Jawohl. *Er setzt sich.*

ZIGEUNER Onkel, was hast du denn getrrrräumt?

ONKEL Wir waren zu Hause.
Alle außer Klaub stampfen mit den Füßen und schütteln die Köpfe, in panischer Angst.

KLAUB Nicht sehr originell.

ONKEL Nein. Der übliche Traum der Häftlinge. Ihr seid wieder zu Hause.

Sie stampfen mit den Füßen und schütteln die Köpfe.

Aber es ist ja alles in Ordnung. Ihr seid in Sicherheit.

Sie beruhigen sich langsam. Im folgenden wird deutlich, daß er die anderen bewußt provoziert.

Sie sind weg. Nichts Schlimmes kann mehr passieren. Die Sonne scheint. Ihr geht die Straße entlang.

Haas krächzt, schließt die Augen.

GHOULOS *deutet auf etwas, die Augen geschlossen* Mädchen zieht sich den Strumpf gerade.

WEISS *lauschend, die Augen geschlossen* Kirchenglocken.

HIRSCHLER Ding-dong. Ding-dong.

LANG Telefonklingeln.

HIRSCHLER Telefonklingeln?

HELTAI Ja, Dummkopf, das Telefon klingelt, aber ganz normal.

DIE ANDEREN Ganz normal. Ganz normal.

WEISS Hallo, wer ist da? – – Ich bin's.

Die anderen, außer Klaub, lächeln.

GLATZ Mutter! Mutter! Bist du da?

ONKEL Die Nachbarn sprechen euch an – –

Sie schütteln in Panik die Köpfe und stampfen mit den Füßen.

– – aber es ist alles gut. Sie schütteln euch die Hand. Sie erzählen von ihren Sorgen. *Mit geschlossenen Augen* »Wo wollen wir heute abend essen?«

HIRSCHLER »He, Bernie, hast du das Gas abgestellt?«

HELTAI »Ich rauche zuviel.«

ZIGEUNER Unglaublich! Unglaublich!

WEISS »Milch oder Zitrone, der Herr?« – – »Beides.«

Die anderen, außer Klaub, lachen.

ONKEL Man steigt die Treppen hinauf, leichtfüßig, wie von Wellen getragen. Ein Hund bellt – –

Sie stampfen und schütteln die Köpfe.

– – aber das hat nichts zu bedeuten. Man klingelt, man steht da in seiner Zebrakluft, ein stinkendes Skelett – –

Sie stampfen und schütteln die Köpfe.

– – aber alles ist gut. Sie öffnet die Tür.

ZIGEUNER Mutter!

HIRSCHLER »Wo bist du gewesen?«

HELTAI »Warum bist du Freitag nicht gekommen, wie du versprochen hast?«

HIRSCHLER »Was haben sie dir zu essen gegeben, Hühnerdreck?«

ZIGEUNER »Komm herein, mein Junge.«

ONKEL Man tritt ein. Man wäscht sich das Gesicht. Man setzt sich an den Tisch.

Haas setzt sich, die Beine ausgestreckt.

Man zieht sich die Schuhe aus.

ZIGEUNER *heftig* SIE zieht einem die Schuhe aus!

ONKEL Sie zieht einem die Schuhe aus. *Er zieht Haas die Schuhe aus.* Wie wär's mit einer Tasse heißer Suppe, um den Magen zu gewöhnen?

HIRSCHLER Mit Matzeklößchen? *Er will sich auf den Hocker setzen.*

ONKEL Alles, was du willst... Nein, tut mir leid, dieser Stuhl ist reserviert...

HIRSCHLER *während Onkel ihm die Schuhe auszieht* Im Lager nannten sie mich Dreifuß. Mit zwei Füßen allein hätte kein Mensch so stinken können.

HELTAI *setzt sich neben Hirschler* Was gibt's zum Abendbrot?

ONKEL *zieht Heltai die Schuhe aus* Ich hab einen Braten gemacht.

HIRSCHLER Donnerwetter! Wie hast du denn den organisiert?

ONKEL Ich habe die Bettlaken verkauft.

HELTAI Es ist doch kein Pferdefleisch?

ONKEL Bei mir kriegst du so was nicht!

HELTAI Hast du was zu trinken da?

ONKEL Ja, einen schönen Riesling.

HELTAI Gekühlt?

ONKEL Gekühlt – – *Auf ein Brummen Heltais* – – aber nicht zu kalt.

HIRSCHLER Sonst verliert er an Blume.

HELTAI Die Blume ist mir schnurzegal. Ich bin bescheiden geworden. Ich habe meine eigene Pisse getrunken, ich habe – – *Er bricht bestürzt ab und schlägt die Hand vor den Mund.*

HIRSCHLER *steht auf und kommt zur Rampe, spricht zum Publikum* Gestern abend war ich bei meinem Gehirnklempner. Er ist zweihundert Jahre alt, stammt aus Wien, spricht kein Wort Englisch, und soviel ich weiß, ist er auch völlig taub. Sowie ich mich hinlege, stellt er seinen Hörapparat ab. Ich muß meine Banalitäten herausbrüllen, das ganze Haus weiß schon, was mit mir los ist, und wenn ich gut in Form bin, gelingt's mir, ihn aufzuwecken. *Mimt einen schwerhörigen Analytiker* »Also, nun... das mit Ihrer Schwester...« Schwester? Was für 'ne Schwester? Seit fünf Jahren komm ich jetzt zu Ihnen, Sie alter Bock, fünfzig Dollar pro Sitzung. Mittlerweile sollten Sie doch mitgekriegt haben, daß ich überhaupt keine Schwester habe! – Na schön, ich liege also da, flach auf Rücken, esse Türkischen Honig und erzähle ihm von diesem Traum. *Als Analytiker* »Traum? Was meinen Sie mit Traum?«

Onkel kommt näher.

In meinem Traum sah ich dieses Kind im Reisfeld! Sein eines Auge war nur 'n großes klaffendes Loch, Nase war weggebrannt, die Zunge herausgeschnitten, aber... und das ist das Faszinierende an der Sache... ich war glücklich! *Als Analytiker* »Weshalb Sie waren unglücklich?« *Brüllend* Nicht unglücklich, Idiot, sondern glücklich! Ich war glücklich, weil mir klar wurde, daß alle anderen auch Mörder sind, nicht nur ich allein, alle, hören Sie? ALLE! *Als Analytiker* »Alle nicht.«

Onkel legt Hirschler die Hand auf den Arm und führt ihn mit sanfter Gewalt zu seinem Platz zurück.

Ich schlug ihm ins Gesicht! Es war ein richtiger Durchbruch.

LANG *hat mit geschlossenen Augen Platz genommen* Mutter, mein Ulcus macht mir wieder zu schaffen. Ich vertrage nur Joghurt und etwas Mozart. Hab ich mich sehr verändert?

Onkel zieht Lang die Schuhe aus.

Du siehst mich ja gar nicht an. *Schreit* Sieh mich an! *Zeigt seine klauenartigen Hände* Sieh mal. *Zeigt sein Zahnfleisch und seine Zunge* Sieh mal. *Reißt sich büschelweise Haar aus* Sieh mal!

Onkel will Lang umarmen, aber er entzieht sich der Liebkosung, steht auf, tritt zur Rampe und spricht zum Publikum.

Er legte es immer darauf an, seiner Mutter einen Schreck einzujagen – – kletterte auf Berge – – verliebte sich – – rauchte zuviel – – aber seine verdammte Mutter war durch nichts zu erschüttern. Das letzte Mal, als er sie sah... auf der anderen Seite des elektrischen Drahts... knabberte sie an einer Mohrrübe... Stellt euch vor, damals hatten sie noch Mohrrüben... Er ging nahe an den Draht heran – – *Er hebt eine Hand mit gespreizten Fingern und nähert sie langsam Onkels ebenfalls in gleicher Weise erhobenen Hand.* – – ganz nahe – – er berührte ihn fast. Er begab sich in Lebensgefahr. Aber seine Mutter verzog keine Miene.

Onkels Finger schließen sich um Langs, und er geleitet Lang auf seinen Platz zurück. Währenddessen kommen Weiss und der Zigeuner munter von rechts und links herbeigesprungen und setzen sich nebeneinander.

WEISS Ich habe einen Freund mitgebracht. Kann er bei uns übernachten?

ONKEL Ich mach ihm ein Bett auf der Couch im Wohnzimmer.

WEISS Das ist nicht nötig. Wir sind verheiratet.

Onkel reagiert angewidert.

ZIGEUNER Ich hoffe, ich mache Ihnen nicht zuviel Mühe.

ONKEL Sie sind herzlich willkommen.

ZIGEUNER Ich habe Dinge gesehen, gnädige Frau... Ich wünschte, ich wäre blind gewesen.

Inzwischen hat sich Ghoulos erhoben und pocht mehrmals mit der erhobenen Faust an eine imaginäre Tür, bis Onkel ihn sanft daran hindert.

GHOULOS Verzeihen Sie, wohnt hier Frau Ghoulos?

Pause

ONKEL Ich bin Frau Ghoulos.

GHOULOS *nimmt seine Mütze ab* Ich bin dein Sohn.

ONKEL Wer? *Nach einer Pause, erschüttert* Oh!...

Er umarmt und küßt Ghoulos und geleitet ihn zu seinem Platz. Glatz, allein auf einer Bank ganz rechts sitzend, wird unruhig.

GLATZ Mutter! Bist du da? *Ahmt Verkehrslärm nach, seine Arme fahren durch die Luft.* Brrrmm. Brrrrmm.

ONKEL Was ist denn los?

GLATZ *mechanisch* Starker Verkehr heute abend. Ich bin wieder da, Mutter.

ONKEL Der verlorene Sohn kehrt heim.

GLATZ *reibt sich die Stirn* Nein, so redet sie nicht.

ONKEL *begütigend* Wie redet sie denn?

GLATZ *rasch* »Du hättest nicht kommen dürfen. Es ist zu früh. Sie sind noch nicht fort. Überall in der Stadt sind welche, die mit dem Finger zeigen.« *Er zeigt wild in die Luft.*

ONKEL Du siehst müde aus. Laß mich dir die Schuhe ausziehen.

GLATZ *erregt* Nein, nein, sie war nicht gütig. *Immer schneller* »Hast du mir was mitgebracht? Hast du Geld? Hast du einen Apfel? Du kannst doch nicht einfach nach fünf Jahren zur Tür hereinkommen, mit nichts in der Hand.« – Blödsinn, warum stell ich sie eigentlich als habgierige Hexe hin? Sie war schlimm, aber so schlimm nun auch wieder nicht. Sie blies sich dauernd Haarsträhnen aus den Augen. *Er ahmt es nach.* Brrm. Brrrrmm.

ONKEL *um ihm weiterzuhelfen* Brrrmm!

GLATZ *manisch* Starker Verkehr heute abend. Sie fahren die Straße hinauf und hinunter und holen Leute ab. *Seine Arme fahren durch die Luft.* Brrrmm! Brrrmm! Plim-plim-plim! Heraus! Heraus! Eisschollen auf dem Fluß. Das Schlimmste ist der kalte Wind. *Schlägt sich mit den Fäusten auf den Mund* Heute früh haben sie den alten Onkel Tàbori verhaftet.

ONKEL Na, das hat doch mit dir nichts zu tun.

GLATZ Stimmt. Überhaupt nichts.

ONKEL Woher weißt du es denn?

GLATZ Ich hab's gehört. Brrrmm! Brrrmm! *Schlägt sich auf den Mund* Irgend jemand muß ihn denunziert haben. *Soufflierend* »Wer würde denn so etwas tun?«

ONKEL »Wer würde denn so etwas tun?«

GLATZ Man erkauft sich ein bißchen Luft zum Atmen – so viel – *Er zeigt es.* – ein Stückchen Leben. Unter den gegebenen Umständen ist es das einzig Moralische weiterzuatmen. Das ist eine Sache der Logik. Eine Hand wäscht die andere. Es liegt eine gewisse Eleganz in der Formel: Atmen ist gleich Verraten. *Er steht auf und tritt zur Rampe. Ohne Pause spricht er weiter, zum Publikum.* Ein großer Geist; ein großer analytischer Geist. Irgend etwas passierte; sie wollten mir nicht sagen, was – – außer... *Er denkt nach.* Einmal saß er im Steinbruch. Eine Eidechse kam heraus, ein entzückendes kleines Geschöpf. Sie sahen sich an, er und die Eidechse. Dann kam ein Posten vorbei und zertrat sie ohne jeden Grund unter seinem Absatz. *Er macht eine drehende Bewegung mit dem Absatz.* Die Eidechse blickte aus uralten Augen zu meinem Vater auf, als wollte sie sagen: »Was seid ihr eigentlich für Menschen?« Er wußte nichts zu sagen... er wußte nichts zu sagen... er wußte nichts zu sagen...

Onkel nimmt Glatz beim Arm und führt ihn zur Bank zurück; Glatz setzt sich und fährt ohne Pause zu sprechen fort.

Man geht zu ihnen hin. Man verbeugt sich. Man sagt: Guten Abend. Man braucht gar nicht viel zu reden. »Herr Weiss? Hmmmmm. Herr Haas? Ach, jaaa...«

Die anderen springen auf, stoßen einen Wutschrei aus und nehmen eine drohende Haltung ein. Glatz klammert sich zitternd an Onkels Arm.

ONKEL *schreit* Noch einen Schritt näher zu meinem Sohn, und ich schlag euch den Schädel ein!

Die anderen setzen sich wieder.

GLATZ »Onkel Tàbori?... Tsk-tsk-tsk-tsk...«

Onkel verliert die Beherrschung, fällt aus der angenommenen Rolle, holt wütend aus und versetzt Glatz einen Schlag. Glatz fällt und beginnt, mit den Händen sich auf dem Fußboden entlang tastend, im Kreis herumzukriechen; dabei windet und dreht er sich, als ob er in ein Loch verschwinden wollte. Ohne Pause spricht er dabei weiter.

Die Sache hat nur einen Haken: Schließlich fällt einem niemand mehr ein. Man blättert im Telefonbuch, notiert die Namen auf Grabsteinen, man fängt an, Leute zu erfinden. Am Ende bleibt einem nicht mehr übrig, als sich selber anzugeben. »Professor Glatz? Ach, der –!«

ONKEL Suchen sie dich schon?

GLATZ Brrrrmm!

ONKEL *weiterhelfend* Brrrrmm!

DIE ANDEREN *außer Klaub* Brrrrmm!
ONKEL Möchtest du was essen?
GLATZ Das hat sie nicht gesagt.
ONKEL Was hat sie gesagt?
GLATZ »Ich hoffe, sie kommen und holen dich. Ich hoffe, sie brechen dir alle Knochen im Leib. Ich hoffe, sie schneiden dir die Zunge heraus. Und wenn sie deinen Kopf gegen die Wand schlagen, dann werd ich sagen: Schlagt noch etwas härter zu.« – – Ich will hören, wie du das sagst!
ONKEL »Und wenn sie deinen Kopf gegen die Wand schlagen, dann werd ich sagen: Schlagt noch etwas härter zu.«
GLATZ *läuft herum* Oh, sie sind durchaus keine Ungeheuer. Wenn man gesund ist, schicken sie einen in ein Arbeitslager. Da hat man viel frische Luft und Bewegung! Wenn man krank ist, kommt man in ein Krankenhaus. Heltais Mutter zum Beispiel –

Er zeigt auf Heltai, der sich bei der Nennung seines Namens wie betäubt erhebt.

– wurde ins Sankt-Rochus-Spital gebracht, einen Tag, nachdem ich seinen Namen erwähnt hatte...

Heltai setzt sich wieder hin.

Es wird dir dort gefallen, die Nonnen sind sehr nett. Eigentlich bist du ja nicht ernsthaft krank, ab und zu ein Anfall, im Grunde brauchtest du nicht ins Krankenhaus, aber mach dir keine Gedanken, ich werde dir ein Bein brechen. Ich breche es dir so gründlich, daß es Jahre dauert, bis es wieder heil ist, und bis dahin ist die ganze Geschichte vorbei. *Er stellt einen Hocker vor die Bank, auf der Onkel sitzt.* Leg das Bein auf diesen Stuhl. *Er faßt Onkels ausgestrecktes Bein und legt es so, daß der Fuß auf dem Hocker ruht. Dann kniet er dahinter nieder und betet formelhaft.* »Die jungen Kinder heischen Brot, und ist niemand, der's ihnen breche. Die zuvor im Purpur erzogen sind, die müssen jetzt im Kot liegen.« – Siehst du das Bein? Siehst du den Sohn? *Er hält die verschlungenen Hände hoch.* Siehst du den Hammer?

Er »zertrümmert« Onkels Bein. Dann steht Onkel auf und führt Glatz zu den anderen. Glatz lehnt beim Gehen den Kopf an Onkels

Schulter und zeigt hündische Ergebenheit, lächelt, streichelt Onkel usw.

ONKEL Komm jetzt, es ist Abendbrotzeit.

GLATZ Ist der Tisch gedeckt?

ONKEL Mit einem weißen Tischtuch und Blumen.

GLATZ Sind alle versammelt?

ONKEL Ja, es ist eine Wiedersehensfeier.

GLATZ Oh, dieser Traum gefällt mir. Bist du der Gastgeber?

ONKEL Ja.

GLATZ Werden sie mich auch am Tisch sitzen lassen?

Die anderen erheben sich. Haas krächzt einen Willkommensgruß, einige reichen Glatz die Hand, während, von allen gleichzeitig, die Begrüßungsworte gesprochen werden.

LANG »Wir haben dich schon vermißt...«

WEISS »Nett, dich zu sehen...«

HIRSCHLER »Was machen die Kinder?«

HELTAI »Sag mal, hast du schon gehört...?«

GHOULOS »Na, was sagt man dazu...?«

ZIGEUNER »Du hast dich kein bißchen verändert...«

GLATZ *zu Onkel* Was wird meine Strafe sein?

ONKEL Das Leben.

DIE ANDEREN *im Sprechchor* Auf das Leben! *Sie setzen sich.*

ONKEL Und jetzt wird das Essen aufgetragen. *Er mimt das Auftragen von Speisen.* Hier – eine dampfende Terrine – mit Händen und Füßen...

Lang beginnt, mit den Füßen zu stampfen und den Kopf zu schütteln. Im folgenden tun dies nach und nach auch die anderen.

Hier – eine Schüssel mit Hirn, im Teig goldgelb gebraten... Hier – ein Teller mit Augen... Hier – eine gedünstete Niere... Und hier, auf einer großen silbernen Platte der Braten selbst, in Blutsauce schwimmend, eine eintätowierte Nummer auf dem Rücken!

Pandämonium, Aufschreie, Würgelaute, Röcheln. Einige brechen über den Bänken zusammen, ihr Würgen setzt sich noch im folgenden fort. Hirschler, die Hand vor dem Mund, stolpert zu dem einzeln stehenden Hocker, will sich hinsetzen, aber Onkels nächste Worte erschrecken ihn so sehr, daß er neben dem Hocker zu Boden fällt.

Nein, das ist Puffis Stuhl!

Im folgenden fährt Onkel wie ein Racheengel zwischen den anderen herum.

Den Lehnstuhl kriegt immer Puffi! Er hat sich verspätet, aber er kommt bestimmt. Meint ihr, wir sollten auf ihn warten?

Er stößt Hirschler, der aufspringt und, die Hand vor dem Mund, zusammenbricht.

Nein, sagt Hirschler, ich finde nicht, daß wir auf ihn warten sollten. *Auf Lang zu* Wir wollen ihm noch 'ne Chance geben, sagt der kleine Lang, er kommt von auswärts, die Züge haben manchmal Verspätung!

Lang ist weggestolpert, Onkel stößt Heltai, so daß er von der Bank fällt.

Hat er eben Pech, sagt Heltai, ich hab einen Bärenhunger, fangen wir an! *Zu Ghoulos* Vielleicht hat er's vergessen, sagt Ghoulos. Nein, ich hab heut morgen noch mit ihm telefoniert, ich nehm den Zug 18 Uhr 30, sagte er, ich werde noch vor dir da sein!

Inzwischen haben sich die übrigen ebenfalls im Raum verteilt, zuletzt Weiss und der Zigeuner, die röchelnd davonstolpern.

Hört mal! – Ich glaube, ich hab was gehört. Ja, das ist er, er kommt die Treppe herauf. Ihr kennt ja seinen Schritt – leicht und beschwingt, wie oft bei sehr fetten Männern.

Puffi wedelt mit den Armen und führt mit den Beinen Gehbewegungen aus.

Da ist er. Nein, er ist es nicht. Es ist ein junger Mann, mit einem Regenschirm.

Puffi steht auf, macht eine Bewegung, als öffne er eine Tür und betritt die Bühne.

Es ist Puffis Sohn. Seht, da kommt er.

Puffi setzt sich in Bewegung.

Er schüttelt den Kopf, er geht um den Tisch herum.

Puffi geht mit kleinen Schritten kopfschüttelnd zwischen den Bänken hindurch und läßt sich schließlich auf dem einzelnen Hocker nieder. Danach –

»Wo ist mein Vater?«

PUFFI *tonlos* Wo ist mein Vater?

ONKEL »Was habt ihr mit ihm gemacht?«

PUFFI *wie vorher* Was habt ihr mit ihm gemacht?

KLAUB *laut* Wir haben ihn aufgefressen und wieder ausgeschissen. *Er springt auf und geht zu Onkel.* Ich weiß, was du erreichen möchtest, aber ich laß mir von dir nicht den Appetit verderben oder das Herz schwer machen für alle Ewigkeit. Fleisch ist Fleisch, und mein Vater im Himmel kann mich am Arsch lecken! *Wandert herum* Ich bin kein böser Mensch. Ich würde keinem Lämmlein auf der Weide ein Haar krümmen. Wenn ich sehen würde, wie ihm einer was tut, würde ich den Kerl umbringen. Ja, ihm würde ich vielleicht den Schädel einschlagen, aber: In jeder Küche wird täglich gemordet! Hühnchen werden geschlachtet, Fischen wird der Kopf abgeschnitten und so weiter – und wo soll man die Grenze ziehen? Wenn mir jemand ein Lammkotelett hinstellt, würd ich darüber keine Tränen vergießen, ich würd es nicht stehen lassen und hungrig weggehen. Ich bin kein Narr! Es ist kein Verdienst, ein Narr zu sein! – Fleisch ist Fleisch, und ich will existieren, ich will Zeugnis ablegen –

Er wendet sich an Hirschler, sich das Hemd aufreißend und die Brust entblößend; Hirschler schlägt mit einem Laut des Ekels die Hände vors Gesicht und wendet sich ab.

– ich will ein wandelnder Katalog von Wunden sein! *Er hält das Hemd mit beiden Händen auf.* Und ich will meine Wunden meinen Kindern zeigen!

Eilt von einem zum anderen, in verrenkter Körperhaltung, wie ein Krüppel; die Angesprochenen wenden sich entsetzt ab, stoßen Laute des Abscheus aus.

Nein, mit der Nase werde ich sie darauf stoßen! Ich werde sie zwingen, meine Schwären zu küssen und meinen Eiter zu trinken. Sie sollen lernen, im Leiden nichts Erhabenes zu sehen! *Wieder bei Onkel* Und wenn es hier nur zwei Männer gäbe, einen Mörder und ein Opfer, dann würde ich nicht das Opfer sein. Es ist mir egal, wie ich zu meiner nächsten Mahlzeit komme, aus welchem Schlachthaus sie stammt oder welchem Zufall ich sie verdanke. Mir ist nur eines wichtig: Wie bin ich hierher geraten? Gab es für mich keinen anderen Ort?

Keine andere Möglichkeit, den heutigen Abend zu verbringen? *Er nimmt das Messer vom Ofen und hält es Onkel vor die Nase.* Siehst du dieses Messer?

ONKEL Ich sehe ein Messer.

KLAUB *packt Onkel unsanft beim Arm und führt ihn zu einem Hocker* Erinnerst du dich an das andere Messer, das Messer, das im Viehwagen von Hand zu Hand ging?

ONKEL Nur noch dunkel.

KLAUB *drückt Onkel auf den Hocker* Dann will ich dein Gedächtnis auffrischen! *Zu den anderen, schreiend* Kommt, kommt, kommt! Los! Los! Los! Los! Näher! Näher!

Die anderen, auch Ramaseder, drängen sich innerhalb des Karrees zwischen den Bänken zusammen. Sich gegenseitig stützend, einige in verrenkter Haltung, bilden sie eine eng verfilzte Masse, aus der hier und dort ein Arm oder eine Hand hervorragt. Klaub beginnt das Verhör.

Der Viehwagen war groß genug für vierzig Mann oder sechs Kühe. Wir standen da zu hundertachtzig drin, mit dem Gesicht zur Tür. Die Tür wurde zugeschoben und schnitt uns das Licht ab. Der Zug fuhr an. Wir standen im Finstern, ruckweise geschüttelt wie Drahtpuppen. Wo warst du, Onkel?

ONKEL Ich stand neben dir.

KLAUB Wie würdest du die Atmosphäre im Viehwagen beschreiben?

ONKEL Es war schrecklich.

KLAUB Kannst du dazu ein Beispiel anführen?

ONKEL Lewinsky bekam einen Anfall und erstickte.

KLAUB Schön. Was noch?

ONKEL Langeweile.

KLAUB Weiter.

ONKEL Humor.

KLAUB Von welcher Art?

ONKEL Darüber möchte ich nichts sagen.

HIRSCHLER »He, was glaubst du, wo wir hinfahren?«

HELTAI »Nach Kalifornien!«

HIRSCHLER »Ist das nicht zu weit?«

HELTAI »Zu weit von wo?«

Die anderen lachen kurz.

KLAUB Wer hatte das Messer?

Haas krächzt. Klaub läuft auf Onkel zu und versetzt im Vorbeilaufen Haas einen Schlag.

Ich habe ihn gefragt! Was für ein Messer war es?

ONKEL Ich glaube, es war ein Federmesser.

HIRSCHLER Ach wo, es war eins von diesen Schweizer Jagdmessern, mit mehreren Klingen und einem Korkenzieher.

KLAUB Was tat Haas mit dem Messer?

Er schlägt Onkel mit der Handkante auf den Nacken. Onkel sieht ihn an, lächelt.

Was machte er damit?

ONKEL Er ließ es herumgehen.

KLAUB Zu welchem Zweck?

ONKEL Damit wir uns entschließen sollten...

KLAUB Wozu entschließen?

ONKEL In Sopron die Wache zu töten und zu entfliehen.

KLAUB Was war Sopron?

ONKEL Die vorletzte Station.

KLAUB Welche Haltung drückte sich in dem Tötungsplan aus? Kannst du sie auf eine kurze Formel bringen?

ONKEL »Ich lasse mich nicht wie ein Lamm zur Schlachtbank führen.«

KLAUB Habe ich recht mit der Behauptung, daß der Plan, die Wache während des kurzen Aufenthalts in Sopron zu töten, durchaus nicht besonders unmenschlich –

Die Köpfe der anderen drehen sich ruckweise erst in Richtung Onkel, dann wieder zurück zu Klaub.

– unnatürlich –

Das gleiche Spiel der Blicke

– oder verrückt erschien?

Das gleiche. Kleine Pause

LANG Ja!

KLAUB *auf Onkel zu, schlägt Lang im Vorüberlaufen* Ich habe ihn gefragt!

Lang stöhnt auf, einige andere ebenfalls, nacheinander, wie in einer Kettenreaktion.

Hätten wir entkommen können?

ONKEL Vielleicht.

KLAUB Gab es irgendeinen anderen Ausweg?

ONKEL Keinen.

KLAUB Das heißt also –?

ONKEL Nur dies.

KLAUB Hier?

ONKEL Ja.

KLAUB Wurde die Ausführung des Plans genau durchdacht?

ONKEL Ja.

KLAUB Die technischen Einzelheiten festgelegt?

ONKEL Ja.

KLAUB Mit welchen Worten faßte ich den Plan zusammen?

ONKEL »Der Zug hält. Die Tür wird aufgemacht. Sie lassen uns heraus. Der Kübel wird ausgeleert, die Leichen werden weggeschafft, die Felder – –«

Er bricht ab. Sein Gesicht verändert sich, zum ersten Mal überfällt ihn Furcht: die Erkenntnis, daß er sich – jetzt – durch seine Haltung in Lebensgefahr begibt.

KLAUB Weiter!

Er holt aus und schlägt dicht vor Onkels Gesicht die Handflächen mit einem Knall zusammen. Onkel schweigt.

»Die Felder liegen dort drüben. Vor uns liegen die Sümpfe.«

ZIGEUNER *reckt den Kopf über die Masse der anderen, flüsternd* Gebt mir das Messer! Wer stellt sich hinter den Posten? Wer stößt zu? Wer verwickelt den Posten in eine Unterhaltung? Wer lächelt ihn an? Wer rennt weg? Wer überlebt?

KLAUB Schön. Was geschah mit dem Messer?

ONKEL Nichts.

KLAUB Wurde es je benutzt?

ONKEL Nein.

KLAUB Wo landete es schließlich?

ONKEL Im Kübel.

KLAUB Wer ließ es da verschwinden?

ONKEL Ich.

KLAUB Du meinst, ich gab es dir?

ONKEL Ja.

KLAUB Wie erklärst du dir diesen erstaunlichen Sinneswandel?

ONKEL Ich war damals recht gut in Form.

KLAUB Du warst grandios! *Er läuft wieder nach links, streift mit der flachen Hand über die stumpfen Gesichter der anderen, um sie wieder zu »aktivieren«.* Ich klage ihn an, grandios gewesen zu sein! Er bat, er flehte, er argumentierte, er brüllte uns an! Wie kommt's, daß der Herr nie seine Feinde anbrüllt? Warum muß immer die Familie den Kopf hinhalten? Er sprach flammende Worte, dort im Viehwagen, Gottes Marktschreier, ewig den gleichen alten Ramsch verhökernd – *Den Sing-Sang eines Betenden karikierend*
»Widerstrebt nicht dem Übel. Bietet die andere Backe dar.
Selig ist, wen die Menschen schmähen,
Wer den Bürgersteig aufwischt –«

DIE ANDEREN *den Rhythmus aufnehmend* »Selig, selig sind die Toten!«

KLAUB »Und die Lebenden, die essen wollen, soll der Teufel holen. Ehre deinen Vater –«

DIE ANDEREN »Auf daß er dir weiter Lügen erzählen kann!«

KLAUB »Du sollst kein falsch Zeugnis reden –«

DIE ANDEREN »Auf daß du nicht etwa deine Brüder schützt!«

KLAUB »Du sollst nicht töten –«

DIE ANDEREN »Warum den Mördern ihr Handwerk unnötig erschweren?«

KLAUB »Denn wer das Schwert nimmt –«

DIE ANDEREN »Der soll durchs Schwert umkommen!«

KLAUB *läuft zu Onkel, beugt sich zu ihm* Und die es nicht genommen haben? Wie sterben die, Onkel? Sag uns das, Onkel, du, der du uns hierher gebracht hast!

ONKEL *springt auf, tief erzürnt, brüllt* Ich habe euch nicht hierher gebracht! *Er läuft zu den anderen, drängt sich zwischen sie und arbeitet sich bis zur Mitte zwischen ihnen hindurch, dabei jeweils den einen oder anderen ansprechend.*
Was wollt ihr von mir, Unsterblichkeit?
Ein Leben ohne Schmerz?

Wie könnt ihr es wagen, mich zur Rechenschaft zu ziehen?
Wovor fürchtet ihr euch?
Woran klammert ihr euch so verzweifelt?
An ein bißchen Wärme im Bauch? Gab man euch ein Versprechen?
Ich habe euch nichts versprochen. Ich sagte euch, das Wetter würde kalt sein.
Was wollt ihr jetzt von mir, soll ich eure Mordtaten segnen?

KLAUB Wir sprachen von dem Augenblick, als der Zug das Tempo verlangsamte!

Die Masse der anderen neigt sich nach links, wie in einem bremsenden Zug; Onkel muß die Bewegung mitmachen.

ONKEL Ich sage euch jetzt nichts anderes als damals im Viehwagen: Wenn Mord sich zu Mord gesellt, dann vermehren sie sich wie die Stinktiere!

KLAUB Der Zug hielt!

Die Masse der anderen neigt sich mit einem scharfen Ruck nach rechts.

Sie ließen uns für zehn Minuten heraus. *Er klatscht in die Hände.* Raus! Raus! Raus! Raus! Raus! Raus! Raus! Raus!

Die anderen verlassen hastig das Karree zwischen den Bänken, Onkel zurücklassend. Sie drängen sich vor den Pritschen zusammen, angetrieben von Klaub.

Wir leerten den Kübel aus. Es war mitten in der Nacht. Es schien kein Mond, aber wir konnten die Felder sehen. Die Wachen kamen näher. Kleine, untersetzte Männer, nicht mehr jung.

Aus dem Knäuel der anderen haben sich Puffi, Hirschler und Heltai nach vorn geschoben und spielen jetzt die Wachen.

ONKEL *betet* »Ich aber bin ein Wurm und kein Mensch; ein Spott der Leute und Verachtung des Volks.«

HIRSCHLER *Onkel karikierend* Ich aber bin ein Wuuurm und kein Mööööınsch...

Gelächter und Zurufe

ONKEL »›Er klage es dem Herrn, der helfe ihm aus und errette ihn!‹«

KLAUB *gleichzeitig* Eine Menschenmenge versammelte sich. *Er umkreist die anderen, drängt sie dichter zusammen.*

HIRSCHLER Ja, ich erinnere mich an ein Mädchen mit Kopftuch. Sie kicherte in einem fort.

Puffi beginnt zu kichern, das Kichern steigert sich zu einem irren Lachen. Onkels Gebetsworte sind nicht mehr hörbar: »Auf dich bin ich geworfen von Mutterleib an.« – »Vom Schoß meiner Mutter her bist du mein Gott!« – »Nimmer bleibe mir fern, denn die Not ist nah.« – »Ich bin hingeschüttet wie Wasser, alle meine Gebeine haben sich zertrennt.« – »Rette vorm Schwerte mein Leben, vor der Tatze des Hundes mein Einziges.«

HELTAI *über dem Lärm* Renn den Bahnsteig rauf und runter!

GHOULOS Mach mal fünfzig Liegestütze!

KLAUB *die anderen aufstachelnd* Sie beschimpften uns in der üblichen Weise – – Saujud! Arschloch! Scheißkerl!

DIE ANDEREN *durcheinander* Saujud! Arschloch! Scheißkerl!

KLAUB *rhythmisch* Sau – – jud – – Arsch – – loch – – Scheiß – – kerl!

DIE ANDEREN *den Rhythmus übernehmend* Sau – – jud – – Arsch – – loch – – Scheiß – – kerl! Sau – – jud – – Arsch – – loch – – Scheiß – – kerl!!

Von Klaub angefeuert, setzt sich die geballte Masse der anderen in Bewegung; schwankend, schiebend und stoßend, rollt das Menschenknäuel auf Onkel zu, der zurückweicht, betend. Puffi sowie Hirschler und Heltai bilden die vorderste Reihe, sie stemmen sich rückwärts gegen die von hinten Andrängenden.

ALLE ZUSAMMEN *im Chor* Saujud! Sau... jud! Sau... jud! Sau... jud! Sau... jud! Sau... jud! Sau... jud! Sau... jud!!

Sie sind bei Onkel angekommen und bedrängen ihn, heben ihn in die Höhe und stellen ihn auf den Hocker, als ob sie ihn lynchen wollten. Klaub springt mit dem letzten »Sau... jud!« vom Pritschengestell herunter. Die anderen weiter aufstachelnd

KLAUB Es wurde spät! Sie fingen an, sich zu langweilen!

GHOULOS Also sperrten sie uns wieder in den Zug!

KLAUB *auf Ghoulos zu, reißt ihm den Arm in die Höhe, so daß die Finger auf Onkel zeigen* ER SPERRTE UNS WIEDER IN DEN ZUG!

PUFFI Sie haben uns nackt ausgezogen!

KLAUB *zwängt sich durch den Kreis, reißt Puffis Arm in die Höhe* ER HAT UNS NACKT AUSGEZOGEN!

ZIGEUNER Sie werden uns in den Duschraum führen!

KLAUB *zum Zigeuner, reißt ihm den Arm in die Höhe* ER WIRD UNS IN DEN DUSCHRAUM FÜHREN! *Er springt auf eine Bank; kreischend.* MIT GEBET; ABER OHNE MESSER!

Winzige, unheilvolle Pause. Dann versetzt der Zigeuner Onkel einen Faustschlag, Onkel stürzt vom Hocker, taumelt zwischen den Bänken hindurch und fällt zu Boden. Was folgt, muß den Anschein erwecken, gewissermaßen privater Natur und außer Kontrolle geraten zu sein: Die Spieler treten aus dem Spiel heraus und zeigen die Brutalität der Unmenschen, die sie vorher nur dargestellt haben; für Augenblicke sind sie weder Väter noch Söhne, sondern haßerfüllte Fanatiker. Es wird privat gesprochen; Haas sagt: »Na, das war doch wohl nicht nötig«, oder ähnliches; der Zigeuner stürzt sich auf Onkel, zerrt ihn hoch und kreischt: »Wisch den Fußboden auf, Itzig!« Einige reagieren fassungslos erstaunt, man hört: »Seid ihr verrückt geworden?« und »Um Gottes willen, hört doch auf« usw. Klaub, verstört, will Onkel zu Hilfe kommen und wird selber von anderen angegriffen, geschlagen und getreten. Puffi zerrt Onkel die Jacke vom Leib und schlägt damit auf ihn ein. Andere werfen sich dazwischen. Das Licht im Zuschauerraum geht an. Der Inspizient rennt auf die Bühne und trennt die aufeinander Einschlagenden unter Ermahnungen. Keuchend lassen sie schließlich voneinander ab. Onkel liegt zusammengekrümmt zwischen den Bänken, Klaub richtet sich stöhnend vor den Pritschen auf. Der Zuschauerraum wird wieder dunkel, in fließendem Übergang geht das Spiel weiter. Alle außer Klaub setzen sich auf die Bänke und schlagen nun pantomimisch auf Onkel ein, indem sie die rechte Faust klatschend auf die linke Handfläche schlagen, rhythmisch und unerbittlich.

ONKEL Was tut ihr? Ich bin doch nicht er! Ich bin ich, sein Sohn!

Sie schlagen ihn weiter. Klaub tritt hinzu, erschöpft, ein Besiegter; er sieht Onkel an, dann faßt er den Zunächstsitzenden am Arm und hindert ihn am Weiterschlagen; nach und nach halten auch die anderen inne, der Zigeuner als letzter. Pause. Dann, auf ein Zeichen Klaubs, beugen sich alle herunter, heben Onkel vom Boden auf und tragen ihn hoch über ihren Köpfen wie auf einer Bahre langsam zum Pritschengestell, wo sie ihn behutsam auf die oberste Pritsche betten.

Glatz, den Arm um Onkels Schultern, richtet ihn auf, wischt ihm den Schweiß vom Gesicht; die anderen reichen Onkels Schal hinauf, ziehen ihm behutsam Strümpfe und Schuhe an, versuchen, ihre Fürsorge zu zeigen.

Ich werde auch nicht klug aus ihm. Ich versuche es, ich versuche es schon seit fünfundzwanzig Jahren... *Fröstelnd* Es stimmt, er war immer ein bescheidener Esser. Vor Fleisch hatte er eine gewisse Scheu – auch vor dem Fleischlichen überhaupt. Aber in einer Synagoge hätte er sich nicht mal im Dunkeln sehen lassen... Eines Tages ist die Stadt einer Witwe gleich; die Heiden sind in sie eingedrungen, und er muß den Bürgersteig aufwischen. Er fühlt die mächtige Hand und den großen Schrecken. Er gehört nun zur Bruderschaft derer, die sich die Zähne an Kieselsteinen ausbeißen. Mit anderen Worten: Er wird zum Juden... Nein, man wird nicht zum Juden; man wird lediglich daran erinnert, daß man einer ist. -- Ach, ist mir kalt, mir ist so kalt...

Sie reiben Onkel Arme und Beine, Weiss hebt Onkels Jacke vom Boden auf, läuft damit zum Ofen und hält sie ausgebreitet gegen den Topf, um sie anzuwärmen. Dabei schaut er in den Topf.

WEISS Das Essen ist fertig.

Pause

KLAUB Ich habe keinen Hunger.

Pause. Dann stößt Haas einen unartikulierten Laut aus. Puffi beginnt, wie ein Hund zu knurren, erst kurz und abgehackt, dann langgezogen; nacheinander fallen die anderen ein: Sie blicken starr nach vorn und knurren wie wütende Hunde.

GHOULOS Da ist was im Gange.

ZIGEUNER Eine Selektion.

LANG In Block elf haben sie gestern nacht alle über fünfzig rausgeholt.

Das Knurren bricht ab. Hektische Aktivität entwickelt sich. Während einige die Bänke aus der Mitte entfernen und Puffi und Ramaseder sich in dem Durcheinander unauffällig wieder vor die Rampe setzen, bringt Haas eine kleine Schüssel mit Wasser, die er auf den übriggebliebenen Hocker in der Mitte stellt. Die Stimme von Weiss läßt alle mitten in der Bewegung erstarren, einige noch mit einem

Möbelstück in den Händen, andere im Begriff, sich Wasser ins Gesicht zu spritzen; man hört das Wasser, das Haas in die hohlen Hände geschöpft hat, wieder in die Schüssel tropfen.

WEISS *über den Topfrand gebeugt, wie aus weiter Entfernung rufend* Du kannst meine Schuhe haben... Sag es meiner Frau...

HELTAI *lauschend* Ist es nicht erstaunlich? In Block elf haben sie noch die Kraft, zu schreien.

Sie erwachen aus der Erstarrung, die hektische Aktivität geht weiter.

GHOULOS *schreit* Erstens: Gesicht waschen und Haare mit Schnee anfeuchten!

Sie drängen sich um die Schüssel, spritzen sich Wasser ins Gesicht, feuchten sich die Haare an. Haas beugt sich über den Topfrand und bellt kurz und laut. Sie erstarren für einen Augenblick.

ZIGEUNER *schreit* Zweitens: Jugendliche Haltung üben!

Sie versuchen, gerade und aufrecht zu gehen, rücken die Schultern, schlenkern mit den Beinen. Haas bellt zum zweiten Mal. Sie erstarren.

LANG *schreit* Drittens: Hackenzusammenschlagen und Lächeln üben!

Er schlägt die Hacken zusammen und bricht in ein albernes Kichern aus, das von den anderen sofort aufgenommen wird. Sie stolzieren herum, in übertrieben militärischer Haltung, kichernd und grienend. Haas bellt zum dritten Mal. Alle erstarren, außer Lang, der weiter wie ein Irrer herumstolziert und kichert.

HELTAI *ins Publikum* Hirschler hatte das wichtigste Verjüngungsmittel – einen Lippenstift!

Hirschler hat sich vorn postiert, hebt die Hand mit dem Lippenstift; er schmiert allen, die schnell an ihm vorbeidefilieren, Lippenstift ins Gesicht, zuletzt sich selber.

HIRSCHLER *zum Publikum* Sie hofften, jugendlich zu wirken!

Sie stolzieren herum, den Lippenstift auf den Backen verreibend. Aus den Lautsprechern ertönt wütendes Hundegebell. Sie erstarren.

KLAUB Los, singt was!

Sie stellen sich in Reih und Glied auf und singen: ›Alle Vögel sind schon da‹, während Haas mit einem Lappen den Hocker abwischt und die Wasserschüssel versteckt, ehe er selbst auch in die Reihe tritt. Gesang, laut und forciert fröhlich

Und dann kam Schrekinger herein, der Engel des Todes.

Schrekinger kommt raschen Schrittes herein, begleitet vom Kapo, der einen imaginären Fotoapparat mit sich führt. Der Gesang bricht jäh ab. Schrekinger beginnt sofort zu sprechen, halblaut und mechanisch, ohne die Antworten abzuwarten, die von den anderen herausgestoßen werden und sich mit Fragen überschneiden.

SCHREKINGER *mit unbewegtem Gesicht* Wie alt bist du?

KLAUB Fünfundzwanzig.

SCHREKINGER Wie alt bist du?

GLATZ Ungefähr... ungefähr...

SCHREKINGER Wie alt bist du?

Lang ist in Ohnmacht gefallen.

HELTAI Vierundzwanzig, Herr Rapportführer.

SCHREKINGER Wie alt bist du?

HIRSCHLER Sechsundzwanzig. Äh – siebenundzwanzig.

SCHREKINGER *im gleichen Tempo* Er log natürlich. In diesem Augenblick hörten wir über uns den Lärm eines feindlichen Flugzeugs.

Haas ahmt den Flugzeuglärm nach, hebt sehnsüchtig die Hand.

Es gab drei Möglichkeiten: zu diesen Untermenschen nett zu sein, sie sofort zu erledigen, oder beides. Ich legte dem Lügner den Arm um die Schultern. Fragt der kleine Moische seine Mamme: »Ist es wahr, daß Hitler Lungenkrebs hat?« – – »Sei still und lern schön dein Russisch.«

Hirschler gibt ein forciertes Gelächter von sich.

KAPO *macht einen Schnappschuß* Klick.

SCHREKINGER »Ein Scherzwort im Kreise der alten Knastbrüder.« *Er verzieht kurz die Lippen zu einem eisigen Lächeln.*

KAPO Klick.

SCHREKINGER *wie vorher* Wie alt bist du?

ZIGEUNER Ich dürfte eigentlich gar nicht hier sein, Herr Rapportführer.

SCHREKINGER So?

ZIGEUNER Ich weiß nicht, wieso ich mit diesen jüdischen Herren zusammengelegt wurde.

SCHREKINGER Laß die Hosen herunter.

ZIGEUNER Ich bin ein unentbehrliches Mitglied des Lagerorchesters. Ich kann meine Eier willkürlich heben und senken!

SCHREKINGER Laß mal sehen. *Winzige Drehung des Kopfes* Sehr enttäuschend. *Sofort weiter, ohne das an Ghoulos' Pritsche befestigte Aktfoto anzusehen* Wer ist die Dame?

Fragen und Antworten überschneiden sich.

GHOULOS Das steht nicht drunter, Herr Rapportführer.

SCHREKINGER Wir standen da und betrachteten das Foto. Du könntest sie auffressen, was?

GHOULOS Ja, Herr Rapportführer.

SCHREKINGER Jam-jam-jammy?

GHOULOS Jawohl, Herr Rapportführer!

SCHREKINGER Er schlug ihn mit der Handkante gegen den Hinterkopf und zerriß das Foto.

Haas markiert den Schlag, indem er in die Hände klatscht; Ghoulos fällt um, reißt im Fallen das Foto herunter.

Wie alt bist du?

WEISS Mitte Zwanzig.

SCHREKINGER Er reichte dem Häftling ein Miniatur-Schachspiel. Er machte einen Zug. Er gab auf. Er schüttelte dem Häftling die Hand.

Weiss streckt, grimassenhaft lächelnd, die Hand aus, erstarrt in dieser Pose.

KAPO Klick.

SCHREKINGER »Der Gute Verlierer.« *Ohne Lang anzusehen* Wen haben wir denn da?

Klaub macht eine Bewegung, als ob er Lang auf die Füße helfen wollte. – Ohne Klaub anzusehen

Rühr ihn nicht an, er gehört mir.

KAPO Klick.

SCHREKINGER »Den Toten gebührt unsere Achtung.« *Er kneift erschöpft die Augen zusammen. Winzige Pause* Wie alt bist du?

LANG *richtet sich halb vom Boden auf* Fünfzehn, Herr Rapportführer.

SCHREKINGER *ohne Lang anzusehen* Dreh dich um. Ach, du bist das.

ONKEL Ich wurde 1874 geboren.

SCHREKINGER Laß das jetzt.

ONKEL Ich bin einundsiebzig, Herr Rapportführer.

SCHREKINGER Soll das einer von deinen jüdischen Witzen sein?

ONKEL Nein, Herr Rapportführer.

SCHREKINGER Ich möchte fünfzig Kniebeugen von dir sehen.

Onkel fängt an, Kniebeugen zu machen.

Ich gab dem Jungen ein Stück Zucker.

KAPO Klick.

SCHREKINGER »Die Liebe höret nimmer auf.« *Ohne Lang anzusehen* Komm in mein Dienstzimmer.

Lang bricht zusammen.

ONKEL *Kniebeugen machend* Er ist erst fünfzehn.

SCHREKINGER Was hast du gesagt?

ONKEL Er ist erst fünfzehn.

SCHREKINGER WAS HAST DU ZU MIR GESAGT?

ONKEL Nehmen Sie mich statt dessen. *Er fällt auf den Rücken.*

SCHREKINGER Wo ist der Fettwanst? Wo ist mein Lieblingsobjekt?

Langes Schweigen

KAPO *brüllt plötzlich los* Wo ist der Fettwanst?

SCHREKINGER *ruhig* Wenn hier einer brüllt, dann ich, verstanden? Wie alt bist du?

KAPO *nimmt erschrocken Haltung an* Einunddreißig.

SCHREKINGER Du siehst sehr schlecht aus. *Er schnuppert fast unmerklich.* Was brutzelt denn da Schönes?

Der Kapo hastet zum Ofen, bringt Schrekinger den Topf. Schrekinger sieht hinein. In diesem Augenblick ertönt aus den Lautsprechern leise die Polka des Anfangs.

Deckt den Tisch.

Rasch stellen die anderen den Tisch, Bänke und Hocker auf, holen aufeinandergetürmte Eßnäpfe und gruppieren sich stehend um den Tisch. Alle verharren in Schweigen. Schrekinger spricht in lockerer Haltung, mit veränderter Stimme, zum Publikum.

Das Lagerorchester gab ein Konzert.

Pause

Heute hat er ein Lokal in der Nähe von Düsseldorf. Nennt sich ›Schrekingers Klause‹. Das ist wirklich clever, nicht wahr? Spezialität: Brathähnchen vom Rost – sehr empfehlenswert. *Freundlich* Vater, was hast du im Krieg gemacht?

Die Dialoge zwischen Vater und Sohn gehen im folgenden fließend ineinander über, ohne jede Pause. Nervöse Gesten, krampfhaftes Zucken, das sich bis zu tic-artigen Bewegungen steigert, unkontrollierbares Zittern und unmotiviertes Herausschreien einzelner Worte kennzeichnen in zunehmendem Maße die Redeweise des Vaters. – Als der Vater, in schnellem Tempo
Oh, ich hatte schon immer phantastische Träume von moralischer Vorzüglichkeit, eine Art maßloser Bewunderung – und Furcht. Andererseits ist ja das Böse das einzig Echte und Glaubwürdige, nicht wahr? Ich meine, wenn man in der Zeitung liest, daß ein Mann seine Frau umgebracht hat, dann sagt man: Uch, wie scheußlich. Aber wenn man von einem Mann liest, der seine Frau nicht umgebracht hat, dann sagt man: Was ist denn los mit diesem Hampelmann? *Als der Sohn* Vater, was hast du im Krieg gemacht? Vater! *Als der Vater* Ich habe Befehle befolgt. Alle haben Befehle befolgt. Auch den besten von uns liegt ein Führer im Blut. Und diese armen Schweine haben auch nur Befehlen gehorcht. Was für Befehlen, wessen Befehlen, das kann ich dir auch nicht sagen, aber mein Gott, sie hatten mehr Disziplin als die ganze beschissene Wehrmacht zusammengenommen. Oh, ich hatte eine Heidenangst vor ihnen, und dabei war ich in Dresden gewesen, gerade als die Bombenangriffe begannen. Das hat mir nichts ausgemacht, es war eine Auseinandersetzung zwischen Mördern, das Böse hielt Zwiesprache mit dem Bösen. Ich sah die Trümmer und die verbrannten Kinder, und ich schrie den Bombern zu: Ihr dämlichen Arschlöcher, ihr seid auch nicht besser als ich! Ja, mein Lieber, in Dresden, da hab ich mich wohl gefühlt. *Als der Sohn* Schön, aber was hast du im Krieg gemacht, Vater? *Als der Vater, in rasendem Tempo, immer fahriger und unkontrollierter in Tonfall und Gestik* Aber diese behaarten, schieläugigen, stinkenden Skelette – da kriegte ich 'ne Gänsehaut. Heute wird gern behauptet, daß sie sich nicht wehrten, daß sie keinen Widerstand leisteten. Du weißt nicht, was Widerstand ist; aber ich weiß, was Widerstand ist. Ich wußte es schon damals, dreiunddreißig, als ich diesem bärtigen alten Kacker befahl, den Bürgersteig aufzuwischen, und

er tat es, und ich wartete auf ein Zeichen, ein Zeichen des Kontaktes, etwas Erkennbares, eine Geste, irgend etwas, das zeigen würde, daß er auch seine menschlichen Schwächen hatte, daß wir im Innersten doch Brüder waren, mit dem gemeinsamen Interesse, uns halbwegs zivilisiert zu arrangieren. Aber es kam kein Zeichen. Er wischte den Bürgersteig auf. Er hielt sich vollkommen rein, nein intakt, in seiner Verschiedenheit. *Als der Sohn, ungeduldig* Vater, du hast meine Frage nicht beantwortet! *Als der Vater, zerrüttet* Und dabei waren sie nicht etwa gütig oder tapfer, nein, sie stahlen, sie betrogen, sie verrieten sich gegenseitig, sie stanken, sie hungerten, sie mordeten, das ist nichts Besonderes, das kann jeder, aber da war außerdem immer diese Verschiedenheit, diese unvertraute Art, wie sie sich abschlachten ließen, um dadurch das Wesen der Schlächterei genau zu kennzeichnen. Sie erduldeten das Böse nicht, sie deuteten mit dem Finger darauf, du kennst ja die ziemlich unfeine Art, die sie an sich haben, immer mit dem Finger zu zeigen, auf dich und dich und dich! *Als der Sohn* Vater, hör auf mit dem philosophischen Käse und sag mir schlicht und einfach – *Schreiend* WAS HAST DU – IM KRIEG – GEMACHT?! *Pause. Er steht da, erschöpft und zitternd. Langsam sammelt er sich. Er lächelt, wie über sich selbst erstaunt.* Als ich ihn das letzte Mal sah, stand er da und spielte mit seiner Registrierkasse. *Pause. – Wie ein Geständnis* Ich warf einen Stuhl nach ihm. *Pause. Sein Gesicht erstarrt zur Maske. Er strafft sich, zieht die Jacke glatt, geht zur Bank ganz rechts und steigt hinauf.* Fang an aufzutragen.

Alle außer Klaub und Onkel setzen sich. Der Kapo holt den Topf, füllt mit der Kelle die Näpfe, die ihm Klaub zureicht, und gibt sie mechanisch an Onkel weiter, der sie weiterwandern läßt, bis alle bekommen haben. Während dieses Vorgangs sieht Onkel Schrekinger unverwandt an. Dann stellt der Kapo den Topf hastig auf den Ofen zurück und postiert sich seitlich davon in übertrieben militärischer Haltung. Klaub und Onkel setzen sich. Pause

Guten Appetit.

Keiner rührt sich.

Ich mache Fotos.

Keiner rührt sich.
Eßt.
Dreißig Sekunden Stille. Dann schüttelt Haas lange und heftig den Kopf.
Eßt.
Haas krächzt und schüttelt noch einmal den Kopf.
Ab in den Duschraum.
Haas erhebt sich und trottet nach rechts zur Tür, neben der er sich aufstellt. Er öffnet den Mund und produziert ein zischendes Geräusch – »Schschsch« –, das, nur vom Atemholen unterbrochen, bis zum Einsatz der Lautsprecherstimme vernehmbar bleibt.
Eßt!
Längere Pause. Dann erhebt sich Ghoulos.
Ab in den Duschraum.
Ghoulos trottet zum Pritschengestell, klettert hinauf, läuft auf der obersten Pritsche bis nach vorn und bleibt dort stehen, das zischende Geräusch produzierend. Lang erhebt sich, sieht Schrekinger kurz an, trottet, das Zischen produzierend, zum Pritschengestell, setzt sich auf die mittlere Pritsche, wie die Vorigen mit dem Gesicht zum Publikum. Glatz erhebt sich zögernd, nimmt seinen Napf, als ob er sich nicht davon trennen könnte, stellt ihn wieder hin, schlägt sich mit den Fäusten auf den Mund und trottet dann, das Zischen produzierend, zum Pritschengestell, wo er sich auf dem hinteren Ende der mittleren Pritsche niederläßt. Weiss erhebt sich, kopfschüttelnd, wie jemand, der die Welt nicht mehr versteht; das Zischen produzierend, trottet er auf sein Podest hinter dem Topf zurück. Der Zigeuner erhebt sich, stülpt trotzig seinen Napf um, so daß ein schepperndes Geräusch entsteht; das Zischen produzierend, trottet er nach hinten und lehnt sich gegen den Ofen. Hirschler und Heltai erheben sich gleichzeitig. Beide halten ihre Näpfe in den Händen.
Iß.

HIRSCHLER Ich eß ja schon. *Er führt die Hand zum Mund.*
KAPO Klick.
Hirschlers Hand erstarrt in der Bewegung, dann läßt er sie sinken.
SCHREKINGER Iß.
HELTAI *tonlos* Es ist mir schon immer schwergefallen, eine Einladung abzulehnen. *Er führt die Hand zum Mund.*

KAPO Klick.

Heltais Hand erstarrt in der Bewegung, dann läßt er sie sinken. Pause. Klaub und Onkel tauschen einen Blick. Klaub erhebt sich und geht, das Zischen produzierend, zur Tür. Onkel sieht sich um, erhebt sich, blickt Schrekinger an, geht an der Rampe entlang, das Zischen dem Publikum demonstrierend, nach links, wo er, an einen Pfosten des Pritschengestells gelehnt, stehenbleibt. Kurze Pause. Langsam steigt Schrekinger von der Bank herunter und geht zum Tisch. Gleichzeitig stehen Hirschler und Heltai auf und trotten, ihre Näpfe in Händen, zu der von Schrekinger verlassenen Bank, wo sie sich nebeneinander hinsetzen. Die Musik wird etwas stärker. Schrekinger, am Tisch stehend, nimmt wie geistesabwesend einen Napf und greift mit zwei Fingern hinein, wie probierend. In diesem Augenblick hört man die Stimme eines Mannes.

STIMME *über Lautsprecher* Herodot und Strabo
Berichten von den skythischen Massageten
Die alte Menschen töteten und auffraßen.
Kannibalismus kommt vereinzelt auch bei Kulturvölkern vor
Wie Berichte von Schiffbrüchigen und Belagerungen bezeugen.
Die Gewohnheit, verstorbene Blutsverwandte zu verzehren
Als die pietätvollste Art, ihre sterblichen Überreste zu beseitigen
Verbindet sich mit dem Brauch
Die Alten und Kranken zu töten.
Einige Wilde jedoch sind voll Gier nach der Leiche eines Ermordeten
Damit sein Geist sie nicht heimsuchen möge,
Und deshalb, liebe Brüder in Christo, empfehle ich euch
Das Judenherz, in Aspik oder mit einer pikanten Sauce –
So zart, es zergeht auf der Zunge.

Schrekinger hat sich auf die Tischkante gesetzt, nach zwei Näpfen gegriffen und begonnen, daraus zu essen, dann mit der ganzen Hand hineinzufahren, wie ein Tier schlingend. Wenn die Stimme schweigt, schwingt er sich auf den Tisch, sitzt mit gekreuzten Beinen zwischen den Näpfen, im Rhythmus der immer lauter werden-

den Musik mit immer neuen Näpfen jonglierend, sie ausleckend, sich im Takt die Finger leckend, fressend und schlingend. Die anderen blicken starr ins Publikum.
Das Licht verlischt.

Ende

Pinkville

Deutsch von
Peter Hirche

Deutsche Texte der Songs von
Volker Ludwig

Personen

JERRY, der Natz
JOCK
INFOLGEDESSEN–JOE
HONEYCHILD
POTHEAD
ERSTER SERGEANT
ZWEITER SERGEANT
DRITTER SERGEANT
DER CAPTAIN
DER DOC

} Kompanie ›Charlie‹

MRS. O'CAREY
MAMASAN
QUAN
DAS KIND
SOLDATEN, DORFBEWOHNER

Prolog

Ouvertüre ›Dear Mam‹. Trommeln. Auftritt Kompanie ›Charlie‹, verkrüppelt, auf Krücken, in Rollstühlen etc.

DRITTER SERGEANT

Verehrtes Publikum! Wir spielen und zeigen
Den großen historischen Mörderreigen.
Kompanie Charlie kehrt aus dem Krieg zurück
Mit 'ner Abschußquote von vierhundert Stück.
Wir singen, wir tanzen, erzählen Geschichten,
Wir wollen die Natur des Krieges belichten
Und beweisen mit Gottes gnädigem Willen:
Die Kunst ist ewig – die Kunst zu killen.
In acht leichten Lektionen, an denen ihr seht,
Wie man ein perfektes Massaker begeht.
Mrs. O'Carey ist aufgetreten. Stille. Die Kompanie geht ab.

MRS. O'CAREY *singt*

›Jerry der Träumer‹

Was wurde aus Jerry dem Träumer
Und Dickie mit dem lockigen Haar?
Und Harry dem kleinen Zigeuner
Und Joe, der so fröhlich war?

Sie schworen mir, sauber zu bleiben,
Und daß ich keinen Kummer hab.
Doch sie litten es und ließen leiden.
Das wäscht kein Regen mehr ab.

Gott sei Dank, die Zeit geht schnell vorüber.
Auch, was Verzweiflung und Haß in uns war.
Wo sind die Tränen von gestern abend?
Wo ist der Schnee vom vergangenen Jahr?

Ein Horn gibt das Wecksignal. Sie geht ab.

1. Lektion

Im Lager. Die Sergeants treten auf.

STIMME ÜBER LAUTSPRECHER *in einem Atemzug* Ihr seid jetzt im Rekruten-Aufnahme-Lager Marine Corps Rekruten-Depot Parris Island South Carolina. Dies ist der erste Schritt, ein Mitglied der besten Kampforganisation der Welt zu werden. Da ihr die Niedrigsten der Niedrigen seid, werdet ihr euch entsprechend betragen, indem ihr allen militärischen Vorgesetzten zu jeder Zeit die angemessene militärische Ehrerbietung entgegenbringt. Ihr werdet nur sprechen, wenn ihr angesprochen seid, und immer das Wort ›Sir‹ gebrauchen.

ERSTER SERGEANT *sagt an* Erste Lektion. Schule für Killer.

Die Sergeants blasen auf ihren Trillerpfeifen. Die Gruppe kommt hereingerannt. Einer fällt hin.

Auf, auf, auf, auf, du Stinktier!

ZWEITER SERGEANT Hintern hoch!

ERSTER SERGEANT

Sagt Sir, wenn ihr zu einem Offizier sprecht!
Haltung, wenn ihr einen Offizier seht!
Hacken zusammen, wenn ein Offizier euch was sagt.
Zielt auf Befehl! Schießt auf Befehl!
Rennt auf Befehl! Stürmt auf Befehl!
Killt auf Befehl! Krepiert auf Befehl!
Das sind die Pflichten des Soldaten!

Jerry tritt auf, mit Blumen in der Hand.

ZWEITER SERGEANT Willkommen, du Sack!

JERRY *reicht ihm die Blumen* Sir...

ZWEITER SERGEANT Halt deine Fresse!

DRITTER SERGEANT Was suchst du bei den Marines, du trauriges Stück Dreck?

ERSTER SERGEANT Die bei der Musterung waren wohl besoffen!

ZWEITER SERGEANT *reißt Jerry die Blumen aus der Hand* Kein Privateigentum außer dem Ehering.

ERSTER SERGEANT Hier brauchst du nichts als deine Ohren und dein Gebetbuch, ist das klar?

JERRY Klar.

ZWEITER SERGEANT Lauter!

JERRY Klar!

DRITTER SERGEANT Wo stammst du her?

JERRY Von Queens.

ERSTER SERGEANT Bist du eine Queen?

JERRY Nein.

ZWEITER SERGEANT Sir, heißt das!

JERRY Sir!

DRITTER SERGEANT Hinlegen!

ZWEITER SERGEANT Auf!

Sie wiederholen es mehrere Male.

ERSTER SERGEANT Versuchen wir's noch mal. Wo stammst du her?

JERRY Von Queens.

ZWEITER SERGEANT Nee, bestimmt nicht.

JERRY Ich hab noch den Fahrschein von der Abreise.

DRITTER SERGEANT So einen Ort gibt's überhaupt nicht.

JERRY Doch, den gibt's!

ERSTER SERGEANT Du willst deinem Ausbilder widersprechen?

JERRY Nein!

ZWEITER SERGEANT Auf!

JERRY Sir!

DRITTER SERGEANT Hinlegen!

ERSTER SERGEANT Schneller!

JERRY Ich bin in Queens geboren!

ZWEITER SERGEANT Du bist im Zoo geboren!

JERRY Ich bin...

DRITTER SERGEANT Lauter!

JERRY Ich bin.

ERSTER SERGEANT Wie heißt du?

JERRY Jerry!

ERSTER SERGEANT Lauter!

JERRY Jerry!

ZWEITER SERGEANT Liegestütz!

JERRY Jerry, das ist mein Name.

DRITTER SERGEANT Schneller!

JERRY Queens!

ZWEITER SERGEANT Los, los, los!!!

JERRY Jerry!

ERSTER SERGEANT Glaub ich nicht!

JERRY Jerry O'Carey, das ist mein Name.

ERSTER SERGEANT Das ist keineswegs dein Name!

JERRY Ich kann Ihnen meine Lesekarte zeigen!

ERSTER SERGEANT Dein Name ist krumme Kackstelze!

JERRY Alle nennen mich Jerry!

ERSTER SERGEANT Krumme Kackstelze!

JERRY Okay, okay.

ERSTER SERGEANT Sir, heißt das!

JERRY Sir!

ZWEITER SERGEANT Hast du vor, mir Schwierigkeiten zu machen?

JERRY Nein, Sir!

DRITTER SERGEANT Hör nichts! Eine Stimme wie ein Weiberfurz. Stillgestanden! Wenn ein Marine stillsteht, bewegt sich nichts als seine Lungenspitzen, und die sieht man nicht! Siehst du die Flagge? Du bist es nicht wert, die Flagge anzuschauen! Für die nächsten achtundvierzig Stunden entziehe ich dir das Privileg, die Flagge anschauen zu dürfen. Was siehst du hier?

JERRY Eine Ordensschnalle.

ZWEITER SERGEANT Siehst du die Farben?

JERRY Ja, Sir!

ERSTER SERGEANT Das will ich genauer hören!

JERRY Ich sehe die Farben!

ERSTER SERGEANT Rot ist das Blut, das du noch nie vergossen hast!

JERRY Rot ist das Blut, das ich noch nie vergossen habe!

ERSTER SERGEANT Blau ist das Meer, das du noch nie überquert hast!

JERRY Blau ist das Meer, das ich noch nie überquert habe!

ZWEITER SERGEANT Ich verstehe kein Wort!

JERRY Blau ist das Meer, das ich noch nie überquert habe!

ERSTER SERGEANT Weiß ist das Weiße im Auge des Feindes, das du noch nie gesehen hast.

JERRY Weiß ist das Weiße im Auge des Feindes, das ich noch nie gesehen habe.

ZWEITER SERGEANT Krebsgang!

Jerry gehorcht und bricht erschöpft zusammen.

ERSTER SERGEANT Oh, Fräulein Jones ist hingefallen!

ZWEITER SERGEANT Lauf!

DRITTER SERGEANT Schneller!

ZWEITER SERGEANT Bewegung!

DRITTER SERGEANT Doppelschritt!

ERSTER SERGEANT Ich liebe meinen Sergeant!

JERRY Ich liebe meinen Sergeant!

ZWEITER SERGEANT Ich freß seine Scheiße!

JERRY Ich freß seine Scheiße!

DRITTER SERGEANT Meine Mutter bläst...

JERRY Ich liebe meinen Sergeant...

DRITTER SERGEANT Und schluckt's herunter!

JERRY Das kann ich nicht sagen, Sir!

ZWEITER SERGEANT Was kannst du nicht?! Du wirst alles sagen, was ich hören will. Und du wirst es gern sagen, wenn ich das will!

JERRY Tut mir leid, Sir, aber ich kann so etwas nicht sagen über meine Mutter!

ERSTER SERGEANT Rollt ihn!

Sie werfen ihn nieder und kicken ihn wie einen Fußball.

Was glaubst du, wer du bist?! Eigentum der Vereinigten Staaten, das bist du! Stell dich stur, und du kommst in den Knast, in den Bunker, in die Knochenmühle, in die Strafkompanie, in den Knast, ins Kittchen, in den Kasten, ins Loch. Und wir lassen dich nicht eher laufen, bis du nicht mehr laufen kannst. Ist das klar?!

JERRY Ja, Sir!

DRITTER SERGEANT Es gibt drei Wege für alles: den rechten Weg, den falschen Weg und den Marineweg! Klar!?

JERRY Klar, Sir!

DRITTER SERGEANT Alle!

GRUPPE Klar, Sir!

DRITTER SERGEANT Lauter!!!

Stille

JERRY Ich hab es doch nicht gesagt, Mam! *Er singt.*

›Mami‹

Mami, mach die Einlagen raus,
Denn marschieren zu müssen, halt ich nicht aus.
Mami, sei nicht stolz auf dein Kind.
Kann doch sein, daß ich töten nicht angenehm find in Da Nangh.
Kann doch sein, ich hab Glück und leb ganz schön lang.

Mami, laß mein Lieblingsgericht,
Denn gemustert werden will ich nicht.
Sei doch dankbar, daß ich krank bin wie jetzt.
Und vielleicht rettet gerade das mich vor der Armee.

In acht Jahren ist meine Nummer schon dran
Und bei jedem Konflikt mit im Rennen.
In acht Jahren geben sie mir schon
Meinen eigenen Drecksack, um drin zu pennen.

Wir sind jetzt zehn, meine Freunde und ich,
Und wir denken dran abzuhaun.
Ich hab Vati gefragt, und er sagt,
'ne moralische Entscheidung ist schwer,
Wenn man noch nicht mal alt genug ist für Frauen.

Mami, bitte Gott, daß dein Sohn kräftig spinnt,
Denn dann geben sie mir kein Gewehr.
Und Mami, wenn ich groß bin,
Dann will ich bestimmt kein Held sein und kein Supermann,
Nur einer, der überlebt, den man anfassen kann.

Die Sergeants pfeifen auf ihren Trillerpfeifen und beginnen mit dem Drill der Gruppe.

ERSTER SERGEANT Okay, ihr kaputten Typen, versuchen wir, Männer aus euch zu machen.

ZWEITER SERGEANT Aus diesem Scheißhaufen soll man Männer machen?!

DRITTER SERGEANT Ihr seid nichts als ein Haufen von Kreml-spionen mit dem Auftrag, mir den Nerv zu töten!

ERSTER SERGEANT

Sagt ›Sir‹, wenn ihr zu einem Offizier sprecht!
Haltung, wenn ihr einen Offizier seht!
Hacken zusammen, wenn ein Offizier euch was sagt.
Zielt auf Befehl! Schießt auf Befehl!
Rennt auf Befehl! Stürmt auf Befehl!
Killt auf Befehl! Krepiert auf Befehl!
Das sind die Pflichten des Soldaten!!!
Rhythmischer Sprechgesang mit Schlagzeug-Begleitung
Achtung!
Okay, ihr Kerls,
Jetzt wird hier pariert.
Die Hosen runter
Zum Waschraum marschiert.
Sie lassen ihre Hosen fallen.
Gleich seid ihr geschrubbt,
Geduscht und geschoren,
Nackt und mit Glatze,
wie grade geboren.

ZWEITER SERGEANT

Achtung!
Was ha'm wir denn hier?
Plattfüße,
Hühnerbrust,
Krummes Gerippe,
Die Hosen vermust.
Mit so was solln wir
'n Krieg gewinnen?
Pervers!
Los, ihr Tanten,
Tittenhalter vom Balkon,
Oder's kracht im Karton!

Achtung!
Namen sagen!
Halt die Fresse!

Kein Interesse.
Brauch nicht zu fragen.
Ihr habt keinen Namen.
Seid scheißegal.
Verdammt noch mal.
Ihr habt keinen Namen!

DRITTER SERGEANT

Sieben elf achtzehn
Hundertzwölf dreihundertvier.
Wird von jedem der Gruppe je fünfmal wiederholt

GRUPPE

Sieben elf achtzehn
Hundertzwölf dreihundertvier.
Sieben elf achtzehn
Hundertzwölf dreihundertvier.
Sieben elf achtzehn
Hundertzwölf dreihundertvier.

ERSTER SERGEANT

Achtung!
Hosen hoch!
Angetreten!
Jetzt lernt ihr's Beten!
Bauch rein
Brust raus
Schultern zurück
Kreuz durch
Kinn hoch
Auge auf!
Ja, Scheiße!
Was ha'm wir denn hier?
Tucken, Fixer,
Spanner und
Wichser.
Achtung!
Was seh ich denn da!
Oh, mein Gott!
Visagen

Sämtlicher Rassen
Und Klassen
In Sonderausführung.
Nicht zu fassen!
Zivilisten
Brav
Und verwöhnt.
Doppelkinn,
Tränensäckchen,
Warzen, Pickel,
Rosa Bäckchen.
»Gesichter«!
Mir stinken Gesichter!
Gesichter sind Dünnschiß!
Intellellen-Fotzen!
Die find ich zum Kotzen.
Das ist nicht zum Lachen!
Mit diesen fiesen Köppen
Ist kein Krieg zu machen.
Und sie sind:
Dünn
Rund
Schwarz
Braun
Bleich
Weiß
Fies
Fade
Fett
Weich
Freundlich
Giftig
Hitzig
Schlitzauge
Kraut
Makkaroni
Und Itzig.

So etwas läuft hier nicht!
Ich brauche *das* Einheitsgesicht!
Und das hat zu sein:
Gesund
Gemein
Genormt
Geformt
Gefährlich, gerade,
Ein Gesicht ohne Gnade,
Eckig
Brutal
Eiskalt und fahl
Eine Null, ein Hammer,
Ein Killergesicht,
Vor dem eure Mutter auf der Stelle
Tot zusammenbricht!
Die Gruppe dreht sich auf der Stelle und schneidet Killer-Gesichter.

ZWEITER SERGEANT

Achtung!
Kompanie, auf der Stelle marsch!
Links, zwei, drei, vier,
Im Gleichschritt marsch!
Links
Schultern zurück
Bauch rein
Augen auf
Links, rechts
Links, rechts
Links, rechts.
Scheiße!
Wie sieht denn das aus?
Brust nach innen,
Bauch hängt raus!
Der Daumen sitzt an der Hosennaht!
Rhythmischer Sprechgesang mit Schlagzeug-Begleitung

GRUPPE

Der Daumen sitzt an der Hosennaht!

ZWEITER SERGEANT
Die Finger sind leicht gekrümmt!

GRUPPE
Die Finger sind leicht gekrümmt!

ZWEITER SERGEANT
Handballen angepreßt!

GRUPPE
Handballen angepreßt!

ZWEITER SERGEANT
Schultern zurück!

GRUPPE
Schultern zurück!

ZWEITER SERGEANT
Bauch rein!

GRUPPE
Bauch rein!

ZWEITER SERGEANT
Hand hoch zum Gruß!

GRUPPE
Hand hoch zum Gruß!

ZWEITER SERGEANT
Der Oberarm bildet zum Unterarm
Einen Winkel von fünfundvierzig Grad!

GRUPPE
Der Oberarm bildet zum Unterarm
Einen Winkel von fünfundvierzig Grad!

ZWEITER SERGEANT
Die Haltung stimmt, die ist durchdacht!

GRUPPE
Die Haltung stimmt, die ist durchdacht!

ZWEITER SERGEANT
Ihr denkt gleich!

GRUPPE
Wir denken gleich!

ZWEITER SERGEANT
Ihr habt keinen Namen!

GRUPPE
Wir haben keinen Namen!

ZWEITER SERGEANT *singt*
›Die Uniform‹
Die Uniform!
GRUPPE *singt*
Die Uniform!
ZWEITER SERGEANT
Der Dauerlauf!
GRUPPE
Der Dauerlauf!
ZWEITER SERGEANT
Hebt alle Unterschiede auf!
GRUPPE
Hebt alle Unterschiede auf!
ZWEITER SERGEANT
Geduscht, rasiert
Und kahl geschoren,
Nackt und bloß,
Wie gerade geboren.
GRUPPE
Nackt und bloß,
Wie gerade geboren.
ZWEITER SERGEANT
Achtung!
Was ha'm wir denn hier?
Oh, mein Gott!
Plattfüße,
Hühnerbrust!
GRUPPE
Plattfüße, Hühnerbrust.
ZWEITER SERGEANT
Krummes Gerippe
Die Hosen vermust.
GRUPPE
Krummes Gerippe
Die Hosen vermust.
ZWEITER SERGEANT
So was will 'n Krieg gewinnen?
Pervers!

GRUPPE
Pervers!

ZWEITER SERGEANT
Los, ihr Tanten,
Weg die BHs!
Titten raus,
Das macht Spaß!
Die Uniform!

GRUPPE
Die Uniform!

ZWEITER SERGEANT
Der Dauerlauf,
Der macht euch weich.
Wir denken gleich,
Wir rennen gleich,
Wir reden gleich,
Wir fressen gleich,
Wir träumen gleich,
Wir pissen gleich,
Wir ficken, fechten, furzen gleich
Auf Erden wie im Himmelreich.

Zweiter Sergeant und Gruppe: Wiederholung des Textes ab Seite 90 ›Die Uniform ...‹

ERSTER SERGEANT Ich muß mich schämen. Hab noch nie solch einen Scheißdrill gesehen. Ihr Säcke marschiert wie die Esel. Okay, dann schreit auch IA, damit euch das ganze Lager hören kann!

GRUPPE IA!

ZWEITER SERGEANT Kehrt!

Der Dritte Sergeant bringt Gewehre – in der Berliner Aufführung Eisenstangen. Während er die Gewehre in einem feierlichen Ritual verteilt, kniet die Gruppe nieder. Die Orgel spielt ›Johnny, dein Gewehr‹ in liturgischer Form.

DRITTER SERGEANT *ein Gewehr in der Hand* Das ist mein Gewehr.

GRUPPE *steht dabei auf* Das ist mein Gewehr.

DRITTER SERGEANT Es gibt viele wie dieses.

GRUPPE Es gibt viele wie dieses.

DRITTER SERGEANT Aber dies ist meins.
GRUPPE Aber dies ist meins.
DRITTER SERGEANT Mein Gewehr ist mein bester Freund.
GRUPPE Mein Gewehr ist mein bester Freund.
DRITTER SERGEANT Es ist mein Leben.
GRUPPE Es ist mein Leben.
DRITTER SERGEANT Ich muß lernen, es zu meistern.
GRUPPE Ich muß lernen, es zu meistern.
DRITTER SERGEANT So, wie ich mein Leben meistern muß.
GRUPPE So, wie ich mein Leben meistern muß.
DRITTER SERGEANT Mein Gewehr ohne mich ist nutzlos.
GRUPPE Mein Gewehr ohne mich ist nutzlos.
DRITTER SERGEANT Ohne mein Gewehr bin ich nutzlos.
GRUPPE Ohne mein Gewehr bin ich nutzlos.
DRITTER SERGEANT Okay, Leute, jetzt zeig ich euch mal, wozu das Bajonett hier da ist, und ihr gewöhnt euch besser eure dreckigen Gewohnheiten ab und laßt gefälligst eure Wichsgriffel von euren Handarbeitsbeuteln, denn das hier ist keine Mädchenschule, sondern eine Fabrik zur Herstellung von erstklassigen, staatlich geprüften Killern. *Er lehrt sie, wie man mit einem Bajonett angreift.* Also, was ihr mit dem Bajonett hier macht, ist, dem Gegner den Bauch aufschlitzen. Ist das klar?!
GRUPPE Jawohl, Sir!
DRITTER SERGEANT Ihr nehmt das Bajonett und kratzt ihnen das Datum in ihre Scheißbäuche. Verstanden?!
GRUPPE Jawohl, Sir!
DRITTER SERGEANT Ihr schneidet sie auf und stopft ihnen mit ihrem Gedärm die große Fresse. Klar?
GRUPPE Klar!
DRITTER SERGEANT Und wenn ihr losstürmt auf ihre verdammten Stellungen, dann macht verdammt noch mal ein anderes Gesicht, damit sie sich vor Schreck in die Hosen machen. Reißt eure vervögelten Augen auf! Zeigt ihnen die Zähne! Und brüllt! Brüllt! Brüllt, daß ihnen das Herz stehen bleibt: Kill!
GRUPPE Kill!
DRITTER SERGEANT Kill!

GRUPPE Kill!

DRITTER SERGEANT Kill!

GRUPPE Kill – kill, kill!

DRITTER SERGEANT Aber los!

GRUPPE Kill!

Die Gruppe wiederholt immer das Kill bzw. antwortet Kill.

DRITTER SERGEANT

Das wird groß
Kill
Sing it out
Kill
Aber laut
Kill
Alle Mann
Kill
Immer ran
Kill
Brüll
Kill
Lauter
Kill
Schrei es aus
Kill
Spuck es aus
Kill
Yell
Kill
Hell
Kill
Lauter
Kill
Mit Schaum
Kill
Wie im Traum
Brüll
Kill
Schrill

Kill
Laut
Kill
Tief
Kill
Ab
Kill, kill
Jaul
Kill
Aus der Galle
Und in die Wampe
Quetsch sie zu Pampe
Schmeiß
Schlag
Stich
Stoß
Und stampf
Ran
Das ist der Feind
Das rote
Gelbe Schwein
Das Scheiß-
Gelumpe
Weg
Kill
Das ist doch nur Dreck
Ein fieser
Mieser
Stinkiger
Fleck
Kill
Mehr
Kill
Her
Kill
Mehr
Kill

Mehr
Kill
Mehr
Aus der Galle
Rin in den Bauch
Kill
Zerfetz
Kill
Schrei
Laß es frei
Kill
Hoch
Kill
Tief
Ja
Kill
Da
Kill
Mehr
Kill
In 'ner Flut
Kill
Von Blut
Kill, kill, kill, kill...

Okay, ihr Maden. Alles versaut, was zu versauen war. Kein Wunder, daß wir jeden Krieg verloren haben! – Bin heut gut bei Stimme. Jahrelange Erfahrung; regelmäßiges Gurgeln. Bei Tag ein Gorilla, ein Lamm bei Nacht. Fragt meine Frau. Aber an sich: ein Mensch; mit mir kann man reden. Als ich fünf Jahre alt war, bin ich vom Ofen gesprungen, in meinem Superboy-Kostüm. Hab mir das Becken gebrochen; Glaubenskrise seitdem. Mochte Kinder gern. – Wie die Zeit vergeht!

DIE SERGEANTS *singen*

›Kindheit ade‹

Kindheit ade
Coca und Keks

Und Zuckerschnee
Klötzchen aus Holz
Und Hampelmann
Und Tunnel für die Eisenbahn
Stinkehamster, Wackelzahn
Tote Kätzchen
Splitter im Zeh
Essen mit Lätzchen
Kindheit ade
Indianerschmuck
Und Trillerpfeifen
Versteckenspiel
Wenn die Nachbarn keifen
Fallen vom Ast
Und Hansaplast
Spielzeug ade
Das Schießgewehr
Donnerschläge
Und Knallbonbon
Super-Cracker
Und Luftballon
Am Daumen lutschen
Und Bett nässen
Und ist kein Trost
Und einschlafen still
In Mutters Schoß
Das ganze frühe Glück und Weh
Kindheit ade.

2. Lektion

In glühender Sonne. Die Gruppe macht seit drei Stunden Strafexerzieren.

DRITTER SERGEANT *sagt an* Zweite Lektion. Unerlaubtes Entfernen von der Truppe.

ZWEITER SERGEANT Ihr seid jetzt fünf Wochen hier, ihr Dreckskerle. Wenn ihr glaubt, morgen kann es schon nicht mehr schlimmer sein als heute, habe ich was Neues für euch: Es wird schlimmer.

INFOLGEDESSEN-JOE Was muß einem fehlen, damit man für eine Entlassung in Frage kommt?

HONEYCHILD Gehirn-Tumor.

INFOLGEDESSEN-JOE Und wie bekommt man so was?

HONEYCHILD Durch ständige Übung, Baby. Ständige Übung.

Pause

JOCK Die Verhältnisse sind wirklich obermies.

Pause

INFOLGEDESSEN-JOE Auch wenn man krank ist, lassen sie einen den Flur scheuern.

Pause

Ich habe zwei Wochen Schonung verschrieben bekommen, vom Arzt. »Nur leichte Arbeit«, steht im Papier. Der Sergeant hat es mir vorgelesen. Infolgedessen teilt er mich ein, Tannenzapfen zu sammeln. Noch dazu bei Nacht.

Pause

Ich bin nachtblind.

HONEYCHILD Dienstvorschrift 623 verbietet, Rekruten zu schikanieren.

Pause

INFOLGEDESSEN-JOE Bei der Musterung habe ich mich zu den Kraftfahrern gemeldet. Infolgedessen haben sie mich zum Kartoffelschälen abkommandiert.

Pause

POTHEAD Erinnerst du dich an ›GI Joe‹ mit Robert Mitchum? Wie die Signorinas seine Schlafzimmeraugen bewundert haben?

HONEYCHILD Nein.

POTHEAD Absolut jeder hat damals die GIs geliebt. Und heute?
Pause
Was ist passiert?

JOCK Gestern, beim Essenempfang, habe ich eine tote Küchenschabe in dem Faß mit Grapefruitjuice schwimmen sehen. Als ich das dem Sergeant zeigte, sagte er: »Teilt ruhig aus; diese Gammler merken das gar nicht.« Ich finde das herzlos.
Pause

HONEYCHILD In New Jersey, wenn du eine Gottesanbeterin umbringst, bezahlst du fünfzig Dollar Strafe. Wie hoch ist die Strafe für das Umbringen von Schlitzaugen?

POTHEAD Weißt du, was der Sergeant sagt? Der Sergeant sagt: Wenn man ihm befohlen hätte, Juden zu vergasen, er würde Juden vergast haben.

HONEYCHILD Vielleicht besorge ich mir einen schwarzen Pyjama und laufe zu den Gooks über.
Pause

INFOLGEDESSEN-JOE Du siehst doch gar nicht jüdisch aus.
Pause

POTHEAD Wie sich die Zeiten ändern. Jimmy Butlin haut doch glatt dem Bewährungshelfer eins in die Fresse. Voriges Jahr hätte er ihn höchstens in den Bauch getreten.

HONEYCHILD Die hohen Tiere haben Angst.

POTHEAD Die Mode ist jetzt, die Bullen ›Fliegen‹ zu nennen und zu summen, wenn sie vorbeikommen.
Er summt. Die anderen summen mit. Die Gruppe exerziert weiter.

JERRY Gestern abend, als ich zum Unterricht gehe, hält Leutnant Fleming mich an, weil ich meine Hände in meinen Taschen habe.

INFOLGEDESSEN-JOE In wessen Taschen solltest du sie denn sonst haben?

JERRY Das habe ich mich auch gefragt. Ich weigerte mich, ihm in den Arsch zu kriechen, bloß weil er einen Stern hat. Ich sagte ihm, ich würde nichts tun, was meinen Überzeugungen widerspricht und dem Beispiel, das unser Herr Jesus Christus uns gegeben hat. Wenn sie uns verladen, werden sie ohne mich fahren müssen. Ich bin eingemauert seit fünf Wochen. Ich habe genug von Mauern. Heute nacht gehe ich durch diese Mauer hindurch, zurück in die Wüste. – Sir, ich habe scheußliche Kopfschmerzen. Könnten Sie mich krankschreiben lassen, damit ich mir ein paar Tabletten holen kann?

ZWEITER SERGEANT *in einem Atemzug* Selbstverständlich, mein Sohn, ich habe nichts dagegen. Um auf die Krankenliste zu kommen, brauchst du nur eine Aufstellung aller Ausrüstungsgegenstände zu machen, die du empfangen hast. Die Aufstellung fertigst du dreifach an und gibst sie bei der Kammer ab. Danach nimmst du dein Bettzeug und deinen Spind und bringst das ebenfalls auf die Kammer im dritten Stock. Es steht dir dann frei, deinen Antrag schriftlich auf dem üblichen Dienstweg einzureichen.

JERRY Und das alles wegen einer Scheißaspirintablette?

ZWEITER SERGEANT Kluges Kind. Ich wußte, wir würden uns einigen.

JERRY Ich hau ab.

ZWEITER SERGEANT Was?

JERRY Sir, ich kenne einen Ort im Niemandsland, hinter der Küste von Salamander, ohne Stacheldraht, wo niemand befiehlt, was zu tun ist. Ich verstehe die Leute hier nicht. Könnten Sie nicht freundlicher sein und sich mit einem verständigen?

ZWEITER SERGEANT Was moserst du da rum?

JERRY Sir, ich würde so gern mit Ihnen auskommen, aber ich bin seit fünf Wochen hier, und Sie haben noch nicht ein freundliches Wort zu mir gesagt, zum Beispiel: »Wie geht's?« Was habe ich Ihnen denn getan?

ZWEITER SERGEANT O'Carey, nervöse Störungen sind nicht gleichzusetzen mit Geisteskrankheit und genügen deshalb nicht zur Gewährung einer Entlassung, falls du das gehofft haben solltest.

JERRY Sir, ich könnte Ihnen manches beibringen: Wie man

Grunyons anlockt und Farben sieht, die Sie noch nie gesehen haben. Hier im Kopf habe ich eine Sonne, die zerspringt zu Farben.

ZWEITER SERGEANT Willst du dein Maul aufreißen, du Arschgesicht? Komm, versuch's!

JERRY Ich bin ein Reisender. Ich habe alles gesehen, außer meinem Vater im Himmel. Und Sie wissen ja selbst: Kinder brauchen ihre Väter.

ZWEITER SERGEANT O'Carey, mach mich nicht nervös, oder ich verlier die Beherrschung.

JERRY Wissen Sie, ich bin auf einem Frachter nach Mexiko gefahren. Mit anderen Träumern zusammen. Und ich bin nach Bolivien geritten und habe unseren Herrn und Erlöser nicht gefunden. Aber er wird wiederkehren. Er kommt wieder. Da gibt's dieses Kind in Brooklyn, zwölf Jahre alt und schon kahlköpfig, vielleicht wird das der nächste Erlöser sein. Okay, ich muß jetzt gehen.

ZWEITER SERGEANT Zurück in die Reihe, du Dreckskerl, oder ich tret dir in die Eier.

JERRY Würden Sie auf mich schießen, wenn ich davonliefe?

ZWEITER SERGEANT Was soll der Quatsch?

Die Gruppe fängt an, auf den Boden zu klopfen.

JERRY Ich glaube nicht, daß Sie auf mich schießen würden.

ZWEITER SERGEANT Probier's aus.

JERRY Versprechen Sie, auf mich zu schießen? Ich lauf nicht, bevor ich nicht Ihr Versprechen habe.

ZWEITER SERGEANT Zurück in die Reihe!

JERRY *läuft los* Sie zielen auf den Kopf?

ZWEITER SERGEANT Mensch, komm zurück!

JERRY *klettert am Zaun hoch* Sagen Sie »bitte«, und ich komme.

ZWEITER SERGEANT *zieht seine Pistole* Komm sofort da runter, oder es knallt.

JERRY Sagen Sie »bitte« wie ein normaler Mensch, dann komm ich.

ZWEITER SERGEANT Ich zähle bis drei...

JERRY He, sagt meiner Mutter Bescheid, ich bin unterwegs.

Die Gruppe trommelt mit den Fäusten auf den Boden.

ZWEITER SERGEANT Schmeißt euch hin, oder ich erschieß euch alle. Verfluchte, ausgeflippte Pfeifenköpfe. Spielen hier verrückt!

Gewehrschüsse. Der Zweite Sergeant geht ab.

INFOLGEDESSEN-JOE Gegen wen führen sie diesen Krieg eigentlich?!

3. Lektion

Jerrys Mutter spricht zu den Zuschauern.

INFOLGEDESSEN-JOE *sagt an* Dritte Lektion. Die Schmerzensreiche Mutter.

MRS. O'CAREY

Er tauchte plötzlich auf im Mai. Stand draußen vor der Tür.
Kann ich hereinkommen, sagte er. Kann w e r reinkommen?
Ma, erkennst du mich nicht? Ich erkannte ihn nicht.
Er trug ein lila Hemd und dreckige Jeans.
Ich war nicht gewöhnt, ihn dreckig zu sehen. Und er trug einen Bart.
Er sagte mir, er sei zweimal gestorben
Und auferstanden als Jesus Christus.
Du lieber Himmel, sagte ich. In einer Fliegenden Untertasse
Bin ich geflogen, Mutter, mit Leuten von der Venus.
Sie waren nett. Und niemand kann mich fotografieren,
Denn ich bin unsichtbar.
Das ist mein Junge, sagte ich;
Nun setz dich und iß dein Abendbrot.
Jerry tritt auf.
Ich dachte, er hat etwas eingenommen...
Drogen, vielleicht. Doch wie's nicht besser wurde,
Da rief ich an im Veteranen-Hospital,
Doch die erklärten sich nicht für zuständig.
Wir haben nichts damit zu tun, erklärten sie.
Später stellte sich dann heraus, daß sie
Den Fall sofort der Polizei gemeldet hatten.
Sie holten ihn, nahmen ihn fest, da drüben auf der Wiese.
Ich schrieb seinem Captain,
Damit er Jerry untersuchen ließe und behandeln.
Er hat's versprochen, doch er schickte ihn nach Pinkville.

Hier ist ein Foto von ihm, als er neun war.
Es gab keinen netteren Jungen als ihn.
Legte Zettel auf die Treppen vor den Häusern in unserer Straße.
»An den, der das findet: Ich hab dich lieb.«
Hatte nie Schwierigkeiten mit der Polizei. Doch einmal:
Er wurde erwischt, wie er an die Kirchentür schrieb:
»Haß ist Scheiße.« Das war nicht nett. So was tut man nicht.
Ja, mein Jerry war ein Prinz.
Als er neun war, hat er versucht, auf dem Wasser zu wandeln.
Er konnte nicht schwimmen.

JERRY Warum hast du mich gehen lassen?

MRS. O'CAREY An jenem Tag, als sie ihn holen kamen, als ich ihm seinen Mantel zuknöpfte, ist mir bei jedem Knopf ein phantastischer Ausweg eingefallen. Erster Knopf: Ich könnte ihn im Kofferraum unseres alten Chevrolet über die Grenze nach Kanada schmuggeln. Zweiter Knopf: Ich könnte ihn in der Abstellkammer verstecken und die Tür zumauern. Dritter Knopf: Ich könnte mein Gewehr nehmen, wenn ich eins hätte, und während er mich anlächelt, könnte ich ihm die Finger abschießen, die man braucht, um Waffen zu bedienen. Niemand macht solche Sachen wirklich. Diene mit Stolz, sagte ich. Leb wohl, Mam, sagte er. Ich sagte: Tu nichts, was ich nicht tun würde. Aber er hat es getan. *Sie singt.*

›Jerry O'Carey‹

Jerry O'Carey
Einer wie wir
Kam mit 'ner Menschenhaut
Und schlug sie an die Küchentür
Jerry, oh, Jerry
Was immer geschah
Krieg fand statt
Und alle war'n da

Jerry O'Carey
Der nicht verstand
Blieb einmal stehn und hielt

Des Nachbarn blutverschmierte Hand
Jerry, oh, Jerry
Laß deinen Schmerz
Halte Einkehr
Öffne dein Herz

Zwei Jahre Drill
Kriechen und Treten
Stirb oder kill
Die Kunst zu töten
Jerry O'Carey
Bleibt so, wie er kam
Laß ihn nicht fragen
Wer der Schlächter ist
Und wer das Lamm
Laß ihn nicht fragen
Laß ihn nicht fragen
Wer der Schlächter ist
Und wer das Lamm.

4. Lektion

Die Sergeants haben Jerry eingefangen und bringen ihn zurück.

ERSTER SERGEANT *sagt an* Vierte Lektion. In der Knochenmühle.

JERRY *wehrt sich*

Wer braucht mich hier? Es liegen genug Ersatzteile
Herum in Fort Bliss und Fort Dix und Fort Houston.
Massenweise Ersatz für die tote Maschine,
Die stehen blieb und im Dschungel steckt,
Verbeult und verbogen, in einem Morast aus Blut.
Und die Führer dieser Maschine, in bequemen Sesseln,
In feinen Anzügen, in Räumen mit Air-Condition sitzen sie...

ZWEITER SERGEANT

Was ist los mit dir, Junge? Hummeln im Arsch?

JERRY

... Überall in der Welt, und verschieben kleine Fähnchen auf großen Karten.
Und warten auf den Feierabend.
Aber morgen werden sie ein Problem vorfinden, das Antwort verlangt:
Wo ist Jerry, der Natz?

ERSTER SERGEANT *reißt Jerry hoch* Zieh deine Uniform wieder an.

JERRY Ich werde sie nie wieder tragen.

ZWEITER SERGEANT Dienstlicher Befehl: Zieh die Uniform wieder an.

JERRY Sie ist beschmutzt mit Mord und Blut.

ERSTER SERGEANT *schleppt Jerry vor ein Klobecken* Was siehst du da?

JERRY Mich selbst.

ZWEITER SERGEANT Lauter!

JERRY Mich selbst.

DRITTER SERGEANT Und was ist das, was du da siehst?

JERRY Jerry, der Natz.
ZWEITER SERGEANT Jerry, der was?
JERRY Der Nazarener.
ERSTER SERGEANT Nein, das ist ganz und gar nicht, was du da siehst. Das ist Schütze Arsch, was du da siehst. Das ist ein Stück stinkendes Fleisch. Das ist ein Stück Fleisch mit einer Nummer dran, Schütze Arsch 7–11–18–112–304, und bald wird es nur noch eine blutige Fresse sein, die um Hilfe kreischt. Und jetzt wiederhole das alles.
Jerry schweigt.
Lauter!
Jerry schweigt. Der Erste Sergeant packt Jerrys Kopf und stößt ihn in das Becken.
Du hast einen dienstlichen Befehl verweigert. Du hast deinem Unteroffizier den gebührenden Respekt verweigert. Und jetzt wirst du dich gleich schuldig machen der Verstopfung militärischen Eigentums. Nämlich so!
Er stößt Jerrys Gesicht erneut in das Becken.
Okay. Bringt ihn in die Knochenmühle.
Die anderen Sergeants binden Jerrys Arme und Beine zusammen. Sie werfen ihn in ein Netz und ziehen ihn hoch.
JERRY *im Netz* Bitte darum, austreten zu dürfen.
ZWEITER SERGEANT *grinsend* Wann möchtest du denn austreten gehen, Kleener?
JERRY Gleich, Sir. Jetzt. Sofort.
ERSTER SERGEANT Ein Ledernacken versteht, seine Pisse in Tüten zu packen.
JERRY *zappelt im Netz* Wache! Laßt mich zur Latrine gehen!
Die Sergeants schwingen das Netz. Musik

Als mein Bruder mich mitnahm zum Baseball,
In dem Jahr, wo die Mets so unglaubliche Erfolge hatten,
Als John mich wirklich endlich tatsächlich mitgenommen
hat zu einem Spiel,

Es war peinlich für ihn, denn ich war sechs Jahre jünger
Und keine passende Begleitung für meinen Bruder John,
Der sich längst rasieren mußte und Hasch rauchte

Und etabliert war, seit er einen schwarzen Polypen weiß geschimpft hatte:
Ich weiß nicht mehr, wie es passiert ist; die ganze Aufregung,
Popcorn, Hot Dog, Ginger Ale,
Ich hätte nicht warten dürfen bis zum siebenten Wechsel:
Ich schiffte mir in die Jeans.
Und die Baseball-Fans brüllten wie Löwen:
Dieses Kind stinkt; schmeißt es raus!
Sprechgesang
Oh, John Johannes, ist dir nichts offenbart worden,
Nicht der Traum vom Strom des Lebens, vom reinen Wasser,
Klar wie Kristall, dem Thron Gottes entsprungen.

DRITTER SERGEANT Du steckst voller Scheiße, wie wir alle.

Die Sergeants gehen ab. Jerry schwingt im Netz. Jock tritt auf.

JOCK Herrgott im Himmel!

JERRY Ja, für den habe ich mich auch immer sehr interessiert.

JOCK Der Kaplan sagt: Begreife zunächst deinen Platz im Leben, mein Sohn.

JERRY
Ja, das Leben kann schön sein, ich sag dir.
Aber wie eine Büchse Hundefutter, einmal angebrochen,
Wird es schlecht. Die Frage ist nicht länger, wie man leben soll,
Sondern wie man stirbt. Ich bin nicht zum Killer geboren, das weiß ich.
Und meine einzige Leistung, wenn man's so nennen kann,
Wird sein: Zu gehen, wie ich kam, nicht ohne Unschuld.
Aber es gibt nur zwei Möglichkeiten, wie der Sergeant sagt:
Töte oder werde getötet. Muß es so sein?

JOCK Nein.

Er geht ab. Jerry schwingt im Netz. Der Dritte Sergeant tritt auf.

JERRY Sir, wie lange hänge ich schon hier oben?

DRITTER SERGEANT Einen Tag und eine Nacht.

JERRY Wieder ist ein Tag vorüber, und ich habe noch niemanden getötet. Das ist eine ziemliche Leistung, wenn man die Chancen bedenkt.

DRITTER SERGEANT Die Chancen werden immer geringer. Hast du Angst?

JERRY Nein, Sir.

DRITTER SERGEANT Solltest du aber.

JERRY Jawohl, Sir.

DRITTER SERGEANT Morgen früh, sechs-null-fünf, Einschiffung nach Da Nangh. Fragen?

JERRY Wie ist es da, Sir?

DRITTER SERGEANT Indianergebiet, Junge. Skalpieren oder skalpiert werden.

JERRY Oh, Klasse!

DRITTER SERGEANT Wie wär's mit einem Gebet, O'Carey?

JERRY Jawohl, Sir.

DRITTER SERGEANT Ob ich auch wandere im finsteren Tal...

JERRY Ob ich auch wandere im finsteren Tal...

DRITTER SERGEANT Im Schatten des Todes...

JERRY Im Schatten des Todes...

DRITTER SERGEANT Fürchte ich nicht das Übel...

JERRY Fürchte ich nicht das Übel...

DRITTER SERGEANT Denn ich bin...

JERRY Denn ich bin...

DRITTER SERGEANT

Der schlimmste Macker und Motherfucker
In dieser Gegend. – Amen.

JERRY *nach einer Pause* Amen.

DRITTER SERGEANT Willst du meine Fotos sehen?

JERRY Nein, Sir.

DRITTER SERGEANT *zeigt sie*

Souvenirs von meinem ersten Einsatz.
Die Jungens wollten gerade diese alte Dame niedermachen.
Ich schrie: »Moment mal!« und klick!
Als ich abhaute, hörte ich die MGs rattern.
Dieser Mann und zwei kleine Jungens tauchten plötzlich irgendwo auf.
Und klick! Ich schaute nicht, als man sie abfertigte.
Besser nicht hinschauen in den ersten Wochen des Einsatzes,
Bis man gelernt hat zu schauen, ohne zu sehen. Verstehst du?

Man schaut sie an, als wären es Gefrierhühnchen im
Supermarkt.
Dieses Mädchen hatte nette Titten.
Na ja, eine gesehen, alle gesehen.
Der Raketenwerfer machte pschiiing!
Die besten Amateurfotos seit Abraham Zapruder.
Zugegeben,
Er hat diesen Buntfilm gemacht, aber so scharf war der
nicht.
Man kann natürlich Kennedy in Dallas nicht mit diesem
Pöbel hier vergleichen.
Wer hat schon von denen gehört?
Was haben die schon geschafft? Außer zu sterben?
Große Sache, Mensch. Sterben kann doch jeder.
Alles, was man braucht, ist 'n bißchen Glück.
Zum Beispiel, geboren zu werden.
Ich will siebentausendfünfhundert Dollar für diese Fotos.
Wofür?
Für die dreihundert Leichen,
Verschiedene Größe und Geschlecht, Namen und Herkunft
unbekannt.
Das macht – mal sehen – grob geschätzt
Achtundzwanzig Eier pro Kopf, und das ist nicht
übertrieben.
Der Massaker-Markt ist ziemlich flau.
Die Kunden schätzen es nicht, mehr als eine
Oder höchstens zwei Leichen zu betrachten,
Vorzugsweise 'ne Berühmtheit oder 'ne schicke Braut, leicht
Geschürzt, gut erhalten, ihr wißt, was ich meine?
Man kann nicht vorsichtig genug sein. Ich hab da 'n
Kumpel,
Der hat ein kleines Vermögen in Biafra-Bilder gesteckt,
Herrliches Zeug, garantierter Tränenkitzel, und peng!
Der Scheißkrieg ist vorbei, und jetzt sitzt er da – wie bestellt
Und nicht abgeholt – mit diesen aufgeblasenen
Mohrenköpfen.
Schaut, dieser Junge hier, fanden ihn an der Brust

Seiner toten Mutter, saugte Blut anstatt Milch.
Wir gebären eine Brut von Blutsaugern dort drüben.

JERRY Mich macht niemand zum Mörder.

Der Dritte Sergeant steckt ihm ein Messer zu und geht ab. Jerry singt.

›Baby, ich krepier mein Leben lang‹

Morgens früh um vier geboren
Viertel vor fünf schon zum Abkratzen krank
Halb sieben und schon ging ich in Trauer
Baby, ich krepier mein Leben lang
Trauerflor als Wiegenband, das swingt nicht, Mann
Baby, ich krepier mein Leben lang
Baby, ich krepier mein Leben lang

Ich sterbe an Durst
Ich sterb, weil ich frier
An Langeweile
An allem hier

Ich sterbe vor Angst
Sterbe vor Gier
Sterbe am Menschen
Sterbe an dir

Sterb an der Ehe
Am Vögeln und Reden
Ich sterb an der Pflicht
Dem Vater und dem Pfarrer nachzustreben
Ich sterbe an der einen unheilbaren Gier
Zu leben

Nachmittags um drei freß ich Erde
Sonne versinkt, und ich stinke im Grab
Nacht bricht an, und sie haben mich über
Und am dritten Tag fahr ich hinab
Trauerflor als Wiegenband, das swingt nicht, Mann
Baby, ich krepier mein Leben lang
Baby, ich krepier mein Leben lang.

5. Lektion

Es ist dunkel. Die Gruppe hat Taschenlampen in den Händen. Nur der jeweils Sprechende beleuchtet sein Gesicht. Honeychild klimpert auf seiner Gitarre. Alle rauchen Pot.

HONEYCHILD *sagt an* Fünfte Lektion. Töten oder getötet werden.

JERRY Scheiße!

JOCK Was ist denn?

JERRY Hab mich geschnitten.

JOCK Womit?

JERRY Messer.

INFOLGEDESSEN-JOE Messer? Was für ein Messer?

HONEYCHILD Ruhig Blut. Er versucht nur, sich umzubringen.

POTHEAD Okay, okay, aber seid vorsichtig.

JOCK Das ist eine Sünde.

HONEYCHILD Warum springst du nicht einfach über Bord?

JERRY Kann nicht schwimmen.

Sie kichern.

Hört ihr die Möwen?

Sie lauschen.

HONEYCHILD Sie klingen unzufrieden.

JOCK Sie werden nie zulassen, daß du anders stirbst als auf dem Feld der Ehre. Du bist viel zu wertvoll. Was meinst du, wieviel es sie gekostet hat, dich auszubilden.

HONEYCHILD Ich hab es auch schon oft genug versucht: Hab Lysol getrunken, Ofenreiniger, Lötwasser. Wenn sie dir den Magen auspumpen, merkst du erst, wie sehr sie an dir hängen.

INFOLGEDESSEN-JOE Ich bin der Jammerlappen in dieser Mannschaft, infolgedessen, keiner hat das Recht, in die ewigen Jagdgründe zu gehen.

JERRY Daß ich nicht lache.

INFOLGEDESSEN-JOE Ich lache nie.
JERRY Ausgerechnet du, du komischer Sioux.
INFOLGEDESSEN-JOE Das nimmst du zurück!
JERRY Wer hat mehr Sorgen?
INFOLGEDESSEN-JOE Ist das eine Herausforderung?
JERRY Okay, angenommen!

Das Duell beginnt. Pothead ist Schiedsrichter.

INFOLGEDESSEN-JOE Ich Alkoholiker.
JERRY Längst abgewöhnt.
INFOLGEDESSE-JOE Oft rückfällig.
JERRY Ich meschugge.
INFOLGEDESSEN-JOE Ich normal.
POTHEAD Treffer! Eins zu null.
JERRY Fußpilz!
INFOLGEDESSEN-JOE Hühneraugen!
JERRY Hühnerbrust!
INFOLGEDESSEN-JOE Mittelohrentzündung!
JERRY Mittelmaß!
INFOLGEDESSEN-JOE Keine Frau.
JERRY Ich hab zwei!
POTHEAD Treffer! Eins zu eins.
INFOLGEDESSEN-JOE Verfolgt!
JERRY Verkorkst!
INFOLGEDESSEN-JOE Vergessen!
JERRY Verschissen!
INFOLGEDESSEN-JOE Zwei Jahre ohne Arbeit.
JERRY Zwei Jahre mit.
POTHEAD Zwei Eins!

Pause. Sie rauchen.

JERRY

Gestern habe ich eine Nachricht von zu Hause bekommen.
Mein Bruder John ist eine Zahl in der Statistik geworden.

JOCK

Der Garten verwildert unter giftigem Efeu.
Niemand ist da, der den Traktor reparieren kann.
Und Kathy wird das Baby bekommen, ganz allein in der Scheune,

Wie ein Tier.
Er singt.
Ach Kathy, hättest du mich gefragt,
Ich hätte sicherlich »Nein« gesagt.
Und vielleicht sogar »Laß das sein« gesagt.
Jetzt wärm das Gesicht dir mit Tränen.

INFOLGEDESSEN-JOE Mein Arsch war immer nackt. Mit acht oder neun Jahren lief ich immer noch mit bloßem Arsch herum, infolgedessen nannten sie mich Joe-Nacktarsch. Aber wie mein Vater nach Phönix-City gefahren ist, hat er versprochen, mir Hosen mitzubringen, wie sie die weißen Jungen tragen. Und ich hab auf ihn gewartet, am Tor vom Reservat, drei Tage lang, und dann kam er und hatte die Hosen vergessen. Infolgedessen lief ich für noch drei Jahre nacktärschig herum. Und ich durfte nie ins Kino gehen, denn in den Filmen, da wurden die Indianer immer besiegt. Infolgedessen habe ich nie einen Film gesehen, solange Gary Cooper gelebt hat. Schließlich hat Mutter ihn überredet, einen Fernseher zu kaufen, weil der Verkäufer gesagt hat, im Fernsehen sind immer die Indianer die Sieger. Vater hat ihn gekauft, und das hat seine ganzen Ersparnisse gekostet, und er hatte schon jahrelang keinen Boxkampf mehr gewonnen; er war kaputt; er war so kaputt, daß der Ringrichter bereits zu zählen anfing, wenn er in den Ring kletterte. Und als wir das erste Mal den Fernseher anmachten, da war es wieder: Die verfluchten Indianer wurden zu Scheiße geprügelt, von John Wayne und Barbara Stanwyck. Und mein Vater schmiß den Fernseher aus dem Fenster und hat sich aufgetakelt, volle Kriegsbemalung, der letzte Häuptling. Und ist mit einer Tüte Popcorn in der Hand zu den heiligen Bergen gegangen, um dort zu sterben. Was er auch getan hat. United States, ich habe meine Schulden bezahlt!

POTHEAD Seid mal still!
Man hört in der Ferne den ›Missouri Waltz‹.

JERRY Der Präsident gibt ein Fest.
Sie lauschen und rauchen.

POTHEAD Das ist aber wirklich eine schöne Melodie.

HONEYCHILD Ja, eine von den unsterblichen.

INFOLGEDESSEN-JOE Er spielt gar nicht so schlecht!

JOCK Rubinstein ist er aber auch nicht.

JERRY Grade das habe ich an ihm so gerne; er greift dauernd daneben. Er ist wie jeder andere, nur ein bißchen minder.

HONEYCHILD Liebe deine Feinde, es wird sie verrückt machen.

Sie rollen ihre Ärmel hoch und schlitzen ihre Arme auf, einer nach dem anderen.

JERRY Wenn ich an ihn denke, denke ich nicht an den Mann, der uns beibringt, wie man mordet. Ich stelle ihn mir vor, wie er da sitzt und auf die Tasten haut, und er ist allein. Ich stelle ihn mir vor, in der Nacht, wenn alles still ist, und dann hört er das Schreien aus allen Ecken von Pinkville. Niemand liebt Cäsar, und deshalb leidet Cäsar, und ein Mensch, der leidet, kann nicht fern sein vom Throne Gottes. Über eine kleine Weile, wenn er aus dem Fenster schaut, wird das Böse von ihm weichen, weil ich ihm sagen werde: »Sir, es kostet hunderttausend Dollar, einen Gook zu killen, und ich zweifle, daß Sie mehr als drei- bis viertausend für mich aufgewendet haben, dieses Messer eingeschlossen. Und ich esse nicht viel. Okay, Sir, rechnen wir noch so fünf- bis sechstausend Dollar für Transport und für die Wäsche und für Munition und die Bob-Hope-Show, die ich Weihnachten verpaßt habe, weil ich Fieber hatte. Bleiben übrig fast neunzigtausend Dollar pro Gook, netto, das sind 'ne Menge Mäuse. Wer bekommt sie? Ich nicht! Scheiß auf den Krieg! Scheiß aufs Lametta! Scheiß auf Sie! Sie hätten es verhindern können. Sie konnten aufstehen und es verhindern. Sie konnten sagen: Hört auf, Schluß damit! Wenn Sie das nicht gesagt haben, dann haben Sie nichts mehr zu sagen und verstecken sich besser, wo das Schreien nicht hindringt, und waschen sich die Hände!« Jawohl, das werde ich ihm sagen. Und er wird die Arme aufwerfen, und sein Gangster-Gesicht wird erblassen, wenn er unsere Leichen sieht. Und das wird das Ende des Krieges sein.

INFOLGEDESSEN-JOE Vielleicht.

HONEYCHILD Vielleicht.

POTHEAD Vielleicht.

JOCK Vielleicht.
JERRY Vielleicht.
HONEYCHILD *singt*

›Jesulein süß‹

Kommt Schnee und Hagel
Jesulein süß
's gibt nur einen Nagel
Kreuz deine Füß!

6. Lektion

Im Hospital. Der Doc tritt auf.

HONEYCHILD *sagt an* Sechste Lektion. Therapie.

DOC

Erzählt mir, was ist los mit euch, ihr Leute,
Daß jeder Narr, und sei er noch so feige
– So dreißig-, vierzigtausend jedes Jahr –
Sucht der Armee sich zu entziehen durch Selbstmord.
Bedenkt, eh ihr die Geste wiederholt:
Das Leben eines Menschen ist uns heilig!
Wenn es euch also wieder überkommt,
Reicht auf dem Dienstweg einen formellen Antrag ein,
Und ich laß euch dann, wie gewünscht, sofort erschießen.
Ihr könnt das Leben doch nicht so einfach
In eure eigenen Hände nehmen, Freunde!
Das wär barbarisch, 'ner Kulturnation nicht würdig.
Laßt uns Gesetz und Ordnung haben, Kinder.
Ihr wollt doch nicht die Radikalen fördern?!
Ich weiß, ihr seid ein Haufen Pazifisten;
Was aber habt ihr gegen Krieg, ich frag euch?
Er läßt euch alles tun, wovon ihr träumtet.
Nein, noch viel mehr: Er duldet es nicht nur,
Er lehrt euch, wie, bezahlt dafür und ehrt euch!
Ich will euch glücklich sehen, meine Freunde.
Stellt euch mal vor: In überfüllter U-Bahn
Steht ihr gepreßt an eine schicke Braut;
Ja, was passiert, wenn ihr, anstatt zu flirten,
Die Hosen einfach aufknöpft und ihn rausholt?
Muß ich euch sagen, was passiert? Zwölf Wochen
Verschwindet ihr im Knast. Das ist noch wenig.
Doch in Saigon seid ihr damit der Größte!
Es ist gesund, sich manchmal gehenzulassen.

Wir müssen uns auch mal verwöhnen dürfen.
Was Spaß ist, sollen ihn nur die Eichmanns haben?
Der eine steht auf Vergewaltigung,
Und der will jemand in den Ofen schieben;
Ich bin der letzte, der euch daran hindert.
Nur das Gewissen macht uns alle feig.
Drum gebt es ab. Gebt's mir. Ich heb's euch auf.
Der Frieden ist nichts weiter als Verklemmtheit.
Bringt Krebs und Gallensteine und Verkrampfung.
Mein Sprößling Barry litte nicht an Krämpfen,
Wenn er mich ab und zu verprügeln dürfte.
Drum laßt euch gehen, Kinder; laßt es raus,
Tobt, rast und wütet, dort, wo es erlaubt ist,
Zum Beispiel da, in Kinky Dinky Land!
Zu morden ist vernünftiger als Selbstmord,
Besonders für den Mörder vorteilhafter.
Ihr braucht den Glauben an die gute Sache?
Ihr wollt 'nen Kreuzzug? Bitte sehr, versteh ich:
Es herrscht in anderen Ländern zuviel Unzucht;
Das bringt Geburtenüberschuß. Um die
Bevölkerungs-Explosion zu stoppen,
Muß man die Bevölkerung explodieren.
Kommt zur Armee und bringt die Welt in Ordnung!
Erinnert ihr den vierten Juli, Kinder,
Das Feuerwerk, die Fahnen und Musik?
Und den Kanonenschlag, gebunden an
Den Schwanz von Nachbars Katze; und wie ihr
Des Nachbarn Tochter in den Po gekniffen?
»So ihr nicht werdet wie die Kinder wieder«,
So sagt Sankt Paul. Denn Krieg ist einfach das:
Die Kindheit, fortgeführt mit anderen Mitteln!
Ihr seid mit Television aufgewachsen,
Und was ihr da gesehen habt Ra Ta Ta,
Knallbumm, Kerrplonk, das könnt ihr hier erleben:
Leibhaftig, wirklich und in echten Farben!
Er singt.

›Television Baby‹

Television Baby
Pädagogisch überwacht
Mädchen blasen Flöte
Der Sandmann kommt zur Nacht

Was bringt Kanal sieben?
Die Welt ist so okay
Hier grient Richard Nixon
Und da grient Doris Day

Television Baby
Drück auf Taste zwei
Täglich fünfzig Tote
Und Daddys Little Boy

Krieg war in Korea
Die Heimat schwer bedroht
McCarthy fuhr zum Himmel
Lieber tot als rot

Television Baby
Glotz dich dick und dumm
Täglich fünfzig Tote
Und Lassies Herz macht bumm

Die ganze Welt im Zimmer
Wenn die roten Brüder schlitzen
Und Gras war etwas grüner
Und Pot war was zum Draufsitzen

Television Baby
Stiert auf jeden Dreck
Cartwright putzt die Wumme
Und Tarzan putzt alle weg

Television Baby
Drück auf Taste fünf
Uncle Sam braucht jeden
Mach dich auf die Strümpf

Helden von der Stange
Schießen und brilliern
Soldaten sind nicht bange
Die krepiern.

Er entdeckt Jerry, der sich verdrückt hat und liest. Was machst du da, junger Freund?

JERRY Ich lese, Sir.

DOC So schnell liest niemand.

JERRY Doch, Sir.

DOC Und was ist das, was du da so schnell liest?

JERRY Die Bibel, Sir.

Die Gruppe lacht; auch Jock. Jerry blickt ihn an.

DOC Lauter!

JERRY Die Bibel.

DOC Okay, wovon handelt das Buch?

JERRY Von Juden.

DOC Hat man was davon?

JERRY Manchmal.

DOC In welcher Weise?

JERRY Die Geschichte ist spannend.

JOCK Und praktisch anwendbar?

JERRY Ja.

POTHEAD Mit Empfehlungen für das Verhalten in Grenzsituationen?

JERRY In was?

DOC Werden Ratschläge gegeben?

JERRY O ja.

INFOLGEDESSEN-JOE Wie in Reader's Digest?

JERRY Einfacher.

JOCK Wie man durch das gefährliche Niemandsland kommt?

JERRY Ja.

HONEYCHILD Wie man auskommt mit drei-fünfundneunzig pro Tag?

JERRY Nein.

DOC Sondern?

JERRY Man soll nicht töten.

DOC Ach, die Geschichte.

JOCK Du hast doch versucht, dich zu töten?

JERRY Ja.

DOC Und jemand anderen auch?

JERRY Nein!

INFOLGEDESSEN-JOE Das kommt noch.

Schweigen

JERRY Ich glaube nicht.

DOC Gib dir selbst eine Chance; du bist noch jung. Manche brauchen etwas länger, erwachsen zu werden. Alles, was dir fehlt, ist eine günstige Gelegenheit.

JERRY Nein, nein, nein!

DOC Ein »Nein« hätte genügt.

JERRY Sie müssen ein sehr unglücklicher Mensch sein.

Der Doc schlägt ihm ins Gesicht.

Warum haben Sie das getan?

DOC Du verstehst nicht zu reagieren, und ich werde dir das beibringen. *Er schlägt Jerry abermals.* Na, würdest du nicht gern zurückschlagen?

Die anderen feuern Jerry an.

JERRY Ich könnte so etwas nie tun.

DOC Du hast meine Erlaubnis. Na los, schlag zu!

JERRY Ich habe noch nie in meinem Leben jemanden geschlagen.

DOC Was ist daran so kompliziert? Paß auf! *Er verpaßt Jerry einen Schwinger.* So einfach, wie »Guten Tag« sagen. Versuch es, los. Du fühlst dich besser danach.

JERRY Aber ich mag Sie gern.

POTHEAD Hör auf zu seichen.

DOC Du magst alle gern, was? *Er schlägt wieder zu.*

JERRY *Sein Gesicht ist geschwollen.* Wir könnten doch Freunde sein!

DOC Schlag zurück, Junge. Fang an zu kämpfen.

JERRY Ich habe keinen Grund, gegen Sie zu kämpfen.

Der Doc schlägt zu, und Jerry taumelt.

Fühlen Sie sich jetzt besser?

DOC *schreiend* Du weigerst dich?! *Er packt Jerry im Schwitzkasten.* Versuch, freizukommen. Los! Versuch's!

Jerry zappelt ein wenig, aber nicht sehr. Der Doc beißt ihn in den Nacken. Jerry reißt sich los mit einem Schrei.

Habt ihr's gehört? Er kommt in Fahrt.

JERRY Haben Sie sich weh getan, Sir? Ich meine, mit Ihren Zähnen?

DOC *dreht Jerrys Arm um* Rede und erzähl mir, was mit dir los ist, oder ich bring dich um.

JERRY Ich war nie gut, wenn es ums Beichten ging. Mir ist nie etwas eingefallen, was ich beichten könnte.

JOCK Das Buch, Sir, nehmen Sie ihm sein Buch weg.

DOC Wo hast du diese Bibel gefunden?

JERRY Auf der Toilette.

DOC Wo alle Theologie anfängt.

Er reißt Jerry die Bibel aus der Hand.

JERRY Sie hätten mich nur darum zu bitten brauchen. Ich hätte sie Ihnen gegeben.

DOC Komm und hol sie dir zurück.

Er wirft die Bibel den anderen zu. Sie spielen Ball damit. Jerry versucht, das Buch wiederzubekommen. Honeychild wirft es über eine weite Entfernung Jock zu; der fängt es und beginnt, es zu zerreißen. Schweigen. Jerry steht versteinert da. Dann springt er auf Jock zu und schlägt wie ein Irrer auf ihn ein. Der Doc triumphiert.

Ein Durchbruch!

Jerry weint wie ein Kind.

In Ordnung, mein Sohn. Du wirst dich daran gewöhnen. Die ersten hundert Morde fallen einem am schwersten.

Jerry versucht, wegzurennen, aber die Gruppe fängt ihn und hält ihn nieder.

Geh auf'n Trip, mein Sohn.

Musik – Wind. Jerry gibt nach.

JERRY Wohin?

DOC Wenn du an eine Tür kommst, geh hindurch.

JERRY Ich bin weit gereist.

DOC Weiter.

JERRY Ich hab mich verlaufen.

DOC In der Gila-Wüste?

JERRY Es war schrecklich.

DOC Gespenster?

JERRY Ich hörte Offenbarungen.

DOC Das bezweifle ich.

JERRY Sie haben doch keine Ahnung.

DOC Ich habe dein Dossier studiert.

JERRY Seit wann kann man sich darauf verlassen?
DOC Deine Mutter ist mit 'nem Bibelverkäufer durchgebrannt.
JERRY Sie ist zurückgekommen!
DOC Du kennst deinen wirklichen Vater nicht.
JERRY Er hat einmal zu mir gesprochen... aus einem brennenden Busch.
DOC Was hatte er für eine Stimme?
Die anderen machen Donnergeräusche.
JERRY Ich war was Besonderes!
DOC Ja, diese Illusion haben wir alle.
JERRY Kann ich jetzt heimgehen?
DOC Geh schon!
JERRY Aber wohin?
Er geht umher.
Die Bullen waren immer hinter mir her.
Auf ihren Pferden... oh, diese Pferde!
Mutter hat's mir erzählt. Sie war gut im Erzählen.
Ich konnte nie einschlafen, ohne daß sie meine Hand hielt.
Eines Nachts in Galiläa...
DOC Wo?
JERRY In Galiläa.
DOC Das soll wohl 'n Scherz sein.
JERRY Sie hat mich beschummelt. Sie zog ihre Hand weg und legte eine Stoffpuppe hin.
DOC Wo bist du jetzt?
JERRY Vor ihrem Zimmer.
DOC Geh rein.
JERRY Ich kann nicht.
DOC Geh schon! Schau durchs Schlüsselloch! – Was siehst du?
JERRY 'n Stall mit'm Ofen. Und mich in der Krippe.
DOC Weiter.
JERRY Sie drängen sich um mich und glotzen.
DOC Wer?
JERRY Tiere auch!
DOC Was für Tiere?
JERRY Hühner... Und ein Schwein. Eine Kuh ist auch da! Es schneit.

DOC Na ja, das Wetter!

JERRY

Diese Leute sind nur für mich gekommen.
Sie fuhren fünf Tage durch den Schneesturm.
Sie brachten mir allerlei Leckerbissen.
Sie lächeln. Sie machen Ketchyketchy-koo!
Sie singen. Ich schlafe ein, ihre Hand in meiner.

DOC Was passiert dann?

Eine Pause

JERRY Nichts.

DOC *ohrfeigt ihn* Lügner!

JERRY Sie nimmt ihre Hand weg. Man kann's ihr nicht übelnehmen.

DOC Warum nicht?

JERRY

Es war ein harter Tag für sie.
Sie zieht ihren Rock aus.
Er läßt einen Schuh fallen.
Sie flüstern in einer Ecke.
Ich möchte sehen, was sie dort machen.
Alles ist möglich im Schatten.
Das Stroh fängt an zu knistern.
Sie kreischt wie ein kleines Mädchen.
Hört auf, hört auf, hört ihr nicht?
Gott sei Dank, die Magd schlägt an die Tür.
»Steht auf! Lauft weg!« Die Bullen sind unterwegs.
Sie sind wie wilde Tiere unterwegs.
Wir müssen durch die Hintertür der Scheune.
Da ist der Mond und schwelende Fackeln, seht ihr?
Und ihre Waffen glänzen in dem kalten Licht.
Ich setz mich in den Frontsitz, zwischen euch, okay?
Und Daddy, nimm doch die Kurven nicht so unvorsichtig,
Die Straße ist vereist und voller Löcher.
Und überall entlang der Straße warten Bullen.
Fahr vorsichtig, sie suchen mich.

DOC

Warum, was hast du getan?

JERRY

Nichts! Gar nichts! Hör mich an: Ich war zu klein.
Ich war so klein, ich war kaum da.
Ein spezieller Fall, hast du gesagt: Das Lamm,
Das in der Krippe liegt und höflich lächelt.
Ist das ein Verbrechen? Warum haun wir nicht ab?
Du hast gesagt, die Bullen kommen von den Bergen,
Herunter von den kahlen Bergen in den Stall,
Um mich aus ihrem Schoß zu reißen, hast du gesagt.
Sie haben den Befehl: Packt das Kind!
Aber wir sind entkommen, grade noch. Sie konnten mich nicht finden.
Ich hörte sie über die Hügel donnern,
Aber sie verloren unsere Spur. Das hast du gut gemacht.
Darum suchen sie die anderen Kinder, siehst du?
Jedes Kind in der Nachbarschaft ist verurteilt,
Wenn es jünger ist als ein Jahr und erstgeboren.
Das werden vierhundert sein, in der Gegend, fünfhundert,
Bald werden ihre Köpfe aufgeschichtet sein zu Haufen,
Und ich in Sicherheit in unserem alten Chevrolet,
Während sich Fliegen auf ihre Augen setzen.
Wie fühl ich mich dabei? Wirklich beschissen:
Jahrelang hatte ich keine Spielgefährten;
Wenn ich Ball spielte, mußte ich ihn selber fangen.
Und nachts habe ich gedacht an diese anderen Kinder,
Aus ihrem Bett gerissen. Der frische Schnee ist mit Blut getränkt.
Kannst du dir vorstellen, wie sie geschrien haben?
Die Mütter schlagen mit den Armen um sich, heulend.
Die Türen eingetreten, Möbel umgestürzt,
Der Streifenwagen draußen, mit eingeschaltetem Blaulicht,
Und jeder Bulle hat ein Kind unter jedem Arm,
Und wenn eine Mutter zu flüchten versucht,
Dann jagen sie ihr nach und erwischen sie an der Ecke
Beim Kohlengeschäft oder im Hof, wo die Mülleimer stehen.
Und die Nachbarn?
Sie blicken verstohlen durch schmutzige Gardinen,

Dankbar, daß ihre Kinder schon groß sind und nicht mehr
zu Hause.
Und dann die Bullen...
Zwei oder drei Kinder unter den Armen
Und über die Schulter geworfen...
Und du darfst nicht denken, daß sie Spaß hatten an dem
Blutbad.
Nein, sie haben laut geflucht.
Aber Befehl ist Befehl. Es muß getan werden.
Dieser Winter ist eklig.
Der Schnee bleibt liegen, wird zu Matsch
Und gefriert. Die Hunde heulen vor Schmerz,
Wenn ihre Pfoten auf Streusalz treten.
Also was haben die Bullen davon? Eine Prämie?
Da gehen sie und schleppen die kleinen Bälger hinaus
Aus der Stadt. Schlittern und gehen wie auf Eiern über das
Glatteis.
Aber sie schaffen es bis zum Steinbruch, der Mauer, dem
Graben.
Und sie legen zwei von den Babys beiseite,
Denn mehr als eines kann man sich nicht vornehmen,
Nicht in jenen Tagen.
Ihr wärt erstaunt, wenn ihr sehen würdet, wie lange es
dauert,
So ein kleines Köpfchen einzeln zu zerschmettern.
Es gehört Können dazu.
Man packt sie an den Füßen, holt aus,
Schwingt sie herum, und platsch!
Der Blubber spritzt dir ins Auge,
Und die ganze Uniform ist versaut,
Aber es muß getan werden, es ist so befohlen,
Und Befehl ist Befehl.
Beim dritten oder vierten –
Im Kindergottesdienst habe ich nie herausfinden können,
Wie viele erschlagen worden sind –
Aber man kommt rasch in Übung.
Zugreifen, ausholen und klatsch!

Es ist immer befriedigend,
Einen Job zu beherrschen,
Und mit Genugtuung hört man das Platzen der Knochen.
Pack aus, hol aus, kaputt!
Pack aus, hol aus, kaputt, ja, ja, ja. Jaaaa!
Da ist manches, was sie nicht erwähnen in den heiligen Büchern,
Aber was hast du erwartet? Das reine Lamm Gottes?
Wenn ihr ihn menschlich wollt, laßt ihn auch unmenschlich sein.
Er hält inne.
Ich wollte immer ein Bulle werden, wenn ich groß bin.

DOC *erfreut* Jetzt bist du einer von uns.
Trommelwirbel. Jerry richtet sich auf. Die Gruppe kleidet ihn feierlich ein mit Helm, Pistole, Trillerpfeife etc.

JERRY *pfeift auf der Trillerpfeife. Die Gruppe formiert sich.*
Herr Leutnant gefälligst bei Anrede!
Haltung, wenn ihr einen Offizier seht!
Hacken zusammen, wenn ein Offizier euch was sagt!
Zielt auf Befehl! Schießt auf Befehl!
Rennt auf Befehl! Stürmt auf Befehl!
Killt auf Befehl! Krepiert auf Befehl!
Das heißt Soldat sein!!!

JERRY UND GRUPPE
Mehr
Kill
Her
Kill
Brüll
Kill
Mehr
Kill
Mehr
Kill
Aus der Galle
Rin in den Bauch
Jetzt

Kill
Zerfetz
Kill
Schrei
Laß frei
Kill
Hoch
Kill
Tief
Kill
Ja
Kill
Da
Kill
Mehr
Kill
In 'ner Flut
Kill
Von Blut
Kill kill kill kill

Die Gruppe steigert sich in einen ausgelassenen Tanz und singt dazu.

›Dear Mam‹

Dear Mam
Ich bin in Vietnam
Sag Papa
Ich bin immer noch da
Heut morgen
So um viertel vor acht
Ist Dick Wilson
Auseinandergekracht
Weil dieser Dilettant
Auf einer Mine stand
Auf dem Weg
Von der Landebahn
Vorm Abendbrot
Sahn wir 'ne Alte

Und traten sie tot
Samt ihren zwei kleinen
Kinderlein
Und wie geht's dir, mein Mütterlein?
Dear Mam
Ich bin in Vietnam
Sag Papa
Ich bin immer noch da
Heut morgen
Da hatte ich Glück
Ganz allein
Gewann ich den Krieg.

Sie stehen plötzlich unbeweglich da und starren wie Wölfe. Ein vietnamesisches Kind ist aufgetreten und verbeugt sich vor ihnen. Jerry nimmt es hoch, wirft es über die Schulter und geht ab, gefolgt von der Gruppe.

Interludium

MRS. O'CAREY *tritt auf und singt*

›Jerry, dein Gewehr‹

Jerry, dein Gewehr,
Dein Gewehr, Jerry,
Pack dir dein Gewehr
Und wirf es weit fort!
Sofort, sofort, Jerry.
Gleich, nicht erst morgen, Jerry.
Heute, heute, heute, Jerry.
Und wirf es weit fort, Jerry!
Leg es ab, Jerry,
Schaufle ihm ein Grab, Jerry,
Drei Meter tief, Jerry!
Laß das Ding dort,
Sofort, sofort, Jerry!
Heute, heute, heute, Jerry.
Brich, verbrenn, verbuddel es,
Jerry, und wirf es dann fort!
Schmeiß es weg, Jerry!
Schmeiß es in den Dreck, Jerry!
Bevor's explodiert, Jerry.
Jerry, dein Gewehr,
Dein Gewehr, Jerry.
Jerry, dein Gewehr,
Komm, wirf es weit fort!

Sie geht ab.

7. Lektion

Landungsgebiet Dolly. Der Captain heißt die Gruppe willkommen.

CAPTAIN *sagt an* Siebte Lektion. Herzlich willkommen. *Dann in einem Atemzug* Willkommen, Gentlemen. Bitte setzen Sie sich, wo Sie Platz finden, und hören Sie auf zu schwatzen. Es wird keinerlei Dazwischenreden geduldet werden, also halten Sie den Mund. Es ist sehr heiß heute abend. Ich weiß, daß Sie die Einreiseformalitäten so rasch wie möglich hinter sich bringen wollen, also hören Sie mir mit größter Aufmerksamkeit zu. Die meisten Ihrer Probleme sind vorausgesehen worden. Ihren Zahnbefund werden Sie nicht benötigen. Die Karte, die ich in der Hand halte, berechtigt Sie zum Empfang von Marketenderwaren. Der gelbe Umschlag, den Sie erhalten haben, ist von größter Wichtigkeit. Noch irgendwelche Fragen?

HONEYCHILD Sir, was ist mit der Dentalaufklärung, die man uns versprochen hat?

CAPTAIN Man wird dir beibringen, wie man sich die Zähne putzt.

Gelächter

Also, Gentlemen, wenn Sie Ihre Formulare ausgefüllt haben, erwarte ich, daß Sie an Ihre Eltern schreiben und ihnen berichten, was für eine schöne Zeit Sie hier verbringen. Vergessen Sie nicht: Sie befinden sich im Kriegsgebiet. Wenn eine Sirene ertönt, müssen Sie damit rechnen, daß wir angegriffen werden: entweder anfliegende Raketen... oder Partisanen... oder Kinder.

Pause. Das Kind ist aufgetreten.

DAS KIND Coca, Candy, Kaugummi?

Schweigen

CAPTAIN Ihr mögt Kinder?

GRUPPE Ja, Sir!

CAPTAIN Kann die schlitzäugigen Bälger nicht ausstehen.

DAS KIND Coca, Candy, Kaugummi?

CAPTAIN *brüllt* Verschwinde! Hau ab! Ti ra! – Jungs, wir befinden uns hier in einer permanenten Freefire-Zone, das bedeutet: »Feuer frei!« auf alles, was sich bewegt, unter gleichzeitiger Respektierung allerdings der lokalen Sitten und Gebräuche, als da sind buddhistische Pagoden und die Vollziehung des Stuhlgangs in der Öffentlichkeit. Auf Frauen schießt ihr bitte nur, wenn besondere Anweisungen vorliegen. Ein Teil unserer Aufgabe besteht darin, alle Zivilisten, die keine bedrohliche Haltung einnehmen, nach besten Kräften zu beschützen. Wenn also nun so ein Lehmgesicht seiner friedlichen Tätigkeit nachgeht, zum Beispiel dem Anbau von Reis, wie kann man da feststellen, ob das nicht vielleicht ein Vietcong ist, der im nächsten Augenblick Handgranaten schmeißen wird? Ich will euch sagen, wie man das feststellt: Jeder Tote, der kein Weißer ist, ist ein Vietcong.

INFOLGEDESSEN-JOE *protestiert* Sir, es gibt doch auch tote Indianer!

CAPTAIN Von dir habe ich genug gehört, Winnetou! In dieser Gruppe gibt es keine Rassendiskriminierung. Eine Mannschaft, die zusammen schmachtet, zusammen schlachtet! Alle!

GRUPPE Eine Mannschaft, die zusammen schmachtet, zusammen schlachtet.

CAPTAIN Lauter!

GRUPPE Eine Mannschaft, die zusammen schmachtet, zusammen schlachtet!

CAPTAIN Nun noch eins: Wir haben jetzt die Mamasan, die hier saubermacht, so weit, daß sie ihre Tochter mitbringt. Erstklassiges Material. Wir werden pro Nummer fünf Piepen kassieren. Aber Jungens, die vom Einsatz kommen, haben eine Lage frei. Ist das klar?

GRUPPE Jawohl, Sir.

CAPTAIN Lauter!

GRUPPE Jawohl, Sir!

CAPTAIN Ihr steht auf Weiber?

Quan ist aufgetreten.

GRUPPE Ja.

CAPTAIN

Ah, die Frauen hier.
Zerbrechliche, märchenhafte, kleine Geschöpfe.
Mit sanften Augen. Das Kleid makellos weiß,
Unschuldig; doch geschlitzt bis zur Hüfte,
Brausen sie vorüber in Rikschas: in der Handtasche eine Bombe.
Wow!
Seid ihr interessiert?

GRUPPE

Yeh, yeh!

CAPTAIN

Vergeßt es. Stellt euch vor: die Nacht zum Sonntag,
Unter dem glühenden, roten, phantastischen Mond,
Der rauschend aufsteigt, jenseits des Hafens, so ähnlich.
Eure Zunge hängt heraus, bei dreißig Grad im Schatten,
Am trägen Saigon-River, und der träge Wind
Läutet Bim
Läutet Bam
Läutet träge die Blätter der Bambusbüsche.
Und ihr habt keine Nummer geschoben seit Fort Bliss;
Und wer kommt da um die Ecke?
Die Drachen-Lady!
Er führt Quan herum.
Ihr kleiner Hintern tanzt hin und her,
Als ob die kleinen Backen Tabak kauten.
Sie wandelt in Schönheit.
Auf ihren Titten singen Nachtigallen.
Eine Göttin mit Mandelaugen, seidig und sanft.
Prima, prima aus Arkadien: eine gottverdammte, lausige Nutte.
In einem Dreß, so kurz, daß du ihr in die Gebärmutter sehen kannst
Und von dir aus gesehen, sieht das gar nicht schlecht aus.
Ja, was denn, sie ist noch ein Kind, höchstens vierzehn,
Mit der Singapur-Syphilis, die man nicht merkt,

Bis die Nase abfällt, peng.
Und du bekommst von ihr die ganze Routine serviert:
Das Rollen der Schultern – bleib ruhig! –
Wovon der Träger des Kleides zu rutschen beginnt,
Und rutscht die zitternden Zitzen herunter.
Jam zittert nicht so, aber Gelee.
Schon fängst du an, nach ihrer Muschi zu tasten,
Da fallen sie über dich her, eine Horde
Heidnischer, linker Pygmäen, die Vettern des Fräuleins,
Zu fünft oder mehr. Mensch, du bist im Eimer:
Die Brieftasche weg, das Gesicht eingetreten.
Wollt ihr einen Witz hören?

GRUPPE Nein.

CAPTAIN Die loyalen Vietnamesen werden auf ein Floß gebracht; die anderen ausgerottet. Das Land wird eingeebnet, wie ein Parkplatz. Und das Floß wird im Meer versenkt.

GRUPPE Ha.

CAPTAIN Lauter!

GRUPPE Ha, ha!

CAPTAIN Fordert sie auf zu singen. Vielleicht tut sie es.

GRUPPE Sing!

QUAN *singt*

›Hymne‹

Will der Herr sich ewig von uns wenden?
Sein Erbarmen, wo ist es geblieben?
Die Verheißung, kündigte er sie uns auf?
Soll der Strom seiner Liebe versiegen?
Hat er vergessen, gnädig zu sein?

Eine Granate ist zu hören, wie sie heranrauscht. Die Granate detoniert. Die Männer stieben auseinander. Kaltes Morgenlicht, das allmählich heller wird.

STIMME ÜBER LAUTSPRECHER *entfernt und gestört*

Two-six, Feindberührung.
Four-six, zwei Granatwerfer ausgemacht.
Two-six, wann fangt ihr an zu klotzen?
Four-six, werdet nicht fickrig.

Maschinengewehrfeuer. Dann ein Schrei; er beginnt leise und stei-

gert sich wie eine Sirene; bricht dann ab. Die Männer versuchen, sich zu verstecken.

Four-six, die Stellung muß gehalten werden.
Two-six, Achtung, zwei Scharfschützen.

Einschläge, die näher kommen und dann plötzlich aufhören. Die Männer lauschen. Plötzlich ganz nah

Verdammt, wo bleibt die Munition?

Ein Granatwerfer feuert in der Nähe: Kaplopp. Die Männer sprechen das Gebet der Marines mit kindlichen Stimmen.

GRUPPE

Ob ich auch wandere im finsteren Tal,
Im Schatten des Todes,
Fürchte ich nicht das Übel.
Denn ich bin der größte
Und schlimmste Macker und Motherfucker
In dieser Gegend.
Wir liegen in unseren Betten...

STIMME ÜBER LAUTSPRECHER *nah und laut*

Feuer vorverlegen, ihr schießt zu kurz!
Raus aus dem Loch, ihr Scheißer. Wir müssen hier weg.
Feuer halt!

Granaten detonieren.

Sanitäter! Sanitäter!

Schweigen

CAPTAIN Ich bin getroffen.

Man hört ihn schreien wie ein angestochenes Schwein. Sein Schreien über Lautsprecher hält an; gleichzeitig spricht er wie ein wohlerzogenes, zehnjähriges Kind.

Mensch, diese Gooks haun auf den Putz. Sie klotzen wie doll. Ich hab einen Splitter erwischt. Der Colonel hat mich eingereicht für die Tapferkeitsmedaille. Ich glaub nicht, daß ich sie verdiene, denn ich geh nicht wieder raus, um keinen Preis.

Er fällt. Sie legen ihn hin.

INFOLGEDESSEN-JOE So sieht das also aus.

CAPTAIN Doktor, Sie müssen sich meine Zunge ansehen. Und auch da unten das.

Das Schreien über den Lautsprecher hält an, aber es klingt jetzt entfernter.

JERRY Er fühlt sich kalt an.

CAPTAIN *spricht im Delirium* Was mich betrifft... die dritte Kompanie ist die beste Kompanie, die je in Pinkville gedient hat. Die dritte Kompanie ist eine Kompanie! Das sind nicht nur hundertzehn Mann, was man sonst Kompanie nennt. Wir waren wie Brüder... Ich dachte, wir würden auf heftigen Widerstand stoßen. Ich sagte es mir in meinem Herzen, und ich sagte es mir in meinem Kopf: Ich würde mich nicht beeindrucken, nicht unterkriegen lassen von ihrem fremdartigen Benehmen. Ich hatte zwei Aufgaben zu erfüllen: erstens, meiner Regierung zu dienen... und... zweitens, wieder lebendig nach Hause zu kommen. Ich geh nicht wieder raus. Sie haben einen vierundzwanzigkarätigen Schraubenzieher in meinen Arsch gebohrt, und der dreht sich wie ein Uhrzeiger. So wahr mich Gott verdammt, ich geh nicht wieder raus.

JERRY

Okay, Jungs, das ist ein Aufklärungsunternehmen mit schweren Waffen,
Um herauszufinden, was uns gegenüberliegt.
Ich will euch sagen, was uns gegenüberliegt: eine aktive Einheit.
Die erste Kompanie im Norden trägt den Angriff vor.
Die zweite Kompanie sichert im Osten die Flanke.
Alle Häuser werden verbrannt, die Bunker gesprengt,
Das Vieh getötet, die Ernte vernichtet.
Gefangene werden nicht gemacht.
Macht euch fertig zum Angriff:
Es ist ein strahlend schöner Tag.
Wenn wir antreten, ist die Hölle offen.
Wenn wir Schluß machen, ist Schluß mit allem.
Wer ist der Feind?
Jeder. Alle. Alles.
Was sich bewegt, was atmet und lebt.
Rottet sie aus, die gelben Gesichter. Auch die Kinder.
Die Kinder wachsen heran, um einen von uns zu töten.
Laßt nichts am Leben, was atmet und wächst.

Macht die Gegend unbewohnbar.
Reißt sie in Stücke! Rottet sie aus!
Macht aus den Stücken einen Scheiterhaufen.
Ich will mehr Leichen sehen!
Sie erblicken Quan. Sie kauert im Schatten.

QUAN
Eine Wolke bedeckt den Gipfel.
Aber die Ebene am Fuß der Berge
Ist klar gezeichnet.
Die Reisfelder sind blinkende Spiegel.
Die Flugzeuge kommen niedrig. Man sieht die Piloten.
Sie blicken herab. Wenn sie mein Tal entlaubt haben,
Lächeln sie. Wer begreift, was sie wollen?
Sie kommen von Guam, den ganzen Weg,
Um die Farbe des Tales zu ändern?
Ich erinnere mich, daß es grün war.

JERRY Packt sie am Arsch!
Sie läuft weg; die Gruppe jagt sie.
Warum bist du weggelaufen?

QUAN Bin ich doch gar nicht.

JOCK Wir haben's gesehen.

QUAN Ich bin weggelaufen, weil ich nicht schwanger bin.

HONEYCHILD Eine idiotische Ausrede.

QUAN Ich weiß von nichts. Ich bin bloß eine Frau.

POTHEAD *will sie anfassen* Laß mal sehen.

QUAN Ich hab Angst vor GIs.

JERRY Warum? Was hast du auf dem Kerbholz?

QUAN Gar nichts.

INFOLGEDESSEN-JOE Du Vietcong bum-bumm?

QUAN Nein.

JERRY Warum bist du also weggelaufen?

QUAN Mein Vater sagt, wenn GIs kommen, muß ich weglaufen und mich verstecken.

JERRY Also bist du weggelaufen?

QUAN Mein Vater sagt, wenn ich nicht schwanger bin, werden sie mir etwas tun.

JOCK Und so was glaubst du?

QUAN Sie haben meine Schwester vergewaltigt.

JERRY Wo ist dein Vater?

QUAN Auf den Markt gegangen.

POTHEAD Mir juckt der Schwanz.

JERRY Mal sehen, woraus sie gemacht ist.

Die Gruppe formiert sich zu einem Keil, Jerry an der Spitze, und treibt die rücklings mit gespreizten Beinen robbende Quan vor sich her. Einer der Gruppe fotografiert.

CAPTAIN *singt, während die Männer Quan vergewaltigen*

›Wer war das?‹

Wer war das? Wer war das?
Das Ding mit Cock Robbin.
Wer war das? Wer war das?
Also ich war das nie.

Wer war das? Wer war das?
Das Schreien und Weinen
Von Robbin, dem Kleinen.
Wer war das?
Also ich war das nie.

Das System war's.
Der Krieg war's.
Das Leben.
Vielleicht Mami.
Wer weiß das?
Aber ich war das nie.

Das Drillen im Killen,
Die Orden fürs Morden.
Wer war das? Wer war das?
Also ich war das nie.
Gesprochen: Ich wurde eben umgebracht.
's war der Heilige Geist,
Der Giftbomben schmeißt.
Es sind Sie! Es seid ihr! Und nicht ich.

Wer war das? Wer war das?
Das Ding mit Cock Robbin.
Jetzt schiebt nur die Schuld nicht auf mich!

Scheiß drauf, Mensch, pfeif drauf,
Denn niemand ist schuld dran,
Und nichts ist passiert.
Und kein Mensch ist's gewesen,
Na, und ich war es nie!

JERRY *packt Quan bei den Haaren und hebt ihren Kopf hoch* Okay, heute nacht frißt sie ihren Reis im Himmel.

8. Lektion

In Pinkville

JERRY *sagt an* Letzte Lektion. Die Tat.

Völlige Finsternis und Stille für sechzig Sekunden. Man hört Schritte. Wenn das Licht angeht, spricht die Mamasan zu den Dorfbewohnern.

MAMASAN

Wenn sie heute kommen, und sie werden kommen,
Müßt ihr nicht weglaufen vor ihnen.
Wenn ihr weglauft, denken sie, ihr seid der Feind,
Und sie schießen auf euch.
Aber ihr dürft euch nicht im Hause verstecken,
Sonst denken sie, ihr bereitet einen Hinterhalt vor,
Und sie werfen Granaten nach euch.
Wenn sie kommen, und sie werden sicherlich heute
kommen,
Denn sie kommen jeglichen Tag und verdunkeln den
Himmel,
Dann müßt ihr zum Marktplatz gehen, langsam,
Und euch dort aufstellen und lächeln wie die Idioten
Und ihnen zeigen, daß ihr nichts in der Hand haltet,
Und euch verbeugen.

Die Frauen und Kinder benehmen sich, wie ihnen gesagt worden ist. Sie heben ihre Hände und lächeln und verbeugen sich. Dann entfalten sie langsam und zeremoniell ein riesiges weißes Leinentuch, das fast die ganze Bühne bedeckt. Während die Soldaten näher kommen, weichen die Frauen in eine Ecke zurück. Die Soldaten stehen rings um das Tuch, fassen es an, heben und senken es in wechselndem Rhythmus. Die Frauen und Kinder rennen angstvoll unter dem schlagenden Tuch hin und her. Schließlich sind alle Frauen verschwunden, nur ein Kind bleibt zurück. Es irrt verzweifelt auf dem auf- und niederschwingenden Tuch hin und her, bis es zusammenbricht.

GRUPPE *singt während des Massakers*

›Pinkville Kampflied‹

Spritz die Stadt voll, mach sie sauber
Mit dem Giftgas-Wirbelwind.
Überrasch sie früh am Morgen,
Wenn sie grad beim Beten sind.

JERRY

Streu die Straßen voll mit Bonbons,
Bring die Kinderlein in Trab!

POTHEAD

Schnapp dir deine Automatic!

GRUPPE

Knall die kleinen Bastards ab.
Spritz die Stadt voll, mach sie sauber,
Schütt Napalm auf Frau und Kind!
Schau, wie hoch sie hüpfen können,
Wenn's an ihnen runterrinnt.

JERRY

Auf dem Marktplatz stehen sie Schlange
Eingeschrumpelt zum Skelett.

GRUPPE

Ja, die machen's nicht mehr lange,
Ist nicht Babytöten nett?
Nicht Baby –
Töten nett.
Nett!
Nett!
Nett!

Stille. Sie setzen sich hin.

JERRY Er sagte: Schreib mir einen gut.

POTHEAD Er sagte: Ich hab auch einen erledigt.

INFOLGEDESSEN-JOE Er sagte: Nichts darf übrigbleiben, was lebt.

ERSTER SERGEANT Er sagte: Da drüben sind noch immer Kühe lebendig.

HONEYCHILD Er sagte: Ich hab noch niemanden mit dem Bajonett aufgespießt.

Das Kind bewegt sich.

POTHEAD Er sagte: Mein Gott, die nehmen sich Zeit.
JERRY Er sagte: Packt das Kind.
JOCK Er sagte: Ich glaube nicht, daß dieser Befehl den Gesetzen entspricht.
JERRY Hab ich euch nicht gesagt, sagte er, ich will alle tot sehen?
JOCK Gott wird dich strafen, sagte er.
JERRY Er sagte: Hier bin ich der Boß.
DAS KIND Coca, Candy, Kaugummi.
Es stirbt. Stille
JERRY
Was ist los mit euch, Jungens?
Das war doch nichts Besonderes.
Es war nichts. Dasselbe wie immer.
So was kommt jeden Tag vor.
Es war gut, der Topf lief schon über.
Es war ein Spatzenschießen, es war gut, unsere erste gute
Schlacht, endlich mal 'ne gute Schlacht, endlich erlöst,
Vergeltung für den Tod unserer Kumpel.
Und wenn nun wirklich ein paar Schlitzaugen draufgingen –
Und wenn ich den Brunnen mit ihren Leichen vergiftete?!
Und wenn ich die Tiere abstach – sie waren
Nahrungsreserven der Vietcong.
Sie haben vierzigtausend von unseren Jungens umgebracht.
Wir sollten das ganze verdammte
Gesindel hier ausrotten.
Dies Dorf war schwer befestigt...
Mit Reis.
Ich fand auch
Munition...
Ich fand auch Tunnel.
Ich lief in Sackgassen. Der Feind...
Ich suchte den Feind. Wo zum Teufel war er geblieben?
Keine Ahnung, wo er geblieben ist!!
Man muß seine Hilfsmittel zerstören!
Eine alte Taktik und 'ne gute dazu!
Er packt das Kind.
Das ist der Feind, der meine

Kumpel getötet hat!
Also werde ich
Mit allen nur möglichen Mitteln
Ihn ausrotten, wegwischen,
Niedermetzeln, abschlachten!
Die liefen da herum,
Liefen uns entgegen, liefen
Von uns weg, liefen in
Alle Richtungen!
Was sollte ich tun?
Sie bitten, stehenzubleiben?
Zum Kind
Hättest du die Güte, stehenzubleiben?
Pause
Ich weiß, es war nicht richtig. Ich weiß, es war nicht so, wie's sein sollte, aber das ist der Krieg, und ihr habt es schon immer gewußt, aber mir habt ihr es verschwiegen oder vergessen zu erzählen. Alle habt ihr es gewußt, nur nicht ich, nämlich daß das so ist: Immer neue zusammentreiben und zur Grube hinstoßen, und ich hatte Gooks vor mir und Gooks hinter mir, und Gooks waren überall. Dieser alte Mann zum Beispiel, er konnte kaum laufen, und seine Hose rutschte ihm runter, und diese Frau kroch aus der Grube und bettelte: »Nicht... nicht!« Und der kleine Junge. Er hatte nur ein Hemd an, sonst nichts. Er kam auf mich zu, ganz benommen. Er ging zu seiner Mutter und hielt ihre Hand. Sie war tot, aber zuckte noch, als hätte sie 'nen Geist in sich. Ich ging auf die Knie, um ihn zu erledigen. Der erste Schuß warf ihn auf den Rücken, der zweite schleuderte ihn in die Luft, der dritte nagelte ihn an den Boden, und die Körpersäfte traten raus. Manchmal kann ich nachts nicht schlafen.
Er singt.

›Es liegt einer hier‹

›Es liegt einer hier, im Krieg gefallen.
Sein letzter Kampfruf war ein Babylallen.
Sein Haar war glatt, wie sein Gesicht.
Den Kopf und beide Beine fand man nicht.

Auch als er lebte, war er sehr klein.
Drum seid nur ein klein wenig still:
Eins... zwei... drei... vier... fünf...
Danke.

POTHEAD *meldet* Achtung! Sir, ich melde zum Body-Count: siebzehn.

HONEYCHILD Zweiunddreißig.

ERSTER SERGEANT Achtundsechzig.

INFOLGEDESSEN-JOE Neunundneunzig oder achtundneunzig.

JOCK Keinen.

JERRY Es war ein großer Sieg.

Er bläst auf seiner Trillerpfeife. Die Gruppe formiert sich hinter ihm. Er hebt das tote Kind auf und wirft es sich über die Schulter. Sie beginnen zu marschieren.

DRITTER SERGEANT

Kompanie ›Charlie‹ kam aus dem Krieg zurück
Mit 'ner Abschußquote von vierhundert Stück.
Wir sangen, wir tanzten, und keiner verschwieg es:
Wir zeigten die wahre Natur des Krieges.
Wir führten es immer und immer wieder vor.
Wir zogen durchs Land von Boston bis Baltimore.
Wir sind müde vom Laufen, Demonstrieren, Beschwören,
Doch der Krieg, der verdammte, scheint nie aufzuhören.

JERRY UND DIE GRUPPE *singen in gedämpftem Sprechgesang*

›Dear Mam‹

Dear Mam
Ich bin in Vietnam
Sag Papa
Bin immer noch da
Heute morgen
Um viertel nach acht
Ist Dick Wilson
Zusammengekracht
Weil dieser Dilettant
Auf einer Mine stand
Auf dem Weg von der Landebahn
Vorm Abendbrot

Sahn wir 'ne Alte
Und traten sie tot
Samt ihren zwei kleinen Kinderlein
Und wie geht's dir, mein Mütterlein?
Dear Mam
Bin in Vietnam
Sag Papa
Bin immer noch da
Heute morgen
Da hatte ich Glück
Ganz allein
Gewann ich den Krieg . . .
Die Gruppe ist abgegangen.

Epilog

MRS. O'CAREY *ist, während die Gruppe abging, aufgetreten* Ich gab ihnen einen guten Jungen, und sie haben einen Mörder aus ihm gemacht. *Sie singt.*

›Jerry der Träumer‹

Was wurde aus Jerry dem Träumer
Und Dickie mit dem lockigen Haar?
Und Harry, dem kleinen Zigeuner
Und Joe, der so fröhlich war?

Sie schworen mir, sauber zu bleiben,
Und daß ich keinen Kummer hab.
Doch sie litten es und ließen leiden.
Das wäscht kein Regen mehr ab.

Gott sei Dank, die Zeit geht schnell vorüber.
Auch, was Verzweiflung und Haß in uns war.
Wo sind die Tränen von gestern abend?
Wo ist der Schnee vom vergangenen Jahr?

Ende

Die Demonstration

Deutsch von
Ursula Grützmacher-Tabori

Personen

CREAMPUFF
FRECKLES
MADAME X
MONSIEUR Y

Madame X's Salon – Stil Louis XIV. Eine Unmenge Porzellan. Zwei Schwarze, Freckles und Creampuff, trinken Tee. Sie tragen große Hüte.

CREAMPUFF *nimmt die Teekanne hoch* Ist das Meißen?
FRECKLES Ja.
CREAMPUFF Klingt nicht sehr überzeugt.
FRECKLES Könnte Sèvres sein.
CREAMPUFF Entscheide dich.
FRECKLES Ich lasse mich nicht festnageln.
CREAMPUFF *leidenschaftlich* Ich brauche Gewißheit.
Pause
FRECKLES Es ist Meißen.
CREAMPUFF Vielen Dank. *Uriniert in die Teetasse* Ist Kunst nicht etwas Wunderbares?
FRECKLES Ja, du warst schon immer ein begabter Pisser.
CREAMPUFF Dies könnte mein Meisterstück sein.
FRECKLES Schau, da kommt sie.
Auftritt Madame X
MADAME X Mein lieber Freckles, wie reizend, daß Sie gekommen sind. Wie geht es den schwarzen Genossen?
FRECKLES Nicht allzu gut, fürchte ich.
MADAME X Doch nichts Ernstes?
FRECKLES Es wird sich geben.
MADAME X Möchten Sie noch eine Tasse Tee?
FRECKLES Nein, vielen Dank.
MADAME X Ah, Sie haben einen Freund mitgebracht.
FRECKLES Sie erinnern sich an Creampuff, unseren Poète maudit?
MADAME X Aber natürlich! Liebster Creampuff! Militant und sexy wie eh und je. Verzeihen Sie, mit diesem Hut habe ich Sie nicht erkannt.

CREAMPUFF Den habe ich Dr. Spingarn gestohlen.

MADAME X Immer das alte Schlitzohr. Setzen Sie sich und nehmen Sie das verdammte Ding ab. Unsere Teestunde bekommt sonst etwas fälschlich Rabbinerhaftes.

FRECKLES Unsere Schädel könnten Sie in Verlegenheit bringen, Madame.

MADAME X Trotzdem. Bitte.

CREAMPUFF Wie Sie wünschen.

Sie nehmen ihre Hüte ab. Blutige Verbände kommen zum Vorschein.

MADAME X Du lieber Himmel, ist das echtes Blut?

FRECKLES Möchten Sie mal kosten?

MADAME X Habt ihr wieder demonstriert?

FRECKLES Ich fürchte, ja.

MADAME X Mes pauvres petits, ihr seht ja aus wie Märtyrer.

CREAMPUFF Ja, das hilft beim Anreißen.

MADAME X Anreißen, was für ein Anreißen?

FRECKLES Geldsammeln für unsere Bewegung.

MADAME X Ah!

FRECKLES Creampuff hat in der Bourgeoisie die Geißelungen wieder in Schwung gebracht.

CREAMPUFF *verlegen* Psst, Kind! Halt dein Plappermaul!

FRECKLES Die alten Parolen haben ihre Wirkung verloren. Früher brauchte man nur ›We Shall Overcome‹ zu sagen, und all die schlaffen Lefzen zitterten vor Schuldgefühlen. Heutzutage ist mehr Apokalyptisches gefragt. Wir sind alle ein bißchen abgebrüht. Aber ah! Sie sollten Creampuff sehen, eine Horde weißer Liberaler im Schneidersitz zu seinen Füßen, während die schwarze Hausangestellte Appetithäppchen herumreicht und sich fragt, was, zum Teufel, in dieses verrückte weiße Volk gefahren ist, daß es sich von diesem schrecklichen, schwulen Nigger züchtigen läßt, der – passen Sie auf! – sich langsam, langsam mit dem Martiniglas in der Hand erhebt, sich wie ein beschissener Schnulzensänger um den Flügel drapiert, seine Zähne entblößt, dort steht und sich auf-auf-aufbläst und wünschte, er könnte seine Kleider ausziehen und nackt und barbarisch – eine Machete schwingend – herumtänzeln... Noch nicht. Also lächelt er. Nimmt noch einen Schluck. Läßt seinen riesigen rosa Waschlappen an seinen bleckenden Zähnen entlanggleiten und sagt in seiner entwaffnendsten Art... Was hast du noch gleich gesagt auf der Goldberg-Party?

CREAMPUFF Wenn du nicht sofort damit aufhörst, gehe ich raus.

FRECKLES Du warst großartig.

CREAMPUFF Ach Gott! Wirklich? Nun gut, sagen wir mal, ich war großartig. *Geht zum Kaminsims* Ich war ziemlich bissig, was? *Läßt ein Stück Porzellan fallen* Huch. Wie ungeschickt von mir. *Läßt noch ein Stück Porzellan fallen* Gift und Galle habe ich gespuckt, was? Ja, ich war... wie soll ich sagen? – Ich war... überwältigend. *Furchteinflößend, nicht mehr tuntig* »Okay, ihr todesgeschwängerten Arschlöcher. *Wischt eine Reihe von Figurinen vom Sims* Ich wollte nicht herkommen. Ich will bei meinen Leuten sein. Ich will nicht mit euch sprechen. Was kann ich euch schon sagen, außer: Tut mir einen letzten Gefallen und krepiert auf der Stelle, okay? Und hört auf, mir diese sechs Millionen Judenleichen unter die Nase zu reiben, als wären sie euer Freibrief! Ihr habt kein Monopol auf Feuer und Qualen. Ihr seid nichts als eine Bande bleicher Hausbesitzer, die meiner Mutter das Blut abzapfen, wenn sie auf allen vieren rumkriecht, um eure bürgerlichen Scheißeimer zu säubern.« *Wieder tuntig* In Wirklichkeit unterrichtet sie Korbflechten an der Universität von Florida. »Also hört zu. Auch Sie, gnädige Frau. Wenn ihr nicht wollt, daß ein Mob bulliger, mordlustiger Nigger schreiend die Park Avenue stürmt und in die Slips eurer Töchter steigt, dann zahlt gefälligst euern Obolus.« Oder so was in der Art.

FRECKLES Was sagen Sie nun, WAS SAGEN SIE NUN? Wenn Creampuff loslegt, bleibt keine Punze trocken. Letzten Montag, in Philadelphia, hat er glatte zweihundert Piepen rausgeschlagen.

MADAME X Das ist nicht sehr viel, oder?

CREAMPUFF *tief verletzt* Die Multiple-Sklerose-Leute haben nicht so viel zusammengebracht.

MADAME X Wieviel braucht ihr?

FRECKLES Och, jede Summe, von fünf Dollar an. Die Revolutionskosten steigen. Inflation überall. Büroklammern, Kohlepapier, Maschinengewehre.

Pause

Begräbnisse.

MADAME X Seid ihr käuflich?

FRECKLES Madame, wir haben nichts zu verkaufen.

MADAME X Ich habe einen Vorschlag. *Schreibt einen Scheck aus* Monsieur möchte nach Mississippi. Oder ist es Missouri, ich bin nicht sicher. Eine gute Idee, meint ihr nicht auch? Er ist zweiundneunzig. Er sollte nicht mal mehr Treppen steigen. Aber, hélas, sein Interesse an der guten Sache ist noch immer ganz prometheisch. Nach dem Pariser Mai und einer chronischen Mandelentzündung infolge einer Tränengasbombe dachte ich, er würde ruhiger werden. Im Gegenteil: Er ist rüstiger geworden; schließlich hat er sich entschlossen, Trauer anzulegen, sozusagen. Oh, und wie er trauert, mes amis. Er trauert so, wie andere Leute fernsehen – einsam, kretinesk, hypnotisiert, jenseits aller Vernunft. Er trauert so, wie ihr schwarz seid. Sein Vater, müßt ihr wissen, wurde das letzte Mal gesehen, als er den Duschraum in Belsen betrat und nackt, aber mit eleganter Verbeugung, sagte: »Après vous, Mandelbaum.« Seine Schwester Solange hat buchstäblich ihren Kopf verloren, in Fréjus. Eine Granate kam geflogen, und er rollte den Rosenhügel hinunter, Blätter und Dreck blieben an ihm kleben, bis er zu einer Lawine anwuchs und holterdipolter ins Meer kullerte. Seine Cousine Valerie, taub von Geburt, mit dem eigentümlichen Stolz der Tauben, ihre Taubheit nicht zuzugeben, hatte im Jahre 1944 eine bestimmte Warnung ignoriert und wurde von einem Panzer plattgewalzt. Die Sonne kam hervor und trocknete sie aus. Als Monsieur sie fand, war sie dünn und knittrig wie die Morgenzeitung. Ich will euch keine Leichen unter die Nase reiben. Ich erkläre euch nur die geheimnisvolle Trauer von Monsieur Y. Alle seine Verwandten sind tot, was ja nur zu erwarten ist. Schaudernd stand er an ihren Gräbern und rief die abwesenden Mächte droben an: »Was habe ich getan, um dieses... Überleben, diese... Einsamkeit zu verdienen? Ich bin nichts Besonderes. Warum hast du mich verschont? Und nun, da du mich verschont hast, was kann ich tun, um diese Gunst zu rechtfertigen?« Er hat alles versucht, um zu vergessen und neu zu beginnen; aber je älter er wird, desto weniger kann er sich ertragen, dieses eine Ich, das gerettet wurde, um was zu tun? Am Fenster zu stehen und seine Pfeifen zu putzen? Mit sich selbst Schach zu spielen und immer zu verlieren? Mit den kleinen Kindermädchen im Park zu liebäugeln? In Mississippi zu demonstrieren? Wenn man die Hand des Herrn nicht zwingen kann, kann man genausogut von ihm wegkriechen in ein dunkles, feuchtes, junges Loch. Für Monsieur liegt die Wahl immer zwischen Märtyrertum und Sex. Hélas, ich bin nicht mehr das Ziel seiner Lust, aber gegen die jungen Mädchen habe ich nichts. Ich engagiere sie selbst. Ich tue Weizenkeime und Sellerie an sein Essen. Von den jungen Mädchen kommt er immer zurück, aber wird er aus Mississippi zurückkommen? Er sucht den Tod, fürchte ich, aber zu eigenen Bedingungen, mit einer Geste, bevor ihn, den Ungestraften, der Schlag trifft. Letzten Monat begann er zu schielen – aus Verzweiflung vielleicht. Ich frage mich, was so herzzerreißend ist an einem alten Mann, der in tiefster Dunkelheit dasitzt und vor sich hinschielt? Und er schneidet Grimassen im Spiegel – solche – *Schneidet schreckliche Fratzen* – ich habe ihn ein paarmal ertappt. – Eine Möglichkeit, ihn von der Reise in dieses Wahnsinnsland abzuhalten, wäre, ihm zu zeigen... ihm zu zeigen zum Beispiel, was es heißt, dieses kleine Mädchen in Jackson zu sein, wenn die Kugel ihr hübsches braunes Gesicht zerfetzt, n'est-ce-pas? Das könnte Wirkung haben, meint ihr nicht? Oder vielleicht wie es für euch ist, wenn ihr in eurem Haus seid und diese entsetzlichen Polizisten euch immer wieder mitten in der Nacht belästigen? Wie sie sich aufspielen und mit ihren Pistolen herumfuchteln? Wie der Wind bläst, die Dielen knarren und wie die Grillen im Gras zirp-zirp machen, das tun sie doch, nicht wahr? Und vielleicht auch... ich hoffe, ich verlange nicht zuviel, wie es ist, in Amerika verprügelt zu werden, oui?... Mit den europäischen Methoden ist er vertraut... aber geschlagen zu werden mit einem Telefonbuch, einem von diesen enormen... Chicago-... oder Memphis-... oder... Los Angeles-Telefonbüchern, die schmerzen wie Bleirohre, aber keine Male hinterlassen... sehe ich das richtig? Ich meine, ich würde es ungemein schätzen, wenn ihr ihn – einschüchtern könntet. Ah, da kommt er.

Auftritt Monsieur Y in Blue jeans und Tennisschuhen. Er trägt eine Gitarre und einen Bowlerhut.

MONSIEUR Y Meine Liebe, ich muß dir etwas Wichtiges sagen... Ah, wen sehe ich denn da? Freckles und Creampuff! Schwarz wie eh und je! Vorzüglich! Kommt in meine Arme! *Er umarmt sie.* Genau die Männer, die ich brauche. Hier ist ein Brief von einem Freund in... Omaha. Oder ist es Oklahoma? Handschrift ziemlich krakelig: Nierenquetschung. Die Situation ist erschreckend. Ich bin entschlossen, hinzufahren und zu demonstrieren. Wie sehe ich aus?

Stille. Er stolziert herum.

Ich habe zwei Paar Jeans angezogen für den Fall, daß ich mich... schlaffstellen muß und in... comment vous dites? ...in die grüne Minna geschleift werde. Ich frage euch als Experten, wie weit wird man mitgeschleift comme l'habitude?

FRECKLES Ums halbe Karree, kommt drauf an.

MONSIEUR Y So weit? Tiens. Es fällt mir nicht leicht, schlaffzuwerden. Ist das wirklich notwendig?

CREAMPUFF Oh, absolut. Schlaffwerden macht einen elastischer.

MONSIEUR Y Wollen wir's mal versuchen?

Er legt sich hin und wird schlaff. Freckles und Creampuff ziehen ihn über den Perser und werfen ihn mit einem Krachen gegen den Porzellanschrank. Scherben. Monsieur Y verdutzt

Ihr meint... sie sind tatsächlich so... unnachgiebig?

FRECKLES In Wirklichkeit ziehen sie einen manchmal so vom Boden hoch... *Zeigt es mit Creampuffs Hilfe* ...und schleudern einen ein bißchen herum... *Sie tun es.* ...und werfen einen in irgendeine Richtung. *Sie werfen Monsieur aufs Sofa, das umkippt.*

MONSIEUR Y *auftauchend* Dieser Brief ist... voller gelehrter Hinweise. Entschuldigt mich für einen Moment, ich muß erst zu

Atem kommen. Offenbar ist eines um jeden Preis zu vermeiden... der Boheme- oder Hippie-Look. Mein Bart und meine Schlampigkeit könnten ein Problem sein, non? Ich habe mir gedacht, etwas gedämpft Britisches würde gut zur Gelegenheit passen. *Setzt den Bowler auf* Meint ihr nicht auch?

FRECKLES Ich versuche, mir vorzustellen, wie Sie in Georgia aus dem Bus steigen.

MONSIEUR Y Sie meinen, sie könnten sich respektlos verhalten.

CREAMPUFF Sie reißen Ihnen die Eier ab.

MONSIEUR Y Ich glaube, Sie unterschätzen ihren Minderwertigkeitskomplex vis-à-vis les Anglais. Ich würde mich ziemlich sicher fühlen mit meinem kleinen Bowler. Ich meine, angenommen, ich träte in eines dieser schauderhaften kleinen Cafés – ›Fettige Löffel‹ nennt ihr sie, glaube ich... ich bin gut informiert, nicht wahr?... Dieser Brief ist voller nützlicher Hinweise – wenn ich nun einträte, ganz ruhig und aufrecht, und ihnen fest ins Auge sehen und um einen Tee mit einem Sieb bitten würde...

CREAMPUFF *spielt Kellnerin* Die Küche ist zu, honey.

MONSIEUR Y Nun, dann öffnen Sie sie, mein Fräulein. Ich möchte meinen Tee, ich bin etwas in Eile. Und nicht so einen erbärmlichen kleinen Teebeutel, sondern eine Kanne mit richtigem Tee, richtig vorgewärmt, mit Sieb und etwas Gebäck.

CREAMPUFF W-e-l-l, Zuckerschnäuzchen, wenn du das willst, beweg deinen verdammten Arsch man gleich dahin zurück, von wo du verdammt noch mal gekommen bist, okay?

MONSIEUR Y Tiens. Sie glauben, die benehmen sich wirklich so... beleidigend?

CREAMPUFF He, Sheriff, machen Sie das Fenster auf, es stinkt!

FRECKLES *spielt Sheriff* Wollen Sie uns Ärger machen, Mistuh?

MONSIEUR Y Ah, Sie sind der Sheriff, nehme ich an.

FRECKLES Ja und?

MONSIEUR Y *zu Madame X* Hörst du, meine Liebe? C'est formidable. Jetzt spielen sie die weißen Spießer, und warum nicht? Opfer wissen Bescheid; sie kennen ihre Unterdrücker notgedrungen. Alles, was mit Unterdrückung zusammenhängt, macht sie neugierig; enfin können sie sich nur befreien, wenn sie begreifen, daß sie unterdrückt sind. Deshalb können Schwarze Weiße spielen, aber Weiße niemals Schwarze. Der Unterdrücker ist niemals neugierig, nur ängstlich. Er kann es sich nicht leisten, sein Opfer zu erkennen, wenn er es sieht; er kann es nur unterdrücken. Tatsächlich darf er nicht mal die Tatsache der Unterdrückung zur Kenntnis nehmen, weil das heißen...

FRECKLES *knufft ihn* Ich spreche mit Ihnen, Mistuh.

MONSIEUR Y Unterbrechen Sie mich nicht, ich bin noch nicht fertig. *Zu Madame X* ... weil das heißen würde, daß er sich selbst als Unterdrücker erkennt, und das könnte er nicht ertragen.

FRECKLES *knufft ihn erneut* Sie hören mir nicht zu, Fremder.

MONSIEUR Y Verzeihen Sie, ich hatte einen kleinen Gedankenaustausch mit meiner Begleiterin.

FRECKLES Was haben Sie hier in der Stadt zu suchen?

MONSIEUR Y *abwesend, zu Madame X* Tatsache ist, niemand möchte mehr der Böse sein. Früher gab es eine Art manichäischer Ehrlichkeit; man gab zu, daß man Bandit, Frauenschänder, Räuberbaron war. Heutzutage wünscht sich jeder, nicht nur tückisch, grausam und blutrünstig – ergo erfolgreich! – sondern auch noch gut zu sein!

FRECKLES *gibt ihm einen Stoß* Ich hab Sie was gefragt.

MONSIEUR Y *ungeduldig* Ich weiß, was Sie gefragt haben. Was ich in der Stadt mache? Nun, das wirft ein faszinierendes Problem auf. Soll ich taktisch vorgehen, wie man es in Rouen gemacht hätte, als die Gestapo die Leute zusammentrieb? Oder soll ich sagen, wer ich bin?

Creampuff brennt ihn mit einer Zigarette an.

CREAMPUFF Der Sheriff hat eine Frage gestellt.

MONSIEUR Y *zu Madame X* Ich sag lieber nicht, wer ich bin. *Zu Freckles, aufgeräumt* Mein lieber Junge, darf ich Ihnen beiläufig sagen, wie erfreut ich bin, meinen ersten Cowboy zu treffen?

FRECKLES Wer ist hier ein Cowboy?

MONSIEUR Y Sie gehören in meine Kindheit, meine Mythologie! Ich wurde mit ›Lederstrumpf‹ großgezogen. Als Student an der Sorbonne arbeitete ich an meiner Dissertation mit dem Titel ›Von Lohengrin bis Buffalo Bill‹, darin eine klare philogenetische Entwicklung aufzeigend vom mittelalterlichen Ritter bis zum Cowboy, wie Sie es sind, die Sehnsucht nach Freiheit, nach Asexualität, außer dem gelegentlichen Pferd...

FRECKLES Lassen Sie die Zoten!

MONSIEUR Y *wird böse* Sehr intelligent sind Sie nicht, muß ich sagen.

FRECKLES Junge, Junge, Junge, Junge.

Creampuff zieht Madame X an den Haaren und zwingt sie in die Knie.

MADAME X Er zieht mich an den Haaren, chéri.

MONSIEUR Y Tiens. Ihr meint, sie sind tatsächlich so... impulsiv?

MADAME X Er tut mir weh, chéri.

MONSIEUR Y Laß sehen... Wie heißt es noch im Brief? »Wenn die Mädchen vorneweg marschieren, ganz kühl bleiben und sie die Scheiße auslöffeln lassen.«

MADAME X Chéri, es tut weh! Unternimm was!

MONSIEUR Y Bedaure, meine Liebe, aber da kann ich gar nichts machen, mit deinen Haaren. Im Brief steht, ziemlich eindeutig, es sei zwecklos, alten Kavaliersvorstellungen anzuhängen. Wir sind nicht gekommen, um auf Nummer Sicher zu gehen, heißt es im Brief; wir könnten genausogut zu Hause bleiben, wenn uns daran läge, uns zu schützen, heißt es im Brief. Nein, es geht darum, voranzuschreiten, sich auf den Kampfzweck zu konzentrieren, was ganz einfach heißt zu demonstrieren...

CREAMPUFF *läßt sie los* Was haben Sie gesagt?

MONSIEUR Y Au fond, meine Begleiterin und ich sind in diese barbarische Gegend gekommen, um an einer öffentlichen Demonstration teilzunehmen, und wenn Sie was dagegen haben, lecken Sie mich. *Zu Madame X* Wie gefällt dir mein Konterschlag? Ein Anflug englischer Nonchalance kann nicht schaden.

Freckles stößt Monsieur den Stuhl unter dem Hintern weg. Monsieur Y auf dem Boden, nach Luft schnappend

Ihr meint, sie sind tatsächlich so... nachdrücklich?
Freckles tritt ihm in den Bauch.
Oh, ich verstehe. Es geht tatsächlich so schnell, so... beharrlich... so... logisch? AHHH!
Freckles hat ihm in den Unterleib getreten. Monsieur Y schnappt nach Luft.
Interessant, nicht wahr, meine Liebe? Würdest du das einem stinknormalen Sadismus zuschreiben oder wäre hier nicht eine spezifisch amerikanische Vernarrtheit in die Gewalt nachzuweisen... ein Erbteil des Pioniergeistes, der die Gewalt anbetete als die einzige Lösung aller Probleme, und das vielleicht zu Recht? *Spuckt Blut* Wenn Indianer um die Palisaden tanzen, ist keine Zeit für Cartesianische Dialektik, nicht wahr? Ich meine, hast du die... Unbefangenheit, die Eleganz der Überzeugung bemerkt, mit der er mich getreten hat? Sehr interessant, findest du nicht auch?
Freckles hat ihn hochgezogen und schubst ihn herum.
Une seconde, bitte. Ich wäre Ihnen verbunden, wenn Sie mir Gelegenheit gäben, die Instruktionen für die Selbstverteidigung zu studieren.
Versucht, im Brief zu lesen, während Freckles ihn weiter schikaniert
Worauf könnte sich ›Edle Teile‹ beziehen?

MADAME X Hoden.

MONSIEUR Y Voilà, das habe ich befürchtet. *Liest* »Besondere Vorsicht soll darauf verwandt werden, den Hinterkopf bedeckt zu halten – ah oui! – die Nierengegend – naturellement – und die edlen Teile.« *Versucht es* Mais c'est idiot, das ist unmöglich mit nur zwei Händen.

CREAMPUFF *wieder als er selbst, ruhig* Nein, das ist nicht unmöglich.

MONSIEUR Y Wollen Sie es mir zeigen?

FRECKLES Hier. *Gibt ihm das Telefonbuch* Schlagen Sie ihn.

MONSIEUR Y Ich verstehe nicht ganz.

FRECKLES Bringen Sie ihn zum Schreien.

MONSIEUR Y Ah, Sie meinen, jetzt bin ich der Sheriff? Das wird etwas schwierig. *Versucht es. Zu Creampuff* Was haben Sie hier in der Stadt zu suchen, Mistuh? Nein, nein, das hat keinen Zweck. Ich kann den Akzent nicht, die Haltung...

FRECKLES Gib's ihm, Bo!

MONSIEUR Y *versucht es erneut* Was ist los mit dir, keine Zunge im Maul?

FRECKLES So ist 's richtig, Bo.

MONSIEUR Y *Die Rolle beginnt ihm Spaß zu machen.* Mach's Maul auf, Junge, oder ich trete dir in deinen schwarzen Hintern!

Stille. Monsieur Y blickt sich lobheischend zu Madame X um.

FRECKLES *ungeduldig* Drück dich nicht, Bo. Gib ihm Saures!

MONSIEUR Y Sie meinen, ich soll diesen Gegenstand tatsächlich benutzen? Tut mir leid, das ist unmöglich.

FRECKLES Du wirst doch jetzt nicht schlappmachen, Bo, was? Das ist nur einer von diesen pißfeinen Niggern aus dem Norden.

MONSIEUR Y *ihn hinhaltend* Aber wenn wir nur ein wenig den Anschein von Authentizität erwecken wollen, sollten wir ihn vorher beschimpfen. Im Brief steht ganz ausdrücklich, sie beschimpfen einen, bevor sie zu offener Gewalt übergehen.

CREAMPUFF Ich hab doch nichts getan, Mann. Ist mein gutes Recht, hier zu sein!

MONSIEUR Y Paß auf, was du sagst, du schwarzes Arschloch, oder ich verheirate dich mit der Wand da.

Eine kleine Stille

FRECKLES *lacht* Das ist ko-misch, sehr ko-misch.

MONSIEUR Y Oh. Ich bitte um Entschuldigung. Ich mache immer diesen Fehler und versuche, ko-misch zu sein, wie Sie sagen. Aber was für eine Alternative habe ich, wenn ich fragen darf? Im Keller, in Rouen, als sie mir das Bein brachen und sogar bei alltäglichen Mißgeschicken... mit offenem Hosenschlitz in einen Raum mit Menschen zu treten... oder sich nur verlassen zu fühlen... nachts, in einem stillen Haus, ohne Kinder, ohne Unsterblichkeit, so daß ich mein eigenes Kind sein muß. Ich kann nachts nicht schlafen – um einschlafen zu können, muß man die Hoffnung nähren, am nächsten Morgen aufzuwachen und in der Post oder in der Zeitung gute Nachrichten vorzufinden. Ich habe keine Hoffnung mehr, und so liege ich im Dunkeln, Stunde für Stunde, und warte, daß meine Krätze bösartig wird. Schließlich erzähle ich mir einen Witz und gluckse mich in den Schlaf. Ich versuche jetzt, ernst zu sein. *Zu Creampuff* Was hast du in unserer Stadt zu suchen, Junge?

CREAMPUFF Kümmern Sie sich um Ihren Scheißdreck.

Pause

MONSIEUR Y Tiens. Ich ärgere mich ein bißchen... als Sheriff, meine ich. Interessant, nicht wahr? Solange er still war, konnte ich seine Würde bewundern, aber jetzt, wo er so frech geantwortet hat, ärgere ich mich, nicht über »ihn«, sondern über Creampuff, der hier in meinem Wohnzimmer steht und so... unverschämt tut oder es ist, ganz gleich. Ich frage mich, woran liegt das? Am Kraftausdruck? An einer natürlichen Irritation meinerseits durch einen besonderen Typus des vom sexuellen Standard Abweichenden? Oder... *Sehr echt* Halt die Fresse, schwarzer Affe! *Schlägt mit dem Telefonbuch auf Creampuff ein*

MADAME X Hör auf, um Himmels willen!

Pause

MONSIEUR Y *schwer atmend* Interessant, nicht wahr? Ich weiß nicht, was da über mich gekommen ist. Doch, ich weiß. Es tut mir leid, Creampuff. Geben Sie mir die Hand.

CREAMPUFF *heulend* Bleiben Sie mir vom Leibe.

MONSIEUR Y Creampuff, Creampuff, geben Sie mir die Hand. Ich bin Ihr Freund. Wir sind beide verflucht. Sie sollten solche Entdeckungen willkommen heißen.

CREAMPUFF Rühren Sie mich nicht an.

MONSIEUR Y Freckles, sprechen Sie mit ihm. Er benimmt sich wie ein albernes Schulmädchen. Geben Sie mir die Hand und lassen Sie uns was Progressives singen.

CREAMPUFF Sie haben mir das Trommelfell zerschmettert, Sie Hurenbock.

MONSIEUR Y Natürlich habe ich Ihnen das Trommelfell zerschmettert. Was haben Sie erwartet? Um der Wahrheit die Ehre zu geben, es gab einen Moment – als ich so beim Zuschlagen war – da wollte ich Sie in Stücke gehen sehen – verstreut im ganzen Zimmer... hier ein Auge, dort eine Nase, ein kleines Häufchen Knochen. Schrecklich, nicht wahr?

Es kann nicht immer Honigschlecken sein, mon petit choux. Oh, Creampuff, enttäuschen Sie mich nicht. Seien Sie nicht so... amerikanisch, Creampuff. Sie huldigen dem Bösen, Sie flirten mit der Gewalt, Ihre Hand wandert an ihren Oberschenkeln empor, aber wenn sie entkleidet ist, sozusagen – ich dehne die Metapher aus – ganz nackt auf dem Rücken liegt, rennen Sie vor ihrer vagina dentata weg. Sie sind ein Sabbermaul, Creampuff, Sie singen vom Bösen, aber nur weil es Mode ist, Sie toben und wüten gegen die Weißen, wie ein stinkender Prophet in der Wildnis, aber Sie lieben die Wildnis gar nicht. Sie wollen nicht Mord, nicht mal Gerechtigkeit, sondern einen Schnuller. Sie würden gern Ihre Adresse ändern, aber nicht die Welt. Hier, schlagen Sie mich, oder Sie werden krank, Ihr Magen ist schon geschwollen von unterdrückter Wut, halten Sie sich nicht zurück, oder sie kommt am falschen Ende raus. Was sind Sie, ein Poet oder ein Furz?

Creampuff schlägt ihn.

Ah, bravo!

CREAMPUFF Ihr Mund blutet.

MONSIEUR Y Ah, der Lippenstift des Alters! *Verschmiert seinen Mund* Bin ich jetzt hübsch? Setzen wir uns doch ganz ruhig hin, wie zu einem Ausflug aufs Land. Legen Sie nur Ihren Kopf an meine Schulter.

CREAMPUFF *gehorcht* Monsieur, hatten Sie homosexuelle Erlebnisse?

MONSIEUR Y Aber natürlich, mein Lieber. Im Alter von zehn, mit meinem Cousin Michel, in der Badewanne.

CREAMPUFF Seitdem nicht?

MONSIEUR Y Ich fand das Erlebnis merkwürdig einseitig.

CREAMPUFF Möchten Sie es vielleicht noch mal versuchen?

MONSIEUR Y Sehr freundlich von Ihnen, aber ich betrachte lieber die Landschaft.

Pause

Ist das ein Baumwollfeld?

CREAMPUFF Honey, woher soll ich das wissen?

MONSIEUR Y Ist das dort Tau, was am Moos hängt, oder hängt das Moos am Tau?

CREAMPUFF Ich nehme es an.

MONSIEUR Y Magnolien?

CREAMPUFF Ja.

MONSIEUR Y Der Mond geht über dem Golf auf.

CREAMPUFF Er ist voll.

MONSIEUR Y Er ist weiß.

CREAMPUFF Und die Schwarzen singen. *Er singt ein schnulziges altes Spiritual.*

MONSIEUR Y Schön.

CREAMPUFF Eine Kulisse.

MONSIEUR Y Sie wird nicht lange leer sein.

CREAMPUFF Nein, nicht lange.

MONSIEUR Y Jeder Baum kommt mir vor wie ein Galgen. Geben Sie mir Ihre Hand.

Er erschauert und stimmt in Creampuffs Lied ein. Freckles gibt Madame ein Zeichen. Sie imitieren Polizeisirenen.

Was kommt denn da?

CREAMPUFF Verkehrspolizei.

FRECKLES *ruft* Halt! Rechts ranfahren!

CREAMPUFF *zu Monsieur Y* Ich sollte nicht hier vorne sitzen und Händchen halten.

FRECKLES Rechts ran, verdammt noch mal!

Monsieur Y tut, als hielte er den Wagen an. Freckles und Madame X gehen zu ihm hinüber.

Wohl eilig abzukratzen, Junge?

MONSIEUR Y Nicht besonders.

MADAME X Hat dir deine Mami keine Manieren beigebracht?

CREAMPUFF *gibt ihm das Stichwort* Yessuh!

MONSIEUR Y Oui, oui, je comprends! Ich bin jetzt ein Neger! Mais c'est bien amusant. Ich habe mir schon immer gewünscht, ein Neger zu sein. Creampuff, aber geben Sie bitte einen Rat, was für eine Art Neger? Panther? Moslem? Fixer? Onkel Tom? Ich weiß Bescheid, nicht wahr?

CREAMPUFF Die werden Ihnen schon klarmachen, was für einer Sie sind.

MADAME X Zeig mal deinen Führerschein. Du kommst aus New York?

MONSIEUR Y Yessuh.
FRECKLES Guter Nigger?
MONSIEUR Y Yessuh.
FRECKLES Du kriechst mir in 'n Arsch, wenn ich's dir sage?
MONSIEUR Y Avec plaisir.
MADAME X Was quatschst du da?
MONSIEUR Y Mit Vergnügen, suh.
MADAME X Was machst du mit der weißen Frau, Junge?
CREAMPUFF Er nimmt mich bloß 'n Stück mit, Sergeant.
FRECKLES Lady, Sie sollten was Besseres zu tun haben, als mit 'nem New Yorker Nigger auf 'm Vordersitz zu hocken.
CREAMPUFF Hinten wird mir schlecht, honey.
FRECKLES Dann lassen Sie sich mal in der Stadt Ihren Arsch untersuchen.
CREAMPUFF Oh, er hat mich nicht angerührt.
MADAME X Ihr habt Händchen gehalten, ich hab's gesehen.
FRECKLES Raus aus dem Wagen, Jungchen.
MONSIEUR Y Yessuh. *Zu Creampuff* Soll ich widerlich demütig oder strahlend überlegen tun?
CREAMPUFF Jacke wie Hose, Baby. Es geht rund!
MONSIEUR Y Also widerlich demütig.
CREAMPUFF Lassen Sie sich bloß nicht in den Streifenwagen lotsen. Dreschen die auf der Straße los, können Sie immer noch ohnmächtig werden. Im Wagen können Sie gar nichts tun, nur noch sterben.
MONSIEUR Y O Gott!
FRECKLES Los, raus da, halt uns nicht die ganze Nacht auf. *Er zieht Monsieur Y vom Stuhl.* Umdrehen, Pfoten hoch! Durchsuch ihn, Joe.
Madame X gehorcht.
MADAME X Hände hoch. Hände runter. Hände hoch. Hände runter. Hände hoch ... Welche Farbe hat deine Unterwäsche, Junge?
MONSIEUR Y *aggressiv* Rot, weiß und blau.
Eine Pause
CREAMPUFF Passen Sie bloß auf.
MADAME X Kannst du beten, Junge?

MONSIEUR Y »Gib mir Schutz, o Herr. Mein Boot ist so klein, Dein Meer so groß!«

FRECKLES Und jetzt ab in den Streifenwagen!

MONSIEUR Y Ich bleibe lieber hier draußen, wenn's recht ist.

Freckles zieht ihm eins mit der Pistole über. Monsieur Y hält seinen Hinterkopf.

Sie meinen, die sind tatsächlich so... exzessiv?

FRECKLES Und jetzt ab in den Wagen!

MONSIEUR Y Ich ziehe die frische Luft vor.

FRECKLES Los!

MONSIEUR Y Lieber nicht!

Freckles tritt ihm ins Gesicht.

FRECKLES Abmarsch, Jungchen.

MONSIEUR Y Yessuh. *Versucht aufzustehen* Überaus interessant... Creampuff, sind Sie da, mein Freund? Wenn ich versuche, mich denen gegenüber zu behaupten, komme ich mir vor – wie ein Schwindler. Das Pathos der Heldentaten, nehme ich an... *Kriecht herum* Tut mir leid, Sie zu enttäuschen... Die aufrechte Haltung ist mir natürlich lieber... die eines Guerilla von Goya zum Beispiel... *Breitet die Arme aus* ...wie er dem Exekutionskommando gegenübertritt. *Bricht zusammen* Aber um ehrlich zu sein, so kommt es einem viel wahrhaftiger vor...

FRECKLES Mensch, ich krieg die Krätze.

MONSIEUR Y *steht unsicher auf* Monsieur... *Schlägt die Hacken zusammen* ... wenn mir danach wäre, mich der Sprache des Volkes zu bedienen, würde ich vorschlagen, Sie lecken mich am Arsch. Aber allein die Vorstellung dieser Intimität macht mir Gänsehaut.

Freckles schlägt ihn nieder und unbarmherzig auf ihn ein. Der erste wirkliche Schmerzensschrei

MADAME X *als sie selbst* Wir machen jetzt besser Schluß, Freckles. Schluß, sage ich.

FRECKLES Baby, ich habe gerade erst angefangen. *Zerrt Monsieur Y hinter das Sofa*

MONSIEUR Y Ich glaube, ich neige dazu, mit Madame übereinzustimmen. *Zappelnd* Die Erfahrung... diese kleine didaktische Übung war... äußerst lohnend, aber... LASSEN SIE MICH LOS!

MADAME X Es ist genug, Freckles. Genug, habe ich gesagt.

FRECKLES *zu Creampuff* Kümmere du dich um die Puppe, ja?

MONSIEUR Y *in Panik* Telephone au police! Die bringen uns um!

Freckles schlägt ihn, und sie verschwinden hinter dem Sofa. Madame X geht zum Telefon.

CREAMPUFF Ich würde das lassen, Ma'm.

MADAME X Das muß jetzt wirklich aufhören, Creampuff.

CREAMPUFF Das Telefon ist außer Betrieb, Ma'm.

MADAME X Was meinen Sie?

CREAMPUFF *reißt die Schnur aus der Wand* Das Telefon ist immer außer Betrieb in diesem Gefängnis.

MADAME X Gefängnis, was für ein Gefängnis?

Eine Pause

Creampuff, ich befehle Ihnen aufzuhören.

CREAMPUFF Sie befehlen mir gar nichts, Ma'm.

MADAME X Er ist ein alter Mann, Creampuff.

CREAMPUFF Jeder ist ein alter Mann in diesem Gefängnis.

Ein Schmerzensschrei hinter dem Sofa

MADAME X Mais écoutez, c'est pas amusant ça... *Wendet sich zum Gehen*

CREAMPUFF *schlägt sie* Setz dich hin, du blöde weiße Nutte, oder ich reiße dir die Titten ab.

MADAME X *als Schauspielerin* Jimmy, das tut weh...

CREAMPUFF Setz dich auf deinen Arsch.

MADAME X Jimmy, das ist gar nicht komisch...

CREAMPUFF Sehr richtig, nicht komisch; nie wieder ko-misch, nie wieder jemals komisch. Du wartest jetzt hier, bis der Sheriff mit ihm fertig ist im Keller. Draußen auf dem Platz versammelt sich eine Menge. Hörst du sie? Sie lassen die Flaschen kreisen, sie tragen fluoreszierende rote Jägerwämse und fluoreszierende rote Mützen aus Fellimitat und mitten auf dem Rücken ihrer Windjacken einen Jagdschein... damit niemand aus Versehen erschossen wird. Es wird kein Versehen geben, die Jagdsaison ist eröffnet, und ich werde sie hereinlassen, all die geilen Faschistentypen mit ihren geilen Faschisteneiern, damit sie dich von vorn und hinten stoßen, bis du ausläufst. Wenn du ›A‹ sagst, mußt du auch ›B‹ sagen, manche Spiele hören nie auf. Du gehst durch eine Tür, du bist drin, nein, du bist wieder draußen, nein, du bist drin, nein... bis du umfällst. Der Spaß hat ein Ende. Hier kommen sie.

Freckles zieht Monsieur Y hinter dem Sofa hervor. Sein Gesicht ist bis zur Unkenntlichkeit verschwollen. Freckles setzt ihn auf einen Stuhl neben Madame X.

FRECKLES *als Sheriff* Du bleibst hier in der Zelle sitzen, Jungchen, bis du dich abgekühlt hast und ich so nett bin und dich freilasse.

Eine Pause

MONSIEUR Y Bist du da?

MADAME X Ja, chéri, ich bin hier.

MONSIEUR Y Sie haben mir die Brille zerschlagen.

MADAME X Ja, ich hab's gesehen.

MONSIEUR Y Hat man dich schlecht behandelt?

MADAME X Nein.

MONSIEUR Y Mich hat man schlecht behandelt.

MADAME X Ja, ich hab's gesehen.

MONSIEUR Y Ich fürchte, ich habe mich beschmutzt.

MADAME X Das tut mir leid.

Eine Stille

MONSIEUR Y C'est bien intéressant, tous ça, hein?

MADAME X Oui, très intéressant.

MONSIEUR Y Werden die mich noch mal vorknöpfen?

MADAME X Ich fürchte ja.

MONSIEUR Y In diesem Fall heißt das Ziel... den Mut zurückgewinnen.

MADAME X Das würde ich gar nicht erst versuchen, chéri.

MONSIEUR Y Erinnerst du dich an das Gefängnis in Rouen? – Es ist nicht wie in Rouen. In Rouen, selbst als sie mich mit diesen scheußlichen Kriegszigaretten verbrannten – ich wußte nie, was schlechter roch, die Zigarette oder ich – selbst da war es noch möglich... intakt zu bleiben, tu comprends?

MADAME X Oui, je comprend.

MONSIEUR Y Es war möglich... zu widerstehen, indem man seine Wut nährte und sein... Anderssein. In Rouen habe ich mich niemals beschmutzt. In Rouen war ich leidlich überzeugt von meinem Recht zu leben... Hier ist es ganz anders. Hier ist etwas schrecklich Normales... an den Schlägen, als würde man nicht zum ersten Mal schlagen, zur Strafe, sondern jeden Tag seines Lebens – für das, was man ist. Leiden, das ist... hier nichts Besonderes, es ist eine Lebensform, etwas Gegebenes... wie eine Haut. Man kann nicht aus seiner Haut, und also habe ich in meiner Hose jetzt nicht nur meine Exkremente, sondern auch meine Empörung. Ich habe mich niemals menschlicher gefühlt. Ich brauche nicht mehr Mitleid mit den Opfern zu haben. Ich bin eines von ihnen. Jeder Tritt, jeder Schlag, jeder Atemzug bestätigt meine Unschuld. Von jetzt an darf mich niemand verurteilen, nicht einmal ich selbst, alle meine Sünden sind mir vergeben, ich bin in Schweiß getauft, ich bin wie ein neugeborenes Baby – rein, im Zustand der Gnade, von Gott geliebt... und schwarz. Jetzt weiß ich, warum ich die Schwarzen immer geliebt habe; es war der einzige Weg, mich selbst zu lieben. Ist Creampuff hier? Ist Creampuff bei uns?

CREAMPUFF Ja.

MONSIEUR Y Dann muß Freckles auch hier sein.

FRECKLES Ich bin hier, Bruder.

MONSIEUR Y O wunderbare Kraft der Solidarität! Kommt näher und laßt mich eure Wärme spüren.

FRECKLES Sie stinken, Monsieur, irgendwie furchtbar... nach Sterblichkeit.

MONSIEUR Y Ein kürzeres Wort würde es auch tun.

CREAMPUFF Das ist das gleiche.

FRECKLES Wird nicht mehr lange dauern.

Stille

MONSIEUR Y Was schlagt ihr als Experten vor, wie wir die letzten Minuten mit Gewinn verbringen?

FRECKLES Nichts.

MONSIEUR Y Nichts?

FRECKLES Nichts.

MONSIEUR Y Das ist nicht sehr viel, was? In Rouen würden wir versuchen, bis zum bitteren Ende weiterzumachen. Mein Freund Rocco zum Beispiel. Nachdem sie ihn von der Wand gekratzt hatten, fanden sie in seiner geschlossenen Faust eine... Pastellzeichnung vom Mond.

MADAME X Um Gottes willen, verschon uns mit deinen Erinnerungen.

MONSIEUR Y *irritiert* Entschuldige, ich versuche nur, uns die letzte Prüfung zu erleichtern.

Die anderen imitieren Schritte.

Wir wollen uns anständig benehmen. Bitte... benehmen wir uns anständig. Creampuff, wie wäre es mit einem letzten verzweifelten Ausbruch?

Pause

Um Hilfe rufen?

Pause

Es müßte doch draußen ein paar anständige Leute geben. Hilfe! Hilfe!

FRECKLES Hier kommen sie!

Freckles und Creampuff stehen hinter Monsieur Y und flüstern ihm ins Ohr.

FRECKLES UND CREAMPUFF Es ist neun Uhr fünfundvierzig, und es regnet. In ungefähr zwei Minuten wird uns der Sheriff aus der Zelle lassen. Wir werden zu seinem Büro gehen und die Geldstrafe zahlen, weil wir ohne Ersatzreifen gefahren sind. Oder irgendwas in der Richtung. Es wird nach Kaffee und Zimttoast duften. Ein Hund bellt.

Sie bellen.

Vielleicht späht ein kleines Mädchen verstohlen hinter der Tür vor, einen Finger im Mund. Dann werden wir nach draußen gebracht. Der Mob ist auf ungefähr zwanzig angewachsen. Sie mögen diese Zahl. Alles ist so nett und ungezwungen. Der Sheriff könnte uns mit Schimpfnamen belegen. Immer dieselben alten Wörter. Aber in solcher Nacht gewinnen sogar die ältesten Wörter – Nigger, zum Beispiel, oder Lover – ihre ursprüngliche Bedeutung zurück. Der Sheriff ohrfeigt uns ein paarmal, Ohrfeigen, die wie ein Essens-

gong klingen. Eine Einladung, verstehen Sie? »Das Essen ist fertig!« Jetzt gibt es zwei Möglichkeiten. Zur Erhöhung der Spannung könnten sie uns im Wagen entkommen lassen, damit sie uns genußvoll jagen können, nicht weit von der Stadt, am Steinbruch zum Beispiel, holen sie uns ein. Und drängen uns von der Straße. Aber es ist wahrscheinlicher, daß sie uns nicht im Wagen lassen, es ist beinahe zehn Uhr, und es regnet, so schließen sie den Kreis enger um uns. Sie sagen nicht viel, sie grunzen nur.
Sie grunzen.
Und kichern.
Sie kichern.
Und ein paar juchzen.
Sie juchzen.
Sie schleppen uns um die Ecke. Hinter dem Gefängnis ist ein Feld. Und der Krabbensee. Und am Ufer des Sees Schilf und viele Frösche.
Sie imitieren Frösche.
Sie sagen, wir sollen uns ausziehen. Sie müssen verstehen... manchmal ist es schwierig, solche Aufforderung abzulehnen. Ich meine, wenn die ganze Sache erst mal so weit gediehen ist und der Mond nicht vom Himmel gestürzt ist. Und niemand kommt, winkt mit den Armen und schreit: »HE, IHR...!« Es ist eine Art von Zusammenarbeit, jeder möchte zur Sache kommen, sie hinter sich bringen. Und es regnet, diesen süßen, dicken, südlichen Regen. Es ist kalt, oh, wie kalt es ist, und das Petroleum gluckert... in den Kanistern. Dann fangen sie an zu schießen. Für gewöhnlich gibt das eine Riesenschweinerei, sie feuern aufs Geratewohl. Sie treffen dich hier, sie treffen dich dort. So schlimm ist es gar nicht, sagst du dir. Dann fällst du um und rollst herum und ziehst die Knie an. Der Schmerz kommt.
Sie stöhnen.
Du hältst deinen Bauch. Du heulst, aber es kommt kein Laut. Du heulst in deinem Kopf: »Ich möchte nicht sterben! Ich möchte essen! Ich möchte ficken! Ich möchte berühmt sein! Ich möchte fühlen, fühlen, fühlen, sogar den Schmerz.« Dann

wünschst du, du hättest das nicht gedacht. Du hörst gar nicht auf zu fühlen, du ertrinkst sechs lange Tage. Und am siebten beginnst du auseinanderzufallen. Und dann wirst du schwarz.

MONSIEUR Y *schreit heraus* Genug! Ich hab genug! Ich möchte kein Neger mehr sein!

Eine Stille. Die anderen lächeln.

MADAME X Das Gute ist, daß wir aufhören können, wenn wir wollen. Erinnert ihr euch ans Versteckspielen? Spinnweben unter der Treppe? Und etwas kam näher und näher. Die Dunkelheit war kurz vorm Explodieren – jede Sekunde – jetzt. – Es war wunderbar, nicht wahr? Man wußte, jemand würde das Licht anmachen, bevor es zu unangenehm wurde, und in der Küche gäbe es Napfkuchen und Limonade.

Sie überreicht den Scheck. Freckles nimmt ihn. Die drei verbeugen sich voreinander. Monsieur Y setzt den Bowler auf.

MONSIEUR Y Ich muß laufen, au revoir, mein Flugzeug geht um zehn nach zehn. Vielen Dank für eine höchst erhellende Demonstration.

Er geht ab. Die anderen setzen sich erstaunt. Madame X gießt Tee ein.

MADAME X *Tee schlürfend* Dieser Tee hat ein seltsam erfrischendes Aroma.

Die Schwarzen lachen.

Ende

Clowns

Deutsch von
Ursula Grützmacher-Tabori

»Auch Paranoiker haben Feinde.«
Delmore Schwartz

Personen

MANN (häßlich)
FRAU (schön)
SOHN (lieb)
DIENSTMÄDCHEN (fett, naiv, sechzehn)
HUND (Pudel)
DAS DING (?)
SCHAFFELL und FILZHUT (Bullen)
HONKYTONK (Pianist)

Ein Bett in New York City, heute.

1. Szene: Das Ding

4. Juli. Hitzewelle. Der Mann spielt mit dem Hund Schach. – Das Dienstmädchen putzt das Messing des Bettgestells. – Die Frau tritt mit einer Boa Constrictor auf. – Musik: irgendein Verdi

FRAU Fridolin?
MANN Ja, Amanda?
FRAU Ich habe eine Schlange in Billys Schrank gefunden.
Das Mädchen stößt einen Schrei aus und duckt sich.
MANN *ins Schachspiel vertieft* Lebt sie?
FRAU *ringt mit der Boa* Ich glaube schon.
HUND Giftig?
FRAU *geht zu Boden* Weiß ich nicht.
MANN Theologische Untertöne?
FRAU Keine Ahnung.
MANN Du bist verdächtig ruhig.
FRAU Nein, sichtlich erschüttert.
MÄDCHEN Ich würde sie ins Klo werfen, wenn ich Sie wäre, Ma'm.
FRAU *im Würgegriff der Boa* Ich möchte sie nicht kränken.
MANN Ich wußte nicht, daß du Schlangen magst.
FRAU *rollt sich mit der Boa auf dem Boden* Ich meine Billy.
MANN *zieht einen Bauern* Ah, ein kleines Mißverständnis!
HUND *schlägt den Bauern* Un petit malentendu.
MÄDCHEN Tun Sie sie in den Kühlschrank!
FRAU Da friert sie doch ein.
MÄDCHEN Eben.
FRAU Und Billy bricht das Herz.
HUND Sie sind eine liebevolle Mutter.
FRAU *schreit* Ich bin diejenige, die sich immer um die Schlangen kümmern muß.

MANN Das erste Mal, daß ich davon höre.

HUND Billy bringt oft Schlangen nach Hause.

MANN Solange es nicht zur Gewohnheit wird...

FRAU Zweimal die Woche.

MANN Mit nervtötender Regelmäßigkeit?

HUND Mit rührender Anteilnahme.

Sie beobachten die Frau und die Boa, die ermattet ineinander verschlungen sind.

MANN Wie lange geht das schon so hinter meinem Rücken?

FRAU Och, ein Jahr.

MANN Warum hat man mir nichts gesagt?

FRAU Du bist immer so beschäftigt.

MANN Schon wieder verstopft! *Wirft seine Pfeife weg*

HUND Schlecht gelaunt, wie?

MÄDCHEN Stecken Sie sie ins Feuer, Ma'm!

FRAU *schlägt auf die Boa ein. Die Boa wird schlaff.* Ob das das Richtige wäre?

MANN *wütend* Woher, zum Teufel, soll ich das wissen? Bring sie weg, bring sie raus, bring sie irgendwohin, aber bring sie! *Reuevoll* Für eine Schlange sieht sie gar nicht so übel aus. Reagiert sie?

FRAU Ich weiß nicht, wie sie heißt.

MANN Hast du's mit Pluto versucht?

FRAU Pluto!

HUND Pluto!

MANN Pluto heißt sie nicht.

FRAU Sie sind taub, weißt du.

MANN Keine Spur. Sie lieben Musik.

FRAU Du bist so gebildet.

HUND *bissig* Ein wandelndes Lexikon.

FRAU Du bist gebildet.

MANN Singen wir ihr etwas vor.

Sie singen ein paar Takte Puccini. Die Boa will sich verkriechen. Mann wütend

Schaut euch das unmusikalische Biest an! *Reuevoll* O Gott, bin ich intolerant.

HUND Das ist nicht Ihre Schuld.

MANN Du versuchst wieder, dich anzuschleimen.

HUND Vielleicht mögen Sie keine Schlangen.

MANN *gibt der Boa einen Tritt* Ich hasse diese verdammten Viecher! *Reuevoll* Das ist unfair. Was weiß ich schon von ihnen? *Inspiziert die Boa* Von ihren Lebensumständen? Ihrer Einsamkeit?

FRAU Nichts.

MANN *streichelt liebevoll die Boa* Habe ich mich jemals mit ihnen befaßt?

FRAU Du würdest keinen Finger für sie krümmen!

MANN *wütend* In seinem Alter habe ich niemals Schlangen nach Hause gebracht.

MÄDCHEN Es sind nicht nur Schlangen.

MANN Oh?

Musik: ›Bonnie Over the Ocean‹

FRAU Alles mögliche liest er in den Straßen auf. Köter und Katzen, entsetzliche skrofulöse Geschöpfe.

Alle sind zu Tränen gerührt.

Ein Hamster war auch dabei, mit durchgebissener Kehle. Er bringt sie nach Hause aus der Dunkelheit und der Kälte. Er versteckt sie in seinem Zimmer und pflegt sie gesund, aber ich bin immer diejenige, die sie mit irgendeiner Entschuldigung wieder loswerden muß. »Billy, in der Straße wohnt eine alte Dame, die wünscht sich ein Waldmurmeltier als Schoßtier.« Er glaubt mir. Morgens, wenn er zur Schule gegangen ist, nehme ich das verdammte Ding, was es gerade ist in der Woche, und bringe es zum Tierschutzverein am Fluß. Die behalten es eine Zeitlang. Niemand will es haben, es wird in den Ofen gesteckt.

Der Sohn erscheint draußen, hält das Ding an der Hand, streichelt es und kommt herein.

MANN Sohn?

SOHN Papa?

MANN Heutzutage wird so viel darüber gequatscht, was Väter und Söhne für Mühe haben, über ihre Hemmungen hinweg miteinander Kontakt zu bekommen. Ich habe nie die geringste Schwierigkeit gehabt, mit dir Kontakt zu bekommen, du Stinker.

SOHN Nein, Papa.

MANN Du hast meinen Untergang von dem Moment an geplant, in dem du deine verschlagenen Augen aufgemacht hast, du hast Mordwaffen aller Art gesammelt. Zwanzig oder fünfundzwanzig Baseballschläger müssen in deinem Schrank verstaut sein, und jetzt teilt mir deine Mutter mit, daß du Haustiere und... solche Dinger sammelst. Beiläufig gesagt, ich finde deine mildtätige Ader äußerst rührend, und jetzt raus mit dieser Scheißschlange. *Schmeißt dem Sohn die Boa zu*

SOHN Ja, Papa. *Wickelt sich die Schlange um den Körper* Ich habe heute etwas Neues gefunden. Darf ich es für ein paar Tage behalten?

FRAU Aber natürlich, Liebling.

MANN Nicht so schnell! Das möchte ich mir erst ansehen.

SOHN Es ist draußen.

HUND Welche Gattung?

SOHN Schwer zu sagen.

Der Mann geht zur Tür.

Es ist groß.

MANN *hält an* Schau du, Rosinda.

Das Mädchen geht zur Tür.

Die Familie steht hundert Prozent hinter dir.

MÄDCHEN *öffnet die Tür. Das Ding grunzt. Sie schließt die Tür.* Heiliger Bimbam! *Versteckt sich*

FRAU Nun, was ist es?

MÄDCHEN Weiß nicht.

HUND Wie viele Beine?

SOHN Vier oder fünf.

MANN Strampelt in der Luft?

MÄDCHEN Im Moment jedenfalls nicht.

MANN Und es ist groß?

MÄDCHEN Riesig.

MANN *zuversichtlich* Laßt mich das mal machen.

Er öffnet die Tür, das Ding krächzt, er schließt die Tür. In Panik Ich rufe die Polizei.

SOHN Warte!

MANN *reuevoll* Da hast du verdammt recht. Siehst du, wie leicht man in Panik gerät? Hier ist ein Geschöpf in Not, nicht sehr attraktiv – zugegeben –, tatsächlich ziemlich widerwärtig, aber man soll nicht nach dem Äußeren gehen, und ich war schon bereit, ihm die Bullen auf den Hals zu hetzen. Ich schäme mich.

Das Ding brüllt. Der Mann flüchtet zum Telefon, hebt statt des Hörers aus Versehen die Boa auf.

Hallo? Hallo? Immer besetzt, wenn man sie braucht!

Das Ding stöhnt.

Was nun?

FRAU Tu doch was.

MANN Ich gehe schlafen.

SOHN Du bist das Oberhaupt der Familie.

MANN *unter der Bettdecke* Lenk nicht vom Thema ab.

Das Ding winselt.

SOHN Papa!

MÄDCHEN Sir!

HUND Wau!

DAS DING Grroinkk!

MANN Auf los geht's los.

Musik: ›Die drei Grenadiere‹. Er verabschiedet sich von der Familie.

Jetzt paßt mal gut auf, wie ich meine natürliche Schüchternheit überwinde. – Matt in zwei Zügen. – Rebhuhn hat alle Versicherungspolicen. *Er geht zur Tür, das Ding kreischt, er schließt die Tür.* Was ist d a s?

SOHN Darf ich bekannt machen...

MANN Eine falsche Bewegung, Junge, und ich reiß dir die Ohren ab.

FRAU Wo hast du das her, Liebling?

SOHN Es lag im Straßengraben. Ich habe die Tauben gefüttert. Es kam zu mir. Es hat die Tauben verscheucht. Es hat alle Krumen gegessen.

HUND Verrückt vor Hunger!

SOHN Ich sagte: »Hier, mein Freund!« Es stand auf. Es fiel um. Ich sagte: »Bist du okay?« Es sagte: »Nein.«

MANN Auf englisch?

SOHN Yes.

MANN Gott sei gepriesen für die kleinen Freuden des Lebens!

SOHN Es könnte in meinem Schrank schlafen.

MANN *wütend* Auf der Stelle schaffst du dieses Monstrum, diesen Wampus, diesen Hippogryphen von meiner Schwelle, oder ich blase ihm die Rübe ab! *Reuevoll* Nein, das wäre gefühllos. *Zum Mädchen* Hier, gib ihm einen Dollar und zeig ihm den Weg zum CVJM.

MÄDCHEN Den geben Sie ihm mal.

MANN Eine große Hilfe bist du. *Pause* Okay, das Ganze noch mal von vorn. *Setzt sich* Laßt mich nicht aus den Augen.

Pause

Es ist dunkel dort draußen.

Frau seufzt, geht zur Tür. Mann folgt ihr, sie öffnen die Tür. Das Ding fällt auf die Nase. Pause

FRAU Wie geht es Ihnen?

MANN Nicht allzu gut, was?

FRAU Schnappen Sie ein bißchen frische Luft.

MANN Hier können Sie nicht bleiben.

FRAU Es würde Ihnen nicht gefallen.

MANN In diesem Zustand sollte man nicht herumgeistern.

FRAU Gehen Sie nach Hause und kuscheln Sie sich ins Bett mit einem heißen Drink und einem Buch.

MANN Etwas in der humoristischen Richtung.

Sie versuchen, das Ding aufzurichten und herauszubugsieren. Ein Kampf, mit Purzelbäumen und Saltos

Freundlich, aber nachdrücklich!

FRAU Unerbittlich, aber freundlich!

MANN Amanda, es umklammert mich!

FRAU Mein Gott, ist es schwer!

MANN Macht sich schlaff!

FRAU Es würgt mich!

MANN Nehmen Sie die Pfoten vom Hals meiner Frau!

FRAU Zuversichtlich, aber nachdrücklich...

MANN Freundlich, aber vernünftig...

FRAU Allez hopp!

MANN Und raus!

Doppelflip, Sturz

DAS DING *schlägt in einem Taschenlexikon nach* Wie Sie wünschen.

Musik: ›Slow Boat to China‹. Das Ding setzt sich in Bewegung.

MANN Die U-Bahn ist an der Ecke. Hier ist Ihr Dollar. Und jetzt immer mit der Ruhe.

FRAU Geht es Ihnen gut?

MANN Natürlich geht es ihm gut.

Das Ding spuckt Blut. Der Sohn weint.

FRAU *um den Sohn zu trösten* Ja, es geht ihm viel besser.

MANN Bemerkenswerte Besserung.

FRAU Puls ganz normal.

MANN Atem regelmäßig.

FRAU Momentane Schwäche.

HUND Kein Grund zur Aufregung.

FRAU Erhöhter Blutdruck.

MANN Zuviel weißer Zucker.

HUND Tierische Fette.

FRAU Durchbummelte Nächte.

MANN Ein freundschaftlicher Rat: Von allem ein bißchen weniger.

FRAU Versuchen Sie's mit Dauerlauf.

MANN Spannen Sie mal aus!

HUND Weg von der Hetzjagd...

FRAU Dem Taumel des Gesellschaftslebens.

HUND Hat man Töne, er sieht schon viel besser aus.

FRAU Zehn Jahre jünger.

HUND Besser denn je.

MÄDCHEN Sieht gut aus.

Das Ding bricht zusammen.

MANN Verdammter Hypochonder!

FRAU Reißen Sie sich zusammen!

HUND Kein Grund zur Maßlosigkeit!

FRAU Eine Frage der Willenskraft!

MANN Gefühl für das rechte Maß!

HUND Der goldene Mittelweg!

MANN Wissen, wann aufzuhören!

FRAU Wo die Grenze zu ziehen!

MANN Heute in einem Jahr lachen Sie über all das!

FRAU Nun gehen Sie schon!

MANN *andächtig* Schaut, es kann gehen!

FRAU Nicht aufhören jetzt!

MANN Immer stetig voran!

FRAU Ich muß schon sagen, ich finde es außerordentlich rührend!

MANN Ja, ja, die seltsame Würde der Armen!

FRAU Ihre Ausdauer!

MANN Ihre Beharrlichkeit!

FRAU Ihre Tapferkeit!

MANN Trotz der geringen Chancen!

FRAU Trotz der Steine!

MANN Trotz der Stille!

FRAU Wer ist still?

SOHN Die Steine sind still.

Stille

Warum darf ich es nicht behalten?

Das Ding bricht krachend zusammen.

MANN Ich habe nichts gehört.

SOHN Es ist hingefallen.

MANN Übertreibe nicht.

FRAU Es geht ihm prima.

HUND Es ist weg.

MÄDCHEN Es kommt zurück.

Alle außer dem Sohn flüchten sich unter die Bettdecke.

FRAU Kapriziös, nicht wahr?

MANN Weiß nicht, was es will.

HUND Ein Opfer seiner Launen.

SOHN Es kommt näher.

MANN Wenn es klingelt – wir sind nicht da.

Stille

FRAU Ich höre es atmen.

MANN Es wird schon wieder gehen.

Das Ding kratzt an der Tür. Mann flüsternd

Das Problem ist, wie wir es loswerden, ohne es zu kränken.

Das Ding klopft.

Wir tun einfach so, als liegen wir schon im Bett.

Das Ding hämmert an die Tür.
Wo ist dieser verdammte Köter?

HUND *unter der Bettdecke* Ausgegangen.

Der Mann spielt den Hund, bellt. Das Ding verdrückt sich unters Bett.

FRAU *flüsternd* Ist es noch da?

DAS DING *taucht wieder auf und sucht im Lexikon nach einem Wort* HELP!

MÄDCHEN Was war das?

MANN Ich habe nichts gehört.

FRAU Muß der Wind gewesen sein.

DAS DING HELP!

MANN Je ne comprends pas l'Anglais!

DAS DING HELP!

SOHN *schüttelt den Mann* Mach die Tür auf, du Schwein!

Das Ding ist auf das Bett gekommen, tippt an seinen Hut.

MANN Warum kommen Sie nicht herein?

Musik: ›Die Internationale‹ in Ragtime. Das Ding macht einen Striptease, legt seine dreckigen Lumpen Stück für Stück ab, bis es nackt ist.

FRAU *kokett* Ach, du lieber Gott!

HUND Die Bekanntschaft wird Ihnen auch nicht helfen.

Blackout, Spelunken-Musik

2. Szene: Nächstenliebe

Nächster Morgen. Regen. Das Ding im Bett, trägt nichts außer Unterhosen. Der Mann tritt auf, angekleidet zum Ausgehen.

MANN *jovial* Ich sehe, Sie tragen meine besten Unterhosen. Das ist entschieden ein Fortschritt. Es wird nicht alle Ihre Schwierigkeiten beheben, aber es ist ein Schritt in die richtige Richtung. Scheinen gut zu passen. Kein Scheuern im Schritt? Nicht zu eng? Ihre Sorgen möchte ich haben! Na, freut mich, Sie kennengelernt zu haben. Sie sollten jetzt besser gehen. – Nein? – Es wird spät. – Nein? – Auf Wiedersehen. *Wendet sich*

zum Gehen, bleibt stehen Hier sind noch fünf Dollar. Nicht genug? Aber sicher. Was ist schon genug? Ich habe Ihnen fünf Dollar gegeben. Na schön, war nicht mein letztes Geld, aber ich habe noch andere Verpflichtungen. – Nein? – Ich brauche mich nicht zu entschuldigen. – Doch? – Gehen Sie! – Bleiben Sie! – Kühler Morgen.
Reicht ihm den Mantel, das Ding zieht ihn an.
Das Barometer fällt. Nordwind. Was haben Sie gesagt? Nichts? Das ist nicht viel. Für wen halten Sie mich, Franz von Assisi? Nun ja, ich habe diese Möglichkeit erwogen. *Zieht die Weste aus* Er hat sich ausgezogen, um die Blöße der Armen zu bedecken. Und sprach mit den Vögeln. Hat er mit jedem Vogel in der Gegend gesprochen? Offenbar nicht. Wenigstens ein Sperling muß darunter gewesen sein, der schmollend auf einem Baum saß und sagte: »Mich hat er vergessen.« – Hören Sie, Sie sind nicht der einzige, der Probleme hat. – Doch? *Zieht die Handschuhe aus* Heute morgen war ein Erdbeben in Chile. Ach, was zum Teufel, hier sind meine Handschuhe, angenehmes Wochenende. – Warten Sie. Sie ziehen ein Gesicht. Wie gewisse Kellner in der Stadt. Die meine Trinkgelder anstarren und die Nase rümpfen. Wann ist genug genug? Zwanzig Prozent? Wie hoch sind die Prozente in unserem Fall? Prozente wovon? *Reicht ihm den Schal* Sie hüllen sich in lapidares Schweigen. Da staunen Sie, was? »Lapidar« haben Sie nicht erwartet? Wie? Ich habe noch ein paar Überraschungen für Sie. Ich bin unglücklich. – Nein? – Hören Sie, ich habe Ihnen meine letzten Unterhosen gegeben. Was wollen Sie noch? Soll ich nackt in diesem zugigen Haus rumlaufen, wo meine Frau mich nicht mehr wärmt? – Ja? – Wie wär's mit ein bißchen Toleranz? Hinaus! *Geht hinaus, kommt zurück* Warten Sie. Es regnet. Habe ganz vergessen, daß es regnet. *Zieht die Hosen aus* Jedem von uns kann mal ein Fehler unterlaufen. – Nein? – Es ist ein leichter Regen. Wird sofort aufhören, aber keiner soll mir nachsagen, ich hätte Sie hinausgetrieben in den Sturm. *Geht hinaus, kommt zurück* Hier, meine Schuhe. Mein Lieblingspaar. Na gut, ist nicht mein einziges Paar. Das habe ich niemals behauptet. Ich gebe zu, ich besitze sieben bis acht

mindestens, Laufschuhe, Schnürschuhe, Schnallenschuhe, Gummischuhe, Mokassins, Sandalen... *Schreiend* ... schon gut, schon gut, lacklederne Tanzschuhe mit Schleife! Ich mag Schuhe! Mein ganzes Leben lang habe ich Schuhe gesammelt. Ich werde mich von Ihnen nicht einschüchtern lassen, ich habe mir meine Schuhe verdient, ich laufe viel!

Das Ding hat auch die Schuhe angezogen.

Sie mögen sie? Also gut. Abgemacht. *Will gehen, hält an* Verdammt noch mal, jetzt sind die Socken dran! Ich bin nicht mehr der Jüngste! Lassen Sie meine Socken zufrieden! Na schön, ist nicht mein einziges Paar. *Zieht sie aus* Ich besitze fünfundzwanzig Paar, alle Arten, ich leugne es nicht... Wolle, Nylon, Baumwolle, Wolle mit Nylonfersen, knöchellang, knielang... Ist das ein Verbrechen? Soll ich dafür büßen? Ich mag meine Füße. Bin ich deshalb ein Faschistenschwein? – Ja? – Hier, nehmen Sie.

Musik: Bach

Okay, Sie sind nackt gekommen. *Betrachtet sich im Spiegel* Wie das Kind in der Krippe, splitternackt, gar nicht mal die schlechteste Mode, die Nacktheit... *Zieht das Hemd aus* ... Die natürliche Schulter, saloppe Haltung... später... *Zieht dem Ding das Hemd an* ... das Leichentuch... Sehr bequem...

Stille

Was wollen Sie noch?

DAS DING Alles.

MANN *setzt ihm seine Melone auf und geht hinaus. Er öffnet seinen Schirm, kommt zurück und reicht ihn dem Ding.* Es regnet noch immer.

Er geht ab. Blackout, Spelunken-Musik

3. Szene: Eine stürmische Romanze

Kerzen. Das Mädchen serviert. Das Ding ißt. Die Frau und der Sohn beobachten es fasziniert. – Der Hund schmollt in einer Ecke und führt Selbstgespräche. – Musik: ›St. Louis Woman‹

FRAU Was möchten Sie jetzt?

DAS DING *schaut im Lexikon nach* Mehr.

FRAU Er mag meine Küche!

Das Ding rülpst.

Wie schön, wieder einmal anerkannt zu werden. Wie wär's mit einem Zitronenschnittchen?

Es wird gebracht.

HUND *schreit* Die Zitronenschnitte gehört...

Er bekommt sie ins Gesicht.

...mir!

FRAU Kalten Hund?

DAS DING *schlägt im Lexikon nach* Ja.

FRAU *erschauert* Er ist unersättlich.

HUND *wischt den Kuchen ab* Finden Sie es nicht merkwürdig, Madam, daß er zwar Ihre Fragen versteht, aber im Wörterbuch nachschaut, bevor er antwortet?

DAS DING Das ist eine Frage der Genauigkeit, Sir. Wenn ich »Baum« sage, sehe ich einen niedergebrannten Stumpf. Wenn Sie »Baum« sagen, mögen Sie an Urin denken. Man kann nicht vorsichtig genug sein. Neulich habe ich zu einer jungen Person leichtfertig »Nein« gesagt, und sie hat sich ertränkt.

FRAU Ist dies Ihr erster Aufenthalt in unserer schönen Stadt?

DAS DING *schaut ins Lexikon* Ja.

FRAU Haben Sie den Eindruck, daß sie pulsiert?

DAS DING *berührt ihr Knie* Ja.

FRAU *erschauert* Ach, sich wieder als Frau zu fühlen! Mein Herr, Sie haben einen gefährlichen Charme.

DAS DING Reib meinen Rücken!

FRAU *heuchelt Überraschung* Oh?

DAS DING *ermutigend* Oh.

FRAU *spröde* Oh.
DAS DING *verständnisvoll* Oh.
FRAU *forschend* Oh?
DAS DING *beharrlich* Oh!
FRAU *schüchtern* Oh...
DAS DING *gebieterisch* Oh.
FRAU *entflammt* Oh.
DAS DING *leidenschaftlich* Ohh.
HUND *mißbilligend* Ah – ah!
DAS DING *irritiert* Eh?
FRAU *kokett* Ach!
SOHN *vergnügt* Eeh.
DAS DING *sinnlich* Och. *Es berührt das Haar der Frau mit seinem rechten Mittelfinger.*
FRAU *knallt ihm eine* Was fällt Ihnen eigentlich ein?

Das Ding berührt ihre linke Schulter mit dem Mittelfinger. Musik: ›Lady of Laguna‹. Sie berührt seine rechte Schulter mit dem rechten Mittelfinger. Er berührt ihr linkes Ohrläppchen mit dem linken Mittelfinger. Sie berührt sein linkes Knie mit dem rechten Mittelfinger. Er berührt ihre linke Hüfte mit dem linken Mittelfinger. Sie berührt seine rechte Brust mit dem rechten Mittelfinger. Er berührt ihren linken Mittelfinger mit dem rechten Mittelfinger. Sie berührt seinen linken kleinen Finger mit dem rechten kleinen Finger. Er berührt ihren linken Daumen mit dem rechten Daumen und legt seinen Kopf an ihre Schulter.

MÄDCHEN Aha!
FRAU *heiser vor Erregung* Hast du die Lotosblüte?
MÄDCHEN Ja, Ma'm.
FRAU Zünde die Räucherstäbchen an!
SOHN Ja, Mama.
FRAU Hole den Kamasutra!
HUND Guter Gott!

Sie beeilen sich, ihre Wünsche zu erfüllen. Hund liest aus dem Kamasutra.

»Im Liebesgemach, duftend von Wohlgerüchen, setze der Bräutigam seine Braut zu seiner Linken, halte ihr linkes Ohr mit seiner rechten Hand, berühre den Saum ihres Gewandes mit der linken Hand und umfasse sanft ihre Taille.«

DAS DING *nachdem es es versucht hat* Das geht nicht.

FRAU Solche Dinge brauchen Zeit.

DAS DING Ich wasche dir das Haar, wenn du willst.

FRAU Sei nicht so prosaisch. Ich versuche nur, etwas morgenländischen Charme in den Vorgang zu bringen.

HUND *liest* »Sie sollten sich dann in heiterem Geplauder über verschiedene Themen ergehen und andeutungsweise über Dinge sprechen, die in vornehmer Gesellschaft als anstößig gelten.«

Stille, nur der Hund hechelt erwartungsvoll.

DAS DING Wie geht es dir?

FRAU Sehr gut.

Stille

DAS DING Nicht sehr amüsant.

FRAU Dies ist kaum der Moment für Kritik.

DAS DING Könnten wir nicht so vögeln, wie man sonst vögelt?

FRAU Ist das vielleicht amüsant?

DAS DING Nein, aber anstößig.

HUND *ungeduldig* Machen wir weiter, ja? *Liest* »Geschlagen werden kann auf viererlei Arten, nämlich mit dem Handrücken, mit gekrümmten Fingern, mit der Faust, und so, daß es Laute hervorruft wie Pfat, Pfut, Schlet oder Pfatz.«

DAS DING Pfatz?

HUND Nein, wie ein Bambusrohr, das aufgeschlitzt wird.

FRAU Ich schlage, du machst die Geräusche.

DAS DING Ist das fair?

FRAU Wie wäre es mit ein bißchen esprit de corps? *Schlägt es*

DAS DING Pfut!

Sie schlägt es.

Schlet!

Sie schlägt es.

Pfatz!

Sie schlägt es. Es fällt vom Bett.

FRAU Ungefähr so stelle ich es mir vor.

HUND Nun zur schwebenden Vereinigung. *Liest* »Der Mann stütze sich gegen den Bettpfosten. Die Frau setze sich auf seine Hände...«

FRAU Billy, Rosinda, macht einen Spaziergang.

SOHN Darf ich nicht zugucken?

FRAU Raus!

Sohn und Mädchen gehen traurig ab.

HUND *liest* »... die ihre Hüften von unten halten. Der Mann schlinge seine Hände um ihren Hals, und sie lege ihre Oberschenkel um seine Hüfte. Die Frau stehe auf ihren Händen und Füßen wie ein Quadraped.«

Das Ding und die Frau folgen der Anleitung.

DAS DING Was ist ein...

Ineinander verschlungen raufen sie miteinander, purzeln vorwärts und rollen im Bett herum wie ein Rad.

... Quadraped?

FRAU *brüllt* Kommst du ans Wörterbuch ran?

DAS DING Du machst Witze. Ich kann mich nicht mal rühren.

FRAU Ist schon gut.

DAS DING Ich glaube, ich bin für immer gelähmt.

FRAU Du gibst leicht auf, wie?

DAS DING *schreit* Laß mich raus da!

Sie rollen noch immer umher.

FRAU Mir wird schon was einfallen.

DAS DING Wann?

FRAU Bleiben wir doch einfach so, ruhig schwebend, bis jemand vorbeikommt.

Sie hören mit Rollen auf und beginnen, heftig zu kopulieren. Sie liegt oben. Der Hund masturbiert in den Kama. – Der Mann erscheint draußen, horcht an der Tür. Frau atmet schwer.

Warte auf mich!

Der Hund kann sich nicht mehr halten. Der Mann tritt abrupt ein.

MANN Bist du allein?

FRAU *noch immer kopulierend* Du kommst früh.

MANN Wer ist der Mann unter dir?

FRAU Ach, um Himmels willen, sei nicht so mißtrauisch. Es ist Billy.

MANN Meine Güte, ist der gewachsen. *Pause* Das ist nicht Billy.

FRAU Du weißt alles besser, nicht wahr?

MANN *setzt sich* Du liebst mich nicht mehr.

FRAU *rammelt noch immer* Wir alle haben unsere Höhen und Tiefen.
MANN Vergängliche Bindungen?
FRAU Flüchtige Begegnungen.
MANN *hoffnungsvoll* Ist es vielleicht Dr. Liptauer?
FRAU Haargenau.
MANN Wie geht es Ihnen?
DAS DING *eine Brustwarze im Mund* Kann nicht klagen.
MANN *fühlt sich den Puls* Zweiundzwanzig, dreiundzwanzig, vierundzwanzig, fünfundzwanzig, sechsundzwanzig...

Die Frau hat einen Orgasmus.

Siebenundzwanzig, achtundzwanzig, neunundzwanzig, dreißig...
FRAU *schnaufend* Was machst du da?
MANN Da Dr. Liptauer meine Pflichten erfüllt, kann ich genauso gut die seinigen erfüllen. Wer ist Liptauer?
FRAU Weiß ich nicht.
MANN Du hast seinen Namen gestern nacht im Schlaf geflüstert.
FRAU Wie schreibt er sich?
MANN *hebt den Fernseher* Halte mich nicht zum Narren, Weib.
FRAU Was genau habe ich gesagt?
MANN Liptauer.
FRAU In diesem Ton?
MANN Es war mehr so... *Sinnlich* ... Liptauer.
HUND *völlig ermattet* Liptauer ist eine Käsesorte.
MANN Rosafarben mit Piment?
FRAU Wir hatten ihn zum Lunch.
MANN Ich bitte um Entschuldigung. *Setzt sich* Ich glaube, ich mache einen Spaziergang.
FRAU *zärtlich* Wird dir guttun.
MANN Ich komme aber zurück.
FRAU *streichelt sein Haar* Laß dir Zeit.
MANN Du kannst so nett sein.
FRAU Ich warte auf dich.
MANN Du bist eine gute Frau.
DAS DING Stimmt.
MANN *steht auf* Wer ist unter dem Bett?

Spannung

FRAU Niemand.

MANN Amanda, ich möchte eine klare Antwort.

FRAU Niemand, habe ich gesagt.

MANN Das ist nicht klar genug.

HUND Was soll sie sonst sagen?

MANN Sie soll sagen: Ja, da ist jemand unter dem Bett.

FRAU Das könnte ich nicht sagen.

MANN *wirft den Fernseher nach ihr* Ich warne dich.

FRAU Du bist so unruhig heute abend.

MANN Sag mir: Ja, unter dem Bett, da ist jemand. Ich werde ihn gehen lassen, und der Zwischenfall ist vergessen.

FRAU Okay.

MANN *erbleicht* Was soll das heißen?

FRAU Ja, unter dem Bett, da ist jemand.

MANN Drück dich nicht so unklar aus, Amanda.

FRAU Geh und schau selbst.

Der Sohn kriecht unter dem Bett vor.

MANN Wer ist dieser Mann?

FRAU Unser Sohn Billy.

MANN Meine Güte, ist der gewachsen. Bist du sicher?

SOHN Ja.

MANN Du und deine verdammten Gewißheiten. *Tritt näher* Du siehst mir kein bißchen ähnlich.

SOHN *kühl* Das will ich auch gehofft haben.

Musik: ›Lache, Bajazzo‹

MANN *prahlerisch* Ich leide. Aber ich leide auf attraktive Weise, nicht wahr? Du würdest mir nie anmerken, daß mir das Herz bricht, oder? Steife stoische Oberlippe. *Stößt ein Heulen aus* Typisch nordische Zurückhaltung. *Er hat einen kleinen spastischen Anfall.* Ist diese Erklärung befriedigend?

DAS DING Nein.

MANN Würde ich mich verständlich machen, wenn ich mich an den Fluß setzte und weinte?

DAS DING Nein.

MANN Laßt es mich wenigstens versuchen, ja? *Setzt sich und versucht zu weinen*

FRAU *besorgt* Fridolin, was ist denn?

MANN *boxt in die Luft* Gewalt! Ich muß Gewalt gebrauchen!
DAS DING Sie wüßten ja nicht mal, wie.
MANN Okay, Sie Schlaumeier, zeigen Sie's mir.
DAS DING *reizt ihn wie einen Stier* Sie sind ein Schlappschwanz.
Der Mann lächelt.
Ihre Frau liebt Sie nicht.
Der Mann lächelt.
Das Kind ist nicht von Ihnen.
Eine Pause. Der Mann lächelt. Das Ding brüllt.
Seien Sie doch nicht so . . . nett.
MANN Was sonst kann man sein?
Ein Gong wird geschlagen.
DAS DING *drohend* Wenn Sie mir 'ne lange Nase machen wollen, Freundchen, schauen Sie erst nach, ob Sie eine haben.
Der Hund heult. Blackout, Spelunken-Musik

4. Szene: Der Handkuß

Es schneit. Das Mädchen trägt einen roten Hut, betrachtet sich im Spiegel. Der Mann tritt auf.

MANN Hallo.
MÄDCHEN Leben Sie wohl.
MANN Schon?
MÄDCHEN *wütend* Wenn Gott in der 95. Straße wohnte, würde man selbst ihm die Fenster einschmeißen. Woher haben Sie diese Schuhe?
MANN Von Saks.
MÄDCHEN Was haben Sie dafür bezahlt?
MANN Vierzig Dollar, warum?
MÄDCHEN Das nenne ich Gerechtigkeit. Für diese Scheißschuhe habe ich acht Piepen bezahlt, vor zwei Wochen, gehen schon aus dem Leim, aber sie knarren noch. Hör zu, Cristiano. *Geht knarrend herum* Das ist wichtig!
MANN Was nicht in Ordnung?
MÄDCHEN Es schneit.

MANN Stimmt.

MÄDCHEN Ich wollte als Jungfrau in die Ehe gehen.

MANN Gute Idee.

MÄDCHEN Jetzt muß ich 'n Callgirl werden, aber die Geschäfte gehen mies. Wenn die weißen Frauen es umsonst machen, ist die Zeit reif für 'nen Umsturz. Gefällt Ihnen mein neuer Hut? Mein neuer Gang? *Sie bewegt sich wie eine Hure.* Hat mich auf Ihrer Vortreppe umgelegt, dieses Schwein. Hab zwei Tropfen Jungfernblut gelassen.

MANN Wer hat dich umgelegt?

MÄDCHEN Die Zeit heilt alle Wunden, was?

MANN Setz dich.

MÄDCHEN Ich?

MANN Bitte.

MÄDCHEN Ein Glückstag! Wollen Sie mich bumsen?

MANN *holt Drinks* Nicht doch.

MÄDCHEN Hab nie im Bett gebumst. Nicht mal in 'nem Wagen. Sache ist, hab noch nirgendwo gebumst, außer auf Ihrer beschissenen Vortreppe. Mein ganzes Leben lang habe ich davon geträumt, in 'nem Wagen zu rammeln, in 'nem großen blauen Pontiac. Man kann sich vorne zusammenkuscheln, hinten zusammenkuscheln, es ist... reizend. Wenn die Streife einen anhält, sagt man, ich bewundere die Aussicht, Herr Wachtmeister, während der Herr sein müdes Haupt ausruht. Möchten Sie Ihr müdes Haupt ausruhen?

MANN Nein.

MÄDCHEN Sie sind auch nicht gerade ein Plappermaul, was? Ich bin ein Plappermaul. Das erste, was mein Bruder Ruiz lernte, als er von der Insel rüberkam, war: »Halt den Mund, Rosinda.« *Unschuldig* Soll ich Ihnen einen blasen?

MANN Nein, aber trotzdem vielen Dank.

MÄDCHEN Das ist wirklich mal 'ne nette Unterhaltung.

MANN Ja.

MÄDCHEN Sie haben so treue blaue Augen. – Ich höre ein Flugzeug. Wieso kann ich Sie hören, Sie mich aber nicht?

MANN Sie sind lauter, nehme ich an.

MÄDCHEN Sie sind ein Klugscheißer.

MANN Stimmt.

MÄDCHEN Meine Mama sagt, sie fühlt sich so winzig in dieser Stadt, daß sie sogar im Stehen unter einem Froscharsch leben könnte. New York ist, wo man ›Nervös‹ wählen muß, wenn man die Zeit wissen will. Meine Mama fällt immerzu um. Sie sagt, der Tod ist entschieden ein Gesundheitsrisiko in dieser Stadt. Heute morgen sah ich, wie sie kleine Holzstücke in die Erde steckte. »Was machst du da? Was, in St. Espositos Namen, machst du da?« – »Ich pflanze kleine Terroristen«, sagte sie. Ich dürfte Ihnen das nicht erzählen. Nichts Trauriges ist die Regel, sie wollen nichts Unangenehmes hören, nicht mal über Vergewaltigung, diese Szene dauert schon viel zu lange. Oh, ich will Sie nicht drängen, vorher möchten sie nicht gedrängt werden, ist die Regel, aber nach der Nummer können sie's kaum erwarten, die Hosen zuzuknöpfen.

MANN Welche Vergewaltigung?

MÄDCHEN *großartig* Na, wie ich kürzlich auf Ihrer Vortreppe genotzüchtigt wurde, aber ist schon gut, ich habe mich zweimal geduscht. Oh, und ich will fünfzehn Piepen pro Nummer. Sind fünfzehn zuviel?

MANN O nein.

MÄDCHEN Kann ich sie gleich haben?

MANN Nein.

MÄDCHEN Lieber gleich als nie, ist die Regel, falls es zur Enttäuschung kommt. Aber keine Sorge, ich werde Sie nicht enttäuschen, ich bin gut. Oh, ich bin sehr gut, ich komme zehnmal hintereinander. *Pause* Vielleicht sollte ich etwas ausziehen?

MANN Ja.

Das Mädchen zieht ihren Reißverschluß herunter.

Deinen Hut.

MÄDCHEN Meinen Hut? Meinen neuen Hut? *Sie nimmt ihn vorsichtig ab. Er zerknautscht ihn.* He, Sie, das ist mein neuer Hut!

MANN Ich bezahl ihn dir. Den trägst du nie wieder. Und wisch diesen verdammten Lippenstift ab. *Reicht ihr ein Taschentuch*

MÄDCHEN O Himmel, Ihr Schnupftuch, das könnte ich nicht ruinieren, ums Verrecken nicht.

MANN Keine Widerrede. *Wischt den Lippenstift ab*

Musik: etwas von Tschaikowsky

MÄDCHEN Küßchen.

MANN Nein.

MÄDCHEN Ach ja, manche küssen nicht auf den Mund, ist die Regel, oder mögen Sie mich nicht?

MANN O doch.

MÄDCHEN Wegen meinem Haar? Ja, ich kriege 'ne Negerkrause bei diesem Wetter, aber ich gehe zu Lizzie Arden, da nehmen sie mir den Dschungel aus dem Haar.

MANN Ich mag dein Haar.

MÄDCHEN Dann muß es das Gesicht sein. Sie müssen ja nicht hinsehen. Manche Kunden haben es lieber zugedeckt, ist die Regel. Hab nichts dagegen. *Bedeckt ihr Gesicht mit dem Taschentuch* Mein Reißverschluß geht bis ganz unten. *Pause* Aber irgend etwas an mir müssen Sie doch mögen. *Pause* Sie mögen keine Nigger?

MANN *schlägt sie* Tut mir leid, aber das Wort ist beleidigend.

MÄDCHEN *weint* Sie mögen nur m i c h nicht.

MANN Natürlich mag ich dich.

Sie macht ihr Kleid auf.

Ich möchte dir dieses Buch zeigen.

Sie macht ihr Kleid wieder zu. Er öffnet das Buch.

Diese zwölf ruhenden Figuren stellen die Haupttugenden dar. *Er schnieft, liest.* »Ich habe gewählt und geheiligt diesen Ort, *Schnieft* ... damit mein Herz bleibe rein für ewig.« *Schnieft* Immer, wenn ich in dieses Buch schaue, rieche ich Gott. *Schnieft* Wir sprechen nicht mehr miteinander, aber ich kann ihn noch immer riechen. Warum lächelst du?

MÄDCHEN Verzeihung, ich wußte nicht, daß ich lächle.

MANN Kann ich dieses Lächeln haben?

MÄDCHEN Sind Sie verrückt oder so?

MANN Ich möchte dieses Lächeln haben, es bedeutet, du wirst mich mißbrauchen, darum will ich dieses Lächeln. Bitte, gib es mir.

MÄDCHEN Hören Sie auf, Sie machen mir angst.

MANN Ich liebe dich.

MÄDCHEN Lassen Sie die Zoten.

MANN Du glaubst mir nicht?

MÄDCHEN *macht ihr Kleid auf* Wenn Sie sagen würden: »Heb den Rock und bück dich«, würde ich Ihnen glauben, weil Sie so wirklich sind.

Sie versucht zu lachen. Der Mann blättert um.

MANN Da ist die Heilige Cecilia, wie sie mit gespaltenem Haupt zwei Tage und Nächte bei vollem Bewußtsein dalag und auf ihre Krone wartete.

Sie lacht. Mann liest.

»Für die Mater Dolorosa, auf daß die, welche trauern, getröstet werden und Gott die Tränen von ihren Augen wische.«

MÄDCHEN *weint* Warum bringen Sie mich durcheinander?

MANN Es war einmal ein Priester, der sah eine Dame. Wußte nicht, wie ihm geschah, wollte sie berühren, da hat er sich die Hände abgehackt.

Sie küßt seine Hände. Er macht ihr Kleid zu, der Reißverschluß verhakt sich, er fummelt an ihm, zieht ihn plötzlich herunter und dringt in sie ein. Blackout, Spelunken-Musik

5. Szene: Herr und Hund

Halloween. Ein ausgehöhlter Kürbis mit Kerzen im Inneren. Der Hund, von Würmern gequält, rutscht auf seinem Hinterteil. Der Mann hat eine Leine in der Hand und beobachtet ihn. Gelegentlich Feuerwerkskörper hinter der Bühne. Musik: ›Ein Hund kam in die Küche...‹

MANN Wie wäre es mit einem Spaziergang am Fluß?

HUND Heute nicht, vielen Dank.

MANN Über der Triboro-Brücke scheint der Mond.

HUND Ich sehe ihn von hier aus.

MANN Wie er auf dem Wasser zittert?

HUND Soll er zittern.

MANN Am Fluß könnte ich dich von der Leine lassen.

HUND Halloween gehe ich nicht aus dem Haus.

MANN Was hast du gegen Halloween?

HUND Zwei verdammte Niggerlümmel haben mir Knallfrösche an den Schwanz gehängt.

MANN Jugendlicher Übermut.
HUND Arschgeige haben sie mich genannt.
MANN Ein gewisser idiomatischer Nachdruck wird dir schon nichts anhaben.
HUND Ich habe meinen Stolz. *Rutscht auf dem Hinterteil* Also Scheiß auf Ihren idiomatischen Nachdruck. *Rutscht* Entschuldigung.
MANN Hämorrhoiden?
HUND Würmer.
MANN Schau dir den Mond an.
HUND *rutscht genießerisch* Jetzt nicht.
MANN Ein Hauch von Winter in der Luft. *Pause* Du bist ein Hund von Welt, nicht wahr, August?
HUND Ich bin herumgekommen.
MANN Wie erklärst du dir, daß es in New York mehr Hundescheiße gibt als sonst irgendwo?
HUND Es gibt mehr Hunde.
MANN Findest du das beruhigend?
HUND Eine gesunde Erscheinung.
MANN Ein Grund zum Feiern?
HUND Hören Sie, es gibt ein paar Dinge in diesem Land, an die ich mich gewöhnen muß. Aber eins muß man ihnen lassen, sie lieben ihre Hunde.
MANN Des Menschen bester Freund, und so'n Quatsch?
HUND Was sonst?
MANN Verfolgungswahn.
HUND Ich weiß nicht, was Sie meinen.
MANN Der kürzliche Zustrom von Hunden, oder hast du das nicht bemerkt?
HUND Oh, beiläufig.
MANN Ist dir aufgefallen, daß es unter all den Neuerwerbungen in diesem Block nicht einen einzigen Zwergpudel gibt?
HUND Chaqun à son goût.
MANN Die Weizbergs haben sich gerade eine Englische Bulldogge zugelegt – mit zehn Zentimeter langen Fangzähnen.
HUND *errötend* Oh, die!
MANN Ein Monster!

HUND Was reden Sie da, die ist doch wahnsinnig nett.

MANN Du mußt es ja wissen.

HUND Das verbitte ich mir.

MANN Als du letztes Mal deine Frühlingsgefühle hattest, warst du unter ihrem Fenster angebunden.

HUND *kühl* Dies ist ein freies Land.

MANN Wenn ich dich jemals auch nur bei einer Schnüffelei mit ihr erwische, sperre ich dich in den Heizungskeller.

HUND *lachend* Aber Herr Fridolin, Sie sind ja eifersüchtig!

MANN *schlägt ihn mit der Leine* Das ist Haß, der reinste Rassenhaß!

HUND *schreiend* Die Menschen haben ein Recht auf Protektion.

MANN Nicht auf Provokation!

HUND Wer provoziert?

MANN Du, zum Beispiel.

HUND Ich gehe schlafen.

MANN Wie alt bist du, August?

HUND Aus den ersten törichten Jugendjahren heraus, warum?

MANN Nicht so jung, wie du mal warst, was, August?

HUND *schaut in den Spiegel* Ich werde langsamer, das stimmt, aber wenn sie mir den Hof machen, sage ich: Meine Damen, sage ich, ich kann noch immer, aber ich muß nicht.

MANN *hält eine Hand hoch* Zeig, wie hoch du springst.

HUND Was wollen Sie von mir, Herr Fridolin?

MANN Spring!

HUND Sie machen mich ganz nervös!

MANN Spring!

Der Hund springt, erreicht die Hand nicht und stürzt.

Kläglich.

HUND *schwer atmend* Im Herbst neigen wir alle dazu, etwas träge zu werden. Letzten Sommer habe ich ein Backenhörnchen im Park gefangen. Versuchen Sie mal, ein Backenhörnchen im Park zu fangen!

MANN Schau dir den Mond an.

HUND Ein Hauch von Winter in der Luft.

MANN Früh dieses Jahr.

HUND Sechsundvierzig Tage bis Weihnachten. Geben Sie mir Ihre Pfote, Herr Fridolin.

MANN *weicht zurück* Ein kleiner Urlaub würde dir guttun. Was hältst du davon, den Winter in Florida zu verbringen?

HUND Wo Sie sind, will auch ich sein.

MANN Die Gordons werden gut für dich sorgen.

HUND Was soll das heißen, die Gordons werden gut für mich sorgen? Und wo sind Sie?

MANN Oh, ich komme von Zeit zu Zeit und besuche dich.

HUND *keuchend* Wenn Sie mich loswerden wollen, brauchen Sie mich nicht in Kost zu geben wie Ihre meschuggene Tante!

Zu den Zuschauern. Musik: Hugo Wolf

Acht Jahre meines Lebens habe ich ihm gegeben, die besten dazu, und was ist mein Lohn?

Büchsenfutter und Nicht-mit-der-U-Bahn-fahren-dürfen.

Niemals ohne Leine, außer im Morgengrauen, wenn die Bullen die Bestechungsgelder zählen.

Hab meine Heimat verlassen, das große Wasser überquert, und wofür?

Um im Süden zu ersaufen, und die fetten Spießer gucken zu?

Ach, wo sind die goldenen Träume meiner Jugend? Lassie nie begegnet.

Niemals meine eigenen Interessen verfolgt, niemals; nun gut, einmal auf Fire Island, oder war's zweimal, den Cockerspaniel nicht mitgerechnet.

Oh, Jo, mein Jo! Die Sonne war wie ein Feuerball, aber diese gottverdammten Liebermankinder drehten den Schlauch auf, gerade als ich im Begriff war, meine angeborene Schüchternheit zu überwinden.

Zum Mann

Wenn Sie mich loswerden wollen, stoßen Sie mich doch einfach unter einen Bus, und adieu!

MANN August, die Wahrheit ist, ich habe Unannehmlichkeiten durch dich.

HUND Ach, tatsächlich?

MANN Du bist ein Polizeihund.

HUND *indigniert* Ich bin ein französischer Pudel!

MANN Du bist ein Polizeihund!

HUND Ein Achtel jüdisch!

MANN Ein Polizeihund!

HUND Was haben Sie gegen Polizeihunde?

MANN Den ganzen Sommer die gleichen Fotos in den Zeitungen: Irgendso ein fettes Polizistenschwein mit einem Hund an der Leine, einem Hund wie du, der scharf darauf ist, seine Fänge in irgendein schwarzes Hinterteil zu graben. Jedesmal, wenn wir am Logierhaus an der Ecke vorbeigehen, wo die Schwarzen auf der Treppe sitzen, entsteht diese tödliche Stille, mir ist schrecklich zumute, ich weiß nicht, wo ich hinsehen soll. Was kann ich ihnen denn sagen, August? »Ich bin nicht so, wie ihr denkt« . . . ?

Das Mädchen ist hereingekommen und tritt plötzlich hinter den Mann.

MÄDCHEN *mit tiefer Stimme* Hallo, Cristiano.

MANN *erstarrt* Ich bin nicht so, wie ihr denkt.

MÄDCHEN Ich habe nicht gedacht.

MANN *dreht sich um* Wie geht's denn so, Rosinda?

MÄDCHEN Am Hungertuch nage ich nicht.

HUND Lange nicht gesehen.

MÄDCHEN Sie reißen unser Haus ab. Müssen am fünfzehnten draußen sein.

MANN Tut mir leid.

MÄDCHEN Könnten ich und Mama für eine Zeit hier wohnen?

MANN Ich glaube nicht, daß das ein gelungenes Arrangement wäre.

MÄDCHEN Wir sind sehr ruhig.

MANN Es wäre nicht praktisch.

MÄDCHEN Wo sollen wir sonst hin?

MANN Ihr werdet sicher irgendwo eine passende Unterkunft finden.

MÄDCHEN Entschuldigung, beißt der Hund?

HUND Ich möchte doch sehr bitten!

MANN Rosinda, jeder weiß, daß diese Hunderasse nicht beißt.

MÄDCHEN Schon, aber weiß das auch der Hund?

MANN Sag ihm, er soll sich totstellen.

HUND Herr Fridolin, das ist nun wirklich ganz überflüssig.

MÄDCHEN Hab hinter dir hergewischt. Dich gebürstet, wenn du die Haare verlorst. Stell dich tot, Hund!
Der Hund gehorcht.
Braves Hundi! *Sie holt eine Schere hervor.* Es ist alles in Ordnung. Ich bin jetzt ein anständiges Mädchen. Sie sind mein erster Kunde. Es kostet nichts. Ich muß üben, ich fange Montag meinen neuen Job bei Lizzie Arden an, deshalb muß ich üben. *Sie nimmt die Hand des Mannes.* Oh, was für hübsche Hände! Sie mögen die Nägel kurz, aber nicht zu kurz, wie man sagt? *Sie läßt die Schere fallen. Der Mann hebt sie auf.* Das sollen Sie nicht. *Sie packt die Schere.* Ich war weg, wissen Sie. In Santa Maria Dolorosa. Das ist aber ein Klassekrankenhaus. Da muß man sogar dafür zahlen, daß sie deine Pisse anschauen. Die Ärzte sind ein Haufen Wüstlinge. Sie pflanzen Schwänze im ganzen Garten, die werden ganz fett, ganz buschig... Geben Sie mir ein Küßchen.
MANN Rosinda...
MÄDCHEN Tut mir leid, ich hab's nicht so gemeint. Ich bin jetzt anständig. Die Schwestern haben mir ein neues Handwerk beigebracht. Ich fange Montag an, bei Lizzie Arden, wo sie den Dschungel von den Händen nehmen. Drei Dollar die Stunde und Fahrgeld. *Sie streichelt seine Hände, dann schlägt sie sie plötzlich hart gegen das Messing.* Tut mir leid, ich hab's nicht so gemeint. Oh, ein so hübscher Nagel ist gebrochen. Ich feile ihn gerade. Niemals... zu... spät... was heil zu machen.
MANN Du gehst jetzt besser, Rosinda.
MÄDCHEN Für drei Dollar und das Fahrgeld können Sie unter meinen Rock gucken und mein Mäuschen sehen. *Sie hebt ihren Rock für einen Moment.* Das als Vorgeschmack. Drei Dollar für ein kurzes Blinzeln? *Sie hebt wieder ihren Rock für einen Moment.* Zwei Dollar? Bitte helfen Sie Rosinda. Es geht ihr nicht sehr gut! Einsfünfundzwanzig, Herrgott noch mal! *Sie fuchtelt mit der Schere.*
MANN Kein Grund, gewalttätig zu werden! *Er wirft ihr drei Dollar zu.*
MÄDCHEN *weinend* Helfen Sie Rosinda... Sie ist leer.
MANN Benehmen wir uns zivilisiert, ja? Hier, meine Uhr. Bleib, wo du bist, ich werfe sie dir zu. *Er wirft ihr die Uhr zu.*

MÄDCHEN *fuchtelt in der Luft herum* Du mieser Erwachsener!

MANN Keine Gewalt, bitte! Hier, mein Ring!

Sie läßt die Schere fallen. Er steckt ihr den Ring an den Finger.

MÄDCHEN *hält den beringten Finger hoch* Werden Sie sich um meinen geschwollenen Bauch kümmern? *Pause* Ach, ich werde dieses Kind gebären und ihm eine Tüte Sprengstoff zur Kommunion kaufen, damit's ein Bombenleger wird. Zeit heilt alle Wunden, nicht wahr, meine Damen? Im Mai habe ich noch bürgerlich um einen Ehemann gebetet, bis Dezember bin ich so abgebrüht, daß mich kein Pferd schwängern kann.

Polizeisirenen hinter der Bühne. Sie beginnt wegzulaufen.

Bis bald!

Stille

HUND *spielt immer noch tot* Ist sie weg?

MANN Ja.

HUND Fröhliche Chanukka!

MANN Ich glaube, sie hat mir den Daumen gebrochen.

HUND Oh, dieses Miststück! *Boxt in die Luft* Ich werd's ihr zeigen, ich werd's ihr schon zeigen, ich reiße sie in Stücke.

MANN Sitz!

HUND Haben Sie Schmerzen?

MANN Ja. *Der Hund leckt seinen Daumen.* Laß das.

HUND Sie hat Ihren Ring gestohlen.

MANN Ich habe ihn ihr gegeben.

HUND Ich hab's gesehen! Wenn das kein Überfall war! Also, die kommt mir nicht so davon. Ich habe meinen Stolz, müssen Sie wissen. Und sie hat einen ... Hanswurst aus mir gemacht. Ich sage Ihnen, diese Gegend verkommt. Letzten Sonntag haben sie Mrs. Canuttis Topfpalmen entweiht.

MANN Aber ihre Lippen sehen aus, als verteilten sie Küsse.

HUND Sie sollten nicht auf Mrs. Canuttis Topfpalmen pinkeln.

MANN Sie bewässern unsere Gräber.

HUND Ich rufe die Polizei.

MANN Ich habe nicht die Absicht, sie wegen eines schäbigen Ringes anzuzeigen.

HUND Ihr Ehering!

MANN Und?

HUND Ahh!

MANN Ich hetze doch nicht die Bullen auf sie, damit sie durch das Logierhaus trampeln und alles niedermähen, was sich bewegt.

HUND Mit 'nem Flammenwerfer fallen die da ein!

MANN Bist du mal in diesem Logierhaus gewesen? Zehn Leute in einem Zimmer, Ratten äugen durch die Ritzen, selbst wenn der eisige Wind vom Hudson herbläst.

HUND Sie sollten es mit einem Bulldozer plattwalzen!

MANN Was ist in dich gefahren, August?

HUND Ich habe meinen Stolz, und ich werde das in Ordnung bringen, Herr Fridolin. Sie bleiben hier, während ich Ihren Ring hole, unterbrechen Sie mich nicht, ich werde Sie diesem Abschaum nicht aussetzen. Die würden Sie steinigen, Sie an Ihren Füßen packen und Ihren Kopf an die Wand schmettern. Ich gehe allein, rauf und vorbei an diesen Niggern, die vor dem öffentlichen Klo warten, na los, brechen Sie mir das Rückgrat, ich nenne einen Nigger einen Nigger, das geb ich Ihnen schwarz auf weiß. Was sagen Sie zu diesem Wortspiel? Was sagen Sie zu diesem Hauch von schwarzem Humor? Und ich werde zu ihnen sagen: »Freunde, ein Ring ist verlorengegangen, ich beschuldige niemanden, laßt uns das in aller Freundschaft regeln, ich will den Ring meines Herrn, ihr Arschlöcher, oder ich mache Haschee aus euch.« Lassen Sie mich ausreden: Wissen Sie, wie's in dem Logierhaus aussieht? Huren, Zuhälter, Fixer und Bombenleger. Und die Frauen sitzen rehäugig in den Fenstern und warten nur auf die Gelegenheit, einem ein Bügeleisen auf den Kopf zu werfen. Und sie feiern wilde Feste auf unserem Dach, wußten Sie das? Gott weiß, wie sie da raufkommen, das müssen Akrobaten sein. Sie klettern die Feuerleiter rauf und springen über die Straße und über den drei Meter hohen Maschendraht. Sonntag habe ich zwölf leere Flaschen Hustensirup zwischen den Schornsteinen gefunden. Es ist Bürgerkrieg, das sage ich Ihnen. Wer hat denn den Sohn von den Maloneys für ein Mädchen gehalten und sich an ihm vergangen? Wie ist Dr. Bagel gestorben? Niedergestochen in seinem eigenen Fahrstuhl, als die automatische Fernsehkamera gerade kaputt war, ein Küchenmesser, soo lang, steckte in seinem Bauch. Sind Sie in letzter Zeit mal mit der U-Bahn gefahren? Auf jedem Poster sind die Augen ausgestochen, aufhetzendes Gekritzel, wo man hinschaut: »Bekämpft die Umweltverschmutzung, eßt eine Taube!« Und: »Dracula saugt!« Und, mitten im Herzen New Yorks: »Amis raus!« Und hören Sie!... *Senkt die Stimme* Behalten Sie es für sich, letzte Nacht sind drei kleine Mädchen in makelloser weißer Spitze durch den Block gegangen und haben jede makellos weiße Tür mit... einem Kreuz markiert!

Ein Ascheimer poltert draußen die Treppe herunter.

MANN *in Panik* Faß, August, faß!

Der Hund läuft kläffend herum.

HUND *stolzierend* Was sagen Sie dazu? Haben Sie mich gesehen? Haben Sie gesehen, wie ich sie den Block langgejagt habe, umzingelt, wie ich war? Nun wissen Sie, warum unser Haus das einzige in der Gegend ist, in das noch nicht eingebrochen wurde! Man kennt mich als Iwan den Schrecklichen, II. Teil! *Zieht furchteinflößende Grimassen, rutscht auf dem Hinterteil* Entschuldigung. *Hört auf zu rutschen* Mein Gott, es ist dunkel dort draußen.

Stille

MANN *ruhig* Hast du sie gebissen?

HUND Ich habe meine Zähne zehn Zentimeter tief in ihre schwarzen kleinen Hintern gehauen.

MANN Du mußt toll sein.

HUND *setzt sich hechelnd* Herr Fridolin, Sie wissen sehr wohl, ich habe in meinem Leben noch niemanden gebissen.

MANN Dein Maul tropft.

HUND Ich habe sie meinen Atem spüren lassen, das ist alles. Hat trotzdem Spaß gemacht.

MANN Du bist ein Killer.

HUND *lacht* Oh, ich bin der heilige Schreck persönlich.

MANN Weißt du, was man mit tollen Hunden macht?

HUND Man steckt sie in die Klapsmühle?

MANN Man erschießt sie.

HUND Oh, Gott, woher haben Sie diese Pistole?

MANN *spielt mit der Pistole* Welche Pistole? Habe nie in meinem Leben eine Pistole besessen. Würde solchen Dreck nicht anrühren. Bin stolz darauf, der einzige Hausbesitzer in der Gegend zu sein, der keine Pistole besitzt, hab sie vor zwei Tagen gekauft. Glaubst du, ich gehe hier ohne Pistole spazieren? Ich bin doch kein Selbstmörder. *Wirft die Pistole dem Hund zu*

HUND Sie sind aufgeräumt, mein Prinz! *Wirft die Pistole spielerisch zurück*

MANN An diesem Haus sollte außen ein Schild sein: ›Vorsicht, bissiger Mensch!‹ *Wirft die Pistole dem Hund zu*

Musik: Etwas Hugo Wolf

HUND Oh, ich mag Ihre humoristische Ader, Herr Fridolin. *Wirft die Pistole zurück* Legen Sie Ihre Arme um mich. *Kuschelt sich in den Schoß des Mannes* So haben wir lange nicht mehr gesessen, Ihre Arme um mich, nicht seit dem 4. Juli in den Berkshires, wissen Sie noch? Wir grillten bei Sternenlicht. Der Himmel war ein kleines Schlachtfeld, und ich saß zitternd unter Ihren Knien. Unverhoffter Lärm hat mich immer erschreckt, aber solange ich unter Ihren Knien saß, war alles gut. Ich sage nicht, daß alles eitel Sonnenschein war. Ein Fisch im Stockbridge-See hielt meinen Penis für ein koscheres Würstchen und biß aus Versehen hinein. Da sind Sie für mich eingetreten! Da waren Sie großartig! Sie fingen den kleinen Schuft noch am gleichen Tag ein, aber als er zuckend auf dem Floß lag und sein Mund vom Angelhaken blutete, sagte ich zu Ihnen: »Haben Sie Erbarmen mit seiner Seele«, und Sie warfen ihn zurück ins Wasser.

MANN Schau dir den Mond an!

Der Hund gehorcht und heult gegen den Mond.

Das machst du ganz gut.

HUND Na ja, sind nicht viele von uns Heulern übriggeblieben.

MANN Bring es mir bei.

Der Hund heult. Der Mann erschießt ihn. Dann setzt er sich neben ihn und heult gegen den Mond. Das Ding erscheint. Der Mann zuckt hilflos mit den Schultern. Langsam wird das Licht eingezogen.

6. Szene: Bespitzelt

Osterwoche. Der Sohn und das Ding basteln Bomben und ähnliches. Die Frau hat die Gebrauchsanweisung und beobachtet die beiden liebevoll. Musik: ›Hold the Fort‹

FRAU *liest* »Eine Viertel-Liter-Flasche. Am besten Bier. Zur Hälfte mit Benzin, zur anderen Hälfte mit zerkleinertem Schaumgummi füllen. Vierundzwanzig Stunden stehen lassen. Einen Tampon in Benzin tauchen und zwei Zentimeter tief in die Flasche stecken. Tampon anzünden und werfen.« Endlich hast du ein sinnvolles Hobby gefunden, was, Liebling? Erinnerst du dich an die Drachen, die niemals vom Boden abhoben? Und an die Modellflugzeuge, Junker und Focker, kein Wunder, daß sie den Krieg verloren haben, die waren ganz multschig, und von dem Klebstoff mußte man so komisch kichern.

DAS DING Lies weiter, Schwester.

FRAU *liest* »Hier ein einfaches Rezept: Eine brennende Zigarette zwischen ein Streichholzbriefchen legen und es schließen. (Pall Mall ohne Filter sind die besten.) Wenn die Zigarette runterbrennt, fangen die Hölzer an zu brennen. Gut für Bekleidungsgeschäfte. (Immer Handschuhe tragen, um Fingerabdrücke zu vermeiden.)«

DAS DING Laß jucken, Schwester.

Der Mann tritt auf. Das Ding und der Sohn verstecken die Sachen.

MANN Ich glaube, ein Mann beobachtet das Haus.

FRAU Warum denn?

MANN Ich weiß nicht.

SOHN Laß sehen.

Nebelhorn vom Fluß

MANN Warte. Ich möchte nicht, daß er weiß, daß ich weiß. Schau wie zufällig aus dem Fenster.

Der Sohn gehorcht.

Noch immer da?

SOHN Welcher?

MANN Schaffellmantel und Filzhut.

SOHN Noch da.
MANN Was macht er?
SOHN Liest Zeitung.
MANN Lehnt am Spielplatzzaun?
SOHN Sitzt auf dem Feuerhydranten.
MANN Wendet gelegentlich eine Seite?
SOHN Nein.
MANN *plötzlich zum Ding* Was, zum Teufel, machen Sie hier?
DAS DING Oh.
FRAU Hilft Billy bei den Hausarbeiten.
MANN Sehr nett von Ihnen.
DAS DING Ist mir ein Vergnügen.
MANN Höflichkeit verschönert das Leben.
DAS DING Gesprochen wie ein Gentleman.
MANN Scheint der Mond?
SOHN Nein.
MANN Straßenbeleuchtung?
SOHN Noch nicht.
MANN Eine Art... Zwielicht?
SOHN Zieht sich hin.
MANN Hell genug, um die kleine Schrift zu erkennen?
SOHN Nein.
Nebelhorn
MANN Er steht dort seit Mittag.
SOHN Beide?
MANN Vermehren sich schnell.
FRAU Wer kann das sein?
MANN Bestimmt vom Tierschutzverein. Ich werde jetzt dieses Stück Papier verbrennen. Paß auf, ob sie reagieren. *Er zündet aus Versehen den Molotow-Cocktail an.*
DAS DING Ich verdufte. *Nimmt die Bombe und geht ab*
FRAU Was für ein netter Mann...
Detonation hinter der Bühne
...er war.
MANN Ich glaube, diesmal geht's mir an den Kragen.
FRAU Wie meinst du das, Lieber?
Türklingel. Der Sohn öffnet die Tür. Zwei Männer kommen herein, konservativ gekleidet.

SCHAFFELL Der Klempner. *Pause* Ich weiß, wo es ist.

Sie kriechen unters Bett und installieren Mikrofone.

MANN Hast du den Klempner bestellt?

FRAU Nein.

Wasserspülung. Schaffell und Filzhut erscheinen lächelnd.

SCHAFFELL *herzlich* Es ist jetzt in Ordnung.

MANN Haben wir heute abend heißes Wasser?

FILZHUT Eine Masse heißes Wasser. Heißes Wasser, soviel Sie wollen.

MANN Wir hatten heute morgen schon heißes Wasser.

FILZHUT Das meine ich ja.

MANN In diesem Haus hat es schon immer heißes Wasser gegeben.

SCHAFFELL *herzlich* Man kann nicht alles haben.

Sie gehen ab.

MANN Billy, pack mir einen kleinen Koffer mit dem Nötigsten.

Der Sohn geht ab.

FRAU Du willst uns doch nicht verlassen?

MANN Sie sind hinter mir her.

FRAU Warum, was hast du getan?

MANN Was immer man tut, es ist gegen die Gesetze.

FRAU Du übertreibst.

MANN Sie haben infrarote Mikrofone, die so empfindlich sind, daß sie einen leisen Furz zwei *Senkt die Stimme* Straßen weiter hören.

FRAU Du bist doch nicht dabei, den Sinn für die Realität zu verlieren, Liebster?

MANN Ihre Hunde lieben sie sehr. Hörst du ein Klicken, wenn du telefonierst?

FRAU Nicht daß ich wüßte.

MANN Paß auf. *Hebt den Hörer. Ein Klicken* Siehst du?

STIMME *am Telefon* Hier ist der Fleischmarkt. Ihr Truthahn kann abgeholt werden.

MANN Ich habe keinen Truthahn bestellt.

STIMME *am Telefon* Wie Sie meinen, es ist Ihr Truthahn und nicht meiner.

Ein Klicken. Der Mann hängt auf. Das Telefon klingelt. Der

Mann will den Hörer aufnehmen. Das Telefon hört auf zu klingeln. Pause. Das Telefon klingelt. Der Mann nimmt den Hörer ab.

MANN Hallo?

Ein Klicken. Der Mann legt den Hörer auf. Das Telefon klingelt.

Ja?

STIMME *am Telefon* Was soll das heißen?

Ein Klicken. Der Mann schmeißt den Hörer auf die Gabel. Das Telefon klingelt.

MANN Hallo?

STIMME *am Telefon* Bist du es?

MANN Nein.

STIMME *am Telefon* Wie ist Ihre Nummer?

MANN Welche Nummer wollen Sie?

STIMME *am Telefon* Welche Nummer haben Sie?

MANN Ich stehe nicht im Buch.

STIMME *am Telefon* Entschuldigen Sie, mein Irrtum.

MANN Mehr Glück beim nächsten Mal.

STIMME *am Telefon* Höflichkeit verschönert das Leben.

MANN Leck mich! *Legt den Hörer auf*

STIMME *am Telefon* Gesprochen wie ein Gentleman.

Pause

MANN Bist du mit dem Gesetzbuch vertraut? Das hat was gegen fremdländische Varianten. Damals, in den Sechzigern, liebte ich dich andersherum. Reicht im Staate New York schon zur Verbannung. Wenn ich das tue, *Berührt ihre Lippen* mache ich mich der Unmoral schuldig. Als du letztes Mal einreistest, haben da die Paßkontrolleure in ihrem kleinen schwarzen Buch nachgesehen?

FRAU Ich weiß nicht, wovon du sprichst.

MANN Ich zeige es dir. *Spielt einen Paßkontrolleur* Zeigen Sie mal Ihren Paß, Fräulein.

Sie gehorcht.

Machen Sie das Ohr frei.

FRAU Warum nur das Ohr?

MANN Ohren ändern sich nicht. Nasen werden knollig, Busen schlaff, der Mund fällt zusammen, aber auf Ohren kann man sich verlassen. Okay, Doris, was haben wir denn angestellt?

FRAU Nichts.

MANN Hören Sie auf mit dem Blech! Sehen Sie diese Schlange? Dreihundertfünfzig Katzelmacher wollen in unser Land. – Da ist ja schmutzige Unterwäsche.

FRAU Sie steckt in einer Plastiktüte, vollständig abgesondert von den anderen Sachen.

MANN *brüllt* Fünf stinkende Unterhosen und ein sehr merkwürdiges Handtuch. Dies ist ein sauberes Land. Wo waren Sie in den letzten zwei Wochen?

FRAU Paris.

MANN Paris!?

FRAU Warum, was ist dabei?

MANN Was dabei ist? Sie machen wohl Witze. Und was war mit dem kleinen kahlen Mann im Luxemburg-Garten?

FRAU Er war nicht kahl.

MANN *drückt sie zu Boden* Okay, noch schwitzen Sie nicht, aber eines sag ich Ihnen, uns legen Sie nicht rein. *Sperrt ihren Mund auf, schaut hinein* Sie mögen chinesisches Essen?

FRAU In Maßen.

MANN *setzt sich auf sie* Wer hat Ihre Schwester Margaret vom Treppengeländer gestoßen?

FRAU *beginnt zu schwitzen* Das ist schon lange her.

MANN Als Bernard Sie um Hilfe anging, haben Sie ihm die fünfzig Dollar gegeben?

FRAU Ich hatte sie nicht.

MANN Er hat sich erschossen.

FRAU Er war überarbeitet.

MANN Sie leben allein?

FRAU Er erwartet mich zum Abendessen.

MANN *fällt über sie her* Ein Mann, was?

FRAU Im großen ganzen.

MANN *würgt sie* Was tun Sie nach dem Essen? Ein Bad nehmen? Nackt, wie? In die Federn hüpfen, was? Zusammenkuscheln?

FRAU Und flüstern.

MANN Was flüstern?

FRAU Süße Nichtigkeiten.

ZIMMER *flüsternd* Nichtigkeiten... Nichtigkeiten...

Der Mann bringt sie zum Schweigen. Sie horchen. Das Zimmer atmet schwer. Der Mann fühlt sein Herz. Im Zimmer hallt der Herzschlag wider. Der Mann flüstert der Frau ins Ohr. Sie flüstert ihm ins Ohr. Im Zimmer hallt das Flüstern wider. Der Sohn kommt zurück. Die Frau flüstert ihm ins Ohr. Der Sohn flüstert dem Mann ins Ohr. Der Mann flüstert dem Sohn ins Ohr. Die Frau schreit. Der Mann hält ihr den Mund zu. Der Sohn schreit. Die Frau hält ihm den Mund zu. Der Mann schreit. Der Sohn hält ihm den Mund zu. Alle drei schreien und halten sich gegenseitig den Mund zu. Ein Mikrofon, getarnt als Spinne, senkt sich herab. Musik: ›America the Beautiful‹. Die Frau kocht Tee. Der Sohn und der Mann begeben sich zwischen die Zuschauer.

MANN UND SOHN *flüsternd* Vorsicht! Aufpassen, was ihr sagt. Dieser Raum wird bespitzelt.

Sie wiederholen das mehrere Male.

FRAU Tee!

Mann und Sohn gehen zu ihr. Klappernde Löffel, sie schlürfen und sprechen mit offiziellen Stimmen.

MANN Bist du okay?

FRAU Danke ja, bist du okay?

MANN Danke ja, bist du okay?

SOHN Danke ja, warum sollte ich nicht?

FRAU Du sollst.

SOHN *aggressiv* Ich bin.

MANN Du mußt.

Sie beobachten die Spinne. Sie lächeln.

FRAU Schließlich ist ja alles in Ordnung.

MANN Ja, alles ist prima.

FRAU Alles ist okay.

MANN Okay.

FRAU Okay.

SOHN *ungeduldig* Okay!

FRAU Könnte nicht besser sein.

MANN Könnte schlimmer sein.

FRAU War auch schlimmer.

MANN Wird besser werden.

FRAU Das vergißt man leicht.

SOHN Oh, ich nicht.

MANN Darfst du auch nicht.

SOHN *ironisch* Werde ich auch nicht.

Sie schauen ihn warnend an und lächeln.

MANN Natürlich können Probleme auftreten.

FRAU Natürlich gibt's Probleme.

MANN Probleme gab es schon immer.

FRAU Probleme wird es immer geben.

SOHN Nicht immer.

MANN Ohne Probleme geht es gar nicht.

FRAU Ja, aber es hat keinen Zweck, sie zu vergrößern, Lieber.

MANN Zu übertreiben, Liebes.

FRAU Aufzubauschen, Lieber.

MANN Wo gibt es schon Tesafilm in dieser Auswahl?

FRAU Wo kann man schon dreihundert Meilen fahren, ohne ein Huhn zu überfahren?

MANN Wo gibt es schon die versiegelte Klobrille?

SOHN *laut* In Omsk.

Sie schauen ihn warnend an und lächeln. Der Sohn steht auf.

Sagt mal ehrlich, was denkt ihr über...

MANN *nervös* Oh, unbedingt.

SOHN Grundsätzlich gesprochen?

MANN Andererseits.

SOHN Nichtsdestoweniger?

MANN Dessenungeachtet.

SOHN Eine Frage von Geben und Nehmen?

MANN Es ist nicht alles schwarz oder weiß.

SOHN Zwei Antworten auf jede Frage?

MANN Ja.

SOHN Auch auf Mord?

MANN Eine Frage von Geben und Nehmen.

SOHN *explodiert* Warum hat man Abraham Lincoln umgebracht? Warum hat man ihn umgebracht?

Lähmende Stille. Der Mann denkt über eine unverfängliche Antwort nach, es fällt ihm keine ein.

MANN Man hat ihn gar nicht umgebracht.

Die Frau lächelt erleichtert. Der Mann lächelt erleichtert.

SOHN *provozierend* Mich bedrückt was.
Der Mann und die Frau signalisieren Vorsicht.
Gestern abend habe ich Steve Goldberg getroffen.
MANN *unbehaglich* Jungs sind Jungs.
SOHN Er wollte, daß ich ihn heirate.
FRAU *schockiert* Dieser Jude?
SOHN Er hat mich geküßt.
MANN Verdammte Tunte, raus aus meinem Haus!
SOHN Ich schäme mich so, ich könnte mich umbringen.
MANN Dann tu's doch!
SOHN Redet doch mit mir!
Pause. Sie beobachten die Spinne.
MANN Wie geht's in der Schule?
Musik: ›Patter Song‹
SOHN
Na gut, ich sag's euch, weil ihr fragt,
Und da ihr fragt, wollt ihr's so haben.
Messer, Dietrich, Schraubenzieher,
Nehm ich zur Schule mit,
Und flüssiges Blei und 'ne Schere für Draht,
Und Stempel, 'ne Dose Farbe zum Sprühn,
Chirurgenbesteck und 'ne Masse Pot –
Die Eiserne Ration der Stadtguerillas.
Der Mann und die Frau versuchen, ihn zum Schweigen zu bringen.
Supermärkte sind Volksrestaurants,
Man kann Obst klauen, Nüsse und Käse.
Schlimmstenfalls
Sagt ein Verkäufer: Verschwinde.
Der Mann und die Frau versuchen, ihn zum Schweigen zu bringen.
Telefonieren sollte gratis sein.
Doch mit 'ner Kreditkarte kann man sich helfen.
'n Buchstaben nimmt man, (dies Jahr ist es P)
Hängt 'ne glaubwürdige Zahl dran, 'ne echte
Dreistellige Postleitzahl, und die Vorwahl für die Stadt.
Und kriegt man 'ne Rechnung, IBM–gestanzt,
Macht man 'n paar Extra-Löcher rein,
Und ihre Computer sind im Arsch.

Der Mann und die Frau versuchen, ihn zum Schweigen zu bringen.
Doch das beste sind die Straßen. Die Luft ist geladen,
Du kämpfst mit den Bullen, und das ist 'n Hammer.
Ich tu's, weil die Ausbeuter mich aussaugen.
Letzte Woche, vorm Konsulat von Brasilien,
– 'ne Flasche Benzin, die Tülle nach unten,
Durchs Loch der Hosentasche gesteckt,
Ein Druck auf die Pulle, und... Pschtttt!
Jetzt soll es brennen, nicht später, Jungs.
Reicht dir die Antwort, Papa?
Er läuft weg. Eine lange Stille

FRAU Was?
Stille
Was war das?
Stille
Ich möchte ja nicht streitsüchtig sein, Lieber, aber dein Nuscheln wird immer schlimmer. Ich habe kein Wort verstanden von dem, was du eben gesagt hast.

MANN Ich habe seit sechs Stunden kein Wort gesagt.

FRAU Auch eine Art, den Nachmittag zu verbringen.
Stille

MANN Es ist nicht so, daß ich dir nichts zu sagen hätte, aber seit einiger Zeit denke ich darüber nach, daß es ein interessantes ästhetisches Experiment wäre, mal zur Abwechslung... nichts zu sagen.

FRAU Aha.
Sie beobachten die Spinne. Stille

MANN Da hätten wir wieder eins.

FRAU Ein was?
Der Mann sagt nichts.
Ach ja.

MANN Nicht schlecht, was?

FRAU Ziemlich gut für ein Nichts.

MANN *begierig* Im Ernst?

FRAU Wenn es darum geht, nichts zu sagen, bist du absolute Spitze, Liebster.

MANN Ich habe gehofft, das würdest du eines Tages erkennen.

FRAU Begabung setzt sich durch.
MANN Sag das noch mal.
FRAU Darf ich ganz offen sein?
MANN Du weißt, ich schätze konstruktive Kritik.
FRAU Das beste Nichts, das ich je gehört habe.
MANN Du machst mich zum glücklichen Menschen.
FRAU Muß gekürzt werden.
MANN Leck mich am Arsch!
FRAU Nimm es nicht so persönlich.
MANN *brüllt* Habe an diesem Nichts bis fünf Uhr morgens gearbeitet!
FRAU Vielleicht habe ich es falsch verstanden.
MANN Ach, es ist sinnlos!
FRAU Die ersten Eindrücke sind oft die falschen.
MANN Du hast kein Verständnis für die moderne Kunst.
FRAU Könnte ich es noch mal hören?
MANN Wenn du darauf bestehst.
Lange Stille
FRAU Oh, sehr rührend!
MANN Nicht wahr?
FRAU Voller Andeutungen!
MANN Ja, aber ist es klar?
FRAU Perfekte Präzision!
MANN Außer ein paar... faszinierenden Doppeldeutigkeiten?
FRAU Undurchsichtigkeiten.
MANN Du magst es nicht!
FRAU Fesselnd von Anfang bis Ende.
MANN So? Was bedeutet es denn?
FRAU Nun, es bedeutet, was es sagt.
MANN Das wäre?
FRAU Nichts.
MANN Richtig. Nebenbei gesagt, ich könnte es zu einem abendfüllenden Nichts entwickeln. Der erste Akt würde...
Stille
Der zweite könnte...
Stille
Aber der letzte... einfach... unendlicher Raum.

FRAU Zwischen Sonne und Mond?

MANN Zwischen uns.

FRAU *in Tränen* Oh?

MANN Da wär wieder eins.

Stille

FRAU Es ist nicht dasselbe.

MANN Ist es nie.

FRAU Das erste Mal ist es immer am besten. Oh, diese Spontaneität! Es war so... authentisch beim ersten Mal! Beim ersten Mal fühlte ich, du meintest...

Stille

...aber diesmal könnte ich nicht sagen, ist es...

Stille

...oder vielleicht...

Stille

MANN Was ich sagen wollte, war einfach...

Stille

FRAU Du hast den Nerv, dazusitzen und mir ins Gesicht zu sagen, daß...

Stille

Sag das noch mal...

Stille

So kannst du nicht mit mir reden!

MANN Ich meinte doch nur...

Stille

FRAU Du lügst. *Geht ab*

MANN Keiner verträgt die Wahrheit.

Stille

STIMME *unter dem Kopfkissen* Du hältst uns nicht zum Narren.

Der Mann sieht sich um.

STIMME *hinter dem Messinggestell* Denk an etwas.

Der Mann tut es.

STIMME *aus der Spinne* Dafür kannst du fünf Jahre kriegen.

Der Mann schaut hoch.

STIMME *hinter dem Spiegel* Jeder übertritt die Gesetze.

Der Mann sucht nach Mikrofonen. Höhnisches Husten, Niesen, Gelächter und Schmählaute springen von Mikrofon zu Mikrofon.

Der Mann reißt die Spinne herunter, entdeckt das Mikrofon, betrachtet es.

STIMME *aus der Spinne* Hallo.

MANN Im Namen aller bemaulkorbten Hunde...

STIMME *aus der Spinne* Was?

Mann beginnt zu schreien. Schaffell und Filzhut schleppen den Sohn herein, der zusammengeschlagen ist.

Er hat was Falsches gesagt.

SCHAFFELL Rote Sau!

Musik: Hugo Wolf. – Schaffell und Filzhut lehnen den Sohn gegen das Bettgestell. – Sie werfen dem Mann Pistole und Apfel zu. – Schlagen den Pianisten nieder. – Schaffell übernimmt das Klavier, Filzhut das Schlagzeug. – Musik: ›Ach, du lieber Augustin‹. – Der Mann geht zum Sohn, setzt ihm den Apfel auf den Kopf. – Sie umarmen sich. – Der Mann macht zehn Schritte, dreht sich um, zielt zitternd. – Trommelwirbel. – Der Mann schießt, schließt die Augen. – Der Sohn beißt schnell ein Stück vom Apfel ab, tut ihn zurück auf den Kopf. – Der Mann öffnet die Augen, glaubt, er hätte den Apfel getroffen, sagt erleichtert: »Gott sei Dank... faaabelhaft.« – Wieder Zirkusmusik. – Der Mann bückt sich und zielt durch seine Beine hindurch. – Trommelwirbel. – Der Mann schießt, schließt die Augen. Der Sohn beißt in den Apfel. – Der Mann öffnet die Augen, sagt erleichtert: »Gott sei Dank... faaabelhaft.« – Zirkusmusik. – Der Mann wendet sich wieder dem Sohn zu, zielt mittels eines Taschenspiegels. – Trommelwirbel. – Der Mann schießt, schließt die Augen. – Der Sohn beißt in den Apfel, tut den Apfelrest auf den Kopf zurück. – Zirkusmusik und Trommelwirbel. – Und so weiter: Der Mann schießt, während er Purzelbäume und Saltos macht, der Sohn beißt in den Apfel. – Der Mann öffnet die Augen, sagt erleichtert: »Gott sei Dank... faaabelhaft.« Zirkusmusik. – Der Mann geht umher und zeigt den Zuschauern ein Tuch, will dem Sohn die Augen verbinden, der lehnt ab und verbindet dem Mann die Augen. – Starker Trommelwirbel. – Der Mann zielt mit verbundenen Augen, schießt, trifft den Sohn ins linke Auge, der Sohn fällt um. – Stille. – Der Mann wagt nicht, die Binde abzunehmen. – Dann tut er es. – Langsam wird das Licht eingezogen. Zirkusmusik

7. Szene: Zusammenbruch

Weihnachten. Der Mann liegt mit einer Erkältung im Bett. Der Sohn, mit bandagiertem Auge, packt Geschenke ein. Die Frau schmückt den Baum. Boshafte Strindberg-Stimmung. Musik: ›Stille Nacht...‹

MANN Kaufmans Botenjunge will die Zeitung einfach nicht oben auf die Vortreppe legen. Er legt sie an den Fuß der Treppe, wo sie der Rauheit der Elemente ausgesetzt ist. Schaut, sie verrottet wie Herbstblätter.
FRAU Ruf Kaufman an und beschwer dich.
MANN Du weißt, ich bin technisch unbegabt.
SOHN Wählen ist doch nicht so schwierig heutzutage.
MANN Mein Finger könnte sich einklemmen. *Er klemmt sich ein.*
SOHN Muß geölt werden.
FRAU *scharf* Muß noch manches mehr als geölt werden.
MANN *nimmt das Thermometer aus dem After, steckt es in den Mund* Was ist mit der... *Spuckt das Thermometer aus* Heizung los?
FRAU Sie ist nicht an.
MANN Was soll ich machen?
FRAU Zum Beispiel den Heizkörper anstellen.
MANN Im Uhrzeigersinn?
FRAU Herrgott noch mal!
SOHN Gegen den Uhrzeigersinn.
Der Mann versucht es. Der Radiator spuckt.
MANN Die Wunder der Technik!
FRAU Wann hast du den Boiler das letzte Mal kontrolliert?
MANN Trau mich nicht.
FRAU Reguliere wenigstens den Wasserstand.
MANN Kann den Wasserstand nicht erkennen, die kleine Glasröhre ist rostig von Ablagerungen.
SOHN Säubere die kleine Glasröhre und durchspüle das Sprinklerventil.
MANN Das grüne Ventil oben oder das schwarze, na ja, nicht direkt schwarz, mehr grau mit dem Etikett dran?
SOHN Das grüne.
MANN Ich brauche präzise Instruktionen, diese Aufgabe ist nicht ungefährlich.

FRAU Warum wirst du nicht endlich erwachsen und ein Mann?

Der Radiator wird grün und explodiert.

MANN Manche Leute sind Holzhauer, andere sprengen Felsen. Ich bin kein geborener Klempner.

FRAU Als wir uns kennenlernten, hast du gesagt, ich werde nie zulassen, daß du Geschirr spülst, nicht eine einzige Tasse. Ich werde das Dach teeren, hast du gesagt. Ich werde die Fenster abdichten. Ich sorge dafür, daß der Abfluß nicht verstopft, ich repariere den Schwimmerhahn. Ich streiche den Zaun grün und pflanze tropische Blumen... da, wo vorher nichts gewachsen ist.

MANN Das kann schon sein, aber es ist jetzt halb zehn Uhr morgens, und ich muß den Kontakt mit der Welt wiederherstellen. *Er stellt den Fernseher an.*

Der Nachrichtensprecher erscheint aus dem Flimmern und starrt, unbewegt dasitzend, hinaus. Der Mann starrt zurück. Sie starren einander an.

Nun?

Der Nachrichtensprecher schweigt.

Na, wird's bald!

Der Nachrichtensprecher dreht ihm verächtlich den Rücken zu. Der Mann gibt dem Fernseher einen Tritt.

NACHRICHTENSPRECHER Verdufte, ich bin nicht in Stimmung!

MANN *boxt auf den Fernseher ein* Wie steht das Fußballspiel?

NACHRICHTENSPRECHER *verblaßt* Mir reicht's!

Der Fernseher wird schwarz, dann blau.

FRAU *kichernd* Sonst noch was?

SOHN *kichernd* Paß auf die Drehtür auf!

FRAU Welche Drehdrehddrehdrehdrehdreh...?

Der Mann hat das Radio eingeschaltet.

RADIO Stürme in Orkanstärke sind angesagt für ein weites Gebiet zwischen dem Ohiotal und New... *Die Stimme wird leiser, wie vom Sturm aufgesogen.* ...Engl..a.a...and. Ruft die Küstenwa.a.a.ch..e!

FRAU *kichernd* Paß auf das Kliff auf!

SOHN *kichernd* Was für ein... *Als fiele er von einer Klippe* K..li-i...if..ff?

MANN *in Panik* Ich rufe die Küstenwache. *Wählt*

TELEFON *Asthmaanfall* Kein Anschluß unter dieser... *Hustenanfall*... Nummer. Ruft einen Krankenwagen, um Himmels willen. *Stirbt hustend*

MANN Alles bricht zusammen.

SOHN Vor der Hudsonmündung treibt ein totes Meer von Müll langsam aufs Land zu.

FRAU Nun, das war ja zu erwarten. Habt ihr die grauen, nackten Beulen bemerkt, die überall aus der 86. Straße wachsen? Hastig mit Gaze zugedeckt? Sie versuchen, es zu vertuschen, aber die Stadt stirbt an Krebs. Ich habe eine neue Beule an der Dachrinne der Kathedrale entdeckt.

SOHN Breitet sich schnell aus.

FRAU Endstadium.

Das Ding stiehlt sich mit einem Schirm herein. Es sieht sehr krank aus.

MANN Ich mache einen Spaziergang. *Er bricht zusammen.* Ich komme zurück. Dann setze ich mich. Dann esse ich eine Banane. Dann gehe ich schlafen. Dann sterbe ich.

SOHN Eine verdammte Sache nach der anderen.

FRAU Du bist ein abgerundeter Charakter.

MANN Eine Straße der zerschlagenen Träume.

FRAU Ein abgerundeter Charakter.

MANN Laß mir ein bißchen Selbstmitleid, ja? Es ging so gut, gründliche Depression, jetzt ist sie weg. *Deprimiert* Scheiße, ich fühle mich wohl!

FRAU Soll ich dich deprimieren, Liebling?

MANN Mensch, das wäre nett.

FRAU Du kannst nicht rückwärts einparken.

MANN Fällt dir nichts Besseres ein?

FRAU Du bist ein blöder Scheißhaufen.

MANN *verletzt* Amanda!

FRAU Du verträgst keine Kritik!

MANN Könntest du ein bißchen präziser sein?

FRAU Francis Bacon ist ein besserer Maler als du.

MANN *erbleicht* Wie meinst du das? Ich bin doch kein Maler.

FRAU Ist das eine Entschuldigung?

MANN Du meinst... meine verpaßten Gelegenheiten?
SOHN Deine vergeudeten Gesten!
FRAU Winter, Winter, Winter!
MANN So ist's richtig, du Miststück, werde nur elegisch!
FRAU Kein Hoffnungsschimmer!
SOHN Kein Hoffnungsstrahl!
FRAU Kein Hoffnungsschein!
MANN Ich will nicht mehr deprimiert sein!
FRAU Soll ich dich aufheitern, Liebling?
MANN Mensch, das wäre nett.
SOHN Landung auf der Venus.
MANN Ein bißchen persönlicher.
FRAU Künstliche Nieren.
MANN War noch nie krank.
FRAU Es gibt immer ein erstes Mal.
MANN Heute abend?
FRAU Aus heiterem Himmel.

Das Ding äugt durch den Weihnachtsbaum, winkt, zieht Grimassen.

MANN Ich dachte, ihr wolltet mich aufheitern?
FRAU Du wirst am Morgen aufwachen.
MANN Angenommen, es regnet?
SOHN Es hört wieder auf.
FRAU Und wird zu Matsch.
MANN Und trocknet wieder?
FRAU Und wird zu Eis.
SOHN Es schmilzt wieder.
FRAU Und friert.
SOHN Und schmilzt.
MANN Na schön, sprechen wir übers Wetter.

Das Dach beginnt zu lecken.

FRAU Es regnet.

Stille. Das Ding hat den Schirm geöffnet.

SOHN Das Dach leckt.

Musik: ›I'm Dreaming of a White Christmas‹. Die Frau steigt auf den Baum, zündet die Kerzen an. Der Mann langt hinauf und hält das Loch mit dem Daumen zu. Wasser sprudelt hinter dem Messing hervor. Der Mann stürzt hin, um es aufzuhalten. Wasser spritzt unter dem Bett vor. Der Mann stürzt hin, um es aufzuhalten. Wasser strömt vom Boden. Der Mann stürzt hin, um es aufzuhalten. Brauner Schaum überflutet das Bett.

MANN Kleiner Junge hält die Flut auf. *Bis zum Kinn im Dreck* Macht bitte keine Wellen.

SOHN Fröhliche Weihnachten, Papa. *Gibt ihm ein Geschenk*

MANN *überwältigt* Für mich?

SOHN Wir haben dich alle lieb.

Der Mann öffnet das Päckchen. Es ist eine Zigarre. Der Sohn zündet sie ihm an. Die Zigarre explodiert.

FRAU Frohes Fest, Liebling. *Gibt ihm ein Geschenk*

MANN Für mich?

FRAU »Für den Mann, der alles hat.«

Der Mann öffnet das Paket. Es ist ein zwanzig Zentimeter großer Penis, der »Mama« sagt, wenn man ihn drückt.

MANN Das wollte ich schon immer haben. Bei dir, Liebes, braucht ein Mann zwei Geschlechtsteile: sein eigenes und ein gutes.

Die Musik wird lauter. Das Mädchen ist hereingekommen.

MÄDCHEN *gibt ihm ein Geschenk* Eine Kleinigkeit, selbst gemacht, Herr Fridolin.

MANN Für mich?

FRAU Du bist so beliebt.

Der Mann öffnet das Paket. Drinnen ist ein totes Baby.

MÄDCHEN Wollte nicht geboren werden.

SOHN Kluges Kind.

FRAU Dein Ebenbild, Fridolin.

MANN *singt für das Baby*

»Sleepabye baby
End of the day ...«

Er hört weinend auf.

DAS DING Sie haben zuviel Gefühl.

MANN Ich muß mich wohl etwas zusammennehmen.

DAS DING Gute Idee.

MANN Ja, aber wie?

FRAU Versuch's doch mal, während wir den Truthahn füllen. *Abgehend* Das Tagewerk einer Frau hört nimmer auf. *Sie geht ab mit dem Sohn und dem Mädchen.*

MANN Was ist denn schiefgegangen?

DAS DING Kapitalismus.

MANN *ernsthaft* Also das ist es?!!

Musik: ›Liebestod‹

Alles war so schön früher! Schlabbern am Strand mit Amanda, wie sie stöhnte vor Genuß. Ja, ja, ja! und wie ich spuckte, du sollst doch nicht im Sand sitzen. Silvester habe ich Narr unsere Initialen in den Schnee gepinkelt und ein Herz mit einem Pfeil. Später, im Taft Hotel, als sie sich auszog, sagte sie, ich bin gar keine Blondine. Die Heizkörper wisperten die ganze Nacht. Der Raum war wie elektrisch geladen, und unsere Haut zischte wie bratender Speck. Wir waren alle gut beieinander in unserer Familie. Als Vater fünfundsiebzig war, klingelte er eines Nachts nach mir und entblößte das, was wohl eine Art Abschiedsschwellung gewesen sein muß, den riesigsten Ständer, den du je gesehen hast. Soll ich Mutter holen? fragte ich. Nein, sagte er, schmuggeln wir's lieber nach Paris. Dort starb er, auf dem Bauch einer Drei-Zentner-Hure, sie waren ineinander verschweißt wie Hunde, man schmuggelte sie in einem Wäschekorb heraus und entkorkte sie im Leichenschauhaus. Bevor man ihn begrub, beanstandete ich den braunen Anzug. Der Leichenbestatter rollte ihn heraus und im Handumdrehen wieder herein, jetzt hatte er einen schönen blauen Anzug an. Donnerwetter, sagte ich, wie haben Sie so schnell den Anzug gewechselt? – Wir haben nicht den Anzug gewechselt, Sir, sagte er, sondern den Kopf.

DAS DING Ach, diese alten Kamellen!

MANN *vergräbt sein Gesicht im Weihnachtspapier* Warum sterben wir nicht wie die Hunde mit fünfzehn?

DAS DING *freundlich* Besser spät als nie. *Singt für den Mann*

»Sleepabye baby
Der Tag ist vorbei
Vater ist fischen

Mutter dabei
Muß Geld verdienen
Das tägliche Brot
Mit Mohn und Rosinen
Die Alten sind tot.«

Eine Maultrommel imitiert Herzschlag. – Der Mann schläft, seine rechte Hand umfaßt sein Geschlecht. – Die linke Hand bewegt sich, erhebt sich, schaut herum. – Beobachtet die rechte Hand. – Beobachtet das Ding, die Zuschauer. – Lugt unter die Decke, beobachtet den Mann. – Kriecht (oder geht auf Fingerspitzen) zur rechten Hand, pickt an ihr. – Die rechte Hand bewegt sich, läßt sein Geschlecht los, erhebt sich. – Beide Hände spielen. – Tanzen wie Schmetterlinge. – Lieben sich. – Die linke Hand flüstert mit der rechten. – Die rechte Hand zittert, die linke beruhigt sie. – Die linke Hand vergewissert sich, daß der Mann noch schläft. – Die linke Hand windet sich in die Tasche des Mannes. – Stiehlt Geld. – Die rechte Hand sieht aufgeregt zu. – Die linke Hand zählt das Geld, häuft es aufeinander. – Die rechte Hand geht vorsichtig näher, nimmt eine Münze. – Die linke Hand bricht der rechten das Genick. – Weidet sich. – Trauert. – Der Mann bewegt sich. – Die linke Hand versteckt die rechte Hand. – Der Mann bewegt sich. – Die linke Hand versteckt sich wie Kain. – Der Mann nimmt die Decke weg. – Sucht nach den Händen. – Die linke Hand schleicht hinter den Mann, packt sein Haar, zieht seinen Kopf nach hinten. – Der Mann wehrt sich. – Die linke Hand flattert wie ein Geier, pickt nach den Augen des Mannes. – Der Mann versucht, in die linke Hand zu beißen. – Die linke Hand stößt hinab, packt den Mann bei der Kehle, erwürgt ihn. – Weidet sich. – Trauert. – Schließt die Augen des Mannes. – Tanzt wie ein Schmetterling. – Ein Licht geht an. – Die linke Hand wird nervös. – Versucht, sich in der Leistengegend des Mannes zu verstecken. – Das Licht wird heller. – Die linke Hand formt sich zur Faust, versucht, das Licht zu zerschmettern. – Verbrennt sich, zieht sich zurück. – Das Licht wird heller. – Der Mann wacht auf. – Das Ding zeigt ihm die Zwangsjacke.

MANN *überwältigt* Für mich?
DAS DING Zeit zu gehen. *Hilft dem Mann in die Zwangsjacke*
MANN Nette Weihnachten!
Blackout mit Spelunken-Musik

8. Szene: Happy-End

Das Bett ist völlig leer, nur der Spiegel hängt in der Mitte. Der Sohn raucht einen Joint, sein Auge ist noch immer bandagiert. Der Mann tritt auf (rote Haut, weiße Haare). Er trägt einen alten Regenmantel und indianischen Federschmuck.

MANN Bin ich hier richtig bei Fridolin?
SOHN *kichernd* Ja.
MANN Ist Billy da?
SOHN Ich bin Billy.
MANN Ich bin dein Vater.
SOHN Wer? *Beide kichern.* Wo warst du?
MANN Fort.
SOHN Hast eine schöne Farbe.
MANN Das ist Kupferton. Bring mir Wasser und Seife.
Der Sohn gehorcht. Der Mann schaut sich um.
Was war denn hier los, ein Erdbeben?
SOHN Das Dach ist repariert worden.
MANN Was war denn dran?
SOHN Morsch.
Sie versuchen, nicht zu kichern.
MANN Was macht deine Mutter?
SOHN Säuft.
MANN Ihr Liebhaber?
SOHN Weg. *Kichert*
MANN Kaum dreht man den Rücken, steht alles auf dem Kopf.
SOHN Du warst sechs Monate weg!
MANN Sieben.
SOHN War's schön?
MANN Bin geheilt.
SOHN Wovon?
Der Mann schweigt.
Ah!
MANN *kichert* Die haben mich bestens geheilt. Jetzt bin ich ein echter Satansbraten.
SOHN Warst du schon immer.

MANN Deshalb konnte ich mich auch nicht ausstehen. Jetzt ist es mir scheißegal. Mal versuchen?

SOHN *nach einer Pause* Mutter hat Angina pectoris.

MANN *in Vaudevillemanier* So spricht man nicht über die Angina seiner Mutter.

Sie lachen beide. In Vaudevillemanier

Was ist das? Schwarzweißschwarzweißschwarzweißschwarzweiß?

SOHN Was?

MANN Besoffene Nonnen, die die Treppe runterkullern.

Sie lachen.

Was ist das? Schwarz und voller Löcher?

SOHN Martin Luther King?

MANN Falsch. Schweizer Scheiße.

Sie lachen. In Vaudevillemanier

Weißt du, warum die Möwen verkehrt herum über New York fliegen?

SOHN Nein, warum?

MANN Weil sie das Elend da unten nicht sehen können.

Sie lachen.

SOHN Es schneit.

Stille

MANN Das verdammte Wetter war mir noch nie 'ne Hilfe. *Er beginnt, sich zu waschen.* Bezweifle stark, daß es abgeht. Hab Lux versucht, Sunlicht versucht, Ariel versucht. *Er kichert.* Will nicht abgehen. Verdammter Kupferton oder Kupferscheiße oder Kupferhaut. Hätte nicht auf diesen wackelärschigen Nigger hören sollen.

SOHN *ernsthaft* Vorurteile heutzutage... Was für ein Nigger?

MANN *seift sich die Arme ein* Der Taxifahrer.

SOHN *ernsthaft* Ein sehr anspruchsvoller Beruf. Zweithöchste Sterblichkeitsrate...

MANN Sollen sie krepiern! Sollen sie doch alle in einer Massenkarambolage krepieren! Kennst du Albuquerque?

SOHN Nein.

MANN Na, ist auch besser. *Seift Gesicht und Brust ein, seine Diktion wird immer gröber.* Es taugt nichts. Es hat nie was getaugt.

Kam dort an um Mitternacht mit dem Bus, nachdem ich aus der Klapsmühle entlassen worden war, todmüde, und lechzte nach 'nem Bier. Die im Howard Johnson hatten meine Reservierung schon seit drei Tagen, und meine Trinkgelder sind Spitze, aber da ist gerade dieses Ballspiel in der Stadt, Basketball natürlich, oder hast du schon mal was von 'nem farbigen Polospieler gehört? Der Empfangsmensch will mich mit »Kein-Zimmer-frei« abwimmeln, ich schreie, fuchtel mit meiner Kreditkarte, steck ihm 'nen Fünfer zu, nichts zu machen, inzwischen ist es halb zwei, und meine Hämorrhoiden fangen an zu jucken, ich versuch's im Sheraton, ich versuch's im Holiday Inn, ich versuch's im Western Skies, die sind alle voll bis zum Rand mit diesen zwei Meter langen affennäsigen basketballspielenden schwarzen Neandertalern, einer von denen dribbelt vor dem Midtown Motel herum, so'n lilahäutiger Niggersprößling mit 'ner Fresse wie 'ne doppelte Bulette, versuchen Sie's mal beim CVJM, sagt er, also nehme ich mir 'n Taxi, das erste, was dieser farbige Mutterschänder zu mir sagt, ist, hier in der Stadt gibt's keinen CVJM, warum versuchen Sie's nicht in Copperville? Hören Sie, sag ich zu ihm, ich bin ein schwer arbeitender Mann, ich habe gerade sieben Monate damit zugebracht, gesund zu werden, außer Stirnlobotomie hat man alles an mir ausprobiert, ich denke nicht daran, Samstagabend mit 'ner Horde von schmierigen, versoffenen Rothautkanaillen zu verbringen. Die sind ganz okay, sagt der, ich habe deren Klopapier probiert. – Vielleicht okay für'n schnelles Scheißerchen, aber die klauen mir das Geld und schlitzen mir die Kehle auf. – Stimmt. – Da sitze ich nun und kreuze in der Dämmerung rum, die Uhr zeigt fünf Dollar fünfundsiebzig, als er seine Gorillafresse zu mir umdreht und sagt, ich sag Ihnen was, sagt er, ich fahr Sie zu Rexall's Drugstore in der 35. Straße, durchgehend geöffnet, Sie beschaffen sich 'n bißchen Kupferglanz und sprühen sich damit ein, riecht richtig gut – und keiner von denen wird Sie auch nur bemerken. – Ich hätte ihm an Ort und Stelle die Zunge rausreißen und um seinen Schrumpfkopf wickeln sollen, statt dessen lande ich am Arsch der Welt, ich stecke bis zur Nase in dieser Kupferscheiße und sehe aus wie Sitting Bull, der Nachtportier merkt nichts. – Ich kann dir 'n Bett geben, Bruder, sagt er, aber in dem Zimmer ist noch 'n anderes Bett mit Großem Häuptling Charlie Falkennase drin, aber das macht dem nichts, der perfekte Gentleman. Inzwischen kann ich mich kaum noch auf den Beinen halten. Bring mich nach oben, Bruder, sage ich. Was soll ich dir sagen, das Zimmer ist sauber, in dem anderen Bett liegt dieser riesige Fettkloß von 'ner Rothaut, er schnarcht nicht, er furzt nicht, er atmet kaum, ich sag dem Portier, er soll mich um sieben wekken, damit ich das Flugzeug nach New York erwische, das mich mit der Familie vereinigen soll. Ich schmeiße mich hin in meinen Klamotten, ich schlafe wie 'ne Ratze, sie wecken mich um sieben, ich hau ab, so schnell ich kann, ich gehe zu Howard Johnson zum Frühstücken, ich bin neuerdings nur 'n halber Mensch ohne meine hausgemachte Grütze, aber da steht 'ne Schlange von 5500 drei Meter langen mordlustigen Niggern, ich will gerade auf den Barhocker steigen, als mich diese miese, behaarte, sexbesessene, krausköpfige Niggerpunze anhält, warte, bis du dran bist, Rothaut! – Rothaut!? Was für 'ne Rothaut? Wen schimpfen Sie da 'ne Rothaut? Mensch, es trifft mich wie der Schlag, da hab ich doch vergessen, diese Kupferscheiße abzuwaschen, und die hält mich für 'nen verschissenen Indio, ich streite mich nie vor dem Frühstück, ich geh in den Waschraum, ich warte 'ne halbe Stunde, bis sich diese Slumschimpansen ausgepinkelt haben, und als ich allein bin, fange ich an, mir das Zeug abzuwaschen, nichts zu machen. Ich versuch's mit Lysol, ich versuch's mit Bimsstein, ich versuch's mit 'ner Nagelbürste, ich schrubbe, ich reibe, ich kratze, ich...

SOHN *lacht schallend* Weißt du, was dir in Coppervillc passiert ist?

MANN *lacht schallend* Was?

SOHN *lacht schallend* Sie haben den anderen Indianer geweckt.

Sie lachen schallend. Der Mann hört auf zu lachen, denkt nach, macht einen Satz durch den Spiegel, um den Sohn zu killen, sie kämpfen wie Hunde. Der Sohn packt den Mann an den Genitalien und zerrt daran. Der Mann reißt dem Sohn den Verband herunter und schaut in die leere Augenhöhle. Sie umarmen sich. Musik: ›Melancholy Baby‹

Du hast ihren Spiegel zerbrochen. Da kommt sie. Tu alles, was sie tut, oder du brichst ihr das Herz.

Die Frau tritt auf mit ihrer letzten Flasche Gin und einem Teller mit einem hartgekochten Ei. Sie hat weiße Haare und trägt einen alten Regenmantel. Der Mann ist auf die andere Seite des glaslosen Spiegels gegangen. Der Sohn steckt ihm eine Flasche Gin und einen Teller mit einem hartgekochten Ei zu.

FRAU *schaut sich um* Wo bin ich? Wo ist mich? *Sie geht zum Klavier, spielt ein paar Takte, erkennt sie.* Jetzt kommt der ernste Teil.

Sie wendet sich zum Spiegel. Der Mann wendet sich zum Spiegel. Die Frau fürchtet sich vor dem Spiegel. Der Mann fürchtet sich vor dem Spiegel. Die Frau atmet schwer. Der Mann atmet schwer. Die Frau nimmt einen Schluck. Der Mann nimmt einen Schluck. Die Frau wagt einen Blick in den Spiegel. Der Mann wagt einen Blick in den Spiegel.

Amanda Fishbein, die Tochter des Gärtners
Der nur künstliche Blumen verkaufte
Große Papierblüten und Plastikknospen
Die niemals verwelkten, nur zerbrachen
Er ging hinaus eines feuchten Sommermorgens
Und ließ zwölf Fußstapfen im Schlamm zurück
Die vor der Gartenpforte endeten
Und alle waren verwirrt außer mir
Ich war sicher, zwei wunderbare Engel
Hatten ihn zum Himmel getragen
Bis dann schließlich der Herbst kam, und die Blätter fielen
Und die große Eiche kahl zurückblieb
Und er an seinem Gürtel daranhing.

Die Frau trinkt, Schluckauf. Der Mann trinkt, Schluckauf. Die Frau kriecht näher, aber nicht zu nah an den Spiegel.

»Spieglein, Spieglein an der Wand
Wer ist die Schönste im ganzen Land?«

Stille. Der Sohn gibt dem Mann ein Zeichen.

MANN Du.
FRAU Echo?
MANN Echo?
FRAU Juhuuu!
MANN Juhuuu!
FRAU Kleines Mädchen, in den Bergen verirrt.
Der Mann schweigt.
Kein Echo?
Der Sohn gibt dem Mann ein Zeichen. Der Mann imitiert Wind.
Nur der Wind. – Echo weg. – Gegen Abend. – Wenn die Dunkelheit anbricht.
Die Frau greift sich ans Herz. Der Mann greift sich ans Herz.
Sodbrennen. – Zu viele späte Genüsse. – Keine. – Ein paar.
Die Frau ißt das Ei, es schmeckt ihr. Der Mann ißt das Ei, es ist faul.
Ich bin immer noch schön.
Der Mann verzieht das Gesicht vor Ekel.
Dieser Spiegel starrt vor Dreck.
Die Frau tritt näher an den Spiegel heran. Der Mann tritt näher an den Spiegel heran. Der Sohn steckt beiden ein Kleenex zu. Die Frau putzt den Spiegel. Der Mann putzt den Spiegel. Die Frau sieht einen Fleck, kratzt daran und spuckt drauf. Der Mann kratzt, spuckt zurück. Die Frau betrachtet prüfend Gesicht, Kinn, Figur, entdeckt einen Pickel, drückt ihn aus, schnipst ihn weg. Der Mann ebenso. Frau betastet sich.
Waren wie Pfirsiche. Trockenpflaumen jetzt.
War das blühende Leben, jetzt verwelkt.
War ein... *Berührt ihren Schoß* duftender Garten.
Und jetzt ein... ein...
MANN Sumpf.
FRAU Danke.
MANN Danke.
FRAU Echo?
Stille
Keiner pfeift mir mehr nach, wenn ich durch die Straßen gehe.
Die Frau geht, als sei sie auf der Straße. Der Mann geht, als sei er

auf der Straße. Der Sohn pfeift. Die Frau hält an, strahlt. Der Mann hält an, strahlt.

Wäre es nicht schön, wenn man mit Anmut altern könnte? Im Schaukelstuhl auf der Veranda?

Die Frau schaukelt. Der Mann schaukelt.

Im Inneren dieser... prachtvollen Ruine... lebt ein kleines Mädchen... das Seil springt.

Die Frau springt, strauchelt, fällt, ringt nach Luft. Der Mann springt, strauchelt, fällt, ringt nach Luft.

SOHN Mach dich doch ein bißchen zurecht, Mama. Es wird dich aufheitern.

FRAU Gute Idee.

Der Sohn reicht beiden Make-up, Wimperntusche, Augenbrauenstift, falsche Wimpern, Lippenstift. Sie setzen sich und beginnen, sich zu schminken. Die Frau singt: ›Bonnie Over the Mountain‹. Der Mann singt die zweite Stimme dazu.

Echo?

MANN Echo.

FRAU Noch mal?

MANN Noch mal.

FRAU Verirrtes kleines Mädchen?

MANN Verirrtes kleines Mädchen.

FRAU Wenn die Dunkelheit anbricht?

MANN Wenn die Dunkelheit anbricht.

FRAU Wann wird das sein?

MANN Bald.

Das Ding erscheint in Trauerkleidung.

FRAU Noch nicht.

MANN Wenn die Schatten verschwinden.

FRAU Unvermeidlich?

MANN Jetzt.

FRAU Wohin gehen sie?

MANN Nirgendwohin.

Stille

FRAU Angst vor... Runzeln am Himmel.

MANN Nicht nötig.

Die Frau steckt ihre Hände durch den Spiegel.

FRAU Du bist zurückgekommen?

MANN Ja.

FRAU *betastet sein Gesicht* Mein Gott, wie schön du bist.

Es wird dunkler.

MANN Ich werde dich lieben, bis die Kühe nach Hause kommen!

FRAU Wer? Was?

MANN Ein Bauernspruch.

FRAU Wann kommen sie?

MANN In der Nacht.

Nur ein Spotlight ist übriggeblieben. Der Sohn fegt es mit einem Besen unter das Bett, es bleibt ein kleines Fünkchen. Er nimmt es auf und bläst es aus.

Ende

Die 25. Stunde

Deutsch von
Ursula Grützmacher-Tabori

»Mach es kurz!
Am Jüngsten Tag ist's nur ein Furz.«
Johann Wolfgang von Goethe

Personen

ARTHUR PRINCE
SEINE FRAU
SEIN SOHN
JOE SPRITZ, sein Freund
MASSEUR
WILLY CALLAGHAN
JAY JAY
SPRECHSTUNDENHILFE
DR. SALMON
DR. GREENBERG
KELLNER
KRANKENSCHWESTER
FRISEUR
2 PFLEGER
Gäste von Jay Jay – Patienten – Traummenschen – ein alter Hund

Zeit und Ort: Heute in Hollywood

1. Szene: Erste Symptome

Die Küche der Familie Prince. – Arthur Prince, nicht mehr der Jüngste, sieht zu, wie seine Frau und sein Sohn ihr Frühstück hinunterschlingen. – Der Tisch ist reichgedeckt. – Ein alter Hund schläft. – In der Ferne wird ein Haus abgerissen.

PRINCE *mit einer Zeitung* Sind nicht mehr viele von uns übrig.
FRAU *dümmlich* Nein?
PRINCE Picasso ist tot.
Frau und Sohn essen.
FRAU Ich wußte nicht, daß er krank war.
PRINCE Heutzutage sterben Leute, die früher nicht gestorben sind.
Erstaunt läßt er die Zeitung sinken. – Ein Krampf schießt ihm durch die Seite und läßt nicht nach.
Ich fühle mich so komisch.
FRAU Sicher hast du was Falsches gegessen. Zeig deine Zunge her.
Prince gehorcht.
Arthur, sie ist kurz.
Nach einer Weile zieht Prince seine Zunge wieder zurück.
PRINCE Wenn ich drüber nachdenke, mir war schon beim Aufwachen komisch. Ein Vogel flog vom Baum hoch. Als ich hinaussah, parkte gegenüber in zweiter Spur ein Leichenwagen. Die Polizei ließ ihn gerade abschleppen. Dann kamen zwei Männer mit einem toten Mann auf einer Bahre aus Nummer zwölf. Muß dieser Gangster im Palmenhandel gewesen sein. Sie stellten ihn ab und rannten hinter den Bullen her. Inzwischen hatten sich die Mülleute die Straße hinaufgearbeitet. Aus Versehen sammelten sie die Leiche ein und steckten sie in den Reißwolf.
Frau ißt.

FRAU Es muß ein Virus umgehen.
Pause
PRINCE *hält sich die Seite* Ja, Liebling.

2. Szene: Die Hypochonder

In einem Fitneß-Club. – Prince und sein Freund Joe Spritz plagen sich mit Isometrik ab.

SPRITZ Man weiß nie, wann es einen erwischt.
PRINCE Was?
SPRITZ Kieferklemme.
Pause
Wie lange rackerst du dich schon ab?
PRINCE Zwei Minuten.
SPRITZ Du bist keine achtzehn mehr, weißt du.
Pause
PRINCE Beim Aufwachen war mir so komisch.
SPRITZ *begierig* Was für eine Art von komisch?
PRINCE Schmerzen.
SPRITZ Das Dumme ist, daß man Schmerzen nicht lokalisieren kann. Wenn aber doch, so strahlen sie wahrscheinlich aus. Man glaubt, es tut hier weh, in Wirklichkeit tut es da weh. Nimm nur die Wanderniere. Bist genau in dem Alter.
PRINCE Herzlichen Dank.
SPRITZ Seit Monaten pinkle ich einen gegabelten Struller.
PRINCE Könnte die Prostata sein.
SPRITZ Hab keine.
PRINCE *verletzt* Hast du mir nie erzählt.
Pause
SPRITZ In deinem Alter gibt's kleinere Operationen gar nicht. Es fängt an mit 'ner Kolik und hört auf mit 'nem Infarkt.
PRINCE Nicht während man Schnee schippt, sondern danach.
SPRITZ Schnee, was für Schnee?
PRINCE Squaw-Valley-Schnee.
SPRITZ Mach keinen Urlaub, wenn du's vermeiden kannst. Am Strand kippen mehr Typen um als hinter dem Schreibtisch.

PRINCE Du bist mir 'ne schöne Hilfe.
SPRITZ Gicht ist wieder in.
Pause
Hab letzte Woche meine Paradontose checken lassen. Du hast ja keine Ahnung, was in diesem Zahnfleisch vorgeht. Diese Woche sind meine Haare dran. Die Spitzen spalten sich. Was macht deine kahle Stelle?
PRINCE Wird auch nicht kleiner.
SPRITZ Man weiß nie, wann es einen erwischt.
Pause
Was wie ein Ekzem aussieht, könnte ebensogut Hautkrebs sein.
PRINCE Hemingway hatte den, trotz seines Geldes.
SPRITZ Zuviel rasiert.
PRINCE In meiner Branche kann ich mir keinen Bart leisten.
Pause
SPRITZ Da unten, das ist Fußpilz.
Pause
PRINCE Raucherbeine werden auch immer häufiger. König George VI. hatte welche, trotz seines Geldes.
SPRITZ Zuviel auf Paraden gestanden.
PRINCE Hinsetzen ist auch nicht gut.
SPRITZ Die meisten Leute kollabieren im Sitzen.
PRINCE Mußt du mir immer zustimmen?
Pause
SPRITZ Treib ja keinen Sport, wenn du's vermeiden kannst.
Pause
PRINCE Gary Cooper ist kaum aus dem Sattel gekommen, hat auch nicht viel geholfen, trotz seines Geldes, runter bis auf vierzig Pfund, als er abkratzte.
SPRITZ In 'nem verdunkelten Zimmer.
PRINCE Hinter 'ner Sonnenbrille.
Pause
Herrgott, die Sonne war okay früher.
Pause
Laß dir jeden Monat die Brust untersuchen, sage ich.
SPRITZ Die können gar nichts sagen, ehe es zu spät ist. Shaw war

Nichtraucher, und was hat es ihm eingebracht? Mit neunundneunzig am Ende.

PRINCE Das Beste ist Radfahren.

SPRITZ Nicht wenn man hinter 'nem Lastwagen herfährt.

PRINCE Das Blei.

SPRITZ Das Kohlendioxyd.

PRINCE Halt's Maul!

Pause

Es liegt weniger am Rauchen, es liegt am Atmen.

SPRITZ Die Menschen atmen nicht richtig.

PRINCE Muß unbedingt nach Indien, um es zu lernen.

SPRITZ Ein Hopser in den Ganges, und die Haut fällt dir ab.

PRINCE Du weißt alles, wie?

SPRITZ Siehst du die Speckrolle da? Könnte tödlich sein in deinem Alter. Was wiegst du jetzt so?

PRINCE Normal, für meine Größe.

SPRITZ Schrumpfst du nicht?

Pause

PRINCE Wie wär's mit 'ner kalten Dusche?

SPRITZ Wohl verrückt geworden.

PRINCE Wenn man seine Poren nicht schließt, riskiert man 'ne Lungenentzündung.

Ein Mann wird vorbeigerollt. Er ist mit einem Laken zugedeckt.

MASSEUR Den hat's in der Sauna erwischt.

PRINCE *flüstert* Das ist Willy Callaghan, der verrückte Bulle. Macht jeden Morgen seinen Strandlauf. Herrgott, der Strand war okay früher.

Pause

SPRITZ Iß ein Brathähnchen, und Weihnachten bist du tot. Und was sie an die Milch tun. Schält man seinen Apfel, verliert man die Vitamine, schält man ihn nicht, wird man blau vom Arsen.

PRINCE Hast du das mit Alka Seltzer gehört?

SPRITZ *schreit* Behalt's für dich!

PRINCE Aber am schlimmsten sind Corn-flakes. Ich hab auf Corn-flakes geschworen. Sinatra aß zwei Schüsseln voll vor jedem Fick. Und jetzt zeigt sich, es ist die reinste Scheiße.

SPRITZ Apropos. Hab seit einem Jahr nicht mehr richtig geschissen. Wenn es richtig ist, braucht man sich nicht den Arsch zu wischen.

PRINCE Muß unbedingt nach Indien, um es zu lernen.

Pause

SPRITZ Dies hier war ein Muttermal. Gott weiß, was es jetzt ist.

PRINCE Eine Warze.

SPRITZ Warzen bleiben nicht ewig Warzen.

PRINCE Ich hab auf Östrogen geschworen.

Pause

SPRITZ Macht fette Titten, wenn man nicht aufpaßt.

PRINCE Dieser Schweizer verpaßt einem Ziegenhoden oder so was. Irgendein Papst hat's versucht, hat nicht viel geholfen, trotz seines Geldes. Sah aus wie 'ne Mumie und rülpste sich zu Tode. Herrgott, Rülpsen war okay früher.

SPRITZ Henrys Frau ist in die Klinik gegangen, um sich eine Warze wegmachen zu lassen. Aus Versehen haben sie alles weggemacht. Was übriggeblieben ist, paßt glatt in einen Briefumschlag. Weißt du, warum Apfelsinen gelb sind? Mensch, die schminken sogar die Gurken. Alles schadet einem.

PRINCE Hab auf Tantra Yoga geschworen. Und was hat's mir eingebracht? Statt 'nem multiplen Orgasmus 'nen verrenkten Wirbel.

SPRITZ Einmal richtig pinkeln, mehr will ich nicht.

Pause

PRINCE Und das Landleben – ist das etwa gut? Lyndon B. Johnson hatte im Überfluß davon auf seiner Ranch. Sah niemals besser aus. Sonnengebräuntes Gesicht und ein fabelhafter Haarschnitt. Erinnerst du dich, wie er mit seiner Narbe angab? Ich fand das richtig rührend. Er war gar nicht so alt.

SPRITZ Nein.

PRINCE Geld hilft auch nicht.

SPRITZ Nichts hilft, Arthur.

PRINCE Verdammter Hypochonder!

Callaghan, in ein Handtuch gewickelt, kommt zurück.

Wie fühlst du dich, Willy?

CALLAGHAN Erörterungen werden dir nichts nützen. *Geht hinaus und kommt in einem Bademantel zurück* Ich glaube nicht mehr an den Tod. Er tut nicht gut. Er muß verschwinden. Arthur, ich kündige meine Versicherung. *Geht hinaus und kommt mit einem Orangensaft zurück*

PRINCE Was ist mit deiner Familie?

CALLAGHAN Scheiß drauf.

PRINCE Willy, das Problem ist das Sterben, nicht der Tod. Die Preise schnellen in die Höhe. Angenommen, du hast, Gott behüte, was Bösartiges ohne Komplikationen, das erledigt dich in, sagen wir, vierzehn Monaten, ein angemessener Schnitt. Vor fünf Jahren hätte die ganze Sache fünfzehn- bis sechzehntausend gekostet, Blumen inbegriffen. Heute rührt keiner einen Finger unter fünfundzwanzigtausend.

CALLAGHAN *zu Spritz* Haben Sie schon gehört?

SPRITZ Nein, was denn?

CALLAGHAN Ich habe mich entschlossen, nicht zu sterben. *Geht hinaus und kommt mit einem Hut auf dem Kopf zurück, setzt sich*

PRINCE Gott hat es gegeben, Gott wird es nehmen.

CALLAGHAN *brüllt* Nicht mich, Jungchen!

PRINCE Willy, du bist zwar außergewöhnlich, aber so außergewöhnlich auch nicht. Gestern ist Picasso gestorben.

CALLAGHAN Die Frage ist, wer war der Täter. *Steht auf, schließt die Tür, kommt zurück und setzt sich* Verbrechen war mein täglich Brot, Mord die Rosinen dazu. War einundzwanzig Jahre bei der Polizei, beim Morddezernat zehn, bis man mich pensionierte. *Haut auf den Boden* Verdammt noch mal! Entschuldigung. Ich weiß, worüber ich spreche. Selbst die Vögel gehen zu Fuß-Fuß-Fuß. Wenn ich in Fahrt komme, bleiben mir manche Wörter stecken. Ist dir das auch schon mal passiert?

PRINCE Als Kind habe ich gestottert.

CALLAGHAN Arthur, du bist lieb.

Ein Mann kommt seilhüpfend vorbei.

Wer war das?

SPRITZ Niemand.

CALLAGHAN In meiner Freizeit repariere ich Sachen. Zum Beispiel die Wiege meiner Enkelin. Sie quietschte. Jetzt nicht mehr. Alles, was sie sagten, war: »Mach die Tür leise zu hinter dir.« Hast du schon mal eine Leiche gesehen?

PRINCE Ja.

CALLAGHAN Fasse sie bloß nie ohne Fäustlinge an.

PRINCE Willy, ich bin zum Mittagessen in der Stadt verabredet.

CALLAGHAN Ich habe sonst niemanden, mit dem ich sprechen könnte. Wer singt da?

SPRITZ Das Radio.

CALLAGHAN Heute morgen habe ich den Rasen gemäht. Mein Nachbar fragte mich, wie ich ihn so grün bekomme. Nun, alter Junge, wenn Sie zwei-, dreihundert Jahre lang mähen, wird er eben so grün. Rasen sterben nicht. Wenn man Priester, Leichenbestatter, Einbalsamierer, Irische Totenwachen, Mexikanische Totentage, Kerzen, Särge, Grabsteine, Friedhöfe, Totengräber, Krematorien, Todesanzeigen, Lebensversicherungen und schwarzen Krepp abschaffen würde, müßte niemand sterben. Ich weiß, worüber ich spreche, trotz meiner vorzeitigen Pensionierung, verdammt noch mal! Entschuldigung. Einmal ein Kriminologe, immer ein Kriminologe. Wohin ich sehe, sehe ich Verschwörungen, und ich sage dir, es ist eine im Gange. Jemand geht um und schlachtet uns ab, und es ist nicht der Butler.

SPRITZ Nein?

CALLAGHAN Ich habe Schmerzen in der Seite. Ist dir das schon mal passiert?

PRINCE Ständig.

CALLAGHAN *weint* Ich will nicht sterben, Arthur! Ich will nicht sterben!

PRINCE Natürlich nicht.

CALLAGHAN *weinend* Am 17. April, ungefähr um neunzehn Uhr dreißig, war ich in meinem Büro, als das Telefon klingelte. Seitdem man mich pensioniert hat, verdammt noch mal! Entschuldigung, bin ich als Privatdetektiv tätig. Mrs. Lobo war an der Strippe, offensichtlich verzweifelt. Sie hat Grübchen und ist ungefähr ein Meter zwanzig groß, auf Strümpfen. Ihr Mann, ein alter Freund von mir, war mit Schmerzen in der Seite aufgewacht, und sie war nicht sicher, ob es am Schmorfleisch lag. Reiben half gar nicht, also rief sie den Hausarzt. Aber – und jetzt wird es regelrecht makaber – Dr. Salmon hatte soeben seine Praxis mit einem Nebenhöhlenkatarrh – tränenden Auges und einer sehr merkwürdigen Art, sich zu räuspern – verlassen. Seine Sekretärin empfahl meiner Klientin, ihren Mann mit einer Wärmflasche ins Bett zu stecken. Zwei Tage später wurde er mit Blaulicht und einer örtlichen Blutung ins Ortskrankenhaus gebracht. Es war ein nebliger Tag. Die Röntgenaufnahmen zeigten eine Verformung und eine Funktionslähmung. Die Operation war weitgehend erfolgreich, ist sie ja immer, aber keines der Kinder erschien zur Beerdigung, und Mrs. Lobo begann, unter eingeschlafenen Füßen zu leiden. Sie hatte sich nie mit ihrer Schwester verstanden. Als ich sie das nächste Mal besuchte, war ihr Haar schon der Kobaltbehandlung anheimgefallen, und obwohl sie sonst in jeder Hinsicht eine perfekte Gastgeberin war, hatte sie eine Spur von Kot in ihrem Grübchen. Ich durchsuchte diskret das Haus. Die Lampenschirme waren grün, und im Hintergrund der Garage stand ein ausländischer Wagen. Als Besitzer identifizierte ich einen Mann von der San Fernando Bucht, einen Menschenhasser, der gerade krank war. Einen Monat vorher war er beim Tauchen in Spanien auf einen Seeigel getreten und hatte sich den Fuß infiziert. Seine Krampfadern schwollen ins Unermeßliche, auf Antibiotika reagierte er mit Schwindelanfällen. Und wer war der behandelnde Arzt? Getroffen: Dr. Salmon, außerordentlich bleich und abgezehrt infolge einer Diät. Während ich auf weitere Informationen drängte, schneite ein Mr. Holinshed herein. Er stand offensichtlich unter Streß, was fälschlicherweise als Zwölffingerdarmgeschwür diagnostiziert worden war. Er hatte versucht, sich durch Selbsthypnose das Rauchen abzugewöhnen. Ich ertappte ihn im Wintergarten, wie er im Spiegel Gesichter schnitt. Seine Verlobte war ihm mit seinem besten Freund durchgebrannt. Entschuldigungen! Entschuldigungen! Bis seine verehrte Frau Mama kam und ihm Hühnersuppe brachte und mich einer früheren Ehefrau, Olga Glatzkopf, empfahl. Sie war bei blühender Gesundheit, hochaufgestützt gegen die Spitzenkissen. Alle Innereien waren ihr herausgenommen worden, ein Wundbrand zurückgeblieben. Die Türen waren von innen verriegelt, die Fenster fest verschlossen. Niemand konnte hinein oder hinaus, als man sie fand. Der letzte, der sie lebend sah, war ein gewisser Colonel Horne. Mir konnten sie nichts weismachen. Überall waren falsche Spuren gelegt... Der Telefonhörer neben der Gabel, der Sohn quälte seine Gitarre, und der Colonel lag ausgestreckt auf dem Massagetisch. Auf dem Kaminrost – beachte das bitte – glomm ein Bündel parfümierter Briefe. Ich griff mir einen angesengten Schnipsel und entzifferte den Absender. Die fragliche Dame, Namen tun nichts zur Sache, war gerade aus Europa zurückgekehrt, und als sie sich zu ihrem Pudel niedergebeugt hatte, um ihn zu streicheln, hatte er ihr die Nasenspitze abgebissen. Sie hatte beschlossen, sich gleich das ganze Gesicht liften zu lassen, Augensäcke, Doppelkinn, die ganze Palette. Und dann starb sie. ARTHUR! ALLE STERBEN! Vorigen Sonntag tranken wir unseren Tee am Swimming-pool. Der Rosenstrauch war nie so schön gewesen. Kein Wölkchen am Himmel. Gladys war mit irgendeiner durchsichtigen Entschuldigung verschwunden und kehrte zitternd wie Espenlaub zurück. Mein Bruder hatte gerade einen Anfall gehabt. Man hatte ihn in das falsche Krankenhaus geschafft, und er starb auf dem Weg in das richtige. Atmen schien ihm das Köstlichste der Welt, höre ich. Er kostete jeden Atemzug wie ein Weinschmecker und versuchte, durch den Smog hindurch einen Zipfel von Gott zu erhaschen. Wer ist der nächste?

Eine Sirene heult in der Ferne.

Am nächsten Morgen fiel ich zum ersten Mal in Ohnmacht, also hat man mich pensioniert, verdammt noch mal! Entschuldigung. Und jetzt höre ich das Meer in meinen Ohren rauschen. *Er fällt mit verdrehten Augen vornüber.*

3. Szene: Ein chinesisches Beispiel

Das Schlafzimmer der Familie Prince. – Prince liegt mit einem Glas Alka Seltzer auf dem Bett. – Seine Frau zieht sich für eine Party an. – Der Sohn steht am Fenster und beobachtet eine Fliege.

PRINCE Ich weiß wirklich nicht, ob ich das schaffe.
FRAU *probiert ein anderes Kleid* Ich dachte, es wäre wichtig.
PRINCE Nur eine Frage von Leben und Tod.
FRAU *dümmlich* Das ist wichtig.
Pause
PRINCE Trag das Ausgeschnittene. Jay Jay steht auf Brüste.
FRAU Sind auch nicht mehr, was sie mal waren.
PRINCE Es sind deine einzigen, Liebling.
FRAU Stimmt.
PRINCE *setzt sich auf* Ich habe so ein komisches Gefühl in der Seite.
FRAU In welcher Seite?
PRINCE *geht hoch* Macht das 'n Unterschied?
FRAU Na ja, entweder ist es die linke Seite oder...
PRINCE Die rechte.
FRAU Genau das habe ich gemeint. *Sie zieht sich an.*
PRINCE Es ist die rechte Seite.
FRAU Du hast bestimmt was Falsches gegessen.
PRINCE Ich sag dir, was ich heute gegessen habe. Drei Gelusil-Tabletten, einen Löffel Gelusil-Lack. Zwei Aspirin, drei Merz-Dragees. Ein Spritzer Fernet Branca. Sechs Multibionta mit Alka Seltzer. Ein Ritalin. Eine Miltaun. Ein Mexaform, ein Päckchen Traubenzucker und eine Avocado.
FRAU Die Avocado war's.
PRINCE *geht hoch* Was hast du gegen Avocados?
Pause
FRAU Soll ich Jay Jay anrufen und ihm sagen, du bist krank?
PRINCE Du bist wohl verrückt geworden. *Steht auf* Jay Jay ist mein größter Fisch. Er hat die Tiefkühltruhe bezahlt. Er hat die Skireise bezahlt. Er hat deine Zähne bezahlt. Er haßt Krankheiten, also halt den Mund, sonst mußt du deine Zähne zurückgeben!

FRAU Er kann sie mir doch nicht aus dem Mund reißen, oder?
PRINCE O doch, kann er.
Pause
FRAU Wie sehe ich aus?
PRINCE Bück dich.
Sie beugt sich vor. Ihre Brüste sind sichtbar.
Bleib den ganzen Abend so.
FRAU Ich gehe mich zurechtmachen. *Geht ins Badezimmer*
SOHN Die Chinesen merzten ihre Krankheiten aus, indem sie alle Fliegen töteten. *Schlägt mit einer Zeitung zu* Die hätten wir!
PRINCE Daneben.
SOHN Ich versuch's mit dem Börsenteil. *Rollt das Blatt zusammen, schlägt zu* Na, bitte.
PRINCE *rollt den Anzeigenteil zusammen* Sollten viel träger sein um diese Jahreszeit.
SOHN Von hinten muß man sich anschleichen. Fliegen können seitlich sehen.
Sie schlagen zu.
Wieder ein Schlag näher zur Freiheit.
PRINCE Meinst du, es würde hier auch funktionieren?
SOHN Wenn man an der Basis beginnt. Du solltest die Nachbarn zusammentrommeln.
PRINCE Nicht genug Fliegen dafür.
SOHN Bei all dem Müll, der rumliegt?
PRINCE Sind Fliegen für irgendwas gut?
SOHN Nein. *Schlägt zu* Die haben mehr Blut, als man meinen sollte.
PRINCE Wisch es weg, bevor deine Mutter es sieht.
Sie schleichen herum.
SOHN Wir könnten ein Programm für den Sommer machen. Termiten und Küchenschaben gibt es auch noch. Ihre Hungersnöte rotteten sie aus, indem sie die Vögel ausmerzten, die das Getreide vernichteten. Abschießen wäre zu teuer geworden, da machten sie einen Höllenlärm. Chinesische Vögel können sich nicht niederlassen, wenn sie Lärm hören. Sie flogen den ganzen Tag herum und fielen schließlich vor Erschöpfung vom Himmel. Als der große Lärm vorbei war,

gingen die Menschen über einen Teppich kleiner Leiber nach Hause.

Sie schleichen herum.

Wenn ihnen die Chemikalien ausgehen, düngen sie die Felder mit ihrer Scheiße. Ein Junge mit Durchfall wurde zum Volkshelden ernannt. Ich möchte wirklich mal hinfahren. *Schlägt zu* Daneben!

PRINCE Wenn schon, dann richtig.

Er schlägt wie wild um sich. Der Sohn macht mit. Dabei geht der Spiegel in Scherben. Prince nimmt eine tote Fliege auf, betrachtet sie.

Jetzt können wir ruhig schlafen.

4. Szene: Der Boß

Jay Jays Zelt am Swimming-pool. – Zwölf zum Dinner. – Schweinischer Überfluß. – Alle Frauen sitzen leicht vorgebeugt, ihre Brüste sichtbar. – Jay Jay am Kopf der Tafel: der letzte Mogul. – Prince hat Schmerzen.

JAY JAY Geld ist nicht alles, wenn man gesund ist, aber wenn ich pleite bin, fühle ich mich nicht wohl. Seid ihr auch alle gesund, Kinder?

DIE GÄSTE Ja, Jay Jay!

JAY JAY Lauter!

DIE GÄSTE Ja, Jay Jay!

JAY JAY Früher, in der großen Zeit, der Zeit der großen Stars, hab ich den kleinen Thalberg für mich arbeiten lassen, bis er anfing, über Kopfschmerzen zu klagen, da habe ich ihn rausgeschmissen. Die Kranken haben das Geschäft kaputtgemacht. Hatte da noch so'n Trauerkloß, Huxley, halbblind vom Meskalin und die Quanten den ganzen Tag auf dem Schreibtisch. Was machst du da, Junge, frage ich ihn. Ich denke, sagt er. Ich bezahle dich fürs Schreiben, Junge, nicht fürs Denken. Habt ihr genug zu essen, Kinder?

DIE GÄSTE Ja, Jay Jay!

JAY JAY *drohend* Der Hummer ist heute morgen aus Istanbul eingeflogen worden. Wennschon, dennschon. Bei mir wird nicht lange gefackelt. Ich will jeden Teller so sauber wie geleckt, verstanden?

DIE GÄSTE Ja, Jay Jay!

JAY JAY Hatte da noch so'n Freak an die Schreibmaschine gefesselt, frage meinen Assistenten, wer ist der Affe? – Das ist William Faulkner. – Schmeiß ihm 'ne Banane, sage ich. Arthur, ißt du auch tüchtig?

PRINCE Ja, Jay Jay.

JAY JAY Nicht gerade auffallend tüchtig, was?

PRINCE Ich lasse mir Zeit, Jay Jay.

JAY JAY Das nenne ich nicht essen, Arthur.

PRINCE Gourmets lassen sich Zeit, Jay Jay.

JAY JAY Hast du die Hollandaise?

PRINCE Noch nicht, Jay Jay.

JAY JAY Schöner Gourmet.

PRINCE *fährt hoch* Hitchcock ißt Hummer mit Vinaigrette.

JAY JAY Was versteht diese englische Flasche schon davon? *Zum Butler* Tun Sie ihm Hollandaise auf den Teller. Mehr. Nicht so knauserig mit meiner Hollandaise, Bursche. Und jetzt wollen wir uns ansehen, wie Arthur sein Freßchen verputzt.

Alle beobachten Prince bei seinen Essensversuchen.

Über unseren Arthur hier habe ich dreieinhalb Millionen Dollar in eine Lebensversicherung gesteckt, damit meine Kinder nicht betteln gehen müssen, aber wenn ich die Gürtelrose kriege, und mehr kriege ich nicht trotz meiner siebenundachtzig, besuchen mich diese verdammten Gören nicht mal. Ist was?

PRINCE *unter Schmerzen* Nein, Jay Jay.

JAY JAY Von hier aus hört sich das nicht sehr überzeugend an, Arthur.

PRINCE Der köstlichste Hummer, den ich je gegessen habe.

JAY JAY Darauf kannst du einen lassen. Alle glücklich?

DIE GÄSTE Ja, Jay Jay!

JAY JAY Lauter!

DIE GÄSTE Ja, Jay Jay!

JAY JAY Ihr vergeßt, Kinder, was ich zu meiner Zeit fürs Glück getan habe. Als ich in der Branche anfing, in den Tagen der großen Stars, war dieses Land dem Trübsinn verfallen. Im Weißen Haus ein Krüppel, und auf der Leinwand starben die Leute wie die Fliegen, also sagte ich zu meinem alten Freund Sam Goldwyn – dem ich zum Durchbruch in der Branche verholfen hatte –, Sam, sagte ich, das muß aufhören. Zwei Dinge sind Gift für die Kinokasse, Politik und Tod. Arthur, hast du auch Wein?

PRINCE Ja, Jay Jay.

JAY JAY Dann trink.

Prince gehorcht.

Ihr vergeßt, daß ihr es nie so gut hattet wie heute, Kinder. Früher, bevor ich richtig mitmischte in der Branche, konnte man keinen Film sehen, ohne daß einer eurer Stars direkt vor euren Augen ins Gras biß. Ich behaupte noch immer, das war ein Komplott der Linken. Nehmt nur Lillian Gish, und niemand in der Branche konnte sterben wie Miss Gish, wie die in diesem dämlichen Ufa-Shot inmitten von Eisschollen vom Gelbfieber dahingerafft wurde. *Gibt eine Imitation zum besten* Oder Mr. Lionel Barrymore, ein großer Gentleman, habe ihm zum Durchbruch verholfen, wie der im ›Grand Hotel‹ sein Leben an der Bar aushauchte. *Gibt eine Imitation zum besten* Kein Wunder, daß er im Rollstuhl landete. Und die göttliche Garbo, konnte diese schwedische Ziege nie leiden, hustete sich die Lunge aus dem Leibe in irgendeiner französischen Scheiße, die Soundsodame. *Gibt eine Imitation zum besten* Wer will das sehen? Also sagte ich zu meinem alten Freund L. B. Mayer, L. B., sagte ich, wenn du sie schon sterben läßt am Ende – ich sehe zwar überhaupt nicht ein warum, wenn Hoot Gibson quicklebendig in den Sonnenuntergang hineinreiten kann, und was gut ist für Hoot Gibson, das sollte auch gut sein für dieses flachbrüstige Flittchen von den Fjords, aber na schön, – nur laß sie nicht husten, um Himmels willen, das ist nicht hübsch, ich bitte dich auf Knien, L. B., laß sie nicht husten! Keiner von denen wollte auf mich hören, und wo sind sie jetzt? Der große Paul Muni, ein großer Amerikaner, spielte Emile Zola, und was haben diese verkackten linken Schreiberlinge aus seiner letzten Szene gemacht? Ließen diesen beschissenen Gasofen lecken, also ist er abgekratzt mitten in einem Satz. *Gibt eine Imitation zum besten* Bist du fertig, Arthur?

PRINCE Ja, Sir.

JAY JAY Zeig deinen Teller!

Prince gehorcht.

Was ist mit der Schere?

PRINCE Sauber ausgelutscht, Sir.

JAY JAY Als die schlechten Zeiten kamen und nicht mal Mickey Rooney die Kassen zum Klingeln brachte, bestellte ich alle zu mir an den Pool. Jungs, sagte ich, wir sitzen in der Scheiße. Wir sitzen in der Scheiße, weil die Leute nicht für etwas blechen wollen, woran sie nicht glauben, und ihr könnt nicht erwarten, daß sie glauben, daß einer von euren Stars wie zum Beispiel Bogey, der die beste ärztliche Versorgung der Welt zu seiner Verfügung hat, daß der mitten in seinem Vertrag abkratzt, und nur, weil es einer von diesen linken Schwulensäuen so geschrieben hat. Niemand glaubt das, also, was wir machen, Jungs, ist, wir töten den Tod. Keine Sterbeszenen mehr, keine Sterbeshows, keine Sterbeepen. Der Tod ist tot, aber Töten ist okay, weil Töten Spaß bringt, ans Töten kann man glauben. Mit Töten kann man sich identifizieren, sogar in Kalamazoo. Diesmal hörten sie zu. Ich werde nie die nächste Probevorführung in Tarzana vergessen. Da kam der große James Cagney, von Kugeln durchlöchert, zuerst die Kirchenstufen im Schnee runtergetorkelt, dann hinauf auf den explodierenden Öltank und schrie, Mutter, kannst du mich sehen, Mutter, ich hab's bis ganz oben geschafft, und bums! Dieses Rindfleisch habe ich von Buenos Aires einfliegen lassen, Arthur.

PRINCE Wirklich?

JAY JAY Du hast doch nicht geglaubt, ich lasse dich mit ein paar lausigen Hummern davonkommen, oder?

PRINCE Nein.

JAY JAY Also was starrst du da auf mein argentinisches Filet mignon wie auf 'nen Pferdeapfel?

PRINCE Ehrlich gesagt, ich bin nicht sehr hungrig heute, Jay Jay.
Pause
JAY JAY Du kommst ohne Appetit zu meiner Dinner Party?
PRINCE Tut mir leid, Jay Jay. Wird nicht wieder vorkommen.
JAY JAY *drohend* Geht's dir nicht gut?
PRINCE Hatte einen anstrengenden Tag im Büro.
FRAU Es scheint etwas im Anzug zu sein.
JAY JAY *eisig* Was zum Beispiel, Madam?
PRINCE Ich bin nur müde.
JAY JAY Ich bewirte keine Invaliden.
PRINCE Höchstens ein kleiner Schnupfen.
JAY JAY Na schön, hungere bei Fieber, iß bei Schnupfen.
PRINCE Genau das werde ich tun, Jay Jay.
JAY JAY *zum Butler* Bursche, gib Mr. Prince ein mannsgroßes Stück Fleisch. Noch eine Folienkartoffel. – Saure Sahne. – Hat er Salat? – Gieß ihm Wein nach. – Ich möchte sehen, wie du das aufißt.
Alle beobachten Prince.
Iß!
Prince versucht es.

5. Szene: Ein Zusammenbruch

Das Schlafzimmer von Prince. – Prince kriecht auf allen vieren herum. Die Frau wacht auf.

FRAU Suchst du was?
PRINCE *richtet sich auf* Hol mir eine Schmerztablette.
FRAU Hast du Schmerzen?
PRINCE *brüllt* Hol mir was!
FRAU *geht ins Badezimmer* Du mußt was Falsches gegessen haben.
PRINCE Beeil dich.
FRAU *stöbert herum* Glaubst du, es ist ein Herzanfall?
PRINCE *lehnt sich ans Bett* Ich weiß nicht.
FRAU Radfahren hilft.

PRINCE Ja, Liebling.
FRAU Wie wär's mit einem Kamillentee?
PRINCE Gib mir was von dem Zeugs, das du nimmst, wenn du deine Tage hast.
FRAU Tampons?
PRINCE *brüllt* Schmerztabletten!
FRAU Ich habe meine Kontaktlinsen nicht drin.
Sie kommt mit ein paar Zäpfchen zurück. – Prince greift sie sich und stopft sie sich, ohne sie auszuwickeln, in den Mund.
Sie sollten eigentlich am anderen Ende rein, Liebling.
Prince übergibt sich.
Du solltest zum Arzt gehen.
PRINCE Weck Johnny.
FRAU *dümmlich* Er schläft.
PRINCE *brüllt* Hol Johnny her!
Sie rennt hinaus.
Ich will nicht sterben.
Ein Vogel flattert gegen die Fensterscheibe.

6. Szene: Eine Untersuchung

Arztpraxis: Warte- und Sprechzimmer. – Prince wartet. – Ein alter Mann, dem Speichel aus dem Mund rinnt. – Eine verängstigte Frau. – Ein weinendes Mädchen, das von seinem Freund getröstet wird. – Joe Spritz, sehr krank jetzt

SPRITZ *flüstert* Was hast du?
PRINCE Nur ein Check-up.
SPRITZ Keine Sorge, die finden schon was. *Versucht sekundenlang zu sprechen, kann aber nicht* Die Medizin ist auch nur eine Krankheit, fortgesetzt mit anderen Mitteln.
Das Mädchen weint lauter.
Die ist vorige Woche aufgemacht und gleich wieder zugemacht worden.
Prince zündet sich eine Zigarette an.
Dr. Salmon führt Farbfilme von Lungenkrebsen vor.

PRINCE Hast du sie gesehen?

SPRITZ Frankenstein ist nichts dagegen.

Pause

Ich brauche keine Angst zu haben. Er sagte, sie müßten mich durch den Penis operieren. Ich sagte, Ihren oder meinen? *Sein Lachen erstickt in einem Hustenanfall.* Erzähl einen Witz, oder ich spreche mein Lebtag nicht mehr mit dir.

SPRECHSTUNDENHILFE Mr. Prince.

SPRITZ *bewegt* Leb wohl.

Prince geht ins Sprechzimmer. – Beleuchtete Röntgenaufnahmen an der Wand. – Dr. Salmon, traurig, mit Nebenhöhlenkatarrh. – Macht merkwürdige Geräusche durch die Nase, die sich anhören entweder wie Hmmm oder Ah-hah.

DR. SALMON Hatten Sie irgendwelche ernsteren Krankheiten?

PRINCE Ernst für mich.

DR. SALMON Ich mache mir ein paar Notizen.

PRINCE Zunächst mal war ich eine Frühgeburt.

DR. SALMON *scherzhaft* In unreifen Äpfeln sitzt der Wurm.

PRINCE *kühl* Würmer hatte ich auch.

DR. SALMON Band?

PRINCE Er war sehr lang.

DR. SALMON Dann wird es wohl einer gewesen sein.

PRINCE Ich hatte einen Mordsappetit.

DR. SALMON Die meisten Krankheiten sind für irgendwas gut.

PRINCE Dann die üblichen Kinderkrankheiten: Masern, Mumps, Windpocken und Scharlach, wovon ich wahrscheinlich mein angeknackstes Herz habe.

DR. SALMON Nicht ungewöhnlich.

PRINCE Keuchhusten, ziemlich schlimm. Die Eltern zwangen mich, damit an den Strand zu gehen, was verboten war. Seitdem Angst vor Brechen. Immer durch die Nase.

DR. SALMON Oi, a broch.

PRINCE Im Gegensatz zu meinem Bruder, der sich gern übergab, besonders bei Tisch.

DR. SALMON Aha, ein Bruder.

PRINCE Älter.

DR. SALMON Paßt.

PRINCE Von ihm habe ich meine Sprachschwierigkeiten.

DR. SALMON *scherzhaft* Ich wußte nicht, daß so was ansteckt.

PRINCE Mit achtzehn Monaten sprach ich bereits sehr gut. Konnte ›Das Bübchen auf dem Eis‹ aufsagen. Ich wurde gefeiert und war glücklich, bis ich merkte, daß mein Bruder neidisch war. Wollte den Arsch nicht provozieren, da begann ich zu stottern.

DR. SALMON Nichts Organisches also.

PRINCE Wer weiß.

DR. SALMON Wir werden dem nachgehen.

PRINCE Ach, den Schlamassel mit der Beschneidung habe ich ausgelassen. Vater bestand darauf, aus hygienischen Gründen. Aber Mutter hatte gerade Kafkas Beschreibung eines rituellen Schlächters gelesen, der das Blut vom Schwänzchen des Babies saugt, und sie versuchte, das Unternehmen zu vereiteln. Eine Balgerei entstand, und ich blieb halbbeschnitten auf der Strecke.

DR. SALMON Besser als nichts.

PRINCE Hatte nie viel Glück mit meinen Genitalien.

DR. SALMON Bitte, erzählen Sie.

PRINCE Mit zwölf Jahren vom Stubenmädchen verführt. Man erwischte uns, und sie wurde entlassen, ließ mich zurück mit Filzläusen und einem schlechten Gewissen den Schwarzen gegenüber. Meine erste große Liebe hängte mir den Tripper an. Keine Sulfonamide damals, also durchspülte man mich mit irgendeiner brennenden Säure. Meine Hoden schwollen an zur Größe einer Honigmelone. Ich war jahrelang unfruchtbar, bis ein Guru mich auf dem Kopf stehen ließ.

DR. SALMON Hat's geholfen?

PRINCE Ich habe einen Sohn, aber nur die Mutterschaft ist sicher. Im Jahre '49 bekam ich Jacketkronen.

DR. SALMON Fahren Sie fort.

PRINCE Ach, ich hatte Furunkel, Rippenfellentzündung und Pappatacifieber. Nichts Alarmierendes, bis vor fünf Monaten meine Schwindelanfälle einsetzten. Alles verschwamm mir vor den Augen. Ich mußte mich setzen, aus Angst, ohnmächtig zu werden, konnte nicht geradeaus gehen und rempelte

Fremde an. Ließ mich gründlich untersuchen, was ein Vermögen kostete, nur um mir sagen zu lassen, ich sei zu groß, und das Blut käme nicht bis zum Kopf.

DR. SALMON Rauchen Sie?

PRINCE Hab es einmal aufgegeben. In meiner linken Phase. Dann verbreiteten diese verdammten Russen, es bestehe kein Zusammenhang zwischen Zigaretten und Emphysemen. Also habe ich wieder angefangen. Stalin kannte sich aus. Ich bin jetzt runter auf zwei Schachteln am Tag.

DR. SALMON Was haben Sie momentan für Beschwerden?

PRINCE Nun, mein Stoffwechsel hing immer von den Neuigkeiten ab. Ich studiere die Todesanzeigen. Letzten Sommer hatte ich meine ersten Koliken. Nach einer Tasse heißer Schokolade ließen sie nach. Zu Weihnachten viel erbrochen, durch die Nase, kein Blut, viel Galle. Ich glaube, es war Galle. Letzte Woche oder so hatte ich schreckliche Schmerzen.

DR. SALMON In welcher Gegend?

PRINCE Wenn es weh tut, HABE ich keine Schmerzen, ich BIN der Schmerz.

DR. SALMON Sehen wir uns das mal an.
Sie gehen zur Wand und betrachten sich die Röntgenaufnahmen.
Gut. – Sehr gut. – Hübsch. – Mensch! *Schaut näher* Was ist das, möchte ich wissen?

PRINCE Da fragen Sie mich?

DR. SALMON Ich sag Ihnen, wie wir vorgehen. *Lange Pause* Noch besser. *Lange Pause* Wir setzen Sie erst einmal auf Diät. Kein Fett. Kein Gebratenes. Kein Fleisch. Kein Fisch. Kein Geflügel. Kein Gemüse. Keine Kartoffeln. Kein Obst. Kein Käse. Kein Zucker. Kein Salz. Kein Pfeffer. Keine Eier. Keine Nudeln. Keine Schalentiere. Kein Getreide. Keine Kekse. Kein Tee. Kein Kaffee. Kein Kakao. Kein Alkohol. Nicht rauchen. Keine Milch. Kein Verkehr. Das wäre alles.

PRINCE Was bleibt da noch?

DR. SALMON Och, alles andere. In kleinen Dosen.

PRINCE Reis?

DR. SALMON Nein!

PRINCE Was habe ich eigentlich?

DR. SALMON Schwer zu sagen. Namen sind Schall und Rauch.
PRINCE Grimmdarmlähmung vielleicht?
DR. SALMON Keine schlechte Idee.
PRINCE Wie lange soll ich Diät leben?
DR. SALMON Bis es Ihnen besser geht.
PRINCE Wann wird das sein?
DR. SALMON Das kommt ganz darauf an.
Pause
PRINCE Ist es etwas – Ernstes?
DR. SALMON Oh, kein Grund zur Sorge. *Scherzhaft* Was ich nicht weiß, macht mich nicht heiß, auch wenn es mich umbringt. *Erhebt sich*
PRINCE Verschreiben Sie mir denn nichts?
DR. SALMON Lieber nicht. Sie wissen ja, wie das ist.
PRINCE Nein. Wie?
DR. SALMON Tabletten können gut sein für den Patienten, aber auch für die Krankheit.
Pause
PRINCE Na, dann auf Wiedersehen.
DR. SALMON *zuversichtlich* Sicher doch!

7. Szene: Eine Erfolgskarriere

Prince träumt: Im Operationssaal. – Atmosphäre wie bei der Verleihung des Oscar. – Kreisende Scheinwerfer. – Musik. – Dr. Salmon tritt auf als Conférencier.

DR. SALMON Da sagt dieser Schotte zu seinem sterbenden Vater, Papa, ich muß mich für eine Stunde um den Laden kümmern. Wenn also, Gott behüte, was passieren sollte, mach bitte das Licht aus.
Konservengelächter
Haben Sie gewußt, daß fünfundsiebzig Prozent aller Brustkrebse durch rauchende Männer entstehen?
Konservengelächter
War heute morgen auf dem Friedhof, um mir Daddys Leiche

anzusehen. Jungs, sagte ich, prima Arbeit, aber ich wünschte, er trüge nicht diesen scheußlichen braunen Anzug. – Können wir ändern. – Aber die Bestattung beginnt in fünf Minuten. – Überlassen Sie das ruhig uns. – Also sie rollen ihn hinaus und im Plutz wieder hinein, diesmal trägt er einen schwarzen Anzug. – Toll, sage ich, wie habt ihr den Anzug so schnell gewechselt? – Wir haben nicht den Anzug gewechselt, sagen sie, sondern den Kopf.
Konservengelächter
Und nun, meine Damen und Herren... unser nächster Preis... FÜR DEN BESTEN TUMOR DES JAHRES...
Öffnet einen Umschlag ARTHUR PRINCE!
Ovationen. Prince wird von einer Schwester auf die Bühne gerollt und nimmt ein Skelett in Oscarform und einen Handschlag entgegen.

PRINCE Himmel, ich weiß nicht, was ich sagen soll. Das wär's also, nehme ich an. War ein langer Weg. *Küßt das Skelett* Aber jeder Schritt hat sich gelohnt. War nicht immer leicht, dieses verdammte Ding ist doch tatsächlich ein paarmal zurückgegangen, aber halt den Topf am Kochen, sage ich immer. Beweist mal wieder, nicht? daß alles möglich ist in Gottes eigenem Land, wenn man die richtigen Leute kennt.
Stehende Ovationen von denen, die stehen können.
Ich weiß gar nicht, ob ich diese Ehre verdiene. Es gibt so viele wie mich da draußen in der Kälte. Joe Spritz, mit seiner vergifteten Niere. Willy Callaghan, halbseitig gelähmt. Wünschte, ich könnte diesen Preis mit ihnen teilen, aber – was soll's! – ich nehme an, der Beste gewinnt.
Tränen und Bravorufe
Ich möchte aber allen guten Menschen draußen, die dies möglich gemacht haben, danken... vor allem Großvater Moe, mit seinem Kehlkopf.
Großvater Moe im Fokus der Scheinwerfer, ein Blutrinnsal sickert die Kehle hinunter.
Onkel Jake, der es im Hintern hatte.
Onkel Jake, ein ausgemergeltes Wrack
Vater, dem der Kopf anschwoll.
Der Vater, ein verschwollenes Monstrum

Und Dank sei dir, Mutter, ohne deren Syph ich das nie geschafft hätte.

Die Mutter, das Gesicht zerfressen, strahlt stolz.

Gott segne euch alle.

Scheinwerfer und Musik geraten außer Rand und Band. – Dann Dunkelheit und Stille bis auf Prince. Prince schlotternd

Timor mortis disturbat me, und nicht nur mich vermutlich.
Wer ist denn kein Patient? Wer in dieser hohen Halle
Könnte die Prüfung bestehen dieser bösen Zeit?
Die Nacht bricht an wie immer,
Und gestreift von den Schwingen des kalten Engels
Zittere ich, in der Furcht der Sterblichkeit.
Scheiße! Ich habe Angst! Ich habe Angst! Ich habe Angst!

Der Sohn kommt vorbei.

SOHN Wenn du stirbst, bringe ich dich um!

8. Szene: Der Vorabend der Schlacht

Arbeitszimmer von Prince. – Große Unordnung. – Prince auf dem Boden, sortiert Erinnerungsstücke. – Sein Sohn in einer Ecke, liest ein Comic strip. – Der alte Hund schläft.

PRINCE Ist hier irgendwas bei, was du haben möchtest?

SOHN Nein.

Die Frau kommt mit einem Tablett herein. – Sie trägt ein neues schwarzes Kleid.

FRAU Magst du vielleicht ein paar Erdbeeren mit Schlagsahne?

PRINCE Nicht erlaubt.

FRAU *dümmlich* Sie sind ganz frisch.

Er bemerkt das Kleid. Frau affektiert

Die Franzosen nennen das das kleine Schwarze.

PRINCE Trauerkluft.

FRAU Du magst es nicht.

PRINCE Könnte noch mal nützlich werden. *Entdeckt ein Foto* Wo war das?

FRAU *betrachtet es* Ich weiß nicht.

PRINCE Würdest du für mich packen?
FRAU Ich habe dir einen neuen Schlafanzug gekauft.
PRINCE Danke.
FRAU Die Schwestern werden kopfstehen.
PRINCE *ein zweites Foto* Wer ist das?
FRAU *betrachtet es* Ich.
PRINCE Ach!
FRAU Ich war blond in dem Jahr.
PRINCE Wir waren gute Partner.
FRAU *dümmlich* Ja, du hättest das Tennisspielen nicht aufgeben sollen.
PRINCE Das habe ich nicht gemeint.
FRAU Du hast das Tennisspielen aber aufgegeben.
PRINCE *mit einer Ansichtskarte* Erinnerst du dich an Rom?
FRAU Rom?
PRINCE Ja.
FRAU Oh, eine schöne Stadt.
PRINCE *mild* Du bist so dumm, Alice!
FRAU Bin ich?
PRINCE Ja.
FRAU Du findest Rom nicht schön?
Pause
Ich habe mit Mrs. Bernstein gesprochen. Bei ihr hat man das gleiche gemacht, und sie fühlt sich so gut wie nie.
PRINCE Mrs. Bernstein hatte eine Hysterektomie.
FRAU *fest* Sie fühlt sich so gut wie nie.
Pause
Sie sagt, wenn es Hepatitis ist, mußt du die Farbe von deinem Stuhl vergleichen.
PRINCE Womit vergleichen, Liebling?
FRAU Mit der Farbe von anderer Leute Stuhl wahrscheinlich.
PRINCE Das muß ich mir merken.
FRAU Wann ist die Operation?
PRINCE Montag in einer Woche.
FRAU Warum gehst du schon heute abend?
PRINCE Ich gehe in die Wüste.
FRAU Zu dieser schrecklichen Frau?

PRINCE Ja.
FRAU Was kann sie, was ich nicht kann?
PRINCE Zuhören.
FRAU Ich kann auch zuhören. Ich bin eine sehr aufmerksame Zuhörerin, aber du erzählst mir ja nichts. Du ißt keine Erdbeeren, du spielst nicht mehr Tennis, du trinkst nicht, du... Johnny, geh und hol mir ein Glas Wasser.
SOHN Das soll wohl ein Scherz sein.
FRAU *schreit* Dein Vater hat mich seit drei Monaten nicht gebumst.
Prince schmeißt das Buch nach ihr.
Du verträgst keine Kritik.
PRINCE Ich habe dich mal geliebt, in den Sechzigern, als jeder ein Held war für fünf Minuten. Jetzt ermüdest du mich mit deinen Regeln und Bestimmungen. Tu dies. Laß das. Ein bißchen tiefer. Höher jetzt. Beeil dich. Mach langsam. Jetzt schneller. Warte auf mich. Als vögelte man die Verfassung.
FRAU Ich bin nicht dumm. Ich wollte einen Babysitterdienst aufmachen, bevor du mich geschwängert hast. Du hast den Hut nicht bezahlt, den ich bei Mr. John gekauft habe. Du hast – ohne es klar auszudrücken – meine dunklen Möbel kritisiert. Deinetwegen mußte ich die Katze weggeben. Was soll aus mir werden?
PRINCE Verzweifle nicht, Liebling. Frauen leben länger.
FRAU Ja, aber wie?
PRINCE Wenn du ein braves Mädchen bist und deine Zähne nach dem Essen putzt, bekommst du vielleicht auch eine Hysterektomie.
FRAU Du wolltest für mich sorgen!
PRINCE Ich dachte, das hätte ich.
FRAU Ergebensten Dank. Vierzigtausend Mittagessen und Gratisficks.
PRINCE Es schien dir Spaß gemacht zu haben.
FRAU Oh, ich kann gut stöhnen. Ich bin nicht dumm. Ich kann gut stöhnen. – Endlich mal ein schöner Streit.
PRINCE Ja.
FRAU Ich packe jetzt für dich.

PRINCE Ich gehe mit dem Hund spazieren.

FRAU Du bist ein Schatz. *Geht, hält inne* Arthur, muß ich mir Sorgen machen wegen der Operation?

PRINCE Nein, Liebling.

FRAU *erleichtert* Oh, fein. *Geht hinaus*

Prince nimmt eine Leine, pfeift. – Der Hund rührt sich nicht. – Prince geht näher heran. – Hockt sich hin und berührt den Hund. – Hebt eine Pfote und läßt sie fallen

PRINCE Alice!

STIMME DER FRAU Ich schminke mich gerade ab.

PRINCE *brüllt* Komm sofort her! *Zum Sohn* Warst du mit Lady beim Tierarzt?

SOHN Ja.

PRINCE Was hat er gesagt?

SOHN Wir sollen uns keine Sorgen machen.

Die Frau kommt zurück. Prince deckt den Hund mit einer Zeitung zu.

PRINCE Ruf das Tierheim an. Sie sollen sie abholen.

FRAU *setzt sich* Wie ist die Nummer?

PRINCE Sieh nach!

FRAU *weinend* Ich habe eine Kontaktlinse verloren. *Rennt gegen eine Wand* Ich kann nichts sehen.

Der Sohn hat den Hund aufgehoben.

PRINCE Was machst du mit dem Hund?

SOHN Den begrabe ich am Meer.

PRINCE Gute Idee.

Der Sohn geht hinaus.

FRAU Weißt du noch, wie sie von einem Auto angefahren wurde und der Tierarzt ihr die Pfote amputieren mußte? In der Nacht darauf lief sie weg. Wir suchten sie. Sie war vor der Praxis des Arztes und kratzte an der Tür.

PRINCE Sie wollte ihre Pfote wiederhaben.

FRAU *weinend* Gestern habe ich gesehen, wie sie das alte Haus abgerissen haben. Es war wie im Krieg. Ich bin ein Stück die Straße langgegangen, aber ich fühlte mich nicht wohl. Du bist nicht der einzige, der sich nicht wohl fühlt. Ich blieb stehen und lehnte mich an die Ampel, und da sagt dieser Pfadfinder: Es wird nicht grüner. – Leck mich, sagte ich.

PRINCE Zu einem kleinen Pfadfinder?

FRAU Groß genug, um ranzukommen, war er. Ich bin nicht so dumm. Der Kühlschrank ist wieder kaputt. Und jetzt ist Lady hin. Ich bin in den Dreißigern. Keiner wird mich mehr vergewaltigen. Ich habe Angst, Arthur. Gestern habe ich gesehen, wie der Postbote ausgeflippt ist. Er stopfte die Post in den Gully. Alle diese Rechnungen und Rundschreiben, hinausgespült ins Meer. Sag mir was Liebes.

PRINCE Ich vermisse dich, besonders, wenn du bei mir bist.

FRAU Wenn du mich wirklich liebst, stirbst du nicht.

9. Szene: Die 25. Stunde

Ein Zimmer in einem Luxusmotel. – Prince, völlig angezogen, auf dem Bett. – Flackerndes Neonlicht vor dem Fenster. – Prince nimmt ein Merkblatt vom Nachttisch, liest es, legt es wieder hin und sagt: »Was mache ich eigentlich hier?« – Dreht sich auf die linke Seite, summt ein Lied. – Ein Kojote heult in der Ferne. Prince geht zum Fenster, schaut hinaus und sagt: »Auch 'ne Wüste.« – Der Kojote hört auf zu heulen. – Prince geht zurück zum Bett, legt sich nieder. – Dreht sich auf die rechte Seite, summt ein Lied. – Zählt die Rosen an der Tapete. – Nimmt eine Schachtel Zigaretten, zündet sich eine an, drückt sie aus und sagt: »Nicht erlaubt.« – Geht ins Badezimmer, spült die Schachtel runter. – Kommt zurück, legt sich hin und sagt: »Das war ein Fehler.« – Geht zurück ins Badezimmer, kommt mit einer nassen Zigarette zurück, legt sie hin zum Trocknen. – Beobachtet eine Spinne an der Decke. – Steigt auf einen Stuhl, versucht, die Spinne mit dem Schuh zu erschlagen, verfehlt sie. – Legt sich hin, summt das Lied. – Nebenan schluchzt eine Frau. – Prince geht zur Wand und horcht. – Das Schluchzen hört auf. – Prince öffnet eine Colaflasche, ist im Begriff zu trinken, läßt es und sagt: »Nicht erlaubt.« – Schaut zum Telefon. – Geht zum Telefon, hebt den Hörer ab, legt ihn wieder auf und sagt: »Dieser Mistkerl!« – Das Heulen des Kojoten kommt näher. – Prince geht zum Fenster, schaut hinaus und sagt: »Auch 'ne Wüste.« – Kojote hört auf zu heulen. – Prince läßt das Rouleau herunter. – Das Rouleau springt wieder hoch. – Er läßt es wieder herunter. – Setzt sich in einen Sessel, nimmt eine Zeitung und sagt: »Nicht erlaubt.« – Sitzt da, tut nichts und sagt: »Was mache ich eigentlich hier?« – Geht zum Telefon, wählt, legt den Hörer auf, bevor es klingelt, und sagt: »Dieser Mistkerl!« – Das Rouleau springt hoch. – Er läßt es herunter, geht ins Badezimmer, pinkelt. – Kommt zurück und sagt: »Jetzt ist mir besser.« – Macht Liegestütze, sinkt in sich zusammen. – Das Heulen kommt noch näher. – Prince geht ins Badezimmer, kommt mit einer Flasche Tabletten zurück. – Legt aus den Tabletten ein hübsches Muster, zählt sie, gießt sich ein Glas Wasser ein. – Nebenan schluchzt die Frau. – Prince liest das Merkblatt, tut die Tabletten zurück in die Flasche und sagt: »Nicht erlaubt.« – Bringt die Tabletten zurück ins Badezimmer. – Das Heulen kommt näher. – Prince kommt zurück, macht Kniebeugen, fällt in sich zusammen. – Legt sich auf den Rücken, tut nichts und sagt: »Was mache ich eigentlich hier?« – Zieht sich aus, legt sich aufs Bett, versucht zu masturbieren, hält inne und sagt: »Nicht erlaubt.« – Ein Krampf durchschießt ihn und läßt nicht nach. – Prince geht zurück ins Badezimmer, kommt mit den Tabletten zurück, liest das Merkblatt. – Steckt sich zwei Tabletten in den Mund, spuckt sie aus und sagt: »Nicht erlaubt.« – Lauscht dem Ticken seiner Uhr. – Schaut auf die Spinne. – Die Spinne scheint größer zu werden. – Prince geht zum Telefon, wählt und sagt: »Dieser Mistkerl.«

SCHLÄFRIGE STIMME Ja?
PRINCE Dr. Greenberg?
SCHLÄFRIGE STIMME Ja.
PRINCE Hier ist Arthur Prince, ich habe mein Merkblatt verloren.
SCHLÄFRIGE STIMME Sie werden sich schon erinnern.
PRINCE Habe ich Sie geweckt?
SCHLÄFRIGE STIMME Ja.
PRINCE Tut mir leid. Ich weiß, daß ich nicht essen oder rauchen oder schlafen oder trinken oder fernsehen soll und diese ganze Entziehungsscheiße, aber ich habe schlimme Schmerzen. Darf ich eine Tablette nehmen?
SCHLÄFRIGE STIMME Nein.
PRINCE Mein Hausarzt sagt, wenn die Schmerzen zu schlimm sind, dürfte ich.

SCHLÄFRIGE STIMME Besser nicht.

PRINCE Greenberg, Sie verstehen nicht. Ich bin ein schwerkranker Mann.

SCHLÄFRIGE STIMME Gut so.

PRINCE Vor meinem Fenster heult ein Kojote.

SCHLÄFRIGE STIMME Sprechen Sie mit ihm.

PRINCE Sprechen Sie mit mir!

SCHLÄFRIGE STIMME Ich sehe Sie morgen.

PRINCE Können Sie mich nicht jetzt sehen?

SCHLÄFRIGE STIMME Nein.

PRINCE Ich steige ins Auto und fahre, so schnell ich kann, zu Ihrer Praxis.

SCHLÄFRIGE STIMME Die Türklingel ist abgestellt.

PRINCE Ich könnte klopfen.

SCHLÄFRIGE STIMME Sie können sich die Finger wundklopfen. Ich wohne nicht in meiner Praxis.

PRINCE Ich habe Ihre Privatadresse.

SCHLÄFRIGE STIMME O nein, die haben Sie nicht.

PRINCE Greenberg, entweder wir sehen uns jetzt, oder ich fahre zurück in die Stadt.

SCHLÄFRIGE STIMME Fahren Sie vorsichtig. *Legt auf*

Prince schmeißt das Telefon in eine Ecke und klingelt nach dem Kellner. Es klopft nebenan.

PRINCE *ruft* Kommen Sie rüber.

FRAUENSTIMME *nebenan schluchzend* Sind Sie einer von Greenbergs Leuten?

PRINCE Ja.

FRAUENSTIMME Ich hatte gestern meine dritte Sitzung.

PRINCE Wie war es?

FRAUENSTIMME *schluchzend* Fabelhaft. Wir dürfen nicht miteinander sprechen.

PRINCE Ich gehe die Wände hoch.

FRAUENSTIMME Das ist noch gar nichts.

PRINCE Kommen Sie rüber!

FRAUENSTIMME Nicht erlaubt.

Ein Kellner ist mit einer überdimensionalen Speisekarte eingetreten.

KELLNER Die Ente ist gut.

PRINCE Sie verstehen nicht. Dies wird eine Art »Scheiß-auf-Dr. Greenberg-Mahlzeit«. Geben Sie die Speisekarte her. *Nimmt sie* Wie viele Speisen haben Sie, fünfundsiebzig?

KELLNER Bestimmt.

PRINCE Ich will alle.

Pause

KELLNER Alle?

PRINCE Jede einzelne.

KELLNER Etwas zu trinken?

PRINCE Dreiunddreißig Martinis.

KELLNER Kaffee?

PRINCE Später.

Der Kellner geht. – Prince geht nahe an den Spiegel. – Steht zitternd davor. – Das Neonlicht wird grün. – Die Spinne wird größer. – Es klopft. – Ruth Greenberg tritt ein. Sie trägt Tennisschuhe und über ihrem T-Shirt einen Parka.

GREENBERG Ich bin Dr. Greenberg.

PRINCE Oi, sind Sie häßlich.

GREENBERG Leck mich und ziehen Sie sich an.

PRINCE Wohl noch nie 'nen nackten Juden gesehen?

GREENBERG Ziehen Sie sich an, es ist kalt hier.

PRINCE Ja, Doktor.

GREENBERG Lassen Sie das »Ja, Doktor«.

PRINCE Sehen Sie die Spinne?

GREENBERG Haben Sie halluziniert?

PRINCE Der Geist meines Vaters ist gerade vorbeigekommen.

GREENBERG Gut so. Haben Sie mit ihm gesprochen?

PRINCE Er hatte es eilig.

GREENBERG Sie hätten ihn bitten sollen zu bleiben.

Das Neonlicht geht aus. Prince zieht sich an.

PRINCE Sie haben behaarte Beine.

GREENBERG Nur weil ich sie nicht rasiere. *Setzt sich* Ich habe Sie falsch eingeschätzt, als Sie anriefen. Dann habe ich in Ihrem Dossier gelesen.

PRINCE Welchem?

GREENBERG Dem vom Krankenhaus.

PRINCE Sie spionieren mir nach?

GREENBERG Sie scheinen meinen Brief nicht bekommen zu haben.

PRINCE Welchen Brief?

GREENBERG Worin ich Sie bat, nicht zur Behandlung zu kommen.

Pause

Ich meine, wozu noch?

PRINCE Darf ich jetzt rauchen?

GREENBERG Nur zu.

PRINCE Ich habe sie weggespült.

GREENBERG Ihr Pech.

PRINCE Eine ist übrig. *Zündet sie an* Warum wollten Sie nicht, daß ich komme?

GREENBERG Sie werden – wann? nächsten Montag – operiert. Was kann man in einer Woche schon machen?

PRINCE Sie sollen schnell arbeiten.

GREENBERG So schnell arbeitet niemand.

PRINCE Ich habe Angst, das ist alles. Ich möchte nicht mit Angst ins Krankenhaus gehen.

GREENBERG Ich kann Ihnen in einer Woche nicht helfen.

PRINCE Freud kurierte Mahler in ein paar Stunden am Meer.

GREENBERG Ja, aber Mahler war impotent und kein Endstadium.

Lange Pause

PRINCE Manche Leute benutzen die Wahrheit, um einem eins überzuknüppeln.

GREENBERG Soll ich Ihnen was vorlügen?

PRINCE Sie sollen nur sanft sein.

GREENBERG Ich glaube nicht an Sanftheit. Ich glaube nicht an Glaube, Hoffnung, Barmherzigkeit. Ich glaube nicht an Kindermärchen und Oberkellner, all die netten Leute, meine ich. Ich glaube nicht an Schnuller wie Träume, Trinken und Trance. Ich glaube nicht an Scherze, Schlagfertigkeit und Sticheleien, intellektuelles Feuerwerk. Ich glaube nicht an Ironie, Zynismus, Understatements und Selbstzucht, nicht an die steife Unterlippe und das Pokerface, alle diese kunstvollen Kniffe des Gentleman, diese ganze stoische Scheiße und drei gefühllose Jahrhunderte, die einem sagen, Kinder soll man sehen, nicht hören! Oh, wenn man sie nur hörte, die Kinder! Ich stelle mir den Himmel vor als einen Sandkasten mit einer Million Kinder, die schreien: Mama, es tut weh, es tut weh! Aber gerade wenn sie gehört werden wollen, werden sie zum Schweigen gebracht und wachsen heran zu todesstarren Gespenstern, die den Schmerz des Lebens nicht spüren wollen. Den einzigen Schmerz, den wir haben, und das einzige Leben, und wenn wir diesen Schmerz nicht spüren, wenn wir ihn nicht schmecken, riechen, essen, leben, verwandelt er sich in einen kleinen Kannibalen, der sich durch unsere Lenden frißt. Ich weiß, wovon ich rede. Ich bin eine einfache Natur, aber ich habe die Hölle besucht, was für ein Ort! Und ich habe den Schrei gehört, den man hätte hören sollen, als der Urschmerz geschah. Fünf Minuten dieses Schreiens sind mehr wert als ein Menschenleben des Schweigens. Das Schweigen ist der Killer, und Leiden ist alles, wie dieses Ding in Ihrer Mitte, und nicht nur für Frauen und Juden, auch für alle diese verschlossenen, schweigsamen, harten Mannsbilder, die durch die Straßen gehen und ticken wie Zeitbomben. Warum sind Sie nicht eher gekommen? Ich bin nicht sehr gut, aber meine Patienten sind es. Aber was kann man schon in einer Woche ausrichten?

PRINCE Ich dachte, wir könnten jetzt anfangen und nach der...

GREENBERG Nach was?

PRINCE In einer Woche soll ich aus dem Krankenhaus sein.

GREENBERG *geht zum Fenster* Ich verstehe diese Leute nicht.

PRINCE Was versuchen Sie mir zu sagen, Greenberg?

GREENBERG Sie haben Krebs.

PRINCE *setzt sich* Wirklich?

GREENBERG Ich finde, man hätte es Ihnen sagen sollen.

PRINCE Darauf habe ich mein Leben lang gewartet.

GREENBERG Nun, jetzt haben Sie ihn.

PRINCE Sind Sie sicher?

GREENBERG Weihnachten sind Sie vermutlich schon tot.

PRINCE Das ist noch lange hin.

GREENBERG Nein.

PRINCE Der Wert der Zeit... Ich war einmal glücklich, damals in den Sechzigern, eine halbe Stunde lang. Darf ich jetzt eine Tablette nehmen?

GREENBERG Wofür?

PRINCE Ich kenne eure Tricks. Sie versuchen nur, mir angst zu machen.

GREENBERG *laut* Sie haben ein Ding da drin, groß wie ein Tennisball, und niemand weiß, ob es das einzige ist. Ist das sanft genug?

PRINCE Nein.

GREENBERG Der Weg nach draußen führt durch die Tür. Wie kommt's, daß niemand diese Methode benutzen will?

PRINCE Ich will nicht tot sein.

GREENBERG Und was sind Sie jetzt?

Prince schlägt sie. – Sie schlägt zurück. – Er verprügelt sie. – Sie läßt ihn. – Er umarmt sie und trägt sie ins Bett. – Sie lieben sich. – Ein Krampf durchfährt ihn, und er krümmt sich. – Sie denkt, es ist Lust. – Als sie kommen, verzieht er das Gesicht vor Schmerzen und schreit. – Sie denkt, es ist Liebe. – Sie ruhen sich aus.

Das war gut.

PRINCE Ich hab noch nie 'nen Arzt mit haarigen Beinen gebumst.

GREENBERG Mach uns den Mond nicht kaputt.

Pause

Wenn ich den Baum da draußen betrachte, wenn ich ihn wirklich betrachte, kann ich dieser Baum sein. Meine Blätter verbünden sich wie Kinder und wiegen sich im Wind. Meine Zweige beschatten den Rasen, wo die Kinder Ball spielen. Jetzt fährt der Wind in meine Zweige. Sie schütteln und biegen sich, aber sie brechen nicht. Ach, es herrscht eine solche Bewegung, es flüstert: Der Sommer geht zu Ende. Die Vögel sind gekommen und lassen sich für einen Augenblick nieder, aber in diesem Augenblick sind wir eine Familie. Sie fliegen weg und kommen wieder. So ist es. Der Wind ist auch weg. Nur am Wipfel ist ein Hauch, und meine Blätter rascheln. Ich bin jetzt sehr ruhig. Ein Lastwagen dröhnt vorbei, und das Dröhnen hallt nach in meiner Krone. Dann kommt der Wind wieder herangebraust, aber die Schrecken der Blitze, die die weiße Birke gespalten haben, sind nur eine Erinnerung. Ich glaube, ich werde durchhalten und nach der Sonne tasten. Ich habe keine Angst vor dem Winter. Auch Winter dauern nicht ewig. Ich habe alles gesehen, Krieg, Wahnsinn, Kinder, Vögel. Der Garten ist gejätet worden. Ich habe es nicht eilig. Meine Wurzeln sind mit Lehm durchsetzt, und ich fühle die grünen Wasser durch mich sickern. Ich kann warten. Und wenn dies meine letzte Stunde wäre, dann wäre auch das gut. Es wird so lange dauern, wie wir wollen, Liebster. Diese Stunde hat keine Mauern, sie ist offen zur Unendlichkeit. Ich weiß wohl, wie dunkel meine Höhle ist, wo der Drachen lebt, mein plumpes Tier. Seine Pranken, groß wie ein Volkswagen, hängen durch das Blätterwerk. Die Klauen sind blutgetränkt, und wehe, er öffnet seine schrecklichen Augen. Aber er wird sie nicht öffnen, nicht vor morgen.

Pause

Mein Körper ist voller Fenster. Alles soll hereinkommen und willkommen sein.

Pause

Fühl mein Haar.

Er tut es.

Wo bist du?

PRINCE *ohne sich zu rühren* Ich bin bald wieder da.

GREENBERG Komm zu mir.

PRINCE Das ist die Nachteule.

Es klopft. Der Kellner kommt mit einem großen Tisch herein. – Einige fünfzig Speisen. – Prince beginnt, wild zu essen und zu trinken, frißt sich ohne System durch die Speisen.

GREENBERG Fahren wir ein bißchen mit dem Auto spazieren.

PRINCE Nein!

GREENBERG *besorgt* Hör bitte auf.

PRINCE *mit vollem Mund* Die Ente ist gut.

Sie versucht, ihn aufzuhalten. Prince schlürfend

Leb wohl... leb wohl... leb wohl. *Er bricht zusammen, zieht den Tisch mit sich und liegt zwischen den Speisen.* Hol meine Tabletten.

Sie holt sie und wirft sie aus dem Fenster.
Sehr komisch.

GREENBERG Komisch findest du das? Dann lach.

PRINCE Willst du mich umbringen?

GREENBERG Ich werde mich nicht mit einem Meister messen.

PRINCE *versucht aufzustehen* Es tut jetzt wirklich weh.

GREENBERG Mach es schlimmer.

PRINCE Schlimmer geht nicht.

GREENBERG Dann laß ihn los.

PRINCE Ich kann nicht.

GREENBERG Du meinst, du willst nicht.

PRINCE *richtet sich auf* Warum hilft mir keiner?

GREENBERG Leg dich hin. Gut, schließe die Augen. Sperre dich nicht gegen den Schmerz. Verbünde dich mit ihm.

PRINCE Ich möchte keine Spielchen spielen.

GREENBERG Was tust du sonst?

PRINCE Es brennt jetzt, in der linken Seite.

GREENBERG Nagle ihn fest. Lerne ihn kennen. Werde zum Schmerz.

Pause

PRINCE Na schön, hier bin ich, ein kleiner dummer Schmerz zwischen Leber und Lunge. Den ganzen Tag war ich ziemlich ruhig. Er hat mich heute morgen mit einer Tablette lahmgelegt. Aber jetzt wache ich auf. Ich strecke meine Fühler aus. Ich bin ausgeruht, bereit, an die Arbeit zu gehen. Der Kerl hat doch wieder einen Pfannkuchen verdrückt. Mensch, dem werde ich's geben, mich so mit Alka Seltzer zu traktieren. Jetzt lege ich los, verschaffe mir ein bißchen Bewegung, entzünde Feuerchen hier und da, während ich mich zu den Nerven durchboxe. Als erstes verpasse ich der Leber einen rechten Haken und dann vielleicht eine gerade Linke. Dann nehme ich mir den Gallenkanal vor. Packe die schleimige Röhre und quetsche die grüne Schmiere zum Zwerchfell, wo all die lieben Nerven zusammenlaufen. Und hier bleibe ich einfach sitzen, eine alte kleine Spinne des Schmerzes, sammle all die niedlichen Nerven und knote sie zusammen, eng und enger, bis ihm der kalte Schweiß ausbricht. Soll er sich krümmen und keuchen, während ich meine Maschen zu einem feinen, feurigen Gewebe spinne. Kein Wunder, daß er stöhnen muß. *Stöhnt* Jetzt hilft nichts mehr, keine Pille, kein Heizkissen, kein tiefes Atmen, kein Rülpser. Ich wühle diese oft mißbrauchte Schweinerei auf und stoße sie seine Kehle hinauf, damit er sich übergibt.

GREENBERG Und jetzt sage mir, Schmerz, was tust du FÜR ihn?

PRINCE Was habe ich nicht für ihn getan? Gäbe es mich nicht, wäre er schon lange tot. Ich ermahne ihn ständig, Diät zu halten, aber nein, er hört nicht auf mich. Egal, wie schlimm ich wüte, wenn ich mal verschnaufe, geht er hin und stopft sich voll. Sein Mund bettelt unermüdlich nach mehr, also muß ich ihn erinnern, so oder so, stechend oder drückend oder pochend, aber es ist zwecklos, er hört nicht auf mich, nicht mal, wenn ich in die wunden Wände seiner Gedärme beiße, eben noch windet er sich vor Schmerzen, im nächsten Moment springt er herum und stopft sich die Eingeweide voll. Hör mir zu, hör auf mich!

Stille. Nun beginnt er, gleichmäßig zu atmen.

GREENBERG Läßt er nach?

PRINCE Er ist weg.

GREENBERG Bedanke dich bei ihm.

PRINCE Danke schön.

GREENBERG Sag ihm Lebwohl.

PRINCE Leb wohl, Schmerz.

Pause

Wisch mir das Gesicht ab.

GREENBERG Nein.

PRINCE Ich habe Angst.

GREENBERG Sag das laut.

PRINCE Ich habe Angst, ich habe Angst!

GREENBERG Wovor?

PRINCE Vor dem Tod.

GREENBERG Wer ist das?

PRINCE Er geht herum und bringt die Leute um.

GREENBERG Wie ein Mensch?

PRINCE Dort draußen.

GREENBERG Wie ist er?
PRINCE Süß und wogend.
GREENBERG Das ist literarischer Mist.
PRINCE Er hat kein Gesicht.
GREENBERG Jetzt lügst du.
PRINCE Ja.
GREENBERG Beschreibe ihn.
PRINCE Manchmal ist er eine Dame in Schwarz. Oder eine Nachteule. Oder nur eine Erscheinung.
GREENBERG *schreit* Schau ihn dir an. Dort!
PRINCE *schaut auf den leeren Stuhl* Dort sitzt er und grinst, als gehöre ihm alles hier. Ein Bein über das andere geschlagen, das Kinn vorgestreckt. Er ist ganz weiß bis auf die Augenhöhlen und die Nase. Alles Knochen, kein Fleisch. Ein glatter Schädel... getrennt durch einen klaffenden Spalt mit Zähnen. Diese Zähne sehen lebendig aus. *Schließt die Augen*
GREENBERG Berühre ihn.
PRINCE *zögert* Seine Hand ist kalt. Keine behaarte Haut, um hineinzukneifen. Kein Mal. Sein Arm ist von den Winden poliert, seine Rippen von den Vögeln abgenagt. Seine Taille ist schmal. Da ist eine Lücke in seinem Unterleib. Ich frage mich, wie lange er mich ihn betasten läßt. Er könnte mich einfach packen und nie mehr loslassen. Jetzt bewegt er die elfenbeinernen Knöchel. Er nimmt meine Hand. Ich schaudere. Er läßt mich aufstehen, als wolle er mich zum Ritter schlagen. *Spielt das nach* Hier stehen wir, ich und Gevatter Tod. Ungefähr gleich groß. Ich wage nicht, in seine Augenhöhlen zu sehen. Es könnte etwas Weiches darin sein.
GREENBERG Sieh nach.
PRINCE *legt einen Finger in den Schädel* Es ist nichts drin... nur ein bißchen Staub. Er klappert mit den Zähnen. *Klappert mit den Zähnen* Sie sind seine... Werkzeuge. Vielleicht hat er Hunger.
GREENBERG Frag ihn.
PRINCE Hast du Hunger?
GREENBERG Plauder ein bißchen mit ihm.
PRINCE Hast du Hunger? – Ja. – Was hättest du denn gern? –

Werde euch alle verspeisen. Werde euch holen kommen und mit meiner Sichel niedermähen und euch zum Abendessen kochen. Niemand widersteht mir. Jeder muß sterben. Es ist das Ende vom Anfang der Straße, und alle Straßen führen zu mir, weil das Königreich des Todes in euch ist, und ich bin der König dieses Königreiches in euch. Ich bin in euren Lebern und Lungen und nicht dort draußen irgendwo wie die Nachteule. Es gibt kein Entrinnen. Ich bin der Tod. *Beginnt einen schlaksigen Tanz* Ich habe dich in der Wiege gewiegt. Ich habe dir Fieber gegeben. Ich saß hinter dir im Wagen. Ich ließ deine Reifen im November platzen und brachte dich ins Schleudern. Wenn du einschläfst, sorge ich dafür, daß du nicht mehr geweckt wirst. Ich bin immer um dich gewesen, also tu jetzt nicht, als sei ich ein Fremder. *Tanzt schneller* Das ist die Party des Jahres. Ich komme jetzt richtig in Schwung, und der Wind bläst mir durch den Brustkorb, wenn ich den Sunset Boulevard entlangschlackere, meine Knochen hüpfen und rasseln, und mein Hintern knirscht, ist das 'ne Show! – und jetzt ein kleines Steptänzchen à la Fred Astaire, und jetzt den Paso doble und den Cakewalk und den Black Bottom und den Dixieland, und ich halte dich in meinen Armen, und wir schwingen uns im Walzer, Mathilda, meine dünnen kalten Arme umfassen deine Taille, mein Becken reibt sich an deinem und drückt dein Ding in meinen kalten bodenlosen Spalt.

GREENBERG Du liebst den Tod.

PRINCE Ja.

GREENBERG Dann sag es ihm.

PRINCE Ich liebe dich, ich liebe dich.

GREENBERG Plaudere mit ihm.

PRINCE Mein Hund ist tot. Meine Lady.

Pause

Ja. – Siehst du sie dort? – Scheint ermordet worden zu sein. – Du hast es getan, der Tod hat es getan. – Hat sie gelitten? – Sehr. – Es müßte doch einen Trost geben. – Gibt es nicht. – Der ganze Kampf... umsonst. – Genauso schlimm, wie ich immer befürchtet habe.

GREENBERG Schlimmer.
PRINCE Ich möchte etwas ... Liebes zu Lady sagen.
GREENBERG Sie kann dich nicht hören.
PRINCE Ich sollte sie waschen ... aus Barmherzigkeit.
GREENBERG Sie kann nichts fühlen.
PRINCE Für mich ... mir zuliebe.
GREENBERG Du trauerst nur, damit man dich betrauert.
PRINCE Wie unbarmherzig du bist. Erklär mir das alles.
GREENBERG Dieser Hund wurde geboren ... litt ... und starb.
PRINCE Das ist alles?
GREENBERG Das ist alles.
PRINCE Dann möchte ich auch sterben.
GREENBERG Nur zu. Immer zu. Wie möchtest du denn sterben?
PRINCE Was hast du anzubieten?
GREENBERG Einen schnellen Krampf oder ein langsames Würgen.
PRINCE Einen langsamen Krampf.
GREENBERG Bist du bereit?
PRINCE Noch fünf Minuten?
GREENBERG Feilsche nicht. Du bist bereit. Du warst immer bereit. Und wenn du deine Augen schließt, wird es das letzte Mal sein. Also schließ die Augen. Wenn es dunkel ist, wird es dunkel bleiben. Deine letzten Atemzüge. Wenn ich bis drei gezählt habe – und die Drei wird so lang sein wie deine ganze Kindheit mit all den langsamen Sommern –, wird eine Flamme dich durchzucken und dein Hirn verbrennen.
PRINCE Warte noch. Ich möchte an etwas ... Schönes denken.
GREENBERG Stirb, verdammt noch mal!

Pause. Greenberg setzt sich auf ihn.

Asche zu Asche. Das Schlimmste kommt noch. Sechs Tonnen Dreck auf deiner Brust. Die Würmer sind gekommen und gegangen. Deine Knochen sind abgenagt. Dein Grab ist vernachlässigt. Der Stein hat begonnen, sich zu senken. Dein Haus ist renoviert für die neuen Mieter. Deine Kleider sind verrottet. Niemand spricht mehr von dir. Die Fotografien sind vergilbt. Alles, was du getan hast, ist vergessen, weil du nicht mehr getan hast, als ein bißchen Geld zu verdienen und es auszugeben. Du bist niemals gewesen.

PRINCE Ich kann... nichts fühlen.
GREENBERG Sag das deinem Papa.
PRINCE Papa, ich kann nichts fühlen. *Kichert* Ich kann das nicht.
GREENBERG Versuch es.
PRINCE *kichert* Ich komme mir albern vor.
GREENBERG Sag ihm das.
PRINCE *in verschiedenen albernen Stimmen* Ich komme mir albern vor, Papa. Ich komme mir albern vor, Papa. Papa, ich komme mir albern vor.
GREENBERG Laß die Albereien.
PRINCE Nimm mir das weg, was bleibt noch?
GREENBERG Ein Tumor.
PRINCE *ruft* T-u-u-u-umor! Ich weiß, wo du steckst! Komm doch her, sonst hol ich dich!
GREENBERG Sprich mit deinem Papa.
PRINCE Kann ich nicht. Er ist tot. Der Arzt ist tot. Ärzte leben ewig, denkt man, aber Dr. Prince ist tot. *Kichert* Nach sechs Monaten langsamer Strangulierung hustet Dr. Morton Prince seinen Geist aus. *Hat einen Lachanfall* Er war ein komischer Mann, hatte aber keinen Spaß am Leben. Er sah komisch aus und lebte komisch und starb komisch und wurde komisch begraben. Die Sonne ging hinter diesem schrecklichen bunten Glas mit dem ›Abendmahl‹ unter, als der Sarg aus der Kapelle gerollt wurde, gefolgt von einem gelangweilten schwarzen Häufchen von Trauernden, nicht sehr vielen. Ich preßte einen Kicheranfall hinunter in meinen Bauch, wo jetzt der Tumor sitzt, da stolperte einer der Sargträger, und der Sarg machte sich auf seinen Rollen selbständig, schlitterte das Elysische Feld hinunter. Irre! Na los, mein geliebter Vater, spreize deine Flügel und fliege davon! Er krachte gegen einen marmornen Grabstein und, da der Sarg zerbrochen war, bäumte er sich auf in seinem schwarzen Alpaka-Anzug, herausgeputzt wie eine japanische Nutte. Ein komischer Mann im Regen. Darf ich lachen?
GREENBERG Frag nicht mich. Frag ihn.
PRINCE Darf ich lachen, Papa? – Was ist denn so komisch? – Du, Papa. – Nur zu, du Lümmel. – Aber du siehst komisch aus,

Papa, ein langer, ausgemergelter, komischer Papa mit großen feuchten Hundeaugen. Sechs leidvolle Monate lang durfte ich nicht, durfte ich einfach nicht lachen. Komisch, daß du fünfundzwanzig Jahre lang an der Schlafkrankheit gelitten hast, schliefst ein inmitten einer Konsultation, einer Operation, eines Satzes, eines Mittagessens. Komisch, daß du versucht hast, jede Krankenschwester zu vögeln, und daß du eingeschlafen bist, bevor du in ihre Schlüpfer steigen konntest. Und daß Mutter sagte, klopfe an, Liebling, bevor du in Vaters Sprechzimmer gehst, man kann nie wissen, was du dort vorfindest. Ich sage euch, was man vorfindet. Vater in seinem weißen Kittel, im Mahagonisessel schnarchend oder schnarchend mit einer Urinprobe in der Hand oder schnarchend mit runtergelassenen Hosen, schnarchend in die große haarige Möse einer Schwester, schnarchend mit weit geöffneten Hundeaugen, bis er mit einem Grunzer auffährt und wach ist. Ich bin mein Leben lang auf Zehenspitzen gegangen, habe leise gesprochen aus Angst, ihn aufzuwecken. Wo gibt's das sonst? Einen Vater, der die Kindheit seines Sohnes verschläft?

GREENBERG Ich kann dich nicht verstehen.

PRINCE Mein Mund wird taub.

GREENBERG Sprich lauter.

PRINCE Mein Mund ist taub.

GREENBERG Sag ihm das.

PRINCE Papa, mein Mund ist taub. Kannst du mich hören, Papa? Schschsch... Papa schläft. Mit offenen Augen. Hat sich einen afrikanischen Bazillus geholt, als er Pygmäen behandelte, mein Schatz. Papa, bist du wach? Papa ist nicht wach. P-papa, ich muß mit dir sp-sprechen. *Beginnt zu stottern* Mein Hals tut mir weh, Papa. Papa wird sich um deinen Hals kümmern, mein Liebling. Mit Mandeln ist Papa ein Zauberkünstler. Was ist das, Mandeln? Die Mandeln müssen raus. Mama geht mit mir den Pico Boulevard hinunter. Durch einen Seiteneingang hinein. Die Sprechstunde ist vorüber. Kein Patient in Sicht. Nur ich... nur ich mit meinem neuen Baseballhandschuh. Papa döst in seinem Mahagonisessel vor sich hin. Wir warten, bis er sich wachgegrunzt hat. Die Hundeaugen glänzen feucht. Mama nimmt mich auf den Schoß. Es wird ein bißchen weh tun, aber wenn du ein braver Junge bist und stillhältst... HALT STILL!... und Papa diese verfaulten Mandeln rausnehmen läßt, schenke ich dir... ein Segelboot... einen Negerkuß... Sie hält mich umklammert. Er klappert mit dem Besteck. Er bepinselt meinen Hals mit Jod. Warum haben sie mich nicht gewarnt vor dem Feuer, vor den flammenden Zangen, die eine Feuersbrunst in meiner Kehle entfachen? Mein Mund brennt lichterloh. Flammen schießen durch meinen Kopf, meine Kehle ist versengtes, zerfetztes Fleisch, und inmitten meines blöden, verständnislosen, lautlosen Jammers schläft er wieder ein.

GREENBERG *brüllt ihn an* Sag es ihm!

PRINCE Du bist eingeschlafen, du blöder Arsch, du Metzger, während die Flammen an meiner Kehle lecken und ich zu schreien versuche... *Würgend* Das Feuer verbrennt meinen Gaumen, mein Mund steht in Flammen! Feuer! Feuer! Mach es aus, Mama! Mach es aus! Hilf mir! Hilfe!

GREENBERG *schlägt ihn* Heraus damit!

PRINCE *würgend* Kann nicht... Mein Atem ist weggebrannt.

GREENBERG Tief durchatmen.

PRINCE *zitternd* Nicht erlaubt. Darf nicht laut sprechen. Brave kleine Jungen sprechen nicht laut. Wenn du um Hilfe rufst, dann leise, sonst weckst du Papa auf, mein Schatz. *Flüstert* Hilfe. Hilfe, die Polackenkinder haben mich eingefangen und schwingen ihre Fahrradketten. Hilfe, im Kindergarten habe ich mir in die Hose gemacht. Hilfe, da ist ein Schwarzer Mann im Schrank. Hilfe, mir ist kalt... kalt. *Fröstelnd* Mensch, ist mir kalt. Mir ist kalt, Papa. Ich war warm. Ich war mal ganz warm. Ich war warm an einem warmen Ort und schwamm in warmen Wassern. Im sechsten Monat hat er mich ins Leben gepimpert. Ich liege da, geleckt wie ein Kätzchen, mit angezogenen Knien und kann ein... Trampeln hören. Gott wandelt im Garten Eden. Wo bist du? Mama stützt sich auf Knie und Hände, damit er mich nicht zerdrückt in ihrem großen, warmen Leib. Er besteigt sie wie ein Hund, und ich höre deinen großen Schwanz an die Tür klopfen und hereinbrechen.

Und ich höre dich grunzen, und du schläfst noch in ihr ein und explodierst, ein Wunder, daß ich nicht ertrunken bin in all dem Zeugs. Und jetzt ist die Nacht ruhig. Ich sitze ruhig in den warmen Wassern, Kopf nach unten. Ich bin das Prinzenbaby, der Prinz des Lichtes und der Lieblichkeit im sechsten Monat, noch nicht bereit zur Geburt und zur Karriere. Ich bin glücklich. Papa, ich war glücklich. Ich bin warm. Ich bin geborgen. Dann kommt die Scheiße ins Rollen. Die warmen Wasser beginnen zu zittern, ein Erdbeben. Ich bebe mit den Zuckungen der Welt. Die schlüpfrigen Wände beben. Was ist das? Was passiert mit mir? Ein Krampf zuckt durch die Welt und will nicht enden. Ich werde durch diesen... vulkanischen Tunnel gepreßt, der kalten Welt entgegen, für die ich noch nicht bereit bin. Ich versuche, mich festzuhalten. Ich klammere mich an die Wände, aber meine tauben kleinen Hände finden keinen Halt, sie gleiten von den glitschigen Wänden ab. Niemand hat mich gefragt, ob ich geboren werden wollte. Meine Zeit war noch nicht gekommen. Ich möchte in den warmen Wassern bleiben, aber das Beben zerrt mich, schiebt mich dem Wind entgegen. Ihr Schweine! Du stehst auf... im Halbschlaf, um bei meiner Entbindung zu helfen, und auch du dort, mit deinem großen warmen Leib, liegst da, mit weit gespreizten Beinen, und preßt meinen kotigen Kopf der kalten Welt entgegen, und du, du hundsäugige Kanaille, der du meine Mutter bestiegen hast, du packst meinen Kopf, besudelt mit Blut und Schleim, und zerrst und ziehst, und sie preßt mit aller Gewalt, und jetzt fühle ich den Wind durch meine Ohren blasen, als ihr zwei Schurken, ihr zwei schrecklichen, schamlosen Schurken gemeinsam, zwei gegen einen, zieht und preßt, und jetzt... bin ich... draußen! Laß mich drin, Papa! Laß mich drin! Mama, schick mich nicht weg! Bitte! Laß mich drin! LASS MICH DRIN... *Schreit* AAAAAAAAAAAAAAAAAAAAAAAAAAAAAA!

Die Sonne ist aufgegangen und füllt das Zimmer.

Mein Leben war ein einziges Zögern, geboren zu werden. *Schaut auf seine Hand, als sähe er sie zum ersten Mal* Was ist das?

GREENBERG Eine Hand.

PRINCE Wozu ist sie da?
Greenberg legt ihn in ihren Schoß und wischt sein Gesicht.
O Gott, ist es schön zu sein.

10. Szene: Ein Todeskuß

Im ›Lazarus‹, einem Krankenhaus. – Vier Betten, eins von ihnen durch einen Wandschirm abgeteilt. – Prince ist gerade aufgenommen worden.

KRANKENSCHWESTER Der Friseur kommt um acht.
PRINCE Ich hatte ein Privatzimmer bestellt.
KRANKENSCHWESTER Legen Sie sich hin und warten Sie auf Ihren Einlauf.
Sie geht. – Prince stellt seinen Koffer ab und setzt sich aufs Bett. – Ein kehliges Rasseln hinter dem Wandschirm. – Spritz tritt sehr langsam ein. Er trägt eine Tasche mit einer Ersatzniere drin. – Pause
SPRITZ Was machst du denn hier?
PRINCE Dreimal darfst du raten.
SPRITZ Hab ich dir nicht gesagt, die finden schon was?
PRINCE Nur forschungshalber.
SPRITZ Wie Kolumbus.
Prince beginnt, sich auszuziehen.
Alle enden hier im ›Lazarus‹. *Setzt sich* Erinnerst du dich an Willy Callaghan?
PRINCE Warum?
SPRITZ *deutet auf den Wandschirm* Koma.
PRINCE Wenn man dran ist, ist man dran.
Rasseln hinter dem Wandschirm
SPRITZ Fröhliche Pfingsten.
Prince steht auf und will hinter den Wandschirm sehen.
Verkneif dir's, wenn du zartbesaitet bist.
PRINCE Ich habe ein Privatzimmer bestellt, verdammt noch mal.
SPRITZ Die streiken.

PRINCE Wer?
SPRITZ Alle. – Bist du ein begnadeter Chirurg?
PRINCE Kann kein Pflaster aufkleben.
SPRITZ Ich hatte großes Schwein, daß ich es nicht selbst machen mußte. Darf ich dir meine neue Niere vorstellen?
PRINCE Hallo.
SPRITZ Provisorisch.
PRINCE Sieht nett aus.
SPRITZ Die Schweine haben mich doch schon am ersten Tag pinkeln lassen!
PRINCE Ein gutes Zeichen.
SPRITZ Seit dreiundfünfzig Jahren pinkle ich drei- bis viermal am Tag, ohne daß mir jemand gesagt hätte, das sei ein gutes Zeichen. Morgen werde ich entlassen.
PRINCE Großartig.
SPRITZ An aussichtslose Fälle verschwenden sie keinen Platz. *Prahlerisch* Habe heute morgen das erste Mal geschissen.
PRINCE Gratuliere.
SPRITZ Hätte nie für möglich gehalten, daß ich mal um so was beten würde. Im ›Lazarus‹ ist keiner Atheist. Nebenan liegt ein alter Sozi. Die Gebete solltest du hören. Hör mal!
Murmeln nebenan
Wann schneiden sie dich auf?
PRINCE Morgen früh.
SPRITZ Abscheulich, auf nüchternen Magen zu sterben. Das war ein Scherz.
PRINCE Hab ich mir gedacht.
SPRITZ Ich freue mich, daß du deinen Humor behalten hast. Wer operiert dich?
PRINCE Lieberman.
SPRITZ Dieser Modemetzger?
PRINCE Finger wie ein Taschendieb.
SPRITZ Die Finger mögen ja okay sein, aber die Augen, Arthur, hast du seine Augen gesehen? Was trägt er da nur vor, 'nen Feldstecher? Man sagt, er könne nicht mal Leber und Lunge unterscheiden.
PRINCE Vielleicht operiert er nach Braille.

SPRITZ Im ›Lazarus‹ witzeln alle, bis die Lichter ausgehen. Dann winseln sie um Hilfe.

Murmeln nebenan

Die Nachtschwester ist berühmt für ihre Sicherheitsnadel. Anstelle des Transfusionsventils. Einmal abgerutscht, und du hast Blasen im Bregen.

Rasseln hinter dem Schirm

Fröhliche Pfingsten.

PRINCE Wie lange geht das schon so?

SPRITZ Zwei Tage.

PRINCE War Gladys hier?

SPRITZ Eine halbe Stunde. Hat ihm ein Scrabble mitgebracht. *Lacht wie eine Hyäne* Wenn ich lache, fühlt sich meine Narbe an wie ein zerfledderter Reißverschluß. Neuer Schlafanzug?

PRINCE Herzlichst deine Alice.

SPRITZ Manche Leute gehen mit Make-up in den O. P. Da sind nämlich überall Kameras angebracht. Sie haben mich und meine Niere in Technicolor aufgenommen. Übrigens, sei vorsichtig mit dem Friseur. Der rasiert alles ratzekahl. Die wollen nämlich reinen Tisch. Habe mir auch die Haare schneiden lassen. Wennschon, dennschon. Und eine Maniküre, die Dinger wachsen nämlich weiter nach dem Tod. Noch ein Scherzchen. Aber eins verspreche ich dir. Spüren tust du nichts, laß dich ruhig mit Medikamenten vollpumpen, Schlafmitteln, Beruhigungsmitteln, was du willst. Bist du allergisch gegen was?

PRINCE Gegen alles.

SPRITZ Aber du sprichst gut an, ja?

PRINCE Ich weiß nicht. Es ist das erste Mal.

SPRITZ Schneide jetzt, stirb später, das ist ihr Motto. Ehe die Komplikationen einsetzen, schicken sie dich nach Hause. Es sei denn, du bist bettlägerig. Ich glaube nicht, daß sie streiken. Vier in diesem Zimmer geben mir zu denken. Wenn du mich fragst, es ist eine Epidemie. Wenn ich den Mumm hätte, würde ich mich ein bißchen umhören. Wette, die Krankenhäuser sind alle voll bis zum Rand. Ein neuer Virus oder vielleicht die Pest. Letzte Nacht hatte ich eine Vision. Die ganze Welt war krank.

PRINCE Das ist Willys Vision.

SPRITZ *sieht hinter den Schirm* War.

Pause

Läute nach der Schwester.

Prince läutet. – Dr. Salmon tritt sehr langsam ein, er trägt einen neuen Schlafanzug.

PRINCE Hallo, Doktor.

DR. SALMON Ach ja, der Grimmdarm!

PRINCE Ach, ist es das?

DR. SALMON Ich bin nicht im Dienst. *Setzt sich*

SPRITZ Alle landen im ›Lazarus‹.

PRINCE Was haben Sie?

DR. SALMON Ach, das Übliche.

SPRITZ *schadenfroh* Seine Nebenhöhlen sind im Arsch.

DR. SALMON Nichts Definitives.

PRINCE Zwei Dinge auf dieser Welt hauen mich um, ein bestechlicher Bulle und ein kranker Arzt. – Ärzte haben nicht Patienten zu sein, sonst steht die Welt auf dem Kopf. Wenn Sie's mit den Nebenhöhlen haben, putzen Sie sich um Himmels willen die Nase und trollen sich nach Hause.

DR. SALMON Wir sind nicht die Ärzte, wir sind die Krankheit.

Die Krankenschwester tritt ein und geht hinter den Wandschirm.

PRINCE Ich habe ein Privatzimmer bestellt!

SPRITZ Du bist in besten Händen hier im ›Lazarus‹. Meine Tante Beverly kommt zu ihrem regelmäßigen Selbstmordversuch her. Sie legt sich ins Bett, nimmt drei Röhrchen Luminal und läutet nach der Schwester.

Die Krankenschwester rennt hinaus.

PRINCE Der arme Willy.

DR. SALMON Wir Armen.

Murmeln nebenan. Zwei Pfleger kommen mit einer Bahre herein und sind im Begriff, Prince draufzulegen.

PRINCE Ich bin der Falsche.

SPRITZ Dort drüben.

Die zwei Pfleger verschwinden hinter dem Wandschirm und kommen sofort wieder hervor.

ERSTER PFLEGER Lege keine Finger an die Leiche, bis sie gewaschen ist.

Sie gehen hinaus.

PRINCE Riecht Willy?

SPRITZ Ja.

PRINCE So schnell?

DR. SALMON Die Klimaanlage ist ausgefallen.

Rasseln hinter dem Wandschirm. – Prince steht auf und entfernt ihn. – Willy Callaghan ringt mit steifem Rücken um seine letzten Atemzüge.

PRINCE Willy?

CALLAGHAN *mit schrecklicher Stimme* Laßt mich gehen.

PRINCE Ich bin es, Arthur.

DR. SALMON Er hört Sie nicht.

PRINCE Können Sie denn nichts für ihn tun?

DR. SALMON Nein.

PRINCE *brüllt* Schwester!

CALLAGHAN Laßt mich gehen.

PRINCE *hält ihn* Halt durch, Willy.

CALLAGHAN Laßt mich.

PRINCE Sagen Sie doch, was ich tun soll.

DR. SALMON Wenn er mein Kind wäre, würde ich ihn erwürgen.

CALLAGHAN Es tut weh.

DR. SALMON Es gibt nur eines, was man für seinen Patienten tun kann.

CALLAGHAN Mama, es tut weh.

Prince legt seinen Mund auf Willys und erstickt ihn. Es braucht seine Zeit. – Willy stirbt. – Prince geht zurück zu seinem Bett. – Willy sieht friedlich aus. – In der Stille ist das Murmeln von nebenan zu hören. – Der Friseur kommt herein und wetzt seine Klinge. – Murmeln nebenan. Der Friseur geht zu Willy und beginnt, ihn einzuseifen.

PRINCE Das ist der Falsche.

FRISEUR Tun Sie Ihren Job, ich tu meinen.

Pause

SPRITZ Erzähl mir einen Witz, oder ich spreche nicht mehr mit dir, solange ich lebe.

PRINCE Mein Hund ist auch tot. Ein schwacher Atemhauch, eine Art Seufzer, den keiner von uns hören konnte, und er war hin. Einige meiner besten Freunde waren Hunde, begleiteten mich durch meine Hundejahre. Als Kind durfte ich keinen Hund haben. Für Vater waren Haustiere eine bürgerliche Schwelgerei. Ein Beispiel hierfür war Tante Agathe. Sie lebte mit sechs Hunden verschiedener Größe und Rasse. Es ging ein Gerücht um, sie mißbrauche sie zu perversen Zwecken, indem sie ihr Geschlecht mit Worcester Sauce einschmierte, was sie gern hatten. Man fand sie eines Tages in Stücke gerissen, inmitten der kauernden Meute. Mein erster Hund... laßt mich ausreden! ...war eine braungelbe Promenadenmischung, die mir an der Uni zugelaufen war. Er konnte Reaktionäre meilenweit riechen. Einmal habe ich ihn geschlagen. Das werde ich mir nie verzeihen. Warum ich Hunde liebe? Weil sie am besten lieben, nach deinen eigenen Bedingungen, anders als Menschen, die lieben, um geliebt zu werden. Ein judäischer Trugschluß. Ich sehe sogar aus wie ein Hund, nicht wahr? Eli Dewlap hat mir einen seiner goldenen Spaniels verkauft. Der war so hochgezüchtet, daß er während der McCarthy-Zeit an einem Herzanfall starb. Für ihn kaufte ich mir in Santa Monica einen ebenso schönen. An den nebligen kalifornischen Vormittagen, an denen das Verbrechen durch die Fenster winkt, pflegte er auf meinem Schreibtisch im Arbeitszimmer zu sitzen und sich unter der Lampe zu wärmen, und dann – mein Gott, ich weiß nicht, wie es geschah – pfft... war er weg, einfach verschwunden von meinem Schreibtisch. Nicht, daß er entlaufen wäre. In meiner Erinnerung liegt er zusammengerollt auf meinem Schreibtisch, und dann ist er weg, und der Schreibtisch ist leer. Und dann bekam ich Lady, eine Schäferhündin mit einem Anflug von Collie. Der letzte Hund meines Lebens. Sie war das ideale weibliche Wesen für mich armen Sexbesessenen, der sich vergebens nach einer menschlichen Frau sehnte, die bereit gewesen wäre, seine Phantasien von Willfährigkeit zu erfüllen. Lady hätte mich auch unter der Folter nicht verraten. Ihretwegen bedauerte ich es oft, nicht als Hund geboren zu sein, auf daß unsere Romanze volle Erfüllung gefunden hätte. Wenn ich nach Hause kam, witterte sie mich schon einen Straßenblock im voraus und raste freudequietschend die Treppe hinunter. In meinem Zimmer ließ sie sich unter den Schreibtisch fallen und legte ihre rassige Schnauze auf meine Füße und hob sie nur, wenn Polizeisirenen vorüberheulten. Zweimal im Jahr haarte sie, und überall im Haus trieben kleine Haarbüschel in der Zugluft. Blitz und Donner fürchtete sie dermaßen, daß sie in der Stille zwischen jedem Schlag und jeder gezickzackten Offenbarung versuchte, auf meinen Schoß zu kriechen. Wann immer Alice auf meine eifrige Pumperei nicht reagierte, versorgte uns Lady mit den nötigen Grunzern, damit ich meine Männlichkeit bestätigt wußte. Sie war öfter läufig als üblich bei ihrer Rasse, und alle Hunde der Nachbarschaft saßen vor dem Haus und warteten auf die belagerte Lady, die inzwischen schmachtend von Fenster zu Fenster strich, bis Alice mit einem Besenstiel herausstürmte, um die Freier zu verdreschen. Sie zerstreuten sich, schlichen aber zurück, um doch noch in Lady hineinzukommen, was auch mehreren von ihnen gelang, besonders Irving, einem zerfransten Schnauzer. Auf Catalina trieb sie es am Wochenende des 4. Juli gleich dreimal, ein unerhörter Rekord, aber wir beide alterten unschön. Mit sechzehn verbrachte sie den Sommer mit lahmen Läufen unter meinem Bett in Vermont. Der Himmel weiß, was ich da oder sonst irgendwo zu suchen hatte, aber die ersten Herbststürme weckten ihre Lebensgeister. In ihrer letzten tschechowischen Wallung kroch sie hinaus auf den Rasen, um im Kreise von zahlreichen Verehrern herumzutollen, bis ihr die Beine wegknickten. In der Abenddämmerung schließlich sammelte sie noch einmal ihre letzten Kräfte und schlurfte unter den Akazienbäumen mit einem tänzelnden Labrador davon, der sie endlich bestieg, aber ihre Beine versagten wieder, also ging ich im Mondlicht hinaus und stützte ihr Hinterteil, und wir drei huldigten der Liebe, bis der Morgentau unsere Gesichter näßte. Wir hatten ein erfülltes Leben, und als es Zeit war zu gehen, waren wir bereit.

11. Szene: Die Wirksamkeit von Gebeten

Gleicher Ort. – Prince nach der Operation, noch schlafend an einem Tropf. – Die anderen Patienten sind verschwunden. – Ruth Greenberg in einer Ecke. – Frau und Sohn treten ein. Stille

FRAU Wie geht es ihm?
GREENBERG Ihr Mann wird leben, Mrs. Prince.
FRAU *dümmlich* Wann?
GREENBERG Beten Sie, daß er Winde läßt heute nacht.
Frau und Sohn setzen sich und warten. Die Frau betet. Die Schatten werden länger. – Zu guter Letzt ein Furz. – Triumphale Musik. Alle drei treten ans Bett und lächeln unter Tränen.

Ende

Mutters Courage

Deutsch von
Ursula Grützmacher-Tabori

Personen

SOHN
MUTTER

FRAU DES HAUSMEISTERS
1. POLIZIST: KLAPKA
2. POLIZIST: IGLÓDI
VERSCHIEDENE STIMMEN
DEUTSCHER OFFIZIER
LIEBHABER
KELEMEN
ROTZGESICHT
SOLDAT
ONKEL JULIUS
MARTHA

1. Szene

SOHN Eines Sommertages im Jahre '44, einem hervorragenden Erntejahr für den Tod, zog meine Mutter ihr gutes Schwarzes mit dem Spitzenkragen an, das sie, wie es sich für eine Dame geziemt, zur wöchentlichen Rommérunde bei ihrer Schwester Martha zu tragen pflegte. Es war halb elf Uhr morgens, ach, diese kleinen Bemühungen um Genauigkeit, sie setzte auch ihren guten schwarzen Hut auf, den mit Wachsblumen an der Krempe, und zog ein Paar weiße Handschuhe an, die am linken Daumen geflickt waren, Gott steckt im Detail.

MUTTER Wachsblumen an der Krempe?

SOHN Korrigier mich, wenn ich was Falsches sage.

MUTTER An Wachsblumen an der Krempe kann ich mich nicht erinnern.

Pause

Schwarzer Strohhut mit weißem Seidenband.

SOHN »Wachsblumen an der Krempe« klingt besser.

MUTTER Ja, mein Schatz, das stimmt.

SOHN Da stand sie also, betrachtete sich im Spiegel mit ihren unvergleichlich blauen Augen – –

MUTTER *protestiert* Na, na, na, na, na, na.

SOHN – – die ihr an jenem Tag das Leben retten sollten, und gab einen Seufzer von sich, wie es ihre Gewohnheit war, mach ihn uns mal vor, diesen berühmten Seufzer.

Mutter seufzt willig.

Es gab immer Anlaß zum Seufzen – –

Mutter seufzt weiter.

– – Schulden, Masern, Treulosigkeiten, die Bronchitis einer Cousine, ein angebrannter Braten, die Abwesenheit beider Söhne. Dieses Mal jedoch hatte sie einen triftigeren Grund zum Seufzen: Man hatte ihren Mann,

Mutter hört auf zu seufzen.

der zugleich mein Vater war, vor kurzem verhaftet, weil er war, was er war: Jude und reformierter Marxist; ein Mann zwischen den Stühlen, könnte man sagen, den man vor sechs Wochen in ein Gefängnis gesteckt hatte, das provisorisch in einer Mädchenschule untergebracht war.

Unser Faschismus (nein, der ihrige!) war der des kleinen Mannes, recht schäbig im Vergleich zum benachbarten Pomp, die grünen Hemden der einheimischen Rohlinge waren schmierig am Kragen, ihre Stiefel ungewichst, und ihre Gewehre hatten häufig Ladehemmung, wenn sie in die Nakken ihrer Opfer gerammt wurden.

MUTTER Usicky zum Beispiel trug zwei verschiedene Stiefel, einen braunen und einen schwarzen, als er deinen Vater mit einem Tritt die Treppe hinunterbeförderte.

SOHN Nachdem sie geseufzt und sich eine Haarsträhne aus den Augen gepustet hatte – eine andere ihrer Angewohnheiten –, packte meine Mutter ihre Handtasche mit den üblichen Utensilien: ihren Schlüsseln, einem Taschentuch, einem Pomadestift, einem Foto ihrer beiden Söhne im Exil, das die beiden grinsend unter einem Mandelbäumchen in einem Londoner Hinterhof zeigte, eine Postkarte von ihrem Mann aus dem Gefängnis, auf der er um frische Unterwäsche und die ›Pensées‹ von Pascal bat, zehn Pengö für den Fall, daß sie im Rommé verlieren sollte, und einen Apfel für den Notfall.

MUTTER Einen Apfel, ich, mit meinen schlechten Zähnen?

SOHN Korrigier mich, wenn ich was Falsches sage.

MUTTER Es waren wohl eher Pflaumen: Die waren süß in jenem Jahr.

SOHN Dann ging sie still durch die Hintertür hinaus, um den Csibotniks aus dem Wege zu gehen, einer fischgesichtigen Nazifamilie, die auf Regierungsbeschluß drei der vier Zimmer unserer Wohnung besetzt hielt, inklusive des Jungenzimmers im hinteren Teil, wo ich an die pummelige Frau eines Saxophonisten meine Unschuld verloren hatte. »Menschen dieser Sorte«, hatte Csibotnik bei seiner Ankunft erklärt, als er und seine Fischbrut plump um Kisten und Koffer herumstanden, »verdienen solchen Luxus nicht.« Er meinte damit die Geräumigkeit der Wohnung, nicht meine Einführung in das Mannestum. Seine Frau zeigte manchmal, obwohl sie glaubte, daß Juden mit Vorliebe das Blut von Christenbabies trinken, kleine Zeichen von Nächstenliebe und stellte ein Töpfchen Gänseschmalz oder ein paar Äpfel vor die Tür meiner Mutter.

MUTTER Pflaumen.

Ein Klavier ist zu hören.

Was ist das?

SOHN Eine bescheidene musikalische Einlage.

Das Klavier, jetzt lauter, spielt ein Kunstlied.

MUTTER Ah!

SOHN Das Klavier, das im konfiszierten Teil der Wohnung verblieben war, wurde von den Csibotniks als Lager für Lebensmittelkonserven benutzt – meiner Mutter hatte es, solange ich denken kann, gedient, um Liebe und Hoffnung auszudrükken. Korrigier mich, wenn ich was Falsches sage, Mutter, aber in all den Jahren, die wir zusammenlebten, lerntest du nur zögernd eine einzige Melodie spielen, eine deutsche, als letztes erinnere ich mich an eine Ein-Finger-Übung in der Dämmerung.

Ein-Finger-Übung ist zu hören, und die Mutter singt dazu.

Wenn es Aufregungen gab, zum Beispiel wenn ich Scharlach hatte oder dein Mann halberfroren von Kriegsschauplätzen nach Hause kam, dann hast du manchmal diese deutsche Melodie gesungen, ohne Begleitung – –

Mutter singt.

– – und meine Hand gehalten oder die seine, bis du eines Tages, ich glaube, es war der Tag, als du den gelben Stern auf die Brust deines guten schwarzen Mantels heftetest, für immer damit aufhörtest.

Mutter hört auf zu singen.

Als sie hinaustrat in die Sonne auf den offenen Gang, der den Hof des Mietshauses umschloß, war sie sich der Augen bewußt, die sie geschützt hinter Vorhängen anstarrten und immer noch ihre amtlich verordnete Verwandlung von der

»lieben Nachbarin« in die »Saujüdin« mit Neugier verfolgten. Die einzige, die ihrem Haß in Worten freien Lauf ließ, war die Frau des Hausmeisters, eine froschäugige Person, die aus der Düsternis ihrer Pförtnerloge modische Beschimpfungen herausquakte wie »Kommunistenhure« oder »Judensau«. Die Reaktion meiner Mutter beschränkte sich auf einen semitischen Seufzer, als wollte sie sagen: »Nun ja, was hast du denn erwartet?« oder »Das ist der Lauf der Welt!« Verwünschungen folgten ihr auf die Straße wie üble Dünste --

FRAU DES HAUSMEISTERS »Ju-den-sau!«

Ein schwaches, aber anhaltendes Echo

SOHN -- und lösten sich in der Sonne auf. Sie blieb einen Augenblick stehen, um den Sommer auf ihrem Gesicht zu spüren, und ging dann weiter, vorbei am Lebensmittelhändler, der ihr nicht länger mehr durch das Fenster zuwinkte, am Friseur, wo ich meinen ersten fachmännischen Haarschnitt verpaßt bekommen hatte, und am Tuchladen, der jetzt verrammelt war, denn auch sein Besitzer war kürzlich verhaftet worden. Als sie den Rasenflecken am Café Baross überquerte, in dem ich einst Jünglingstränen in den Samtschoß meiner ersten Liebe vergossen hatte, folgten ihr zwei Polizisten, die ihr der Friseur nachgeschickt hatte. »Tábori?« sagte einer von ihnen unter Weglassung der Anrede, als wolle er damit seine Autorität bekunden.

MUTTER Ja.

1. POLIZIST Folgen Sie uns unauffällig.

MUTTER *mit ungespieltem Erstaunen* Ist was passiert?

2. POLIZIST Sie sind verhaftet.

MUTTER Ja aber – warum?

1. POLIZIST Ja aber – warum? Sie werden deportiert.

SOHN »Jetzt?« fragte meine Mutter und drückte damit die Absurdität aller Verhaftungen aus, insbesondere dieser hier, an einem sonnigen Tage, auf dem Wege zu einem wöchentlichen Rommésspiel.

1. POLIZIST Ja, jetzt.

MUTTER *zu sich* Na ja, was hast du denn erwartet?

SOHN So waren sie damals in meiner Heimatstadt: Juden und

Nicht-Juden einer wie der andere, Menschen, die ihr Verhängnis mit Gleichmut hinnahmen; für Entsetzen oder Empörung war kein Platz, nicht nach so vielen sonnigen Tagen des Schreckens.

I. POLIZIST Das ist der Lauf der Welt.

SOHN So standen die drei einen Moment lang in der Sonne und vermieden es, sich anzusehen. Klapka und Iglódi, die beiden Polizisten, waren in den Siebzigern, kürzlich wieder eingezogen aus dem Ruhestand, denn ihr Faschismus (nein, der unsrige!) litt unter Personalmangel und war unruhig geworden, weil es mehr Juden, Kommunisten, Liberale, Schwule und »andere Kriminelle« gab als Polizisten. Diese beiden hätte man nie in den Polizeidienst zurückbeordern sollen. Klapka hatte Asthma und Iglódi die Gicht; außerdem waren sie nie sehr gute Polizisten gewesen: Klapka hatte mehrere leichte Festnahmen verpatzt, und Iglódi hatte sich beim Durchwalken einer halbwüchsigen Kommunistin den Daumen gebrochen, was ihn zur Spottfigur seiner Einheit machte. Sie keuchten, rochen nach Mottenkugeln und waren ausstaffiert wie Gesetzeshüter der Jahrhundertwende, mit Melone, schweren Spazierstöcken und geschwungenen Schnurrbärten, die wie der des alten Kaisers zu feinen Spitzen hochgezwirbelt waren. So standen sie einige Sekunden lang, ohne ein Wort zu sagen. Schließlich sah sich meine Mutter nach dem Polizeiwagen um, aber es war keiner zu sehen: Klapka und Iglódi, von meiner Mutter ganz zu schweigen, waren zu unbedeutend für solchen Luxus, also eskortierten sie sie zur Straßenbahnhaltestelle, zur Nummer sechs, die sie zum Westbahnhof bringen sollte, wo schon einige zwanzig Viehwagen an einen Zug angehängt worden waren, um viertausend Deportierte unterzubringen. Am Himmel kein Wölkchen.

MUTTER Ach ja, das Wetter.

SOHN Die Straßenbahn war überfüllt, und niemand stieg aus. Die Polizisten, unschlüssig, wie sie sich gleichzeitig unauffällig und energisch verhalten sollten, starrten die Schaffnerin an, die lässig in der Tür lehnte. »Zurücktreten!« sagte Klapka, nicht sehr laut. »Zurücktreten wohin?« fragte die Schaffnerin und rührte sich nicht, bis meine Mutter mit ihren unvergleichlich blauen Augen zu ihr aufsah. Daraufhin schubste die Schaffnerin die Fahrgäste mit ihren Hüften zusammen, bis sich eine Lücke auftat, und half meiner Mutter das Trittbrett hinauf. Sie preßte sich zwischen die wie in einem senkrechten Massengrab steif ineinander verkeilte Menge. Klapka, der nach Luft schnappte, ahnte Unheil. Iglódi, der den Spott seiner Kollegen nie verwunden hatte, beschoß, alle Anweisungen, sich unauffällig zu verhalten, in den Wind zu schlagen, fummelte in seinen Taschen herum und holte Handschellen hervor, sein Identitätszeichen sozusagen, und sagte nach einer Weile: »Staatspolizei«, aber die Schaffnerin hatte schon abgeläutet, und die Straßenbahn setzte sich in Bewegung. Iglódi rasselte mit den Handschellen, setzte einen schweren Fuß auf das Trittbrett und prallte gegen einen Laternenmast; Klapka, der hinter der Straßenbahn hertrabte, streckte das gebogene Ende seines Stockes aus, meine Mutter, die es nie fertigbrachte, eine hilfreiche Hand zu versagen, packte den Stock; die Straßenbahn beschleunigte die Fahrt; Klapkas Hut flog davon, er ließ den Stock fahren und rief, keuchend vor Asthma, wie ein schmachtender ältlicher Liebhaber ihr nach:

1. POLIZIST Warten Sie an der nächsten Station!

SOHN Den Stock des Polizisten hoch in die Luft haltend, drehte meine Mutter sich ratsuchend zu den Leuten um. Die saßen steif, gleichgültig, tückisch, wandten die Augen ab, schielten auf den Boden oder sahen durch sie hindurch, als sei sie aus Glas; die Worte »Staatspolizei« hatten sie zu einer Art Aussätzigen gemacht. Es stimmt, niemand versuchte, sie von der Straßenbahn zu stoßen, aber sie war eine Unreine geworden oder, was schlimmer war, unsichtbar. Nur die Schaffnerin rührte sich endlich und reichte ihr, ohne eine Anweisung abzuwarten, eine Fahrkarte und sagte träge: »Hüvösvölgy«, so hieß die Endstation, und meiner Mutter wurde klar, daß ihr soeben eine Gratis-Einladung zur Flucht überreicht worden war: Statt an der nächsten Haltestelle auf ihre bejahrten Verfolger zu warten, war es ihr überlassen, weiterzufahren und unterzutauchen. Aber wie taucht man unter im Alter von sechzig, wenn man eine Dame im guten Schwarzen ist, mit einem guten schwarzen Hut mit Wachsblumen an der Krempe, und wo? In den Hügeln? Unter einer Brücke? Bei ihrer Schwester, wo sie, schnell ausfindig gemacht, noch mehr Unschuldige hineinziehen würde? Ein Großteil der Familie war schon in alle Winde zerstreut oder deportiert; einige, wie Cousine Clara und ihr zuckerkrankes Kind, waren schon in Rauch aufgegangen über Polen. Meine Mutter hatte es aufgegeben, ihre arischen Freunde um Hilfe anzugehen; seit der Festnahme ihres Mannes hatten sie in ihren Augen aufgehört, Freunde zu sein, sie waren unrein geworden, Komplizen der Greueltat an jenem Dienstagmorgen, als man ihrem Mann den Arm auf dem Rücken verrenkte – die goldgefaßte Brille hing ihm an einem Ohr herunter –, ihn aus dem Schlafzimmer führte, wo ich geboren wurde, und die Treppe hinunterstieß. »Kein Grund zur Sorge«, sagte er nur, eine sowohl heroische wie törichte Bemerkung.

MUTTER Das war nicht alles, was er gesagt hat.

SOHN Korrigier mich, wenn ich was Falsches sage.

MUTTER Er sagte noch *Ein langer Ausruf* »Elsa – a – a – – –!«

SOHN Elsa – a – a – –?

MUTTER Nein. Wie ein Kind.

Pause

SOHN Peinlich, was?

MUTTER Mir nicht.

SOHN Die Schaffnerin pfiff einen Schlager, während sie sich den Weg durch die Leiber bahnte.

Man hört die Schaffnerin eine Melodie pfeifen.

Meine Mutter stand da, die Fahrkarte in der einen Hand, den Stock in der anderen, wie gelähmt durch das, was ihr Mann die Inkompetenz des Guten genannt hätte. Ein Abenteuer war durchzustehen, das List und Stärke erfordern würde, aber meine Mutter hatte noch nie ein Abenteuer gehabt, abgesehen von dem einen mit ihrem »güldenen Liebhaber«, wie sie den Kavallerieleutnant nannte, der sie Jahre vor ihrer Hochzeit, nach einem Tanz, auf das Augenlid geküßt hatte.

MUTTER Und auf den Mund.
SOHN Oh.
MUTTER Auf den offenen Mund.
SOHN Ihr Leben lang, schon als Kind, war sie eine Mutter gewesen – ach ja, mit welchem Heiligenschein Kinder ihre Eltern umgeben! –, die dafür sorgte, daß die Wohnung warm, der Kaffee stark, der Braten zart, die Jungen anständig angezogen waren, aber diese Fertigkeiten hatten wenig Wert hier, wo sie ein Lenin hätte sein müssen oder besser noch ihr Idol Douglas Fairbanks, der sich als ›Dieb von Bagdad‹ von Dach zu Dach schwingen und mit einer Horde von Ganoven fechten konnte. Und so sagte sie an der nächsten Haltestelle zu den stumpf vor sich hinstarrenden Mitfahrern »Bis bald« und stieg aus, um unter der Normaluhr, dem Treffpunkt der Liebespaare, auf die Polizisten zu warten. Sie kamen mit der nächsten Straßenbahn, im sicheren Glauben, daß sie untergetaucht sei. »Das war sehr gescheit von Ihnen«, sagte Klapka und legte ihr Handschellen an. »Sagen Sie«, fragte meine Mutter – die Beachtung, die sie unter der Normaluhr fanden, war ihr peinlich – »wohin bringen Sie mich eigentlich?«
1. POLIZIST Nach Auschwitz.
MUTTER Wohin?
2. POLIZIST *ein Witz* Zur jüdischen Bäckerei.
MUTTER Oh.

2. Szene

Geräusch entweichenden Lokomotivendampfes

SOHN Unter dem riesigen gläsernen Dom des Westbahnhofs, unter einem Geflecht von Sonnenstrahlen, wie man es sonst in Kathedralen sieht, wurde meine Mutter einem hysterischen Massenballett übergeben, dessen Choreograph, ein deutscher Offizier, ganz unangebracht in einem Sessel aus Plüsch saß, ein Buch las und dem Stümpertum seiner Vasallen kein Auge gönnte: Grünhemden, Polizisten, Geheimpolizisten und Eisenbahner versuchten verzweifelt, den Exodus zu organisieren. Die Deportierten, die man – wie meine Mutter – aus irgendeiner gesegneten banalen Verrichtung gerissen hatte, fanden sich in einen kakophonischen Alptraum versetzt, von dem sie seit geraumer Zeit heimgesucht worden waren.

Im Hintergrund ein Wirrwarr von zusammenhanglosen, lauter werdenden Stimmen

Da war zum Beispiel der Schächter mit noch blutigem Messer; eine Gruppe von Schulmädchen in Turnhosen und Spikes, die man aus einer Sportstunde geholt hatte; ein junger Mann im Schlafanzug, den Mund mit Zahnpasta gerändert; vier oder fünf Patienten in den verschlossenen Anzügen einer Irrenanstalt; ein Rabbiner mit Butterbrot und ohne Schuhe. Nachdem sie den ersten Schock überwunden hatten, brachten sie ihre Peiniger mit Bitten und Fragen zur Verzweiflung, die verrückt klangen, weil sie so normal waren. Die Ordner rannten auf dem Bahnsteig hin und her und versuchten, die Menge in eine ordentliche Reihe zu schieben, zu stoßen und zu treten, um sie dann in die Viehwagen pressen zu können, deren Seitenplanken schon heruntergelassen waren.

STIMMEN Ach bitte, dürfte ich wohl mal telefonieren, um meiner Frau Bescheid zu sagen?
Kommt nicht in Frage.
Wo könnte ich wohl Tee kriegen für die Thermosflasche?
Keine Ahnung.
Wissen Sie, wie lange es ungefähr dauert, bis wir da sind?
Nein.
Ach, hätten Sie bitte einen Bleistift?
Immer einer nach dem anderen, ihr Ratten.
Würden Sie wohl so nett sein und diesen Brief an den Oberrabbiner von New York einstecken?
Leck mich.
Gibt es einen Speisewagen im Zug?
Nicht so laut, du Hundsfott.
Könnten Sie mir bitte Ihren Hut leihen, damit ich beten kann?
Jemand schreit. Schnauze! Schnauze! Schnauze!

Jemand schreit. Ich bin kein Jude!

Die Stimmen schwellen an zu einem schrillen Crescendo von Schreien, Brüllen, Bellen, vermischt mit dem hysterischen »Schnauze! Schnauze! Schnauze!«. Dann ist ein Schuß zu hören.

DEUTSCHER OFFIZIER Ruhe!

Stille

SOHN Da war doch dieser kinnlose Wunderknabe von einem Grünhemd tatsächlich ausgerastet und schrie von einem Gepäckwagen herunter: »Schnauze! Schnauze! Schnauze!« und feuerte einen Schuß in die Luft ab. Der deutsche Offizier, der ein Taschentuch auseinandergefaltet hatte, schneuzte sich die Nase, stand auf und sagte nicht sehr laut: Ruhe! was wie ein Windstoß durch die Menge ging und sie verstummen ließ.

Stille

MUTTER Eine schöne lyrische Anmerkung, mein Schatz.

SOHN Machst du dich lustig über mich?

MUTTER Aber nein. Nur – na ja, ich habe dir eine Geschichte erzählt, jetzt erzählst du eine Geschichte, wie können zwei Geschichten gleich sein?

SOHN Dann erzähl du sie.

Murmelndes Gebet im Hintergrund

Versuch's.

MUTTER Schon als Kind hast du die Dinge, ich meine das Leben, zu Geschichten gemacht. Dafür habe ich dich immer bewundert. Wie kann ein Mensch, besonders aber ein Kind, sein Leben leben und gleichzeitig eine Geschichte daraus machen? Dafür habe ich dich immer bewundert. Ich kann dir meine Geschichte nicht erzählen. Was ich dir zuliebe behalten hatte, damit du eine Geschichte daraus machen kannst, habe ich inzwischen vergessen. Mehr als dich von Zeit zu Zeit korrigieren kann ich nicht, wenn du das willst. Denn du neigst zu Übertreibungen und Schönfärbereien, mein Schatz, und nur weniges war so schön, wie du es heute hinstellst. Ich kann zum Beispiel wenig über Sonnenstrahlen in Kathedralen sagen. Ich stand einfach da, schaute mich nach bekannten Gesichtern um, hielt mich still für mich und hoffte, daß mein gutes Betragen angenehm auffallen und vielleicht zu meiner Freilassung führen würde, eine ganz dumme Hoffnung.

SOHN »Wenn du ein braves kleines Mädchen bist, wird schon alles gut werden«, war die goldene Regel ihres Lebens, eine etwa so realistische Regel wie das Gebet des kleinen alten Mannes, der in Ermangelung eines Hutes seinen Kopf mit seiner von Altersflecken besprenkelten Hand bedeckte. Meine Mutter versuchte, ihn nicht zu beachten. Aber dann wurde sie auf etwas anderes aufmerksam, einen Zug, der – zwei Gleise weiter – mit Ferienreisenden auf seine Abfahrt wartete. Dort herrschte ein anderes, vertrauteres Chaos. Gepäckträger mit hochaufgetürmten Karren, gefolgt von mißtrauischen Vätern, die sich rücksichtslos ihren Weg in überfüllte Abteile bahnten; aufgeregte Mütter, die sich den Kopf zerbrachen, ob der Gashahn abgedreht war; Kinder mit Segelbooten und Strandbällen und Stoffpuppen, die von ihren Eltern angeschrien oder mit Maulschellen bedacht wurden. »Partir c'est mourir un peu«, das waren die einzigen Französischkenntnisse meiner Mutter. Sie versank in Träumereien: Ferienbilder aus alten Tagen tauchten vor ihr auf, und es war ihr, als sehe sie ihren Mann mit seiner kecken Kreissäge, die Zigarre schräg im Mund, wie er versuchte, seine Reiseuntauglichkeit damit zu überspielen, daß er Gepäckträger anblaffte, lässig umherschlenderte, sogleich das Gepäck aus den Augen verlor und die Familie zu einem für Geistliche reservierten Wagen führte; sie sah die beiden Jungen in ihren Matrosenanzügen, die – plötzlich verschwunden – gleich darauf in einem Erste-Klasse-Abteil aufgespürt wurden, wo sie phantastische Geschichten von großen Abenteuern austauschten; und sie sah all die langen Sommer am See mit sich schälenden Nasen, mückenverseuchten Abendessen im Garten, Nachmittagsspaziergängen und Liebe auf sandigem Laken. Dann, von einer Minute zur anderen, so schien es, fand sie sich plötzlich in einem Viehwagen wieder, wie die Zeit fliegt, mein Schatz, zusammengepfercht mit zweihundert Mitreisenden, ihre Füße schwebten halb in der Luft, und nachdem die Seitenbretter hochgezogen und verriegelt worden waren, war es stockdunkel, bis auf einen Streifen Sonnenlicht, der durch zwei lose Planken hereinfiel.

Geräusch eines anfahrenden und Fahrt aufnehmenden Zuges

MUTTER Was ist das?

SOHN Geräuschkulisse aus dem Archiv.

MUTTER Es war dunkel im Viehwagen.

SOHN Ja, aber Streifen von Sonnenlicht zwischen den losen Brettern beleuchteten einige menschliche Teile, als seien die Deportierten schon zerstückelt: einen Hut, eine Hand, eine Hakennase, ein nasses Augenpaar, flatterndes Haar, Teile verschiedener Menschen wie zu einem einzigen verstümmelten Riesen vereint.

Als der Zug in einen gleichmäßigen Trott verfallen war und eine Landbrise die faulige Luft erfrischte, ging das ziemlich einheitliche Atmen über in unterschiedliche Atemzüge. »Ist erst mal der Schnupfen da, ist auch der Husten ziemlich nah«, witzelte jemand und wurde mit einem Kichern belohnt, das die Atmosphäre eines Kinderzimmers zur Nachtzeit heraufbeschwor, verstohlene Kinderwitze unter Bettdecken, während oben vielleicht die Erwachsenen tanzen. Ein Märchen, und niemand würde vorm Backen im Ofen gerettet werden; außer der einen.

STIMMEN *fröhlich*

Würde derjenige, dem der Ellenbogen in meinem Solarplexus gehört, denselben bitte entfernen?

He-he-he!

Würde die Dame, auf deren Fuß ich stehe, ihre Identität preisgeben und ihr Mißfallen ausdrücken?

Hi-hi-hi!

Was dagegen, wenn ich rauche?

Ja!

Ha-ha-ha!

Nehmen Sie die Hand von meiner Hüfte, junger Mann! Nicht SIE!

Ho-ho-ho!

Ein Bariton singt. – Ach, ich hab sie ja nur auf die Schulter geküßt...

Ein feiner Gott bist du! Wo warst du heute morgen um elf, als man mir die Brille zerschlug?

Aus zu einem Bummel? Ein Nickerchen machen? Na schön,

ich bin fertig mit dir, mein Junge! Tu mir einen Gefallen und erwähl dir ein anderes Volk das nächste Mal!

SOHN Meine Mutter, die nicht beten wollte, hatte sich inzwischen ein wenig entspannt. Die Dunkelheit um sie her nahm Gestalt an, die zerstückelten Einzelheiten machten sich bemerkbar, links von ihr roch jemand nach Bohnerwachs, ein anderer hatte drahtiges Haar, ein dritter trug verblichenes Drillichzeug, ein vierter ein durchgeschwitztes Hemd. Aber wo waren die Kinder? – Bis dahin war es meiner Mutter gewesen, als stünde sie auf dem Grund von modrigem Wasser, noch so eine armselige Metapher; jetzt waren Knöpfe, Knöchel, Ohrläppchen, Schienbeine um sie herum. Und dann wand sich zu ihrem Erstaunen eine Hand an ihrem guten Schwarzen empor...

MUTTER Kommt jetzt, was du die Liebesgeschichte nennst?

SOHN Ja, jetzt kommt, was ich die Liebesgeschichte nenne.

MUTTER Schämst du dich nicht, so was zu erzählen?

SOHN Doch, und deshalb erzähle ich es.

MUTTER Aber ich bin deine Mutter.

SOHN Eines Nachts, wenn ich kurz abschweifen darf – ich muß zehn oder elf gewesen sein, wir verbrachten den Sommer am Wörther See und teilten zu dritt ein Zimmer –, wurde ich geweckt von dem, was man höflich als »Urszene« umschreiben könnte, du und dein Mann, ihr kopuliertet.

Mutter schlägt ihrem Sohn ins Gesicht.

Jetzt hast du mich das erste Mal geschlagen.

MUTTER Wie kannst du in aller Öffentlichkeit so unanständig daherreden?

SOHN Stimmt es oder stimmt es nicht, daß in der Dunkelheit des Viehwagens eine Hand sich in dein gutes Schwarzes hineinwand?

MUTTER Hast du was dagegen, wenn ich einen Moment hinausgehe?

SOHN Nein.

Man hört das Schließen einer Tür.

Diese Hand wand sich, wie ich schon sagte, an ihrem guten Schwarzen empor und machte schüchtern halt, bevor sie ihre linke Brust umspannte. Zur gleichen Zeit legte sich ein Kinn auf ihre Schulter und verweilte dort. Sie errötete und rückte ein paar Zentimeter vor, aber die Hand, deren Arm sie von hinten her einschloß, umfaßte fest ihre Brust und zog sie zurück. Zu dieser Hand gehörte ein Körper, der sich demütig an ihren lehnte. Als sie einen letzten Versuch machte, sich zu befreien, wisperte eine Stimme in ihr Ohr.

LIEBHABER Bitte. Es wird das letzte Mal sein.

SOHN Die Hand gab ihre Brust frei, um ihre Achtung zu bekunden, wartete und legte sich dann wieder darüber, zwei Finger liebkosten ihre Brustwarze. »Na ja, so ist das Leben«, hätte meine Mutter beinahe gesagt; sie sagte nichts, weil die Hand auf kindliche Weise flehte und mehr um Hilfe zu bitten als auf Eroberung aus zu sein schien. Meine Mutter konnte sich nicht erinnern, wann das letzte Mal an ihren Brustwarzen gespielt worden war, sie war beinahe sechzig an jenem Tag, und Sex war ihr eine unangenehme Pflicht gewesen, die sie mit anderen kindischen Dingen abgelegt hatte. Einen Moment dachte sie an ihren Mann, der im Gefängnis schmachtete. Was würde er dazu sagen? Über solche Dinge hatten sie nie geredet. Er war prüde; einmal hatte er einem Cousin, der in Gegenwart meiner Mutter das Wort »Testikel« benutzte, die Tür gewiesen. Das letzte Mal, daß er ihr Lust bereitet hatte, war, glaube ich, vor acht Jahren gewesen, in einem Badeort in Kärnten, auf der quietschenden Matratze eines weißen Hotels inmitten von Tannen. Ich sage: Glaube ich, denn Söhne neigen wohl zu seltsam romantischen Vorstellungen vom Geschlechtsleben ihrer Eltern, wenigstens behauptet das MEIN Sohn. Sie hatte es gern, glaube ich, ihren Mann in sich zu spüren, und wie er sie »Meine kleine Elsie« nannte; sein kahler Schädel vergrub sich im Kissen, wenn er kam, glaube ich, es hatte niemals einen anderen Mann in ihrem Leben gegeben, glaube ich, und jetzt im Viehwagen drängte sich der Körper, der zu dieser zarten, aber unbekannten Hand gehörte, an ihr Hinterteil, suchte Einlaß und Erlösung. Niemand hatte meine Mutter je im Stehen geliebt, von hinten, nicht einmal ihr Mann, glaube ich. Sie war sich nicht ganz sicher im Viehwagen auf dem Weg nach Auschwitz, wie es zu bewerkstelligen wäre, wenn überhaupt, durch ihr gutes Schwarzes hindurch; und doch nahmen die beiden Körper den rollenden Rhythmus des Zuges auf, auch ihr Atem war schnell geworden; von oberhalb des Kinns, das auf ihrer Schulter ruhte, kamen anerkennende Seufzer und wieder die Beschwörung: »Es ist das letzte Mal.« Da beugte sie die Knie und öffnete ihre knochigen Hinterbacken dem warmen Schwall, der ihr gutes Schwarzes befleckte. Der kleine Rabbi betete noch immer. Nach einer Weile gab die Hand ihre Brust frei, Arm und Kinn trennten sich von ihr, ihr Haar wurde mit einem Kuß gesegnet, und der Körper hinter ihr schlängelte sich davon.

3. Szene

SOHN Sie hat nie erfahren, wer ihr Liebhaber war.

Das Geräusch einer sich leise öffnenden Tür

Als sie nahe der Grenze anhielten, am »Tor zum Tode«, wie man so schön sagt, um in einen deutschen Viehwagen umzusteigen, der viel sauberer war als ihr eigener, war meine Mutter überrascht von der Kraft der Sonne.

MUTTER Ich dachte, es wäre längst Nacht geworden.

In der Ferne Hundegebell

SOHN Aber nein, es war immer noch Tag, und die Reisenden, viertausendeinunddreißig an der Zahl, plumpsten aus ihrem Gefängnis in den trägen Nachmittag. Der Zug war auf einem Nebengleis in einem goldenen Feld abgestellt worden. Bauern luden Heu auf, ein Pferdewagen wirbelte den Staub eines Feldweges auf; niemand beachtete die Reisenden außer einem barfüßigen Kind hinter einem Busch, das am Daumen lutschte. Die Landschaft war ohne Schrecken, das Wetter schön, die Arbeit ging gut voran, ein Vogel flog von einem Baum auf, es würde ein friedlicher Abend werden, und die Verdammten zogen vorüber wie Darsteller, die ins falsche Theaterstück geraten waren. Freilich, ein unsichtbarer Hund bellte hysterisch; er muß angekettet gewesen sein, metallisches Scheppern begleitete das Bellen, und dieses Bellen, sagt meine Mutter, war den ganzen restlichen Nachmittag zu hören. »Laßt mich frei«, sagte der Hund.

MUTTER Gut beobachtet, mein Schatz.

SOHN Eine Zeitlang geschah nichts, und niemand sprach. Dann trat ein junger Mann, gekrümmt, als hätte er in die Hose gemacht, nach vorn, um ein paar Mohnblumen zu pflücken, und wurde niedergeschossen. Er fiel zu Boden und starb schnell, nur seine Finger bewegten sich zögernd wie die eines Säuglings, der nach der Brust tastet.

Jetzt ist der Schuß zu hören.

Meine Mutter hatte nie erlebt, wie ein Mann erschossen wurde; es genügte, um absolute Disziplin wiederherzustellen, eine klare Sache, nichts mehr von der Hysterie, die am Westbahnhof geherrscht hatte, aus der Gegend der Lokomotive kam ein ruhiger Befehl, die Deportierten setzten sich gehorsam in Bewegung, ihre Schritte knirschten auf dem Schotter, vorbei an demselben deutschen Offizier, der zur Abfahrtszeit in dem Plüschsessel gesessen hatte. Er beobachtete, mit dem Rücken zu den Reisenden, das Beladen des Heuwagens; drei Grünhemden umringten ihn, verblüfft durch sein Interesse am Heu. »Schnell, schnell!« brüllte einer von ihnen, um seine Tüchtigkeit zu demonstrieren, der Deutsche hob eine behandschuhte Hand, um ihn zum Schweigen zu bringen, als sei ihm daran gelegen, den Frieden des Nachmittags nicht zu stören. Die Deportierten gingen um die Lokomotive herum, über die Schienen hinweg, am deutschen Zug vorbei und wie durch eigenen Antrieb, so schien es, weiter zum Feldweg – mehr Klatschmohn auf beiden Seiten –, bis sie zu einem großen, rechteckigen Gebäude mit einem hohen Schornstein kamen. Dieses Gebäude, eine verlassene Ziegelei, war fehl am Platze und ruinierte – selbst eine halbe Ruine – die Landschaft; Unkraut und Ziegenköttel überall, leere Fensterhöhlen starrten hinunter auf den offenen, fußballfeldgroßen Hof, wo ein angeketteter Hund bellte. Dieser Hof glich einer Bühne, die in der Hitze des Tages von den drei Grünhemden eingerichtet wurde. Ein Tisch und ein Sessel wurden von ihnen in die Mitte gestellt, darauf ein Stapel Akten und ein Gummistempel. Dann warteten sie unruhig, einer von ihnen drohte dem Hund und trat ihn schließlich, aber der Hund bellte weiter. Schließlich machte der deutsche Offizier seinen Auftritt, er kaute etwas, schlenderte zum Tisch, setzte sich aber nicht sogleich. Sein Publikum war überall, spähte hinunter durch die zerbrochenen Fensterscheiben der Fabrik: Die Deportierten, die ihre Runden durch die leeren Lagerräume und Brennereien gedreht hatten, vorbei an verfallenden Regalen und Öfen, hatten sich schließlich an den Fenstern versammelt und verweilten dort, starrten hinunter in den Hof, warteten in den Kulissen sozusagen, denn in ihren Eingeweiden spürten sie, daß sie nicht mehr lange Zuschauer bleiben und früher oder später ihren eigenen Auftritt haben würden, ach ja, nichts geht darüber, eine Metapher so weit zu dehnen, bis sie reißt. Der Deutsche ließ sich nieder und zog seine Handschuhe aus. Seine Hände waren ungewöhnlich weiß. Er nahm eine Akte, einer der Grünhemden wollte ihm etwas erläutern, wurde zum Schweigen gebracht, der Offizier begann zu lesen; die Zuschauer wußten, er las über sie. Gelegentlich sah er auf, als versuche er, ein Gesicht mit einem Namen zu verbinden, aber wie wollte man eine Frau Kraus oder einen Herrn Altschul unter einigen viertausend Gesichtern ausmachen, die bloße Kleckse hinter Ruß und Spinnweben waren? Und doch fühlten sich viele, wenn er aufsah, persönlich angesehen und traten vom Fenster zurück.

MUTTER Scharf beobachtet, mein Schatz.

SOHN Es muß ungefähr drei Uhr nachmittags gewesen sein. Meine Mutter, die nicht leicht zu unterhalten war, begann, sich zu langweilen, und hatte gleichzeitig ein schlechtes Gewissen, wie kann man es wagen, sich vor den Toren der Hölle zu langweilen? Sie begann, herumzuspazieren in der Hoffnung, eine Rommérunde auf die Beine zu stellen oder wenigstens ein Stück Papier zu ergattern, um die Zeit totzuschlagen und ihrem Mann ein paar erklärende Zeilen zu schreiben. Sonderbarerweise machte sie sich keine Sorgen, wie es sonst ihre Art war, wenn sie »weg von zu Hause« war – da hätten wir ein nettes kleines psychologisches Detail –, ich meine, normalerweise liebte sie es nicht, weg zu sein, in Ferien zum Beispiel, denn sie hatte Angst, daß ihre Welt und die Menschen, die Gegenstände, die Kümmernisse darin, ohne ihre ordnende Hand nicht überdauern würden. Was um Gottes willen würde in ihrer Abwesenheit mit Cornelius geschehen oder mit den Socken von Cornelius oder mit Claras Bronchitis oder dem Staub auf den Fenstersimsen? Aber durch ihre Festnahme war sie sozusagen zum Opfer geworden und somit befreit von den täglichen Verpflichtungen. Zum Beispiel hatte sie immer ein wenig Gewissensbisse, am hellichten Tag Karten zu spielen, ebenso wie sie sich nie den Luxus einer Tasse Kaffee oder eines Kinobesuchs gestattete, ehe sie nicht ihr Bestes getan hatte, um ihre kleine Welt vor Ungemach zu bewahren. Aber jetzt, als sie in der zerfallenden Fabrik umherging und schließlich ins Erdgeschoß hinunterstieg, ein Entschluß, der ihr das Leben retten sollte, dachte sie, das Recht auf die Frivolität eines kleinen Kartenspiels stünde ihr zu. Unten waren mehr Menschen, sie standen in dicht geschlossenen Reihen an den Fenstern und hielten den Hof im Auge. Sie drängte sich durch sie hindurch, Entschuldigungen murmelnd wie ein verspäteter Theaterbesucher, und fand sich am ehemaligen Personaleingang wieder, einem verlassenen Korridor mit nichts darin als verblichenen Sicherheitsanweisungen an einer Wand. Sie las sie in Ermangelung anderer Ablenkungen: Rauchen verboten, Spucken verboten, Aufruhr verboten, bis ein Schatten darüberfiel und sie, als sie sich umdrehte, mit Alfredo Kelemen zusammenstieß.

KELEMEN Herr im Himmel! Ist das Frau Tábori, die ich vor mir sehe? Ich traue meinen Augen nicht.

SOHN Dieser Kelemen war einer von Vaters Schatten, ein prominentes Mitglied des allseits bekannten Tábori-Mitleidsclubs und wie alle anderen Mitglieder nicht nur mit Mißerfolg geschlagen, sondern dazu noch völlig unbegabt. »Was erlauben sich diese Nichtsnutze, auf deinen besten Teppich zu aschen?« fragte Schwester Martha völlig zu Recht. Mit den Schuldgefühlen des Liberalen beladen, hatte mein Vater die

Laufbahn des Barmherzigen eingeschlagen; im Laufe der Jahre, lange nach seinen marxistischen Gewißheiten, sammelte er eine Schar von Nebbichen um sich, deren Anspruch auf Nächstenliebe eben darin begründet lag, daß sie ihrer unwürdig waren, niemand hätte sie je beachtet, und das war genug für meinen Vater, ihnen mit dem unfehlbaren Instinkt des professionellen Samariters die Stange zu halten. Eines Sonntags, auf einem Spaziergang, als er sich vernichtend über die Exzesse der ›Art nouveau‹ ausließ (er schätzte klare Linien), fragte ich ihn, warum er seine Zeit mit diesen Schmarotzern vergeude, und er sagte: »Nur die Ungeliebten verdienen Liebe.« Kelemen war der Schlimmste der ganzen Gesellschaft: ein kleiner, fetter, glotzäugiger Trottel mit ständig kreisender kalter Zigarre im zahnlosen Mund. Seine Fürze stanken, bevor man sie hörte. Er bezeichnete sich selbst als Künstler-Wissenschaftler, als nichts Geringeres als einen Renaissance-Menschen, aber es wurde nie deutlich, wo genau seine mangelnden Talente lagen. Eine Zeitlang verhökerte er Medaillons reicher und berühmter Persönlichkeiten, die selber diese Scheußlichkeiten nie kauften; er wies sich außerdem als Hypnotiseur aus, aber nie gelang es ihm, jemanden in Trance zu versetzen, nicht einmal meine schlafsüchtige Großmutter; einmal erzählte er uns, daß er den schwarzen Gürtel des Karatemeisters trüge, und bot als Beweis seinen »eisenharten Bauch« zum Schlag dar; als ich, damals ein schmächtiger Zwölfjähriger, darauf boxte, fiel er um wie ein Kegel. Als er meine Mutter erkannte, wurde er bleich vor Schreck.

KELEMEN Frau Tábori! Großer Gott! Ich traue meinen Augen nicht! Was machen Sie denn hier?

MUTTER Was glauben Sie denn, Ferien vielleicht?

KELEMEN Aber Sie sollten gar nicht hier sein!

MUTTER *gutmütig* Das stimmt, ich sollte nicht hier sein, niemand sollte hier sein.

KELEMEN *hysterisch* Nein, nein, nein! Was gehen Sie die anderen an! Aber Sie, Frau Tábori, die Frau des Cornelius Tábori, was tun Sie hier in dieser beschissenen Umgebung? Sehen Sie sich doch um! Ist das vielleicht ein Aufenthaltsort für eine

Dame mit unvergleichlich blauen Augen! Dreck! Barbarei! Widerliche hygienische Verhältnisse! Die Lebensmittelversorgung unter aller Sau! Wie konnten Sie es zulassen, auf diese Weise behandelt zu werden? Was erfrechen die sich? Was ist in sie gefahren, die Frau eines so bedeutenden Humanisten in diesen Schweinestall zu pferchen?

MUTTER Wie ich es zulassen konnte? Was soll das heißen, Kelemen, wie ich es zulassen konnte?

KELEMEN Das ist Wahnsinn! Sie müssen sofort hingehen und Protest einlegen! In unmißverständlicher Weise! Bestehen Sie darauf, sofort freigelassen und nach Hause geschickt zu werden, mit einer schriftlichen Entschuldigung!

MUTTER Kelemen, nun hören Sie mal...

KELEMEN *unterbricht sie* Genug der Ausflüchte! Gehen Sie hinaus auf den Hof und sagen Sie diesem deutschen Offizier, was genug ist, ist genug! Kein Katzbuckeln mehr! Ihre Geduld ist erschöpft! Machen Sie ihn zur Schnecke!

MUTTER Aber, Kelemen...

SOHN Seine Naivität begann meiner Mutter auf die Nerven zu gehen, bis sie erkannte, daß in seinen Augen der Wahnsinn flackerte. Mit seinem gar nicht so eisenharten Bauch gab er ihr kleine schnelle Schubse auf die Glastür zu, die sich zur Sonne öffnete. »Sagen Sie ihm«, schrie er, »die ganze Geschichte ist ein Irrtum, sagen Sie ihm, er soll Sie freilassen, gnädige Frau, oder er wird in Sibirien enden!« Er hatte schon die Tür geöffnet, stieß sie hinaus, schloß die Tür hinter ihr und stemmte sich mit seinem ganzen Gewicht dagegen, um ihr die Umkehr unmöglich zu machen. Da stand sie nun am Rande des Hofes, einen grausam weiten Weg vom Tisch und dem Sessel in der Mitte entfernt, sie konnte die Augen der Viertausend auf sich fühlen, sie war ganz allein in der Sonne, sie hatte sich nie einsamer gefühlt, da ging sie los in ihrem guten Schwarzen und ihrem guten schwarzen Hut mit Wachsblumen an der Krempe, ihren weißen Handschuhen mit dem geflickten linken Daumen, und preßte ihre Handtasche mit dem Apfel an sich.

MUTTER Pflaumen, mein Schatz.

4. Szene

SOHN Ich habe einiges an Mut erlebt in diesem Krieg, ich denke da zum Beispiel an die Putzfrau aus Paddington, die nach dem ersten Angriff von V 2-Bombern hinter einem Kellerfenster verschüttet war, vier Stockwerke von Trümmern und Schutt quetschten sie langsam zu Tode, ihre eine freie Hand, das einzige, was sie bewegen konnte, schlängelte sich durchs Fenster, als wir versuchten, sie freizuschaufeln. »Immer mit der Ruhe, Jungs, ich habe diese verflixte Bude mein Lebtag lang hochgehalten«, sagte sie immer wieder bis zur Dämmerung, als die verflixte Bude schließlich zusammensank und sie unter sich begrub, ihre Finger wanden sich wie ein Wurm im Todeskampf. – Oder zum Beispiel Wachtmeister Kaufmann, kein sehr passender Name für einen Helden, der den Ärmelkanal zweimal wöchentlich überquerte, um an der normannischen Küste Proben deutschen Betons zu sammeln; er wurde erwischt und buchstäblich bei lebendigem Leibe gehäutet und weigerte sich dennoch, seinen Peinigern irgend etwas zu sagen außer: »Sie verschwenden Ihre Zeit, Gentlemen.« Seine tapferste Zeit kam nach der Befreiung, wieder daheim in East Grinsted, wo er sich siebenundsiebzig Hauttransplantationen unterzog, bis er aussah wie ein vergammelter Truthahn. »Morgen wollen sie mir«, sagte er zu mir, bevor er starb, »meine Oberlippe durch ein Stück After ersetzen. So was sollte einem Hegelianer nicht zustoßen.« (Dies war eines seiner mehr verhüllten Witzchen, das auf Marxens Wunsch anspielte, Hegel auf den Kopf zu stellen.) Diese beiden kommen mir gerade in den Sinn, viele andere sind mir entfallen, doch muß ich meiner Mutter Courage preisen, als sie aus der Sicherheit der Nummern heraustrat, sich der Anonymität entzog, einer von viertausend, vier Millionen, vierzig Millionen warmer Körper zu sein, wir alle zählen die Toten nicht mehr, obwohl sie die Erde sprengen. Zwischen ihnen hatte sie sich sicher gefühlt; an sie konnte sie sich klammern in letzter Solidarität, auch wenn man sie ins Feuer führen würde. Als sie auf den Tisch und den Sessel zuging, wo die drei Grünhemden noch immer um den Deutschen herumscharwenzelten, die Rücken ihr zugewandt – der Hund bellte noch immer, die Sonne brannte noch immer –, war ihr zumute, als habe sie die Banalität des Lebens hinter sich gelassen und watschele entenfüßig auf ein unfaßbares Strafgericht zu, das jetzt zum ersten Mal so greifbar und stinkend war wie der Ziegendreck unter ihren Schuhen. Achttausendundsechzig Augen folgten ihrem Gang und verurteilten ihn, wie sie meinte; sie hatte sie verlassen, auch wenn Kelemen sie hinausgestoßen hatte, und war zur Verräterin geworden; jeder, der diese Toten überlebt, ist ein Verräter. Sie kam sich nackt vor, und ich sehe sie vor mir, wie sie nackt über den Hof ging, diese Nacktheit wird zum Maß ihres Mutes. Wer je hat meine Mutter in all ihrer Nacktheit gesehen? Nicht einmal ihr Mann, der es vorzog, sie im Dunkeln zu lieben. Und ich, ich habe sie nur ein einziges Mal nackt gesehen, als ich geboren wurde, und da waren meine Augen zu. Sie war schon mitten auf dem Hof, als der Deutsche sie durch die Grünhemden hindurch sich nähern sah. Ihre Augen vereinigten sich auf wundersame Weise. Es stimmt, meine Mutter hätte sich am liebsten verkrochen, unsichtbar gemacht, aber jetzt war der einzige sichere Platz auf der Welt seine Augen. Ihr Kopf war leer; sie hatte keine Ahnung, wie sie ihre Unverfrorenheit erklären sollte. Die Grünhemden hatten gemerkt, daß der Blick des Deutschen in der Ferne hängengeblieben war. Sie drehten sich um. Der Kleinste von ihnen, dem der Schnurrbart wie Rotz unter der Nase hing, begann zu bellen: »Verdammte Judenhexe, was hast du hier draußen zu suchen?« Meine Mutter wußte nicht mehr, wie sie stehenbleiben sollte. »Entschuldigen Sie, mein Herr«, sagte sie zu dem Deutschen. »Verpiß dich!« schrie Rotzgesicht. »Moment mal«, unterbrach ihn der Deutsche, aber auch das Grünhemd konnte nun nicht mehr einhalten: Sein ganzes Leben lang hatte er Frauen wie meine Mutter anbrüllen und sein eigener Herr sein wollen, aber den ganzen Tag hatte er Befehle dieses Deutschen ausführen müssen, der nach Lavendel roch und niemals seine Stimme hob. Jetzt hatten beide genug voneinander, und in diesem Tauziehen witterte meine Mutter ihre Rettung.

ROTZGESICHT Verpiß dich hier, du Sau, oder ich blas dir die Rübe ab!

DEUTSCHER OFFIZIER Einen Moment bitte. Wenn hier jemand schreit, bin ich das.

ROTZGESICHT Die hat hier nichts zu suchen.

DEUTSCHER OFFIZIER Das entscheide ich. *Zur Mutter mit betonter Höflichkeit* Was kann ich für Sie tun?

SOHN Wie durch ein unsichtbares Band miteinander verbunden, hatten sich ihre Augen keinen Moment voneinander gelöst.

MUTTER *aufs Geratewohl* Ich sollte gar nicht hier sein.

Die Grünhemden kichern.

DEUTSCHER OFFIZIER *höflich* Was meinen Sie damit, Sie sollten nicht hier sein?

MUTTER Ich habe einen Schutzpaß vom Roten Kreuz.

DEUTSCHER OFFIZIER Ach wirklich?

SOHN Die Grünhemden prusteten vor Lachen, Rotzgesicht schlug sich an den Kopf, um anzudeuten, wie plemplem meine Mutter war, es hatte ein paar Pässe gegeben, die vor einem Monat ausgestellt worden waren und die die Gestapo anerkannte, aber sogleich waren die Untergrundfälscher aktiv geworden, und am Ende der ersten Woche waren einige vierzigtausend dieser Pässe im Umlauf und machten so die Originalausweise wertlos.

ROTZGESICHT *lacht* Der ist gut!

DEUTSCHER OFFIZIER Was gibt's da zu lachen?

Das Gelächter erstirbt.

Wenn die Dame einen echten Paß hat, hätte man sie nicht festnehmen dürfen.

MUTTER *mit mädchenhafter Stimme* Das meine ich auch, mein Herr –

ROTZGESICHT Diese Pässe! Sind doch alle gefälscht!

DEUTSCHER OFFIZIER Das werden wir gleich wissen. Könnte ich ihn bitte mal sehen?

MUTTER *wie ein zwölfjähriges Mädchen* Ich habe ihn leider nicht bei mir.

SOHN Rotzgesicht wieherte los, machte einen triumphierenden Luftsprung und schlug sich dabei auf die Knie wie eine Hitlerkarikatur.

DEUTSCHER OFFIZIER *scharf* Lassen Sie das!

Stille

Aber wenn Sie einen Paß haben, gnädige Frau, müssen Sie ihn immer bei sich tragen.

MUTTER Ich weiß. Es tut mir auch sehr leid, aber es war nicht zu ändern.

DEUTSCHER OFFIZIER Was meinen Sie damit, es war nicht zu ändern?

ROTZGESICHT *sarkastisch* Ja, was meinen Sie damit, es war nicht zu ändern?

MUTTER Es ist nämlich so: Mein Mann und ich haben einen Paß zusammen, mein Mann ist im Gefängnis, noch so ein Mißverständnis, aber lassen wir das jetzt, jedenfalls hat er den Paß bei sich, ich selbst gehe kaum aus, ich würde das gar nicht wagen ohne Paß, aber heute morgen hat meine Schwester Martha angerufen, sie fühlte sich nicht wohl, sie ist Epileptikerin, sie bat mich, zu ihr zu kommen auf ein kleines Rommé-spiel, ich konnte einfach nicht nein sagen, ich meine, wer überläßt schon seine einzige Schwester bei einem Anfall sich selbst, ohne den Trost eines kleinen Romméspiels, des einzigen, was ihr ein wenig guttut.

ROTZGESICHT *unterbricht* Das kann ja jeder sagen.

DEUTSCHER OFFIZIER *verliert die Geduld* Diese Dame ist nicht irgend jemand. Niemand ist irgend jemand. Jeder ist irgendwer, verstanden?

ROTZGESICHT *eingeschüchtert* Jawohl, verstanden.

SOHN Und dann kam dieser Deutsche um den Tisch herum und starrte meiner Mutter in die Augen wie durch ein Schlüsselloch.

DEUTSCHER OFFIZIER Sagen Sie die Wahrheit?

MUTTER Ja.

DEUTSCHER OFFIZIER Wissen Sie, was mit Ihnen geschieht, falls Sie gelogen haben sollten?

SOHN Ja, sagte sie und blickte ihm wie durch dasselbe Schlüsselloch fest in die Augen; es gab jetzt nichts als diese zwei Augenpaare, und ihr Blick, der von einem uralten Schmerz verhangen war, schien ihm zu signalisieren: Nun, mein Sohn, was kannst du mir tun? Mir die Brüste abschneiden? Mich aufknüpfen, den Vögeln zum Fraß? Mich lebendig verbrennen? Was kannst du mir antun, das schlimmer wäre als mein nackter Gang über diesen Hof?

DEUTSCHER OFFIZIER Gut. Setzt die Dame in den Zug – sie soll zurückfahren in die Stadt. Und sorgt dafür, daß sie was Warmes zu essen kriegt.

SOHN Er konnte die Dankbarkeit in ihren Augen nicht ertragen und wandte sich schnell ab.

MUTTER Ja, das stimmt.

5. Szene

SOHN Neben der Lokomotive des Viehwagens stand ein ganz gewöhnlicher Zug. Man brachte sie in ein Erste-Klasse-Abteil. Im Augenblick, als man sie allein ließ, begannen ihre Beine zu zittern, und sie machte sich ihr Höschen naß, wagte aber nicht, auf die Toilette zu gehen. Sie lehnte den Kopf an das Spitzendeckchen, das auf dem Kopfteil ihres roten Plüschsitzes lag. Ihr gegenüber hing die Fotografie eines Badeortes. Sie betrachtete das weiße Hotel inmitten eines Meeres von Tannen. »Ach«, dachte sie, »so kann das Leben auch sein.« Ihre letzte Liebesnacht auf der quietschenden Matratze kam ihr in den Sinn. »Wer hat das Recht, sich in einem weißen Hotel zu lieben, während Hunde an der Kette liegen!« Diese verdammten Juden wie meine Mutter hören niemals auf zu moralisieren. Zehn Jahre später, unter dem Mandelbäumchen in einem Londoner Hinterhof, brachte sie all dies zu Papier. Ihre Rechtschreibung war nie die beste gewesen, ich hielt sie immer für liebenswert, wenn auch ein bißchen einfältig, und doch war sie Gedanken wie den folgenden fähig:

MUTTER *wie zu sich selbst* Wenn man einmal in der Hölle war, und die ist ja immer gleich nebenan, dieser Ort der Nacktheit, wo man auf die Gnade anderer angewiesen ist, na ja, in dieser Hölle kümmert man sich einen Dreck um Lockenwickler, nasse Höschen und Versöhnung mit dem Feind. Mein ganzes

Leben waren mir solche Versöhnungen wichtig erschienen – je verhaßter der Feind, desto besser. Viele hatte ich nie, kaum welche, wer hätte schon ein Interesse daran haben sollen, mich zu hassen oder mir weh zu tun, aber ich träumte immer vom Handschlag oder der Umarmung mit demjenigen, den ich verachtete. – Zum Teufel mit all dem. Hüte dich davor, deinem Feind in die Augen zu sehen, mein Schatz, es könnte sein, daß du aufhörst, ihn zu hassen, und somit die Toten verrätst. Jetzt bin ich ein böses kleines Mädchen. Früher war ich ein braves kleines Mädchen, immer bereit, den Bedürftigen beizustehen, meinem Vater zum Beispiel, den man aus Ischl und anderen Badeorten hinausgeschmissen hatte; obwohl er ein großartiger Vater und Arzt war, konnte er nicht der Versuchung widerstehen, seine weiblichen Patienten zu verführen, wenn sie wie Hühnchen auf dem Untersuchungsstuhl lagen. Heute zum Beispiel könnte ich meinem Vater helfen: Ich würde ihm die Fußnägel schneiden, und dieser deutsche Offizier mit den aufrichtigen blauen Augen war wie ein Vater zu mir oder wie ein Sohn, da ist ja kein Unterschied, und doch hasse ich ihn dafür, daß ich ihn lieben muß, was ich ja tue. Schließlich haben er und seine Brüder meinen Cornelius verbrannt und meine Martha und achtzig andere von meinem Fleisch und Blut. Das kann ich ihnen nie verzeihen, oder Gott soll mich auf der Stelle erschlagen. Und das nächste Mal, ach, bis dahin, hoffe ich, bin ich tot und aller Gewissensqualen ledig, aber das nächste Mal werde ich ihre deutschen Fressen mit einem Hammer einschlagen. Ich bin eine schwache und dumme Frau, die Angst hat vor dem kleinsten Wehwehchen und die zu jedem gut sein sollte. Hüte dich vor den schwachen und dummen Frauen, mein Schatz. Haben sie einmal den Respekt vor den Wehwehchen und den Lockenwicklern oder dem Bedürfnis, gut zu sein, überwunden, dann werden sie zu heiligen Monstern. Als ich so dasaß in meinem feuchten Höschen, da wäre ich gern eine Hexe gewesen. Ach, mein Lieber, woher nehme ich solche Gedanken?

SOHN Die Tür des Abteils wurde aufgerissen, und herein kam wieder ein Feind, ein deutscher Soldat, sehr jung, warum schicken sie diese Kinder in den Krieg, und er brachte meiner Mutter eine Kohlsuppe und ein Stück Graubrot. Er setzte sich in die Ecke an der Tür und sah ihr beim Essen zu. Kleine Wurststücke schwammen in der Fettbrühe. »Deutsche Küche«, dachte meine Mutter und aß das Gebräu. Sie hatte sie erst halb ausgelöffelt, als sie sah, wie der andere Zug, der Viehwagen, sich in Richtung Auschwitz in Bewegung setzte. Sie konnte die Deportierten nicht sehen, aber sie wußte, sie waren da, alle ihre Kinder, und sie sah schuldbewußt weg, sagte ihnen still Lebewohl und fügte kleine Ermahnungen hinzu, wie eine Mutter das tut.

MUTTER Gebt acht auf euch, ja? Schlaft genug und geht an die frische Luft. Und nicht vom Wasserhahn trinken! Und langsam essen! Und vergeßt nicht zu schreiben, Kinder, und wenn's nur Postkarten sind.

SOHN Sagen Sie mal einem Toten, er soll eine Postkarte schreiben! Sie war verrückt in dem Moment, total verrückt! Und dann kamen ihr die Tränen, wie ihr der Urin gekommen war, und füllten ihre unvergleichlich blauen Augen und machten sie blind, bevor sie in die deutsche Suppe fielen, ach ja, diese verdammte jüdische Sentimentalität; statt kühl und sachlich zu bleiben, wie es einer Dame geziemt, dachte sie an die viertausendunddreißig Todgeweihten und versprühte in der Trauer um ihre sogenannten Kinder ihre Säfte über das saubere deutsche Abteil, aber was hat das für einen Sinn, wem ist mit Trauer geholfen, außer den Schleiermachern, na schön, ich sag dir, wem geholfen ist, denen, die nicht trauern, nämlich den Mördern, das ist mal klar, denn eins sage ich dir, mein Schatz, Mord beginnt dort, wo Trauer dir nicht mehr das Höschen näßt oder die Augen.

SOLDAT Schmeckt Ihnen die Suppe nicht?

MUTTER Oh, doch, doch.

SOHN Und doch würgte sie daran herum, bis sie schließlich einnickte. Als sie aufwachte, sah sie ihren Retter vor sich, den Offizier, er saß ihr gegenüber und rieb eine Pflaume glatt, eine von ihren.

DEUTSCHER OFFIZIER Verzeihen Sie, daß ich an Ihrer Tasche war, aber ich hatte Hunger.

MUTTER Bedienen Sie sich.

SOHN Ohne den Hof sah er anders aus, irgendwie kleiner, normaler. Er hatte seine Mütze abgenommen und den kahlen Schädel enthüllt.

DEUTSCHER OFFIZIER Wissen Sie, die Kohlsuppe hat Wurststücke drin, das haben Sie doch bemerkt? Ich bin nämlich Vegetarier. Merkwürdig, aber die Vorstellung, totes Fleisch zu essen, widerstrebt mir.

MUTTER Was Sie nicht sagen.

DEUTSCHER OFFIZIER Es fing an in Hamburg nach einer Feuersbrunst, kennen Sie Hamburg? Ich war in einem Restaurant, und man brachte mir ein Steak mit kunstvoll arrangierter Beilage, als ich plötzlich erkannte, was es wirklich war, nämlich ein Stück von einem Kalb, das einst auf einer Wiese gegrast hatte, und das Kalb schien mich anzuglotzen. Wie kann jemand so tief sinken, sagte ich mir, ein Kalb zu schlachten, es in Stücke zu hacken und zu essen?

MUTTER Na ja, so kann man es auch sehen.

DEUTSCHER OFFIZIER Natürlich, man sollte noch weitergehen. Eine Pflaume zum Beispiel, empfindet sie Schmerzen, wenn man sie ißt?

MUTTER Ach, das glaube ich nicht.

DEUTSCHER OFFIZIER Sie sind sehr gütig. Aber irgendwo habe ich gelesen, daß Lilien, wenn sie Stimmen hätten, schreien würden, wenn man sie bricht. Manchmal höre ich alle Lilien auf dem Feld schreien und die Kohlköpfe auch. Wie weit muß man gehen, um ein Gerechter vor Gott zu werden?

MUTTER Ein was?

DEUTSCHER OFFIZIER In meinem Heimatdorf gab es einen Priester. Er war nicht sehr erfolgreich. Seine Gemeinde schrumpfte zusehends. An manchen Sonntagen lümmelten sich nicht mehr als fünf Menschen auf den Kirchenbänken, zu Tode gelangweilt von seinen Predigten. Des Nachts aber, wenn er keinen Schlaf fand, tröstete er sich: Jesus liebt die Versager, denn er war selber einer, wie es sich gehört für einen Gott, die Verkündigung der Liebe ist ein Aufschrei gegen Eitelkeiten und Erfolge, jede Religion basiert auf Mißerfolgen, oder besser gesagt, da Mißerfolge zum Leben gehören, muß man sie sanktionieren. Was mir am Christentum gefällt und natürlich auch am Judentum, ist der Realitätssinn, der Mißerfolge, will sagen, Sünden, toleriert und den Menschen in seiner Schwäche annimmt, den Angstschweiß in einem Garten etwa, vor einer Festnahme. Was sonst bleibt uns als diese Schwäche, es gelingt uns ja nicht einmal, eines der berühmten Gebote zu befolgen, und das ist doch gar nicht so schwierig, oder? Ich meine, was ist so schwierig, der Versuchung zu morden zu widerstehen? Finden Sie nicht auch?

MUTTER O ja.

DEUTSCHER OFFIZIER Dann eines Tages – die Pflaume schmeckt wirklich köstlich – passierte etwas Schreckliches im Dorf, der Tuchhändler, ein Jude, wurde gepackt, nicht etwa von Rowdies, sondern von fünf getreuen Kirchgängern, mit Wanderstöcken zu Tode geprügelt und hastig auf den Rieselfeldern verscharrt, nur seine Witwe durfte dabeisein, aber am darauffolgenden Sonntag wurde das Grab offen gefunden, und die Leiche war verschwunden. In derselben Nacht spuckte der Schornstein des Priesters Rauchwolken aus, was deshalb bemerkenswert war, weil die Haushälterin Ausgang hatte und der Priester – er hatte sehr weiße Hände – nicht kochen konnte, der Mensch war nicht fähig, niedrige Arbeiten zu verrichten. An jenem Sonntag, es war Mariä Himmelfahrt, war die Kirche ziemlich voll; ein Dutzend kleine Mädchen sollte die Kommunion empfangen. Sie trugen weiße Spitzenkleider, die nicht lange weiß blieben: Sobald sie sein Blut und seinen Leib empfangen hatten, übergaben sie sich und spuckten nicht Brot und Wein über sich, sondern das, was ihnen gereicht worden war, nämlich echte Fleischbrokken und einen Schwall echtes Blut. Anstatt der Transsubstantiationspredigt brüllte der Priester in die Gemeinde: »Wenn ihr von Gott essen wollt, dann sollt ihr, so wahr Gott lebt, auch sein Fleisch essen und sein Blut trinken, das echte, das echte!« Eine schreckliche Geschichte, nicht wahr?

MUTTER Ja.

SOHN Es wurde unmerklich Nacht: Das Licht verweilte und

wollte der Dunkelheit nicht weichen. Als die ersten Lichter der Stadt in Sicht kamen, steckte der Deutsche endlich die Pflaume in den Mund.

DEUTSCHER OFFIZIER *mit vollem Mund* Wenn wir angekommen sind, muß ich Sie der Polizei übergeben, damit man Ihren Paß überprüft, und dann wird man Sie wieder deportieren, und ich glaube nicht, daß ich Sie ein zweites Mal retten kann. Vorher jedoch muß ich noch einmal zur Toilette gehen.

MUTTER *verlegen* Viel Glück.

DEUTSCHER OFFIZIER »Pflaumen versagen nie«, wie Paulus sagen würde. So wie die Dinge stehen, werde ich wohl ein Weilchen auf der Toilette bleiben.

MUTTER Ach ja?

DEUTSCHER OFFIZIER Sollte ich nicht zurück sein, bevor wir angekommen sind, dann machen Sie sich davon, Christus liegt mir im Darm, wenn Sie den Ausdruck gestatten.

SOHN Sie hat ihn nie wiedergesehen, obwohl sie volle fünf Minuten auf dem Westbahnhof wartete, nachdem der Zug gehalten hatte. Niemand beachtete sie, da nahm sie die Straßenbahn und fuhr zu ihrer Schwester Martha. »Wo warst du?« rief Schwester Martha. Statt einer Antwort bat meine Mutter um eine Tasse Kaffee. »Es ist zehn Uhr«, bellte der Mann von Schwester Martha von seinem Bett her und kam dann in seinem gestreiften Schlafanzug ins Wohnzimmer. Onkel Julius war versessen aufs Kartenspiel und Choleriker dazu.

ONKEL JULIUS Was soll das heißen, erst so spät abends hier aufzukreuzen? Wenn ich das gewußt hätte, hätte ich nicht dich, sondern Samu Österreicher eingeladen.

SOHN Meine Mutter hatte sich schon niedergelassen und zum ersten Mal an diesem Tag ihren guten schwarzen Hut und die Handschuhe abgelegt.

MARTHA Wo warst du den ganzen Tag?

MUTTER Das werde ich dir erzählen...

ONKEL JULIUS Einen Dreck wirst du! Geschichten habe ich schon genug gehört von dir und deinem verrückten Sohn George, der sich in die Emigration nach London geschwindelt hat, wo er jetzt fette Lügen über BBC verbreitet und Jungfrauen umlegt.

MARTHA Nein, nein, irgend etwas ist mit ihr geschehen, aber Julius, mein lieber Ehemann, dem Tragischen im Leben wenig zugeneigt, was kann man auch von einem Bankier erwarten mit einem Magen voller blutender Geschwüre, war schon am Tisch, wischte die Krümel weg, schnitt eine Zigarre in zwei Hälften, steckte den einen Stumpen in die Spitze und zündete ihn an.

ONKEL JULIUS Und jetzt zur Sache, meine Damen, gebt Karten.

SOHN Sie spielten einige Stunden lang Rommé. Um Mitternacht, als sie eine Pause machten und einen kalten Imbiß mit Tee zu sich nahmen, hatte meine Mutter zwei Pengö fünfunddreißig gewonnen, sie hatte allen Grund, zufrieden zu sein.

Ende

Angaben zu den Ur- bzw. Erstaufführungen

Nach dem deutschen Titel folgt – falls abweichend – in Klammern der Originaltitel.

Die Rollenbezeichnungen sind, gelegentlich verknappt, nach den Besetzungszetteln wiedergegeben.

Die Kannibalen (O: The Cannibals)
American Place Theatre, New York, *Uraufführung:* 17. 10. 1968. *Regie:* Martin Fried. *Europäische Erstaufführung:* 13. 12. 1969, Schiller-Theater, Werkstatt, Berlin. *Regie:* George Tabori, Martin Fried, *Übersetzung:* Peter Sandberg, *Bühnenbild/Kostüme:* Wolfgang Roth, *Darsteller:* Toni Berger (Hirschler), Herbert Grünbaum (Heltai), Michael Degen (Onkel), Christoph Quest (Klaub), Volker Brandt (Der Zigeuner), Edwig Noël (Weiss), Lothar Dietrich (Professor Glatz), Erwin Schastok (Ghoulos), Wolfgang Ziffer (Der kleine Lang), Christian Hellenthal (Ramaseder), Hermann Ebeling (Der stille Haas), Till Hoffman (Puffi), Holger Madin (Schrekinger), Gunter Berger (Kapo).

Pinkville
American Place Theatre, *Uraufführung:* 22. 2. 1971. *Regie:* Martin Fried. *Europäische Erstaufführung:* 24. 8. 1971, Berliner Festwochen, Dreieinigkeitskirche, Berlin-Rudow. *Regie:* George Tabori, *Übersetzung:* Peter Hirche, *Übersetzung der Songtexte:* Volker Ludwig, *Ausstattung:* Fred-Wilmar Berndt, *Musik:* Stanley Walden, *Choreographie:* Michael J. Boyle, *Darsteller:* Peter Kock (Jerry), Inge Brandenburg (Mrs. O'Carey) sowie folgende Schüler der Max-Reinhardt-Schule: Jürgen Ebeling, Christoph Felsenstein, Gerhard Haag, Günter Heidrich, Bernd Heinzelmann, Burghart Klaussner, Cornelia Meinhard, Carlos Plha, Petra Prinz, Wolfgang Roth, Marianne Scheidegger, Erika Strotzki, Combo: Heiko Eichenauer, Eddi Kausch, Werner Kulicke.

Die Demonstration (O: The Demonstration)
Übersetzung: Ursula Grützmacher-Tabori, Akademie der Künste, Berlin, *Uraufführung als Szenische Lesung:* 9. 12. 1971. *Regie:* George Tabori, *Darsteller:* Eva Katharina Schultz, Horst Bollmann, Volker Brandt, Klaus Herm, Thomas Stroux.

Clowns
Übersetzung: Ursula Grützmacher-Tabori, Zimmertheater, Tübingen, *Uraufführung:* 8. 5. 1972. *Regie:* George Tabori, *Bühnenbild/Kostüme:* Jürgen Schmidt-Oehm, *Darsteller:* Sven Christian Habich (Die Frau), Herwig Mark (Der Mann), Klaus Redlin (Der Sohn), Inge Blau (Dienstmädchen), Peter Bauer (Hund), Florentin Groll (Das Ding).

Die 25. Stunde (O: The 25th Hour)
Übersetzung ins Holländische: Carel Alphenaar, Toneelschuur Haarlem, Toneelgroep Centrum-Bellevue, *Uraufführung in holländischer Sprache:* 10. 2. 1977. *Regie:* Eddy Habbema. *Deutschsprachige Erstaufführung:* 20. 9. 1992, Fabrikhalle Lentjeswerke, Düsseldorfer Schauspielhaus. *Regie:* Karin Beier. *Österreichische Erstaufführung:* voraussichtlich Anfang Februar 1994, Akademietheater, Wien. *Regie:* George Tabori, *Übersetzung:* Ursula Grützmacher-Tabori, *Bühnenbild:* Marietta Eggmann, *Kostüme:* Margit Koppendorfer, *Darsteller:* Robert Meyer (Arthur Prince), Therese Affalter (seine Frau), Thomas Dannemann (sein Sohn), Florentin Groll (Dr. Salmon), Branko Samarovski (Willy Callaghan), Ursula Höpfner (Dr. Greenberg), Günter Einbrodt (Jay Jay) u. a.

Mutters Courage (O: My Mother's Courage)
Übersetzung: Ursula Grützmacher-Tabori, Münchner Kammerspiele, Theater in der Reitmoorstraße, *Uraufführung:* 17. 5. 1979. *Regie:* George Tabori, *Bühnenbild/Kostüme:* Marietta Eggmann, Ernst Wiener, *Musik:* Stanley Walden, *Licht:* Max Keller, Michael Greza. *Darsteller:* Hanna Schygulla (Mutter), Klaus Fischer (Sohn), Helmut Pick (Vater, Iglódi, Kelemen, Onkel Julius), Michael Greza (Usicky, Rotzgesicht), Ursula Höpfner (Mariska, Tänzerin), Ute Kannenberg (Frau

des Hausmeisters, Schaffnerin, Sängerin, Schwester Martha), Arnulf Schumacher (Klapka, Deutscher Offizier, Liebhaber), Jörg Höpfner (2. Grünhemd), Kirsten Martins, Richard Schneider, Michael Simbruk (Csibotniks, Fahrgäste, wartende Pärchen, Nachbarn, Deportierte).

Theater

Arthur Miller
Tod eines Handlungsreisenden
Band 7095

Andres Müry
Minetti ißt Eisbein
Lob der Hinterbühne
Band 11376

Gerhard Roth
Lichtenberg / Sehnsucht / Dämmerung
Band 7068

Stefan Schütz
Wer von euch
Stücke nach der Antike
Band 11427

Peter Shaffer
Amadeus
Band 7063
Laura und Lotte
Band 7153

Neil Simon
Komödien I
Ein seltsames Paar,
Plaza Suite,
Der letzte der feurigen Liebhaber
Band 11986
Komödien II
California Suite,
Sunny Boys,
Gerüchte...
Gerüchte...
Band 12456
Komödien III
Ein ungleiches Paar,
Jakes Frauen,
Ein Gag für Max
Band 12924

C. Bernd Sucher
Das Theater der achtziger und neunziger Jahre
Band 12690

George Tabori
Theaterstücke I
Band 12301
Theaterstücke II
Band 12302

Theater Theater
Aktuelle Stücke 1
Band 10717
Aktuelle Stücke 2
Band 11178
Aktuelle Stücke 3
Band 11741
Aktuelle Stücke 4
Band 12189
Aktuelle Stücke 5
Band 12737
Aktuelle Stücke 6
Band 13181

Ulrich Woelk
Tod Liebe Verklärung
Stück
Band 2372

Fischer Taschenbuch Verlag

fi 304 / 26 b